文化权力与社会变迁

《红楼梦》研究的当代命运

陈辉 ◆ 著

（修订版）

上海三联书店

内容简介

晚清以降,《红楼梦》是20世纪中国最受重视的一部文学作品,它与近代以来中国的社会精英发生了紧密性的知识性联系与碰撞。本书以《红楼梦》研究的当代命运探究变化社会中的文化符号,透过文本研究及其相关人物之命运、批判与论争来解读历史、社会、时代、管理与组织的多重镜像,分析不同阶段社会与政治的文化网络,文化权力与社会嬗变的知识谱系及其互动关系,梳理政治的跌宕起伏、研究话语与人物命运发生的紧密勾连,从思想行为层次深入探究中国的现代化,反思中国现代性的历程与经验。

全书内容丰富多彩,论证精到深刻。作者取用了详实的口述史料,系统梳理相关的文献资料,前有追溯,后有延伸,案例分析详尽细致,寓深刻的道理于清晰的阐释之中。

关键词:文化权力;社会变迁;红楼梦;组织机制;文化网络;现代性

不知命,无以为君子也。

——[中]孔子

从保守的视角来看,真理的核心在于文化,而不是政治决定了社会的成功;从开明的视角来看,真理的核心在于政治可以改变文化,使其免于沉沦。

——[美]丹尼尔·帕特里克·莫伊尼汉

研究20世纪中国的人太注重社会、政治、经济方面的历史,很少人注重文化。

——[美]李欧梵

目 录

导言：探讨文化的权力 …………………………………………… 1
  一、问题的缘起 ………………………………………………… 1
  二、研究的综述 ………………………………………………… 3
  三、研究的思路 ………………………………………………… 19
  四、分析的框架 ………………………………………………… 21

第一章　文化的生长：《红楼梦》与红学 ……………………… 22
  第一节　红学：关于一本书的学问 …………………………… 22
  第二节　蔡元培与《红楼梦》 ………………………………… 37
  第三节　胡适与《红楼梦》 …………………………………… 49
  第四节　红学之争终归是学 …………………………………… 60
  第五节　毛泽东与《红楼梦》 ………………………………… 77

第二章　文化的世家：俞平伯的《红楼梦》研究 ……………… 87
  第一节　德清俞氏 ……………………………………………… 87
  第二节　俞平伯与《红楼梦》 ………………………………… 98

第三章　文化的挑战：两个"小人物"对俞平伯的挑战 …… 112
  第一节　"小人物"所写的两篇挑战文章 …………………… 112
  第二节　《文史哲》发表了"小人物"的论文 ………………… 120

第四章　文化的领导：关于《红楼梦》研究问题的信 ……… 125
  第一节　"小人物"的文章如何被发现的 …………………… 125
  第二节　一封信的文本分析 ………………………………… 140

第五章　文化的整合：《红楼梦》研究问题座谈会 ………… 150
  第一节　"《红楼梦》研究"问题的会议 ……………………… 150
  第二节　对俞平伯的公开批判 ……………………………… 167
  第三节　全国文联、作协联席扩大会议 …………………… 224
  第四节　俞平伯公开检讨 …………………………………… 249
  第五节　微弱抗争 …………………………………………… 264
  第六节　隔岸观火：胡适的看法 …………………………… 280

第六章　政治的文化：《红楼梦》研究批判 ………………… 287
  第一节　"评红"运动兴起的原因 …………………………… 289
  第二节　政治社会化：运动的展开 ………………………… 292
  第三节　日常生活中的文化权力 …………………………… 304

第七章　市民的文化：《红楼梦》研究的多元回归 ………… 314
  第一节　早春——红楼梦魇梦不再 ………………………… 314
  第二节　俞平伯的平反与身后 ……………………………… 323
  第三节　众多当事人，一把辛酸泪 ………………………… 336

结语：国家、社会与文化 …… 353
　一、国家、社会与文化的互动结构 …… 354
　二、文化领导权与公共空间 …… 355
　三、从《红楼梦》看传统帝国的兴衰 …… 358
　四、现代国家治理的文化特质 …… 363

参考文献 …… 367

后记 …… 379

导言：探讨文化的权力

> 一切历史都是现代史
> ——克罗齐
> 向着真实
> ——王元化

一、问题的缘起

《红楼梦》是20世纪中国最受重视的一部文学作品,它与近代以来中国的社会精英发生了紧密的"知识性"联系。本书围绕《红楼梦》研究所发生的,影响深远的"知识碰撞",蔡元培与胡适的红学论争,两个"小人物"对俞平伯的挑战以及毛泽东的红学观,改革开放以来多元红学的形成,深入思考文化权力与社会嬗变的知识谱系,反思中国现代性的历程与经验,探究国家、社会与文化良性互动的治理结构,即文化生产的内在机制是什么？权力与文化是如何互动的？如何实现两者之间的良性互动？本书通过质的研究予以分析揭示知识生产与文化权力的真实世界。

《红楼梦》产生于中华文化的丰厚土壤,清代中期阅读《红楼梦》已蔚为风气,致有"开谈不说《红楼梦》,读尽诗书也枉然"的说法;高鹗曾言"予闻《红楼梦》脍炙人口者,几二十余年"。① 20 世纪的中国,《红楼梦》可以说是最受重视的一部文学作品。鲁迅先生说,自从《红楼梦》诞生以来,传统的思想和写法都被打破了。②《红楼梦》代表了中国古典小说的最高成就,传统的评点方法、题咏方法、索隐方法、考据方法及西方传入的小说批评方法、美学方法、社会学方法、话语分析法也纷纷将《红楼梦》作为中国小说中有效的诠释和研究对象。

《红楼梦》研究的当代命运处于学术、政治和文艺的多重网络之下,1950 年代初期被纳入政治轨道的《红楼梦》研究的批判运动,不仅对其后红学的发展产生了深刻的影响,而且对 20 世纪中国的哲学与社会科学之学术品格、学术精神以至社会变迁的影响都是至为深远的。

政治文化在本书中有两层含义:其一是指社会的政治风格、政治态度与政治观念;其二指以文化的纬度探究政治变迁。知人论世为我国政治文化的优良传统,注重人物命运,反思时代机理。透过红学家的命运审视 20 世纪中国知识分子在心灵思想进程中某些原生态的东西,探析政治的社会化(socialization)过程。马克·布洛赫将社会思潮的波动,技术的更新和社会经济结构的变化视为决定人类命运的潜在因素。③ 通过对《红楼梦》当代命运的解读,我们犹如在显微镜下清晰地看到文化生产的路径。不同观点红学家命运的沉浮,在这背后映现了政治思想、学术体制与公共空间的变迁。对《红楼梦》人物审美标准的变化,从铁姑娘时代步入淑女时代,从革命时代的"尊黛抑钗"到改

---

① 曹雪芹:《程甲本红楼梦》,沈阳出版社 2006 年版,第 7 页。
② 鲁迅:《中国小说的历史变迁》,《鲁迅学术经典全集》,北京燕山出版社 2013 年版,第 232 页。
③ 年鉴学派重视"问题史学",带着问题从深层因素去研究历史,探究"幸运的巧合"。马克·布洛赫:《历史学家的技艺》,上海社会科学院出版社 1992 年版,第 78、79 页。

革时代的"扬钗抑黛",其背后孕育着民众社会心态的嬗变。

文化是观念的聚合体。① 文化的权力有两层含义:其一指文化的领导权、话语权与影响性,反映了精神、信仰与价值观对社会的内在支配力;其二指文化背后的权力运行,揭示了文化知识的生产机制。本书写作的缘起在于通过与一本书有关的学者之命运、论争与批判来解读社会、时代与历史的多面性,透过人、事件和政治之间的关系,来揭示文化的权力及其运行轨迹,从思想行为层次深入探究中国社会的现代化。②

二、研究的综述

本书基于《红楼梦》研究的个案视角,探究文化权力与社会变迁的内在机理。罗伯特·殷认为,单案例研究具有描述、探索与解释的功能,单案例研究可以成为解释性与学术归纳的基本方法。③ 围绕本书的研究主题,研究综述如下所示:

(一)文化权力与社会变迁

文化的权力研究肇始于德国社会学家马克斯·韦伯。韦伯认为权力"意味着在一种社会关系里哪怕是遇到反对也能贯彻自己意志的任何机会",从权力转变为权威有三种基本的形态,即传统型、魅力型

---

① E. B. 泰勒将文化视为"最复杂的整体"。克莱德·克拉克洪将文化依次界定为:一个民族的生活方式的总和;个人从群体那里得到的社会遗产;一种思维、情感和信仰的方式;一种对行为的抽象;一群人的实际行为方式的理论;汇集了学识的宝库;一组对反复出现的问题标准化认知取向;习得行为;对行为进行规范性调控的机制;一套调整与外界环境及他人的关系的技术;一种历史的积淀物;文化隐喻着一幅地图、一张过滤网和一个矩阵。格尔茨将文化界定为符合学(semiotic)的概念。参阅克利福德·格尔茨:《文化的解释》,译林出版社2008年版,第4、5页。

② 金耀基将中国现代化分为三个递进层次,即:器物技能层次(technical level)、制度层次(institutional level)、思想行为层次(behavioral level)。器物技能、制度与思想行为三者间彼此影响,思想行为层次是一个文化的基本价值之所在,因此思想行为层次的现代化最难,也最必需,唯有这一层次的现代化才能促进中国全面的现代化。金耀基:《中国现代化的终极愿景》,上海人民出版社2013年版,第9—13页。

③ 罗伯特·殷:《案例研究:设计与方法》,重庆大学出版社2010年版,第7页。

与合法型。其中技术上最完善的治理形式为合法型权威,即"建立在相信统治者的章程所规定的制度和指令权利的合法性之上,他们是合法授命进行统治的"。① 合法型统治的基础则在于文化。他比较分析了世界主要民族的精神文化气质与该民族的社会经济发展之间的内在勾连,探讨了资本主义何以首先产生在西方。这其中新教伦理(the protestant ethic)对资本主义制度的发展起到了至关重要的作用。清教徒的精神气质在于"合乎理性地组织资本与劳动"。② 理性化帮助人们作出有节制的注重实用的决定,增强了资本主义对生产标准化的兴趣。清教徒的精神从荷兰到英国再到北美,一以而贯之:"在一项世俗的职业中要殚精竭力,持之不懈,有条不紊地劳动,这样一种宗教观念作为禁欲主义的最高手段,同时也作为重生与真诚信念的最可靠、最显著的证明,对于我们在此也已称为资本主义精神的那种生活态度的扩张肯定发挥过巨大无比的杠杆作用。"③

韦伯试图回答的问题在于:为什么资本主义没有在印度、在中国予以有效展开?为什么科学的、艺术的、政治的或经济的发展没有在印度、在中国走上西方现今所特有的理性化道路?资本主义的生产关系在中国、印度、巴比伦,在古代的希腊、罗马,在中世纪都曾存在过,但那里的资本主义缺乏一种整体性"独特的精神气质"。这种贯穿于社会理性化的独特精神气质,主要体现为以下三个方面:

1. 基于劳作的天职观(calling ethics based on works)。人须恒常不懈地践行艰苦的体力与智力劳动,完成个人在现世里所赋予的责任和义务,将劳动本身作为人生目的,视劳动为天职,并且是获得上帝恩

---

① 马克斯·韦伯:《经济与社会》,商务印书馆1997年版,第241、248页。
② 马克斯·韦伯:《新教伦理与资本主义精神》,生活·读书·新知三联书店1987年版,第130页。
③ 同上书,第135页。

宠的唯一手段，"惟有劳作而非悠闲享乐方可增益上帝的荣耀，……把劳动视为一种天职成为现代工人的特征"。① 韦伯认为失去信仰的科层制组织(organization based on bureaucracy)则会沦为奴役的铁笼(the iron cage)，如此，文化发展的最后阶段呈现为："专家没有灵魂，纵欲者没有心肝；这个废物幻想着它自己已达到了前所未有的文明程度。"② 事实上，天职观构成了西方文化特别是责任伦理的根基，由此产生了分工、专业、创新、效率、可计算化等近代社会的基本元素。

2. 基于平安的禁欲观(ascetic ethics based on peace)。新教世俗禁欲主义的本质特征在于束身自爱，严肃庄重的律法精神所形成的价值理性，律法具有凌驾于世俗权力之上的权威性与独立性，视戒律和秩序为核心，随时帮助人们作出有节制的注重实用的决策，从而具备明达事理、有条不紊的性格，认为禁欲得平安(asceticism leads to peace)。

3. 基于信任的心态观(mentality based on trust)。在韦伯看来，清教徒对教友的信任，由于受宗教的制约，这种信任具有"无条件的、不可动摇的正当性"。儒家所适应的尘世过于注意优雅的姿态，"儒家君子只顾虑表面的'自制'，对别人普遍不信任，这种不信任阻碍了一切信贷和商业活动的发展"。③ 信任是商业社会形成与发展的基本机制，以信任合作为特质的社会资本是提升民主质量的关键。

韦伯作为影响深远的社会科学家，其研究价值在于从文化的权力视角，透过比较研究(compararive study)解读社会发展的不同路径，深入分析现代性成因的内在机理，基于文化元素与社会理性化的生成逻辑如下图所示：

---

① 马克斯·韦伯：《新教伦理与资本主义精神》，生活·读书·新知三联书店1987年版，第123,140页。
② 同上书，第143页。
③ 马克斯·韦伯：《儒教与道教》，商务印书馆1995年版，第296页。

```
        天职观
         △
       ╱   ╲
      ╱ 社会 ╲
     ╱ 理性化 ╲
    ╱_____╲
  禁欲观      信任观
```
社会理性化的生成逻辑

金耀基认为,若欲充分地理解在中国发展现代型国家的问题,仍需回到韦伯那里。① 韦伯研究的不足之处在于对中国资料的使用多为二手文献,由于韦伯缺乏独立阅读中文文献的能力,使得他对中国问题的研究显得过于宏观,实证性与严谨性有所欠缺。② 这也是文本研究所需要规避的问题,注重从宏观政治与微观行动相结合的视角,深度地挖掘原始材料,以详尽的一手资料,注重过程—事件研究作为基本方法。

就文化与社会的相互关系而言,较有影响的学者是雷蒙·威廉斯与柯利福德·格尔茨。雷蒙·威廉斯认为19世纪以来文化主要有四种含义:心灵的普遍状态或者习惯;整个社会智性发展的普遍状态;艺术的整体状况;包括物质、智性、精神等各个层面的整体生活方式。文化的当下内涵"则包括了整个生活方式"。因此,借助文化可以对历史的本质进行深入探索。③ 人类学家柯利福德·格尔茨将社会的形态视为文化的实体,文化是"由人自己编织的意义之网",对文化的分析

---

① 金耀基:《中国发展成现代型国家的困境:韦伯学说的一面》,《二十一世纪》1991年第3期。
② 韦伯本人也认识到这一点,在写作《儒教与道教》时他说道:"具体论述时引用了其余的文献和翻译的原文。文献和碑刻的原文只有极少的一部分被翻译了过来,给我这个外行增加了困难。遗憾的是,身边没有一位汉学专家来检验我的工作。"马克斯·韦伯:《儒教与道教》,商务印书馆1995年版,第45页。
③ 雷蒙·威廉斯:《文化与社会》,吉林出版集团有限责任公司2011年版,第4、5、7页。

是"一种探求意义的解释科学"即"分析解释表面上神秘莫测的社会表达"。① 由此,借助心灵状态与社会精神有助于理解社会变迁为何如此,将会如何,以及应该如何。

19世纪中日两国皆为自身辉煌的历史而自豪,但在面对外来的西方文明之时两国却有着不同的反应。罗兹·墨菲认为中日两国最大的不同在于:日本不会拒绝接受任何有用的外国理念,日本人长期以来从中国引进文化的经历以及他们对新理念的开放胸怀,是一笔巨大的文化资产,这使之得以全面引进西方的技术和思想,由此进行较为彻底的自我改造;中国的清政府皇室和绝大多数民众从内心深处是排外的,甚至反对洋务派官员"师夷长技以制夷"的改革措施,主张在保持中国文化主体不变的前提下引进西方的技术,因此当中国传统文化瓦解的时候,中国就不可避免地沉沦下去。最后的结果是中国在虚弱和耻辱的泥淖中越陷越深,而明治维新之后的日本却开始大踏步地前进。② 由此可见,中日两国居于主导地位的文化理念不同,支配了相异的社会变迁,形成了不同的政府治理机制,日本构建了近代化的中央政府(modern central government),而清政府仍然延续了传统的中央帝国,在此背景下,清政府的内忧外患则不断加深。著名学者郭廷以认为任何民族的命运皆取决于其对时代环境的适应力,即"决之于文化","文化为人群谋求生存与生活需要的产物"。③

就文化与制度的相互关系而言,较有影响的学者是道格拉斯·诺思与塞缪尔·亨廷顿。新古典经济学家道格拉斯·诺思认为,17世纪的英国与西班牙都曾面临着财政危机,两国却走上了不同的发展之路

---

① 克利福德·格尔茨:《文化的解释》,译林出版社2008年版,第5、32页。
② 罗兹·墨菲:《东亚史》,世界图书出版公司2012年版,第381、398页。
③ 郭廷以:《近代中国史纲》,上海人民出版社2012年版,第1页。

(contrasting paths),这反映了两国不同社会的深层性制度特征(deep underlying institutional characteristics of the societies)。在此基础之上,美国与拉丁美洲的经济发展之所以不同,在于两地所传承的不同文化结构。美国是英国的殖民地,延续的是联邦政体、分权制衡、私有财权的制度结构,拉丁美洲是葡萄牙与西班牙的殖民地,延续的是中央集权、官僚传统的政治文化。①

塞缪尔·亨廷顿则以韩国与加纳为案例,分析了这两个国家在1960年代处在同等发展水平,经济数据亦大致相同:人均国民生产总值亦相似,初级产品、制造业和服务业所占比例彼此相近,绝大部分的出口皆为初级产品,接受外援的水平相似。但是30年后,韩国成为工业巨人,世界一流经济强国,拥有大量创业公司与创新产品,出口商品包括汽车、电子器材以及尖端技术,人均国民生产总值达到西方发达国家水平,并且迈上了稳固的民主制度化进程。而在加纳,这些变化却无一出现,加纳的人均国民生产总值只相当于韩国的十五分之一。究其原因在于韩国人重视节俭、投资、勤奋、教育、组织和纪律,而加纳的价值观却与之不同。总之,文化起着重要作用(cultures count)。莫伊尼汉(Moynihan)认为:从保守的视角来看,真理的核心在于文化,而不是政治决定了社会的成功;从开明的视角来看,真理的核心在于政治可以改变文化,使其免于沉沦(The central conservative truth is that it isculture, not politics, that determines the success of a society. The central liberal truth is that politics can change a culture and save it from itself)。② 本书的研究在于从文化路径分析社会现

---

① Douglass C. North. Institutions, Institutional Change and Economic Performance. Cambridge University Press, p. 116.

② Lawrence E. Harrison, Samuel P. Huntington. Culture Matters. New York: Basic Books. pp. xiii, xiv.

象,探究现代政治的构建。

(二)新中国成立初期《红楼梦》研究的论争

20世纪《红楼梦》研究的成绩无疑是辉煌的,被公认为是关于中国研究的显学之一,[①]众多名人置身于其中的论争。王蒙说:"它是一门非常特殊的学问,是一门非常中国化的学问。"[②]顾颉刚在为俞平伯《红楼梦辨》所写的序言里划时代地提出旧红学与新红学两个概念。旧红学主要是由"评点"和"索隐"两个流派构成,其中以蔡元培的影响为最大,其代表作为《〈石头记〉索隐》。新红学是指以胡适为代表的考据派,注入杜威实用主义的考证方法,胡适认为,我们若想真正了解《红楼梦》,必须打破这种牵强附会的《红楼梦》迷学。其代表人物还有胡适的学生俞平伯、顾颉刚、周汝昌等人。1954年开展的对俞平伯《红楼梦》研究的批判,为当代红学阶段。由于领袖的关注,《红楼梦》引起了人们的广泛兴趣,《红楼梦》研究的主题成为中国政治生活进程的晴雨表。从1949年10月到1979年10月的30年中,全国的报刊发表《红楼梦》研究文章1500多篇,出版《红楼梦》研究专著50多种,公开或内部出版的各种《红楼梦》论文集、研究资料200多种。[③]

探讨《红楼梦》的当代命运,亦需要从毛泽东对《红楼梦》的见解及其革命文艺观着手分析。1954年10月毛泽东从批判俞平伯的《红楼梦研究》着手,继而掀起批判胡适的政治运动。1955年作家出版社编辑出版的《红楼梦问题讨论集》,四辑共收录重要论文129篇。事情的起因是两位"小人物"李希凡、蓝翎撰文批评俞平伯的《红楼梦研究》开始的。

俞平伯的《红楼梦研究》力图从细密考证、批评、校勘以及文学的视角研究《红楼梦》,其主要观点为:《红楼梦》是感叹自己身世的;《红

---

① 20世纪中国的显学是:红学、甲骨学、敦煌学。
② 王蒙:《双飞翼》,生活·读书·新知三联书店1996年版,第339页
③ 胡文彬:《〈红楼梦〉研究三十年》,《学习与探索》1980年2期。

楼梦》是为情场忏悔而作的;《红楼梦》是为十二钗作本传的;其风格在于"怨而不怒"、"哀而不怨"。① 他以科学考据的方法辨明"后四十回的回目决非原有",因为前八十回与后四十回前后矛盾冲突,"可疑之处尚多",具体证据如下表:

《红楼梦》前八十回与后四十回的矛盾点

目录	前八十回的原文	后四十回的回目
第一回	风尘碌碌一事无成 一技无成半生潦倒 自己无才不得入选 当此蓬牖茅椽绳床瓦灶	中乡魁宝玉却尘缘 (第一百十九回)
第三回	贫穷难耐凄凉(宝玉赞)	复世职政老沐天恩 (第一百七回) 沐皇恩贾家延世泽 (第一百十九回)
第五回	运终数尽不可挽回(宁荣二公语)	
第七十四回	自杀自灭一败涂地(探春语)	
第五回	自从两地生孤木致使芳魂返故乡 (香菱册词)	施毒计金桂自焚身 (第一百三回)

资料来源:俞平伯《红楼梦研究》,复旦大学出版社2004年版

  李希凡与蓝翎的观点主要为:1.自叙传说的"感叹身世"和"情场忏悔",不符合《红楼梦》对封建社会的典型解剖意义。2.强调"色空"观念抹杀了曹雪芹在小说中对整个封建时代政治经济文化全面批判的意向。3."钗黛合一"的观点调和了宝钗和黛玉对立的意识形态。4."怨而不怒"风格之传统性歪曲了《红楼梦》现实主义的批判精神。② 李希凡、蓝翎对俞平伯《红楼梦》研究的批判如果仅仅局限于学术研究领域,应当说是有意义的。但是本属于学术争鸣的知识问题,很快脱

---

  ① 俞平伯:《红楼梦研究》,复旦大学出版社2004年版,第101—121页。
  ② 李希凡、蓝翎:《关于〈红楼梦简论〉及其他》,《文艺报》1954年第18号;《评〈红楼梦研究〉》,《光明日报》1954年10月10日。

离正常轨道,渐行升级为意识形态里的尖锐斗争,由初始的学术观点之争发展为思想、政治与路线的问题,由此折射出学术、政治与人性的三重困境。相关研究成果主要有:孙玉明的《红学:1954》,黎之的《文坛风云录》,李作民的《对五十年代批判俞平伯的再认识》,杨久梅的《对建国初期几次批判运动的反思》等。这些成果剖析了不同时空环境下中国学术界、文化界争论的具体问题和事件,触及了文化体制和知识分子的人格心理等深层次的问题。

毛泽东认为:"《红楼梦》写四大家族,阶级斗争很激烈,有几十条人命,而统治者也不过二三十人。讲历史不拿阶级斗争观点讲,就讲不通。只有用阶级分析,才能把它分析清楚。《红楼梦》写出二百多年了,研究红学的到现在还没有搞清楚,可见问题之难。"①这一见解对当代《红楼梦》研究及红学家的命运有着重要影响。正因为如此,当他发现李希凡、蓝翎的《关于〈红楼梦〉简论及其他》和《评〈红楼梦〉研究》两文与自己的想法相吻合时,格外高兴,称赞《关于〈红楼梦〉简论及其他》是"很成熟的文章",在作者的名字下批注道:"青年团员,一个二十二岁,一个廿六岁",②充满欣喜之情。他认为这是"三十多年以来向所谓红学研究权威专家的错误观点的第一次认真的开火"。③ 此后,李希凡与蓝翎的人生命运也发生了根本的变化。1978年后学术界曾形成了红学研究与胡适的文化热潮。中共中央党史研究室出版的《中国共产党历史》认为:"围绕《红楼梦》学术研究思想的批判实际上演变为一种政治批判",在批判中存在着"全盘否定"的观点,带来了消极的后果。④

---

① 董学文、魏国英《毛泽东的文艺美学活动》,高等教育出版社1995年版,第215页。
② 《建国以来毛泽东文稿》(第四册),中央文献出版社1990年版,第569页。
③ 同上书,第574页。
④ 中共中央党史研究室:《中国共产党历史》(第二卷·1949—1978),中共党史出版社2011年版,第287、288页。

已有的文献主要集中在对新中国成立初期《红楼梦》研究的定性评价或者某一时段的分析，缺乏从长时段视角对《红楼梦》研究论争的前因后果、其后的延续与影响进行研究，需要透过纷繁复杂的社会现象从文化与政治的视角穿透历史的迷雾进行深入地考证、梳理与剖析。

（三）毛泽东的文化观

关于毛泽东文化思想研究的学术论文主要有：曾彦修的《文化发展方向要不要强调民主——延安时期毛泽东、张闻天在这个问题上的歧见》，认为延安时期中共领导层对如何确定新民主主义文化发展方向是有分歧的，张闻天在毛泽东"民族的科学的大众的文化方向"提法上增加"民主的"一词是颇有深意的。

朱成甲的《论毛泽东的新民主主义文化观》一文，从毛泽东对中国近现代文化问题的认识上分析，认为毛泽东在新中国成立后仍沿袭了一贯的反帝反封建的文化观念，以致对文化的批判斗争压倒了文化建设。

戴茂林的《试论传统文化与"左"倾错误的根源》一文，既剖析了传统文化的封建主义毒素对中国民族文化建设的恶劣影响，又揭示了"左"倾错误的深刻历史文化渊源。

涉及毛泽东革命文艺思想研究的学术著作主要有：周中明主编的《毛泽东文艺思想新探》，汪澍白的《毛泽东思想与中国文化传统》，黎幸的《延安时期毛泽东的文艺理论与实践》，以及《胡乔木回忆毛泽东》，胡绳的《中国共产党七十年》，戴知贤的《毛泽东文化思想研究》，李鹏程的《毛泽东与中国文化》，陈晋的《文人毛泽东》等。戴知贤、陈晋等人在论著中认为：1950年代批判电影《武训传》、批判梁漱溟思想、俞平伯《红楼梦研究》批判、胡适派唯心主义和胡风文艺思想批判等运动，不但在心理上给文艺界知识分子留下阴影，也为后来"文化大革命"的发端埋下引线。因此,"文艺为政治服务"和"教育为无产阶级政治服务"的文化观,在实践操作中变成为阶级斗争服务,为政治运动服务,对于艺术、文化、科学、教育等领域的工作产生了重要影响;对知识分子的"团结、教育、改造"政策,在实际贯彻执行中,更多地强调"教育、改造"的倾向,对知识分子阶层属性和对教育战线的估计,在以"阶级斗争为纲"的政策下,批判运动逐步演进为"文化革命"。

《红楼梦》研究的批判引发了随后思想文化领域的政治运动,中共中央党史研究室认为毛泽东的信"提出的问题十分尖锐,在文化学术界引起高度重视",但是"思想问题和学术问题是属于精神世界的很复杂的问题,采取批判运动的办法来解决,势必流于片面和简单化,使思想、学术上的观点不能平等地进行讨论,弄清是非"。① 本书的写作正是为了厘清《红楼梦》研究批判的来龙去脉,回归真实、客观的历史叙述与学理分析。

(四)关于"评红"运动

1954年以后的《红楼梦》研究以及"文革"中的"评红"运动试图从社会的经济视角与阶级关系去诠释《红楼梦》的社会历史意义,强调从政治角度谈论《红楼梦》。李希凡在总结对《红楼梦》研究的基本看法时说:"红楼梦之所以具有深广的社会历史意义,是因为这部小说用典型的艺术形象,很深刻地反映了封建社会的阶级斗争,揭露了贵族统治阶级和封建制度黑暗、腐朽以及它的必然灭亡趋势。几千年的封建社会,在这部小说里,留下了真实而完整的形象,给我们以丰富的社会历史的感性知识。"② 按照这个观点写成的红学论著,构成了与旧红学、

---

① 中共中央党史研究室:《中国共产党历史》(第二卷·1949—1978),中共党史出版社2011年版,第287页;著名的马克思主义理论家胡绳亦持有此观点,参见《中国共产党的七十年》,中共党史出版社1991年版。

② 李希凡:《曹雪芹和他的〈红楼梦〉》,人民出版社1973年版,第8页。

新红学鼎立而三的政治红学。

　　1970年代毛泽东说："《红楼梦》是思想和艺术结合得最好的一部古典小说"，提议干部至少要读5遍，并批评了认为《红楼梦》主要是写爱情的看法，明确指出《红楼梦》是写阶级斗争的，谈情是为了打掩护。新中国成立以来用马克思主义观点研究《红楼梦》的还不多。这一讲话直接启动了"文革"时期的"评红"运动。当然类似的观点毛泽东曾多次提到，为什么只有在1973年才形成"评红"运动，其来龙去脉迄今仍未清楚，这也是本书写作所要解决的问题之一。"评红"是1973年、1974年中国政治文化生活的重要主题之一，仅1974年全国重要报刊就发表有关"评红"文章多达319篇。在"文革"时期，国内曾出现过"百学俱废，红学独兴"的局面，江青自称为"半个红学家"。①

　　"评红热"主要是探讨《红楼梦》的主题思想，在意识形态领域里抓阶级斗争，把《红楼梦》作为阶级斗争的历史反映，至此构成了革命红学。《红楼梦》的主题是阶级斗争与反封建，至于如何反封建，反封建制度的哪些方面则有多种说法，或曰：全面反封建即所谓揭露批判封建制度黑暗、腐朽的各个方面；或曰：反对封建婚姻制度；或曰：通过描写贾家（或称四大家族）的衰败，揭示了封建社会必然灭亡；或曰：描写封建社会末期的政治斗争。如李希凡、蓝翎的《中国小说史研究中的一场尖锐斗争》、孙文光的《坚持用阶级观点研究〈红楼梦〉》、梁效

---

　　① 1972年8月27日江青接见美国纽约州宾翰顿大学中国现代史副教授维特克时谈到《红楼梦》时，自称为"半个红学家"。她说："1954年山东大学的学生发表了批评俞平伯《红楼梦研究》的文章，毛主席看了以后很重视，要《人民日报》转载，这下可惹了大祸了。《文艺报》不登。这就是资产阶级的大人物压小人物。毛主席写了封《关于红楼梦研究问题的信》……《红楼梦》我读过多少遍不记得了。大概10遍以上。到延安以前看了三次。一看到林黛玉死就哭鼻子，看不下去，太惨了。毛主席批评我说，你这个人不成话，一部书都看不完。……《红楼梦》是讲不完的。你们不要认为我是红学家。我只是半个红学家。这场争论，涉及到对祖国的文化财富采取什么态度的问题"。张颖：《"红都女皇"真相——维特克采访江青的前前后后》，《外交风云亲历记》，湖北人民出版社2005年版，第273、277、278页。

的《批判资产阶级不停——学习〈关于红楼梦研究问题的信〉》、洪广思的《意识形态领域里的一场阶级斗争》等。

"评红"运动中较为流行的主题有"爱情掩盖政治斗争说"和"补天说"。"爱情掩盖政治斗争说"的代表作主要有柏青的《封建社会末世的历史画卷》,洪广思的《阶级斗争的形象历史——评〈红楼梦〉》。其基本观点为:《红楼梦》是写封建社会末期的政治斗争的,谈情只是为了打掩护。"补天说"见于1973年人民文学出版社的《〈红楼梦〉前言》。文章说:"'无才补天'的深情的自我嘲讽,反证了他是由于补天不成而产生的悲愤",曹雪芹"没有能彻底背叛他本来的阶级,却深深遗憾于自己的补天才能不被封建阶级所理解,而把它倾注在这部呕心沥血的作品里"。作者是把"补天说"作为曹雪芹的世界观和创作思想的一种概括。在封建社会行将崩溃的前夜,曹雪芹写作《红楼梦》是哀叹自己"无才"去补封建阶级的"破天",而自己的"补天"行为又不被封建阶级所理解的苦闷心情。今天看来,这种"补天说"是否真实反映曹雪芹的创作思想仍然是值得商榷的,但它符合了那个时代的需求。

值得注意的是"文革"中出现的"评红热"是和"批林批孔"的政治运动紧密相连的,这类似1975年的评《水浒》,其目的为"反击右倾翻案风"。梁效、方岩梁、石一歌等写作组以"评红"来反孔批儒。这方面的代表性文章有:《封建末世的孔老二——〈红楼梦〉里的贾政》、《〈红楼梦〉与封建末世的政治斗争》等,利用"评红"来书写"红学"的政治影射说,反修防修、评法批儒。

(五)"文革"后的《红楼梦》研究

1978年以后,《红楼梦》研究步入多元发展与学术反思的阶段,1980年7月各地《红楼梦》研究的学者、专家等160余人齐聚哈尔滨,召开了第一次全国《红楼梦》学术研讨会,并在会上成立了大型学术团体——中国红楼梦学会。1986年1月中国社会科学院为俞平伯从事学术活动六十五周年举行庆贺会,中国社会科学院院长胡绳在大会致词:"早在二十年代初,俞平伯先生已开始对《红楼梦》进行研究,他在这个领域里的研究具有开拓性的意义","1954年下半年因《红楼梦》研究而对他进行政治性的围攻,是不正确的。这种做法不符合党对学术艺术所应采取的'双百'方针。《红楼梦》有多大程度的传记性的成分,怎样估价高鹗续写的后四十回,怎样对《红楼梦》作艺术评价,这些都是学术领域内的问题。这类问题只能由学术界自由讨论"。"1954年的那种做法既在精神上伤害了俞平伯先生,也不利于学术和艺术的发展"。① 事隔《红楼梦研究》被批判32年后,俞平伯始得以平反。这一阶段对1954年的《红楼梦研究》批判运动持否定的文章不断增多。例如:张国光的《对1954年〈红楼梦研究〉批判的深层反思》、石昌渝的《政治介入学术的悲剧——对一九五四年批判俞平伯〈红楼梦研究〉的思考》等。胡明在《红学"四十年"》中指出:"这场斗争看似轰轰烈烈、万马千军,实际上刚一排开阵势俞平伯一个回合都没有招架便投降了,交出了一份《坚决与反动的胡适思想划清界限》的检讨,说了一句'我的心情是兴奋的'便完事,只是获胜的一方追杀了九个月而已。冲杀在最前面的当然是李、蓝两位,他们在打响'可贵的第一枪'之后便枪声不断了。应该说他们最初的两篇文章,也即是受到毛泽东同志高度评价的那两篇文章是基本说理的学术性探讨,态度是温和的,措词是严谨的,目的也无疑是善意的。只是当他们意识到自己揭开了一场规模空前的思想文化大战役时,尤其是受到毛泽东同志赞赏的这一份殊荣使他们萌生了一种巨大使命感时,古老传统的报恩心理与再立新功的雄心壮志交织在一起,心态开始倾斜了,不由自主地进入了一种角色要求。在他们后来陆续发表的批判文章中声腔提高了,语气也不

---

① 王湜华:《俞平伯的后半生》,花山文艺出版社2001年版,第219页。

谨慎了,如嘲笑俞平伯'其实连《红楼梦》是什么都不懂',研究了三十年,'实在任何重要问题都没有解决'。又指责'俞平伯的所谓考证上的成绩,实质上都是胡适唾余的扩大和充实',尽管他们在前两篇文章中刚对俞平伯的考证成绩作了还算是恰如其分的肯定。——他们把原本的一场学术讨论提到了政治思想上'走什么样的路'的高度。"

也有学者在一定程度上对 1954 年《红楼梦研究》批判持保留态度,认为俞平伯的《红楼梦研究》、《红楼梦简论》"不能给读者以正确的观点和方法。读者希望正确理解《红楼梦》的思想内容和客观上还没有正确阐释《红楼梦》的著作,这两者之间发生了矛盾。李希凡、蓝翎批评俞平伯的文章,就是在这样的历史背景下应运而生的"。对俞平伯《红楼梦研究》的批判,是一次重大的文艺思想斗争;当时进行这场斗争,是有一定必要性的,因为新型的人民政权刚刚建立,旧社会遗留下来的思想污垢,还在散发着霉烂的气息;为了巩固政权,需要彻底打扫旧的基地,而开展积极的思想斗争,会促进打扫基地的工作加速进行。① 李希凡认为毛泽东对《红楼梦》的批示是切中要害,不能否定的,批评是应该的,但不应该搞那么大的运动。相对应的亦有不少批评其红学观点的文章,如宋培效《评新版〈红楼梦评论集〉的"附记"和"后记"》、陈育德等《不能走那条路——评李希凡同志〈红楼梦〉评论集〔三版后记〕及其它》、李冰之《论李希凡之自我"解剖"》等。

改革开放以来的《红楼梦》研究存在着多元化的倾向与范式(paradigm),各派学术观点回潮,学术的宽容性明显增强。纵观百年来对《红楼梦》"意义"的探寻,主要围绕"情感主题"与"政治主题"。从最初清代人读《红楼梦》为拥钗还是拥黛而争得互相"报以老拳",到"革命派"赞美黛玉的"叛逆"和批判宝钗的"正统",皆是围绕着宝玉、

---

① 刘梦溪:《红学三十年》,《文艺研究》1980 年第 3 期。

黛玉和宝钗的"情感悲剧"作文章。王蒙曾言,共产党作为革命党要拥护黛玉,作为执政党则需肯定宝钗。① 余英时则认为《红楼梦》反映了两个鲜明对比的世界,大观园的世界和大观园以外的世界,两个世界的区别在于清与浊,情与淫,假与真,曹雪芹描写了"一个理想世界的兴起、发展及其最后的幻灭"。②

当前在研究《红楼梦》的方法、观念、内容等方面均有所突破。红学家们使用了新的方法,如系统论、信息论、比较文学的视角以及电子技术手段。红学研究的内容也越来越宽泛,分工愈来愈细。人们对红学的概念亦进行了重新认识。周汝昌认为红学这门学问是有其特殊定义和界限的,提出"曹学"、"脂学"、"版本学"和"探佚学"是红学中"四大支柱"。有些红学家主张将红学分为"曹学(外学)"和"红学(内学)","曹学"研究曹雪芹的家世、传记、文物等;"红学"研究《红楼梦》的版本学、思想内容、人物创造、艺术成就、成书过程、八十回后的情况、语言特色、对后世的影响及《红楼梦》与清代社会、与我国古典文学传统关系、曹雪芹的创作观和创作过程及脂砚斋批语等。

(六) 对几位重要人物的研究

当前对《红楼梦》研究批判的主角——俞平伯的研究,目前已经出版了《俞平伯年谱》、《俞平伯的后半生》、《俞平伯日记选》、《我的外祖父俞平伯》、《古槐树下的学者——俞平伯传》等。

《红楼梦》研究批判的始作俑者蓝翎与李希凡于上个世纪 90 年代,分别在山西太原的《黄河》上刊登回忆文章:《四十年间半部书》和《岂好辩哉? 不能已也——关于〈四十年间半部书〉一文的辩白》,介绍

---

① 王蒙:《〈红楼梦〉的研究方法》,《红楼漫拾》,江西教育出版社 1999 年版,第 174 页。
② 余英时:《〈红楼梦〉的两个世界》,《余英时学术思想文选》,上海古籍出版社 2010 年版,第 17、30 页。

当年两人合作的两篇文章《评〈红楼梦研究〉》、《关于〈红楼梦简论〉及其他》发表和转载的有关背景、过程以及两人之间的恩怨。①

在批俞运动及随后开始的对冯雪峰的批判中,作为重要当事人物之一的周扬对此事的看法及晚年的认识,可参阅李辉的《摇荡的秋千:是是非非说周扬》、顾骧的《晚年周扬》等,但仍缺乏对事件的来龙去脉以及前因后果的系统论述与实证性研究。

三、研究的思路

纵观学术界已有的关于《红楼梦》研究主题的文献如下图所示:

《红楼梦》研究主题的文献分析

资料来源:CNKI 中国知网,2018 年 2 月

海内外学术界极少从文化的权力视角,透过《红楼梦》研究的分析,来揭示政治与文化系统的行为方式,革命文化的形成机制,归纳出国家、社会与文化之间的互动结构。在喧闹纷繁的红学背后,以《红楼梦》研究者之命运浮沉为分析视角,揭示《红楼梦》研究政治批判的来龙去脉,系统探讨文化权力的运作,折射出中国政治与文化的原生态

---

① 蓝翎:《龙卷风》,上海远东出版社 1995 年版;李希凡:《苦乐人生的轨迹》,南京师大出版社 2011 年版。

面貌研究极为稀少。《红楼梦》研究在现代中国有其特殊的位置,由于20世纪社会精英的关注,它犹如一把钥匙,可以解开政治文化变革的轨迹及其内在逻辑,探究权力与文化的互动关系,解读话语领导权(hegemony)的知识谱系。葛兰西曾言:《君主论》的根本特征在于是一部"活生生的教科书",其中政治思想和政治科学被融入到一种"神话"的戏剧形式之中。① 马基雅维利的现实主义手法,祛魅的真实故事以及对共和制的探求亦成为本书写作的灵感来源。本书的研究思路在于通过对《红楼梦》研究的当代命运的深入研究,探讨文化的权力。研究重点在于将 1949 年以来主动地、被动地、自觉地、不自觉地卷入《红楼梦》研究批判和评红运动中的事件和人物的命运阐释清楚,用冷静客观的态度,透过人的学术思想、人的心态、人与人的关系、人的结局,刻画时代的轨迹与影响,揭示支配人们行为的社会文化机制。

  本书的研究路径从大处着眼,小处着手,全面细致收集史料,尤其是文本档案与口述资料,注重材料的深度挖掘与整理。在写作过程中通过深度访谈,实证研究,作者将田野调查和文献解读,制度研究与人物研究有机地结合起来,以细腻的笔调触摸历史。通过围绕对《红楼梦》研究论争与批判的解读,置身于那一个时段之中对人物与事件的分析与考量,力求跳出非此即彼、绝对肯定或者否定的判断模式,只是做社会变迁与人物命运的叙述者,讲述政治人物与知识分子在历史变迁中的浮沉往事,清晰地展示历史的多样性与复杂性以及人与政治间错综复杂的关系。全书通过对《红楼梦》研究当代命运的再现(representation),透析文化权力与社会嬗变的互动结构,解读 20 世纪以来中国社会的变革以及现代性思想与心灵的形塑(crafting)。

---

① 葛兰西曾言,《君主论》的根本特征就是一部"活生生的教科书",其中政治思想和政治科学被融入到了一种"神话"的戏剧形式之中。塞奇·莫斯科维奇:《群氓的时代》,江苏人民出版社 2003 年版,第 399 页。

四、分析的框架

本书以话语分析、个案研究、解释性研究为分析工具,从思想史的视角对《红楼梦》研究的当代命运予以结构性分析,揭示文化的生产、冲突与整合,探究文化、权力与社会之间的交互作用以及互动结构。本书的分析框架如下图所示:

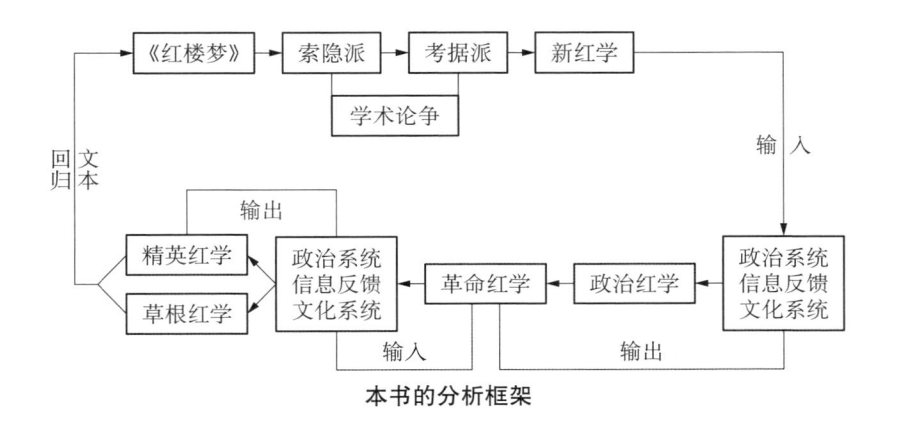

```
                ┌──《红楼梦》──索隐派──考据派──新红学──┐
                │              │                        │
                │          学术论争                   输入
      回 文                                              │
      归 本                                              ↓
                │         ┌──输出──┐                政治系统
                │ 精英红学 │         │              信息反馈
                └─┤        │政治系统 │←革命红学←政治红学←文化系统
                  │ 草根红学│信息反馈 │                  
                  └────────│文化系统 │                
                           └──输入──┘                
```

本书的分析框架

第一章　文化的成长:《红楼梦》与红学

> 容忍比自由还更重要。
> ——胡适

第一节　红学:关于一本书的学问

一、红学的起源

《红楼梦》产生于18世纪中叶的乾隆年间,初以《石头记》八十回的手稿本传抄、流传。这部小说的问世,引起了人们的浓厚兴趣与关注。乾隆五十六年,有木活字的排印本。嘉庆初年,有了评点本。高鹗于乾隆五十六年作序云:"予闻《红楼梦》脍炙人口者,几廿余年。"①次年程伟元、高鹗作《红楼梦》引言:"是书前八十回,藏书家抄录传阅,几三十年矣";"好事者每传抄一部,置庙市中,昂其值得数十金,可谓不胫而走矣"。程、高这些话,反映了《红楼梦》抄本流传的情况。乾隆五十六年以后,刻本开始广泛流传。清人笔记中记有,余以乾隆、嘉庆间入都,见人家案头必有一本《红楼梦》。梦痴学人说:"嘉庆初年,此

---
① 《新镌全部绣像红楼梦》,清乾隆五十六年萃文书屋活字本。

书始盛行。嗣后遍于海内,家家喜阅,处处争购。"① 乾嘉年间,《红楼梦》不仅被誉为"小说中无上上品";②"真天地间不可无一,不可有二之作"。③ 有的对之"爱玩鼓掌"、"读而艳之";有的甚至为了品评书中的人物,"一言不合,遂相龃龉,几挥老拳"。④

清代统治者曾利用政治权力对《红楼梦》严加禁毁,列其为"淫书"。有人甚至建议:将《红楼梦》传播到海外去,拿它的毒素去回应洋人所给予我们的鸦片毒害。清代毛庆臻诗云:"莫若聚此淫书,移送海外,以答其鸦片流毒之意,庶合古人屏诸远方,似亦阴符长策也。"⑤ 咸丰、同治时期,政府明令收毁的116种书目中,《红楼梦》为其中之一。同治七年江苏巡抚丁日昌所列190种禁书中,《红楼梦》与《西厢记》、《水浒传》、《牡丹亭》等被列为禁书。1868年《江苏省例》:"巡抚部院丁札开:淫词小说,向干例禁……近来兵戈浩劫,未尝非此等踰闲荡检之说默酿其殃。若不严行禁毁,流毒伊于胡底。……计开应禁书目:……《红楼梦》……同治七年四月十五日通饬。"⑥

《红楼梦》虽曾多次遭到禁毁,但其依然在民间广为流传,以致有"开口不说红楼梦,读尽诗书是枉然"这样的社会民谣。⑦ 咸丰十年名士李慈铭在日记中记《红楼梦》道:"甫出即名噪一时,至今百余年,风流不绝,群履少年,以不知此者为不韵。"⑧ 梁启超在《清代学术概论》中

---

① 《梦痴说梦》,光绪十三年刊本。
② 杨恩寿:《词余丛话》,一栗编:《红楼梦资料汇编》,中华书局1964年版,第25页。
③ 杨懋建:《梦华琐簿》,《红楼梦资料汇编》,中华书局1964年版,第364页。
④ 邹弢:《三借庐笔谈》,《红楼梦资料汇编》,中华书局1964年版,第390页。
⑤ 周汝昌:《红楼梦新证》,棠棣出版社1953年版,第1页。
⑥ 同治七年《查禁淫词小说》,《红楼梦资料汇编》,中华书局1964年版,第379页。
⑦ 《京都竹枝词·时尚门》,嘉庆二十二年刊本。全诗如下:"做阔全凭鸦片烟,何妨作鬼且神仙。开口不说红楼梦,读尽诗书是枉然。"
⑧ 李慈铭:《越缦堂日记补》,咸丰十年八月十三日。引自一栗编:《红楼梦资料汇编》,中华书局1964年版,第373、374页。

认为:"以言夫小说,《红楼梦》只立千古,余皆无足齿数。"①

　　红学是指研究《红楼梦》的学问。对这部小说,阅者各有所得。鲁迅说:"单是命意,就因读者的眼光而有种种:经学家看见《易》,道学家看见淫,才子看见缠绵,革命家看见排满,流言家看见宫闱秘事……"②一部《红楼梦》造就了红学。"红学"一词出现于清代嘉(庆)、道(光)年间。它起源于玩笑之语。据《清稗类钞》记载:③红楼梦一书,风行久矣。士大夫有习之者,称为"红学"。而嘉、道两朝,则以讲求经学为风尚,朱子美尝讪笑之,谓其穿凿附会,曲学阿世也;独嗜说部书,曾寓目者几九百种,而尤精熟红楼梦,与朋辈闲话,辄及之。一日,有友过访,语之曰,先生现治何经? 朱曰:"予亦考经学;弟与世人所治之经不同耳!"友大诧,朱子美曰:"予之经学,所少于人者,一画三曲也。"友瞠目,朱子美曰:"无他。吾所专攻者,盖红学也。"④"经"字在当时写作"經",朱子美研究的"经学"少"一画三曲"故为"红学"。由此可知,"红学"一词似应产生于嘉、道年间,时为戏谑、调侃之语。后人有"咸(丰)、同(治)以来,红学大盛"的记载。⑤ "都人士喜谈《石头记》,谓之红学";"光绪初,京朝士大夫尤喜读之,自相矜为'红学'云。"⑥可见,咸丰以降红学在士大夫、文人之中已流行,成为一时的风尚。

---

　　① 梁启超:《清代学术概论》,中华书局 2016 年版,第 154 页。
　　② 鲁迅:《集外集拾遗·〈绛洞花主〉小引》,人民文学出版社 1973 年版,第 177 页。
　　③ 《清稗类钞》为关于清代掌故遗闻的汇编。从清人、近人的文集、笔记、札记、报章中,广搜博采,仿清人潘永因《宋稗类钞》体例,编辑而成。记载之事,上起顺治、康熙,下迄光绪、宣统。全书分 92 类,13,500 余条。该书由近人徐珂(1869—1928)编,1917 年由商务印书馆初版。书中涉及内容极其广泛,举凡军国大事、典章制度、社会经济、学术文化、名臣硕儒、疾病灾害、盗贼流氓、民情风俗、古迹名胜,编者态度比较严肃,许多资料似可补正史之不足。
　　④ 均耀:《慈竹居零墨》,《文艺杂志》1914 年 8 期。
　　⑤ 胡明:《红学四十年》,《文学评论》1989 年 1 期。
　　⑥ 刘梦溪:《红学三十年》,《文学研究》1980 年 3 期。

《红楼梦》初以抄本在社会上流传时,附有脂砚斋等人的批点。①甲戌本第一回"满纸荒唐言"。脂批曰:"能解者方有辛酸之泪,哭成此书。壬午除夕书未成,芹为泪尽而逝。"脂砚斋认为,作者是要借《红楼梦》来写他内心的积郁、悲愁和苦闷。脂砚斋当为红学研究第一人。他还说:"一部书起是梦,宝玉情是梦,贾瑞淫是梦,秦之家计长策又是梦,今作诗也是梦,一并风月鉴也从梦中所有,故红楼梦也!余今批红楼梦亦在梦中,特为梦中之人特做此一大梦也!"脂砚斋在"瞬息间则又乐极生悲,人非物换,究竟是到头一梦,万境皆空"四句旁批"四句乃一部之总纲。"②人们对脂批褒贬不一,但绝大多数人认为脂砚斋生前和曹雪芹关系密切,颇了解曹雪芹的创作情况,所以脂砚斋的批点,在有关《红楼梦》的故事情节来源、作者的家世、经历及作品的艺术构思和人物性格的把握等方面,都为我们提供了研究《红楼梦》的重要参考材料。红学家周汝昌对脂批的评价较高:脂批为我们研究《红楼梦》"提供了第一手材料。脂砚斋跟曹雪芹有着特殊的完全不同于一般人的密切关系,所以这个人值得特别重视。当我们用一般的眼光去看《红楼梦》的时候,有相当数量的问题是难以解决的。这时候,我们求助于脂砚斋,他随处可以给我们以启示或回答";"脂学"是红学的重要内容。③

脂砚斋是何许人?和曹雪芹有什么关系?自清代至今仍旧说法

---

① 《红楼梦》的版本,大致可以分为两个系统:脂本系统——即附有脂砚斋批语的80回抄本系统。今存有"甲戌本"(1754年)、"己卯本"(1759年)、"庚辰本"(1760年)等12种以上,附有3000多条批语。中国艺术研究院红楼梦研究所校注本《红楼梦》(人民文学出版社1982年出版,共3册),即是以"庚辰本"(《脂砚斋重评石头记》)为底本,补以"程甲本"而成书的。此新版被认为最符合曹雪芹的原著面目。程本系统——即程伟元、高鹗的120回活字印刷本系统。人民文学出版社1974年出版的《红楼梦》即是以"程乙本"为底本的。

② 曹雪芹:《脂砚斋重评石头记》,中华书局1962年版。

③ 周汝昌:《什么是红学》,《河北师范大学学报》1982年3期。

不一。清朝裕瑞的《枣窗闲笔》中说："脂砚斋是小说作者的叔父"；胡适在《跋乾隆庚辰本脂砚斋重评〈石头记〉抄本》中认为："脂砚斋即是那位爱吃胭脂的宝玉即是曹雪芹自己"；周汝昌认为脂砚斋是史湘云的原型，根据《脂砚斋重评石头记》中"书未成，芹为泪尽而逝，余尝哭芹，而泪待尽"，判断脂砚斋是书中人物，是女性，和曹雪芹伦理关系密切。《红楼梦新证》一书说："脂砚斋既不是曹雪芹的什么叔父或兄弟，也不是曹雪芹自己，并且还不是男人，而是女人。她就是《红楼梦》中的史湘云"。① 从脂批的内容和口气看，脂砚斋确与作者有亲密关系，对作者很熟悉，深知作者创作此书的"辛酸泪"。脂评显得较为零碎，其评点虽涉及许多问题但未成体系。

乾隆五十九年（1794），海宁人周春写出了我国第一部红学专著《阅红楼梦随笔》，②开《红楼梦》索隐之先河。他认为《红楼梦》是叙写"金陵张侯家事"，其证据为，靖逆襄壮侯勇，长子恪定侯云翼，幼子宁国知府云翰，此宁国、荣国之名所由起也。

若从时段上划分，"红学"经历了三个阶段。从《红楼梦》问世到"五四"运动之前为第一阶段，被称为"旧红学"时期；自"五四"运动到1954年10月为第二阶段，被称为"新红学"时期；1954年10月以后为当代红学时期。

二、红学的流派

旧红学是指清代乾隆以来到"五四"运动以前这一百多年的《红楼梦》研究，其中影响较大的有：评点派和索隐派。

小说的评点起源于明代中叶。明末清初，金圣叹评点《水浒传》和

---

① 周汝昌：《我说〈红楼梦〉》，《新解红楼梦》，山东画报出版社2005年版，第73、74页。

② 周春，号松霭，晚号黍谷居士。浙江杭州府海宁县人，乾隆十九年进士，曾官至广西岑溪知县。

《西厢记》、毛宗岗批《三国演义》、张竹坡批《西游记》等,后来逐渐演化成了固定模式,卷首有批序、题词、读法、问答、图说、论赞等,每回有回前回后批的眉批、夹批、批注等。鲁迅在《谈金圣叹》一文中说:"经他一批,原作的诚实之处,往往化为笑谈,布局行文,也都被硬拖到八股的作法上。这余荫,就使有一批人,堕入了对于《红楼梦》之类,总在寻求伏线,挑剔破绽的泥塘。"① 鲁迅指出了"旧红学"的评点派是继承金圣叹的笔法来解释《红楼梦》。

从道光年间到光绪末年,评点派大为活跃。影响较大的有三家:"护花主人"王雪香,"太平闲人"张新之,"大某山民"姚燮,统称评点派红学。

王希廉,字雪香,号护花主人。道光十二年(1832)刊出《新评绣像红楼梦全传》,其上即有王希廉的评点。王希廉的评论,计有《护花主人批序》、《红楼梦总评》、《红楼梦分评》。他评《红楼梦》的总论是:"《红楼梦》一书全是梦境,余又从批之,真是梦中说梦,更属荒唐,然三千大千世界,古往今来事物,何处非梦,何人非梦?如余梦梦之人,梦中说梦,亦无不可";"《红楼梦》一百二十回,分作二十段,方知结构层次。……五回为四段,是一部《红楼梦》之纲领"。② 对黛、钗二人的评价为:"黛玉一味痴情,心地偏窄,德固不美,只有文墨之才,宝钗却是有德有才"。王雪香在《新评绣像红楼梦全传·批序》中说:"《南华经》曰:'大言炎炎,小言詹詹。'仁义道德,羽翼经史,言之大者也;诗赋歌词,艺术稗官,言之小者也;言而至于小说,其小之尤小者乎"。"语有大小,非道有大小也","若夫祸福自召,劝惩示儆,余于批本中已反复言之矣"。由此可见评者的用意和他对《红楼梦》思想价值的基本看

---

① 鲁迅:《谈金圣叹》,《鲁迅作品全编》(杂文卷下),浙江文艺出版社1998年版,第100、101页。

② 王希廉:《红楼梦总评》,《红楼梦资料汇编》,中华书局1964年版,第146页。

法:《红楼梦》为一部宣扬圣教之书。王雪香的观点在评点派中带有普遍性。总的说来,王希廉对《红楼梦》的写法体会得较全面:"《红楼梦》一书,有正笔,有反笔,有衬笔,有明笔,有暗笔,有先伏笔,有着色笔,有淡描笔,各样笔法,无所不备。"①

姚燮,字梅伯,号"大某山民",著有《读红楼梦纲领》。他的评点分为总评与分评。《总评》中论及小说全书主题时曰:"秦,情也。情可轻,而不可轻,此为全书纲领"。张新之,号太平闲人,又号"妙复轩"。道光三十年(1850年)刊出的《妙复轩评石头记》上附有张新之的评论。张评本卷首有《石头记读法》,共计三十条。"《红楼》一书,不惟脍炙人口,亦且镌刻人心,移易性情,较《金瓶梅》尤造孽,以读者但知正面,不知反面也。间有巨眼能见矣,而又恍惚迷离,旋得旋失,仍难脱累。闲人批评,使作者正意,书中反面,一齐涌现,夫然后闻者足戒,言者无罪,岂不大妙。"②太平闲人将《红楼梦》和《金瓶梅》看成是一类作品,而且"较《金瓶梅》尤造孽",亦有所曲解《红楼梦》。

评点派主要把《红楼梦》看作"情书"、"经书"等,就事论事式,尚未构成一套自身完整的理论体系与分析框架。

索隐派是在乾嘉时期经学考据风的影响下形成的一种学派,为旧红学中主要流派。所谓索隐,是指透过字面探索作者隐匿在书中的真人真事,从小说的情节和人物中考索出"所隐之事,所隐之人"。他们认为作者真正要表现的是作品故事人物背后隐藏着的"真事"。《红楼梦》研究的任务,就是探寻书中人物事件与历史真实人物事件的"关合"之处。

索隐派主要观点有"明珠家事说"(也称纳兰成德家事说),"清世祖与董鄂妃故事说"(亦称福临与小宛情事说),"康熙朝政治状态说"。

---

① 王希廉:《红楼梦总评》,《红楼梦资料汇编》,中华书局1964年版,第149页。
② 张新之:《红楼梦读法》,《红楼漫拾》,江西教育出版社1999年版,第33页。

"纳兰成德家世说"认为《红楼梦》写的是康熙时宰相明珠的家事。乾隆曾说,《红楼梦》"此盖为明珠家作也"。纳兰成德是明珠的儿子,清代著名诗人,为人潇洒倜傥,喜欢结交名士。其诗善言情,又好言愁。颇似《红楼梦》里的宝玉和宝玉诗词的风格。《红楼梦》里的金陵十二钗,是纳兰成德的一些上宾,如宝钗是高澹人,妙玉是姜宸英等。代表性的著作主要有:陈康祺《燕下乡脞录》、俞樾《小浮梅闲话》、钱静方《红楼梦考》。

"清世祖与董鄂妃故事说"是王梦阮提出的。王梦阮认为:《红楼梦》描写的是清世祖与董鄂妃的爱情故事。"然则书中果记何人何事乎?请试言之。盖尝闻之京师故老云,是书全为清世祖与董鄂妃而作,兼及当时诸名王奇女也。"①书中的贾宝玉即顺治皇帝,林黛玉即董鄂妃,也就是秦淮名妓董小宛。

"康熙朝政治状态说"出自蔡元培,在索隐派中影响也最大。蔡元培被称为"索隐派的代表人物"。

三、现代性的诉求

从谈论《红楼梦》上升到《红楼梦》研究,即红学,这主要归功于王国维、蔡元培与胡适三位学人。西方的现代性起源于文艺复兴与工业革命,中国的现代性发轫于清末民初。王国维首先以现代性的眼光,通过比较研究的哲理视角分析《红楼梦》。王国维,字静安,号观堂,浙江海宁人,少以文名。今人对王国维的理解大多起于他的《人间词话》,事实上他对《红楼梦》的研究,是对中国文本的学术研究从传统走向现代的发轫,开创了西方理论与中国文本之间互证互释的研究路径。

---

① 王梦阮、沈瓶庵:《"红楼梦索隐"提要》,《红楼梦资料汇编》,中华书局1964年版,第297页。

学术上有大成功的人,往往为绝顶聪明而又愿作笨功夫的人,王国维的大成就即缘于此。胡适曾言,王国维是"一个绝顶聪明的人。他少年时用德国叔本华的哲学来解释《红楼梦》,他后来的成就,完全是罗振玉给他训练成功的,当然要靠他自己的天分和功力"。胡适晚年比较王国维与罗振玉:"静安先生的样子真难看,不修边幅,再有小辫子,又不大会说话,所以很少出门,但他真用功。罗振玉就不同,身材高大,人又漂亮,又会说话。说起话来又有风采。真漂亮!"[1]

王国维以其敏锐的洞察力最早对红学研究中的"索隐说"和"自传说"进行了准确概括:"综观评论此书者之说,约有二种:一谓述他人之事,一谓作者自写其生平也。"[2]不同于笔记式的评点与索隐附会,他的《〈红楼梦〉评论》确立了以西方哲学和美学双重理论为基础的文艺评价体系,系统地对《红楼梦》的主题、文学价值与伦理学价值进行了深入研究,确立了新的解释框架。王国维借鉴西方理论,进行跨文化研究。特别是从美学与哲学的眼光分析《红楼梦》,显示了其研究视角的远见卓识。在传统的观点中,以世俗角度来看,小说被视为小道末流,全无学术上研讨之价值,更没有以哲学和美学的观点来系统研究文艺小说。因此,《〈红楼梦〉评论》被视为《红楼梦》研究史上第一篇红学专论,运用现代学术思想与方法系统研究《红楼梦》的奠基之作。[3]

王国维认为诗歌、戏曲与小说的目的在于描写人生;生活的本质,"欲而已矣"。[4]《红楼梦》一书的主题精神在于"描写人生之苦痛与其解脱之道"。[5] 他以世界文学的眼光来看待《红楼梦》,将曹雪芹的《红楼梦》与歌德的《浮士德》进行比较。浮士德作为欧洲近代人文价值与

---

[1] 胡颂平:《胡适之先生晚年谈话录》,新星出版社2006年版,第103、104、80页。
[2] 王国维:《红楼梦评论》,上海古籍出版社2011年版,第19页。
[3] 《红楼梦评论》首先刊载于1904年《教育世界》的8、9、10、12、13期。
[4] 王国维:《红楼梦评论》,上海古籍出版社2011年版,第2、4页。
[5] 同上书,第8页。

文化性格的核心,弥漫着个体意识的觉醒与对自由意志的追寻。"夫欧洲近世文学中,所以推格代之《浮士德》为第一者,以其描写博士浮士德之苦痛及其解脱之途径最为精切故也。若《红楼梦》之写宝玉,又岂有以异于彼乎!彼于缠绵最深之钟,而已伏解脱之种子……浮士德之苦痛,天才之苦痛;宝玉之苦痛,人人所有之苦痛也"。①《红楼梦》与中国传统的诗歌、小说与戏曲不同:"此书之精神大背于吾国人之性质,及吾人之沉溺于生活之欲,而乏文艺(美术)之知识有如此也。"②在此基础上,作者对《红楼梦》的文学与伦理学之价值,分别予以理论上的评述分析,与传统中国的乐天、入世以及"沉溺于生活之欲"的精神所不同。王国维认为《红楼梦》一书乃"彻头彻尾的悲剧",其精神"存于解脱"③。唯有解脱,方能超越人生的苦痛与悲剧。这亦体现了《红楼梦》的主题曲《好了歌》,"世上万般,好便是了,了便是好"。④ 王国维《红楼梦》研究的"悲剧—解脱论",如下图所示:

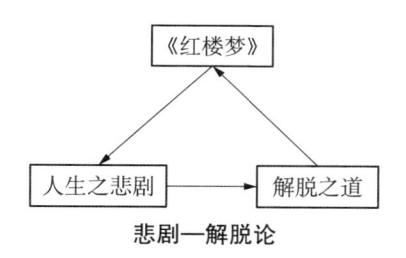

```
        《红楼梦》
         ↙    ↘
    人生之悲剧 → 解脱之道
```
悲剧—解脱论

王国维按照辩妄求真的考证路径予以探研,从而使《红楼梦》的谈论得以脱离猜谜式的附会成为红学,为《红楼梦》的文艺研究导向指明了路径,他在《红楼梦评论》中谈道:

---

① 王国维:《红楼梦评论》,上海古籍出版社 2011 年版,第 8、9 页。
② 同上书,第 9 页。
③ 同上书,第 9、11、14 页。
④ 曹雪芹、高鹗:《红楼梦》,人民文学出版社 1982 年版,第 18 页。

> 自我朝考证之学盛行，而读小说者亦以考证之眼光读之。于是评《红楼梦》者纷然索此书中之主人公之为谁，此又甚不可解者也。夫美术之所写者，非个人之性质，而人类全体之性质也。①

由此明确地道出《红楼梦》中的主人公是艺术创造，是典型人物中的典型形象，是艺术家创造的结晶与人类生活的写照。他认为："哲学上之说，大都可爱者不可信，可信者不可爱。余知真理，而余又爱其谬误"，对于《红楼梦》的研究逐渐从哲学的"求真"转向文学的"求美"。②余英时认为："从文学的观点研究《红楼梦》的，王国维是最早而又最深刻的一个人。"③王国维视《红楼梦》一书之价值，并不在其故事确指何人与何事，而在其展现了人生美学价值。

王国维将西方哲理思想和中国传统文化有机结合，展示其独特的研究视角。他以德国叔本华哲学思想观照《红楼梦》，宝玉之"玉"乃是人之欲的象征。④ 在《〈红楼梦〉评论》一文中，他说："生活之本质何？欲而已矣，由欲所产生者，则唯有痛苦"，所以"欲与生活与痛苦，三者一而已矣"。他从传统民族心理特点和古代审美理想出发，总结出我国古代文学作品，不管是戏曲或小说，总是以大团圆结局为艺术构思的根源，缺乏悲剧精神。"吾国人之精神，世间的也，乐天的也，故代表

---

① 王国维：《红楼梦评论》，上海古籍出版社 2011 年版，第 19 页。
② 王国维认为："知其可信而不能爱，觉其可爱而不能信，此近二、三年中最大之烦闷。而近日之嗜好，所以渐由哲学而移于文学，而欲于其中求直接之慰藉者也。"王国维：《三十自序（二）》，《千古文心：王国维文选》，百花文艺出版社 2002 年版，第 238 页。
③ 余英时：《中国思想传统的现代诠释》，江苏人民出版社 2003 年版，第 254 页。
④ 王国维是第一个系统地取用西方理论来评论《红楼梦》的学者。陈寅恪曾将王国维的学术思想与方法概括为三条：一是用地下新发现的文物材料与纸上流传后世的文字材料相互比较，互为释证；二是用少数民族的遗留材料与汉族史迹相互补正；三是用西方的理论来阐释中国古代的典籍。陈寅恪当时断言中国将来的文史研究尽管会在范围和方法上有所发展，但是大体格局不远出王国维所开创的局面。

其精神之戏曲、小说，无往而不着此乐天之色彩：始于悲者终于欢，始于离者终于合，始于困者终于亨；①非是而欲餍阅者之心，难矣。"②李泽厚认为用"乐感文化"来概括中国传统文化较为恰切，他说："中国人很少真正彻底的悲观主义，他们总愿意乐观地眺望未来。"③王国维认为到了《红楼梦》，乐感文化退隐而去，悲剧主义彰显出来，从而将人生之欲归于原罪。

王国维由叔本华之说评论《红楼梦》，悲剧之中有三种之别："第一种之悲剧，由极恶之人，极其所有之能力以交构之者。第二种，由于盲目的运命者。第三种之悲剧，由于剧中之人物之位置及关系而不得不然者，非必有蛇蝎之性质与意外之变故也，但由普通之人物、普通之境遇，逼之不得不如是"。《红楼梦》是叔本华三种悲剧之说的第三种悲剧，"此种悲剧，其感人贤于前二者远甚"，"《红楼梦》者，可谓悲剧中之悲剧也"。④ 在《红楼梦》研究史上，王国维充分肯定此书"为我国美术（文艺）上之唯一大著述"；⑤在研究方法上取用西方理论探研中国文本，且有所突破，发前人所未发的卓见，是对中国文化的研究从传统走向现代的关键环节。由此观之，王国维解读《红楼梦》"一方面吸收输入外来之学说，一方面不忘本来民族之地位，此二种相反而适相成"。⑥正如顾颉刚先生的分析："我们单看静安先生的形状，他确是一个旧思想的代表者；但细察他的实在，他却是一个旧思想的破坏者。"⑦这也折

---

① "亨"通"享"。《易·随·上六爻辞》："王用亨于西山。"
② 王国维：《红楼梦评论》，上海古籍出版社 2011 年版，第 10 页。
③ 李泽厚：《中国古代思想史论》，人民出版社 1986 年版，第 311 页。
④ 王国维：《红楼梦评论》，上海古籍出版社 2011 年版，第 11、12 页。
⑤ 同上书，第 22 页。
⑥ 陈寅恪：《审查报告三》，《中国哲学史》（下册），中华书局 1961 版，第 4 页。
⑦ 顾颉刚：《悼王静安先生》，《追忆王国维》，生活·读书·新知三联书店 2009 年版，第 114 页。

射出近代中国的现代性"由各种异质的因素所构成"。①

日本"京都学派"的狩野直喜曾如是评价王国维之《红楼梦》研究:他以"西洋哲学为主","在这样的哲学背景下批评《红楼梦》,创造了非常新式的学风,打破了已经僵化的传统中国学的研究方法,尝试打开一个新天地。研究叔本华并用之批评《红楼梦》,中国文学者采用这种做法,可以说是破天荒的事情。"②

王国维运用西方文艺理论的方法对《红楼梦》的研究有开辟创新之功,对《红楼梦》评价极高,将其视为我国文学史上的"唯一大著述"。他从《红楼梦》里读出人生的苦痛与困境,从入世到出世,"解脱之道存于出世,而不存于自杀。"③不过,王国维自身的命运选择却走向了一条反向之路。1927年北伐军向长江以北挺进,"丁卯春夏间,时局益危,国维悲愤不自制,于五月初三日,自沉于颐和园之昆明湖,家人于衣带中得遗墨,自明死志曰:'五十之年,只欠一死!经此世变,义无再辱'云云。谥忠悫。海内外人士知与不知,莫不重之。"④梁漱溟曾回忆,昔日梁启超从天津返回清华国学研究院,向人谈及令人风闻色变的国民革命军北伐进军途中"如何侮慢知识分子",这消息极大刺激了静安先生,联想到1924年冯玉祥的"逼宫",他选择了"惜吾道,不敢惜吾身"的自沉。⑤

对于王国维的死因,有不同的解释,学术界有殉清、被逼等多种说

---

① 沙培德认为,现代性以一种普遍摒弃传统的立场予以再现出来,把传统解消为过去的残余,但也因此创造了人们得以利用传统参与现代性的条件。沙培德:《西方学界研究中国近代史的最新动向》,《思想史研究》(第一卷),广西师范大学出版社2005年版,第294页。
② 狩野直喜:《回忆王静安君》,《追忆王国维》,生活·读书·新知三联书店2009年版,第293页。
③ 王国维:《红楼梦评论》,上海古籍出版社2011年版,第7页。
④ 赵尔巽等:《清史稿》(第45册),中华书局1977年版,第13728页。
⑤ 梁漱溟:《王国维自沉昆明湖实情》,《追忆王国维》,生活·读书·新知三联书店2009年版,第110页。

法,但最有影响的是陈寅恪先生的解释:"敢将私谊哭斯人,文化神州丧一身";①"我认为王国维之死,不关与罗振玉之恩怨,不关满清之灭亡,其一死乃以见其独立自由之意志"。②将王国维的行为视为内在的文化动因使然,殉文化来自于对文化认同危机的回应,须以生死力争。王国维与陈寅恪友情甚深,关系密切。既是师长间的关系,又是朋友间的关系,所谓"风义平生师友间"。③王国维在遗书中说,"书籍一项,请陈吴料理",即陈寅恪与吴宓。王国维请陈、吴料理书籍,实际是王国维向陈寅恪、吴宓的文化托命。陈寅恪在《王观堂先生挽词》中说:

> 凡一种文化值衰落之时,为此文化所化之人,必感苦痛,其表现此文化之程量愈宏,则其所受之苦痛亦愈甚;迨既达极深之度,殆非出于自杀无以求一己之心安而义尽也。……近数十年来,自道光之季,迄乎今日,社会经济之制度,以外族之侵迫,致剧疾之变迁;纲纪之说,无所凭依,不待外来学说之掊击,而已销沉沦丧于不知觉之间;虽有人焉,强聒而力持,亦终归于不可救疗之局。盖今日之赤县神州值数千年未有之巨劫奇变;劫尽变穷,则此文化精神所凝聚之人,安得不与之共命而同尽,此观堂先生所以不得不死,遂为天下后世所极哀而深惜者也。至于流俗恩怨荣辱委琐龌龊之说,皆不足置辩,故亦不之及云。④

---

① 陈寅恪:《寅恪先生诗存》,引自汪荣祖《史家陈寅恪传》,北京大学出版社2005年版,第56页。
② 陈寅恪:《陈寅恪集·讲义及杂稿》,生活·读书·新知三联书店2015年版,第464页。
③ 1925年陈寅恪与王国维、梁启超、赵元任一起受聘于清华国学研究院。陈、王二位成邻居,因见解识趣相投,常常一起谈古论今,遂成为知交好友。陈寅恪在《王观堂先生挽词》中曰:"回思寒夜话明昌,相对南冠泣数行","风义平生师友间,招魂哀愤满人寰",正是对这段友情的回顾。《陈寅恪集·诗集》,生活·读书·新知三联书店2015年版,第181页。
④ 《陈寅恪集·诗集》,生活·读书·新知三联书店2015年版,第12、13页。

陈寅恪在这里廓清了关于王国维死因种种恩怨荣辱的流俗猜测，将其死因阐释为与所寄予文化共存共尽的理念与实践，即思想不自由毋宁死。王国维自沉于昆明湖后，清华大学国学研究院的同仁们怀念不已，两年后有学生在清华园内为其立碑以寄托心意，请陈寅恪撰写碑铭，于是他写下了《王静安先生纪念碑铭》：

士之读书治学，盖将以脱心志于俗谛之桎梏，真理因得以发扬。思想不自由，毋宁死耳。斯古今仁圣所同殉之精义，夫岂庸鄙之敢望。先生以一死见其独立自由之意志，非所论于一人之恩怨，一姓之兴亡。呜呼！树兹石于讲舍，系哀思而不忘。表哲人之奇节诉真宰之茫茫。来世不可知者也，先生之著述，或有时而不章。先生之学说，或有时而可商。惟此独立之精神，自由之思想，历千万祀，与天壤而同久，共三光而永光。

王静安先生纪念碑

在碑文中陈寅恪三次提到学者对思想自由与独立精神之追求,蕴含了深刻的隐喻。这已经不仅仅是在悼念王国维先生,而是抽象出中国现代性探索的一种新的人格理念与人生价值视域(vision):独立之精神与自由之思想,这是对中国文化的传承与创造性发展最为重要的精神与思想的力量。

1980年俞平伯曾对《红楼梦》研究进行总结:"《红楼梦》可从历史、政治、社会各个角度来看,但它本身属于文艺的范畴,毕竟是小说;论它的思想性,又有关哲学。这应是主要的,而过去似乎说得较少。"① 爱德华·萨义德认为文化研究的首要目的是"分清民族经典,然后去维系它的卓越、权威和美学自在性"。② 从以上层面上看,王国维以世界的眼光看待《红楼梦》,运用新的思想与新的方法从文艺、美学与哲学的多重视角探研《红楼梦》,从而形成了一门新的科学,即"红学"。

第二节 蔡元培与《红楼梦》

一、蔡元培治学

蔡元培对于《红楼梦》的研究兴趣,受到陈康祺《郎潜纪闻二笔》中所述其师徐时栋观点的启发。徐氏认为,《石头记》中十二金钗皆清初巨宦明珠食客。其中以宝钗影高澹人,妙玉即姜湛园。蔡元培开始作《红楼梦》疏证,是于1898年之前。他在是年日记中曾有如下记述:"前曾刺康熙朝士轶事,疏证《石头记》,十得四、五,近又有所闻,杂志左方,以资引证。"如"林黛玉(朱竹垞)、薛宝钗(高澹人)……宝玉(纳

---

① 俞平伯:《旧时月色》,《俞平伯散文选集》,百花文艺出版社1990年版,第263页。
② 爱德华·萨义德:《文化与帝国主义》,生活·读书·新知三联书店2016年版,第449页。

兰容若)、刘姥姥(安三)"。① 此时蔡元培正在北京清政府翰林院任职。此后,他又陆续查阅清人《乘光舍笔记》等多种书籍,其中关于《红楼梦》小说中女人皆指汉人、男人皆指满人的说法,使他感到"尤与鄙见相合"。循此思路,蔡元培在十余年的时间里又陆续考证出十余则。1915 年蔡元培在法国将积累多年的《红楼梦疏证》(《石头记索隐》初名)基本定稿之后,上海商务印书馆便驰函建议他加一结束语,请其尽快发表。②

蔡元培所撰《石头记索隐》首次面世是 1916 年 1 月至 6 月在《小说月报》上连载,出版者特辟"名著"一栏,以示重视。按照蔡氏原来的想法,刊载后并不急于将此稿结集出书,而愿进一步润修增补,以成全璧,至少在内容上要更加充实。此时(1916 年秋),旅居法国的蔡元培收到了教育总长范源濂发来的电报,请其担任北京大学校长。③

北京大学的前身是晚清 1898 年创立的京师大学堂。进入民国时代,虽改名为国立北京大学,但其官僚气与衙门气依然故我,学术空气稀薄,学校制度混乱。科举时代遗留下来的官本位意识在教员和学生中居主流。教员中有不少是北洋政府的官僚,不学无术混饭度日者居多。大多数学生仍继承前清老爷式的作风,不认真读书,只想混张毕业文凭,作为升官发财的敲门砖,而对于学术研究,毫无兴会。学生课外,没有高尚娱乐,大多在校外吃喝嫖赌等不正当消遣。北京大学这种乌烟瘴气的腐败氛围,蔡元培早已有所闻。他于《我在北京大学的经历》中回忆道:

---

① 高平叔:《蔡元培年谱》,中华书局 1989 年版,第 10 页。
② 张晓唯:《蔡元培与胡适(1917—1937)》,中国人民大学出版社 2003 年版,第 162 页。
③ 蔡元培:《蔡孑民先生言行录》,广西师范大学出版社 2005 年版,第 13 页。

> 友人中劝不必就职的颇多,说北大太腐败,进去了,若不能整顿,反于自己的声名有碍。这当然是出于爱我的意思。但也有少数的说,既然知道他腐败,更应进去整顿,就是失败,也算尽了心。这也是爱人以德的说法。我到底服从后说,进北京。①

蔡元培于 1916 年 10 月 2 日离欧归国,12 月 22 日抵北京,于次年 1 月 4 日到北大就职。当时报界有如此报道:"大风雪中,来此学界泰斗,如晦雾之时,忽睹一颗明星也。"②此时,上海出版界已刊出王梦阮、沈瓶庵《红楼梦索隐》一书之发行广告。张元济曾函劝蔡元培:"若大著此时不即出版,恐将来销路必为所占。且驾既回国,料亦未必再有余闲加以润饰,似不如即时出版为便。"③蔡元培的《石头记索隐》遂于 1917 年 9 月由商务印书馆正式印行单行本。蔡元培作为民国名人,在学界有很高地位,他加入到红学研究的行列,自然颇受世人关注。《石头记索隐》自 1917 年初至 1930 年已出至第十版,可见其影响非同一般。

蔡元培从事《红楼梦》疏证的十余年间,正是"排满"之声四起,民族主义激情高涨之时,这种时代氛围,对于曾投身反清革命的蔡氏显然有深刻影响。《石头记索隐》开篇即写道:

> 《石头记》者,清康熙朝政小说也。作者持民族主义甚挚。书中本事在吊明之亡,揭清之失,而尤于汉族名士仕清者寓痛惜之意。当时既虑触文网,又欲别开生面,特于本事以上加以数层障幕,使读者有横看成岭侧看成峰之状况。……书中红字多影朱

---

① 蔡元培:《我在北京大学的经历》,《东方杂志》第 31 卷 1 号。
② 《中华新报》1917 年 1 月 1 日。
③ 高叔平:《蔡元培年谱长编》(上册),人民教育出版社 1996 年版,第 620 页。

字。朱者明也,汉也。宝玉有爱红之癖,言以满人而爱汉族文化也;好吃人口上胭脂,言拾汉人唾余也。……甄士隐即真事隐,贾雨村即假语存,尽人皆知,然作者深信正统之说,而斥清室为伪统,所谓贾府即伪朝也。①

从这段文字可推知:蔡元培视《红楼梦》为政治小说,寄寓有相当社会现实深义。其考证疏解之目的出于民族主义思想,亦如鲁迅后来所言:"革命者看见排满"。②

蔡元培在主观上是力图追求比较严谨的治学方法,与那种游文戏笔的《红楼梦》研究文章有所不同。蔡元培广泛征引了大量史籍记载的相关史料,采用对比的方法,与小说情节相互比附,以支持自身的观点:《红楼梦》中主要人物及若干小说情节皆影射康熙朝的知名人士及时事。贾宝玉,即传国玉玺之义也,乃影康熙时的废太子胤礽;林黛玉,影朱竹垞也,绛珠影其氏也,居潇湘馆,影其竹垞之号也。竹垞生于秀水,故绛珠草生于灵河岸上;薛宝钗,影高江村。薛者,雪也。林和靖《吟梅》有曰:"雪满山中高士卧,月明林下美人来。"用薛字以影高江村之姓名也,即高士奇。王熙凤,余国柱也。探春,影冒辟疆。刘姥姥,影汤潜庵。蔡元培认为:"所证明,虽不及百之一二,然《石头记》之为政治小说,决非牵强附会,已可概见。触类旁通,以意逆志,一切怡红快绿之文,春恨秋悲之迹,皆作二百年前之因话录、旧闻记读可也"。③

蔡元培在进行人物疏证时,并非无原则可循,而是自有其一套

---

① 蔡元培:《石头记索隐》,《蔡元培全集》,中华书局1984年版,第74、75、76页。
② 鲁迅:《集外集拾遗·〈绛洞花主〉小引》,人民文学出版社1973年版,第177页。
③ 蔡元培:《石头记索隐》,《蔡元培全集》(第3卷),中华书局1984年版,第111、112页。

"规则"。他推求书中人物和清初历史上人物关系,采用三法:"一、品性相类者;二、轶事有征者;三、姓名相关者"。① 他举例说:以湘云之豪放而推为其年,以惜春之冷僻而推为荪友,是用第一法;以宝玉曾逢魔魇而推为允礽,以凤姐哭向金陵而推为国柱,是用第二法;以探春之名,与探花有关,而推为健庵,以宝琴之名,与学琴于师襄之故事有关,而推为辟疆,是用第三法。并且"每举一人,率兼用三法或两法,有可推证,始质言之"。② 所以他"自以为审慎之至,与随意附会者不同"。③

蔡氏《石头记索隐》将发端于清徐时栋的"康熙朝政治状态说"齐集完备,汇于一说,比较细密而又全面系统地对《红楼梦》的人物与情节进行索隐,可谓索隐派理论的典范(paradigm)之作。④ 因而,蔡元培被视为索隐派红学的集大成者。

二、蔡元培治校

蔡元培主持北京大学期间,胡适称之为"北京大学的蔡元培时代"。北京大学是蔡元培实践其现代大学文化与精神道德的实践地。1917年1月4日蔡元培到北大任职。顾颉刚曾回忆,蔡元培"到校的第一天,校工们排队在恭恭敬敬地向他行礼,他一反以前历任校长目中无人、不予理睬的惯例,脱下自己头上的礼帽郑重其事地向校工们鞠了一个躬,这就使得校工和学生们大为惊讶";"蔡孑民先生任了北

---

① 蔡元培:《石头记索隐》,《蔡元培全集》(第3卷),中华书局1984年版,第69页。
② 同上。
③ 同上。
④ 这个典范的中心理论是以《红楼梦》为清初政治小说,旨在宣扬民族主义,吊明之亡,揭清之失。清末类似说法已不少,故蔡元培索隐开始就提到陈康祺笔记中所引徐柳泉之说及乘光舍笔记之论。余英时先生认为蔡元培是索隐派"典范"的总结者,而不是开创者。可参阅余英时:《中国思想传统的现代诠释》,江苏人民出版社2003年版,第241页。

京大学校长,努力破除学校中的陈腐空气"。①

蔡元培首先确立了大学的宗旨,即"大学者,研究高深学问者也"。② 大学既不是"贩卖毕业的机关",也不是"灌输固定知识的机关",而是"研究学理的机关"。③ 他在北大倡导"为学术而学术"的大学理念。对于学术,则认为最重要的是自由、宽容的精神。他认为对于各家学说,专制时代往往"执一而排其它",共和时代须循"思想自由原则,兼容并包",故而明确主张"无论何种学派,苟其言之成理,持之有故,尚未达自然淘汰之运命者,即是彼此相反,也听他们自由发展。例如陈君介石、陈君汉章一派的文史,与沈君尹默一派不同;黄君季刚一派的文学,又与胡君适之的一派不同;那时候各行其是,并不相妨"。④ 这一精神促进了对于传统文化的创造性转化,避免了对传统文化的全盘接受与否定,对中国传统文化向现代性转型具有重要的意义。他要求学生:"大学学生当以研究学术为天职,不当以大学为升官发财的阶梯","抱定宗旨,为求学而来,入法科者,非为做官;入商科者,非为致富。宗旨既定,自趋正轨",因此他"广延积学与热心的教员,认真的教授,以提起学生研究学问的兴会"。⑤ 他引进陈独秀任北京大学文科学长,聘任胡适、⑥刘半农、周作人等为教授。他们和原先在北大的钱玄

---

① 顾颉刚:《古史辨自序》,《顾颉刚古史论文集》(第1册),中华书局1988年版,第34页。
② 蔡元培:《就任北京大学校长之演说》,《蔡元培全集》(第3卷),中华书局1984年版,第5页。
③ 蔡元培:《蔡孑民先生言行录》,广西师范大学出版社2005年版,第153页。
④ 蔡元培:《自写年谱》,《蔡元培全集》(第3卷),中华书局1989年版,第319、320页。
⑤ 蔡元培:《我在教育界的经验》,《宇宙风》第56期。
⑥ 蔡元培后来曾回忆说:"那时候因为《新青年》文学革命的鼓吹,我们认识留美的胡适之君。他回国以后,即请他到北大任教授。胡君真是'旧学邃密'而且'新知深沈'的一个人,所以一方面与沈尹默、兼士兄弟,钱玄同,马幼樵、刘半农诸君,以新方法整理国故,一方面整理英文系。"蔡元培:《我在北京大学的经历》,《东方杂志》1934年第31卷第1号。

同、沈尹默、沈兼士一起,致力于文科的革新。"文学革命与思想自由的风气,遂大流行。"①

蔡元培认为:学术上的派别是相对的,不是绝对的;所以每一种学科的教员,即使主张不同,若都是"言之成理,持之有故"的,就让他们并存,令学生有自由选择的余地,形成了学术思想相互竞争的格局。据马寅初的回忆,当时在北大,以言党派,国民党有先生及宠惠诸氏,共产党有李大钊、陈独秀诸氏,视为无政府主义者的有李石曾氏,憧憬于君主立宪发辫长垂者有辜鸿铭氏;以言文学,新派有胡适、钱玄同、吴虞诸氏,旧派有黄季刚、刘师培、林损诸氏。1917年曾在北京大学讲授印度哲学的梁漱溟对蔡元培的办学思想曾深有体会与感悟:"蔡元培先生在北大的办学方针是开放的,不受任何拘束,一般都称赞他执行的兼容并包办学方针,这个人态度好,能够广罗人才,我就是被他'兼容并包'的一个人。……五四时期,北大出现陈独秀、李大钊,还有顾孟馀等人,他们都讲社会主义学说,有好几派,有人讲英国的基尔特主义,有人讲法国的工团主义。学生中的思想也有很多派,有很多出名人物,如傅斯年、许德珩等等。毛泽东那时也在北大,他是旁听生。傅斯年创办的刊物《新潮》,还有个刊物是《国故》。'国故派'里就有名教授黄侃。北大还有'三沈'(沈兼士、沈尹默、沈士远),'二马'(马叙伦、马裕藻),'二周'(周树人、周作人)等等。当时人才济济,因为蔡先生爱才,奖励后进。我现在已是九十四岁,离那时很远了,但是对当时经常讲的那几个字——兼容并包,至今记忆犹新。"②

其次,改革北大的管理机制,实行教授治校制度。其目的在于维

---
① 蔡元培:《自写年谱》,《蔡元培全集》(第3卷),中华书局1989年版,第319页。
② 罗尔纲:《师门五年记》,生活·读书·新知三联书店1998年版,第337、338、339页。

护学术本位,促进学术发展与思想活力,反对校长的独断专行,打破官办衙门式管理。他主持制定了北大《评议会章程》,规定大学内部规则须经评议会通过,始能生效;各学科的设立及废止、讲座的种类、学生风纪等重要事项,须经评议会通过,始能付诸执行。评议会给教授议决校务的权力。评议会组成人员为:(甲)校长,(乙)各科学长,(丙)各科教授,每科 2 人,自行互选。1917 年的评议员 19 人:蔡元培(校长),陈独秀(文科学长),夏元栗(理科学长),王建祖(法科学长),温宗禹(工科学长),胡适、章士钊(文本科选出),沈尹默、周思敬(文预科选出),秦汾、俞同奎(理本科选出),张大椿、胡浚济(理预科选出),陶孟和、黄振声(法本科选出),朱锡龄、韩述祖(法预科选出),孙瑞林、陈世璋(工本科选出)。蔡元培认为:"德国的大学,每年换一校长,由神学、医学、法学、哲学四科的教授轮值,从来不生问题。我们鉴于此次校长问题的纠纷,也要做到教授治校的方式。拟设评议会,由各系教授推出评议员组织之。这就是北大评议会的缘起。"①评议会对各种议案的审核和讨论,都以表决的形式,按少数服从多数原则议决通过。

其三,优化大学的学术风气,养成学者的道德人格。蔡元培认为:"学者当有研究学问之兴趣,尤当养成学问家之人格";"砥砺德行。方今风俗日偷,道德沦丧,北京社会尤为劣恶,败德毁行之事,触目皆是,非根基深固,鲜不为流俗所染"。②"研究学理,不可不屏除纷心的嗜好",提倡"戒律"。③ 于是,他发起成立了"北京大学之进德会",入会之条件为题名于册,自愿加入,不咎既往,会员分为三等,如下表所示:

---

① 蔡元培:《自写年谱》,《蔡元培全集》(第 3 卷),中华书局 1989 年版,第 322 页。
② 蔡元培:《蔡子民先生言行录》,广西师范大学出版社 2005 年版,第 151、149 页。
③ 同上书,第 154 页。

进德会等级与条件表

等级	入会条件
甲种会员	不嫖、不赌、不娶妾
乙种会员	不作官吏、不作议员 不嫖、不赌、不娶妾
丙种会员	不吸烟、不饮酒、不食肉 不作官吏、不作议员 不嫖、不赌、不娶妾

资料来源：蔡元培《北京大学之进德会旨趣书》，《蔡孑民先生言行录》，广西师范大学出版社2005年版，第157页。

在蔡元培主政北京大学期间，逐步形成了现代大学的文化与道德秩序。蔡先生对于教员，虽新旧兼容，只看其是否有一技之长。但在体制改革方面却不得不倚傍"旧学邃密"、"新知深沉"的陈独秀、胡适这批新派教员。胡适在"五四"前夕得以"暴得大名"，成为思想界和学术界的重要人物，固然有着诸多因素在起作用，但其中与蔡元培这位"伯乐"的赏识和奖掖是不无关系的。胡适曾坦承："青年时期如果没有蔡先生的着意提掖"，"一生也可能就在二三流报刊编辑的生涯中渡过"。①

胡适在学术界确定其地位，实有赖于他1918年完稿的《中国古代哲学史》。② 该书从序文的权威介绍，到推荐给商务印书馆付梓，以至出版之际封面上题签"胡适博士著"的建议，均源于蔡元培之力。其中最具影响力的是"蔡元培序"。蔡元培归纳该书的特点：

1. 证明的方法：以汉学家的方法，考订年代，辨别真伪，"为后来的学者开无数法门"。

---

① 唐德刚：《胡适杂忆》，华文出版社1990年版，第94页。
② 该书是胡适在《先秦名学史》和《中国哲学史大纲卷上》（讲义稿）的基础上写成的，完稿于1918年9月，1919年2月作为"北京大学丛书"之一由商务印书馆出版，至1930年共印行了15次。

2. 扼要的手段：截断众流，从老子、孔子讲起。

3. 平等的眼光：对于老子以后的儒、墨、孟、荀诸子一律以平等之眼光看待，还其本来面目。

4. 系统的研究：以演进与变迁的视角分析中国哲学史，即"递次演进的脉络"和"变迁的痕迹"。①

蔡元培对该书的阐发公允而客观。著名哲学家冯友兰认为："蔡元培给（胡适）这部书以这样高的评价，就当时学术界的水平来说，并非溢美。"他特别举出"扼要的手段"一点议论道："这对于当时中国哲学史的研究，有扫除障碍、开辟道路的作用。当时我们正陷入毫无边际的经典注疏的大海之中，爬了半年才能望见周公。见了这个手段，觉得面目一新，精神为之一爽。"因而，"无论如何，在中国哲学史研究近代化的工作中，胡适的创始之功是不可埋没的"。②

余英时认为《中国哲学史大纲》是"一种综合性的创造"，"是一整套关于国故整理的信仰、价值和技术系统"，"旧学和新知配合运用得恰到好处"。③ 由蔡元培作序的胡适《中国哲学史大纲》于1919年2月正式出版后，序文的末尾，蔡元培写道："我只盼望适之先生努力进行，由上古而中古，而近世，编成一部完全的《中国哲学史大纲》，把我们三千年来一半断烂、一半庞杂的哲学界，理出一个头绪来，给我们一种研究本国哲学史的门径，那真是我们的幸福了。"④该书店出版亦大出作者和出版家之预料，人们形容此书受欢迎的情形为购者争先，瞬息即罄。此书面世三年，再版达七次。胡适在中国学术界的地位由此牢固确立。这固然与胡适的个人学术水准分不开，但与蔡元培的鼎力推介

---

① 蔡元培：《蔡孑民先生言行录》，广西师范大学出版社2005年版，第30、31页。
② 冯友兰：《三松堂自序》，三联书店1984年版，第214、228页。
③ 余英时：《重寻胡适历程》，广西师范大学出版社2004年版，第230、231页。
④《蔡元培全集》（第3卷），中华书局1984年版，第188、189页。

亦是大有关联的。蔡元培不仅欣赏胡适的学识,而且对胡适委以重任。1917年12月,北大成立哲学研究所,胡适被任命为主任。1918年3月7日,他接任英文教授会主任一职。① 其后,胡适被任命为北大英文学研究所主任。9月30日,学校决定编辑《北京大学月刊》,各科编辑由各所主任轮流担任,四月份由胡适任总编。② 1919年10月27日,经蔡元培先生批准即日起代理教务长。12月2日,出任北大组织委员会委员。1920年10月16日,北大评议会决议:胡适为预算委员会和聘任委员会委员、出版委员会委员长。1922年4月19日,胡适当选为北大教务长(至12月20日因病辞职)及英文学系主任。从1918年10下旬起,胡适开始当选为北大评议会评议员。该评议会是校内的最高立法机构和权力机构,以后他被连选连任。③

胡适亦不负蔡先生期望,在参与管理学校的各种机构和事务中,或出谋划策,或积极引导,或独当一面。1917年11月16日创办《北京大学日刊》,是出自于胡适的建议。当年10月教育部召集专门会议讨论修改大学章程,胡适极力建议改分级制为选科制,此议获通过,胡适以创议人身份拟定具体章程细则,北大于1919年正式改用选科制和分系法。胡适还创议仿效美国大学建制实行各科教授会制度;提议设立各科各门研究所,以使本科毕业生继续从事较深的专门研究。这些建议由于获得蔡元培的首肯和支持,推动了北京大学管理体制改革与现代大学制度的建立。1919年10月,胡适发表《大学开女禁的问题》,主张在北大收女生旁听作为正式女生的过渡,并呼吁社会改革女子教育,使之与大学教育衔接起来。这个建议亦得到素来主张男女平等的蔡元培先生的赞同。1920年春,北大招收了女生九人入文科旁听,暑

---

① 《北京大学日刊》1918年3月7日。
② 《北京大学日刊》1918年10月3日。
③ 《北京大学日刊》1918年10月23日。

假又正式招收女生,开中国大学男女同校之先河。胡适积极帮助学校延揽人才,以增强北大师资。他认为,没有一流的师资,就没有一流的大学。蔡元培后来曾说:"整顿英文系,因得胡君之介绍而请到的好教员颇不少。"①1920 年夏,陈衡哲学成归国,经胡适的推荐,任聘为北大第一位女教授。被称为"只手打孔家店"的吴虞,在四川因守旧势力的攻击,处境困难,胡适力邀他在北大当文科教员。在推动北大的学术研究朝着独立化、科学化方向发展方面,胡适发挥了不少示范作用。《国学季刊》于 1923 年 1 月创刊,胡适任编辑委员会主任,该刊采用横向排版,作英文提要,这在中国杂志史上是个创举。林语堂赴美留学,行前已与北大约定,回国后为北大服务。不料在美期间,林语堂的津贴突然被取消,他走投无路,只好打电报给胡适,请求北大预支一千美元以接济生活,他毫无把握这请求能否奏效,这笔款子由胡适担保,居然汇来了。在哈佛大学(Harvard University)拿到硕士后,林语堂又去德国莱比锡大学(Leipzig University)攻读博士,他又向胡适写信,向北大借 1000 美元,钱也如数汇来了。1923 年林语堂获得博士学位后,如期归国任教于北大,担任北京大学英文教授。当时,北大校长蔡元培在欧洲访问,由教务长蒋梦麟代理校长。林语堂一到校便向蒋梦麟道谢北大预支的两千美元,蒋梦麟莫名其妙,便问到"哪两千块钱?"后来他说:"那是胡适之私人的钱。"原来解救了林语堂在国外困苦的是胡适。那笔在当时近乎天文数字的款子,是胡适自己资助的,他却只字未提,林语堂以此感受了胡适的"慷慨和气度"。②

鲁迅对蔡元培主政的北京大学总结为两点:1. 北大是常为新的,

---

① 欧阳哲生:《胡适与北京大学》,《解析胡适》,社会科学文献出版社 2000 年版,第 451 页。

② 《林语堂自述》,大象出版社 2005 年版,第 94 页;林太乙:《林语堂传》,中国戏剧出版社 1994 年版,第 41—44 页。

改进运动的先锋,使中国向着好的,往上的道路走。2.北大是常与黑暗势力抗战的,即使只有自己。①

第三节　胡适与《红楼梦》

一、胡适的红学观点

"五四"时期,当蔡元培、胡适共同任职于北京大学,关系弥深之际,两人在《红楼梦》的研究上发生意见对立,进而公开辩论。这场震动全国学术界的大论争,在红学史上确定了新旧红学的界限。当时蔡元培是北京大学校长,胡适是北大教授,都是思想界和学术界的领袖人物,他们之间的论争,使人翘首凝眸,格外关注,在红学史上有重大影响。争论的实质,是红学观念和研究方法不同所引起的冲突,不可能很快一方被另一方说服,只不过胡、蔡两人使彼此之间的论争严格保持学术论争的特点,观点寸步不让,却不失自由主义学者之胸襟。

胡适的《红楼梦》考证是在整理国故的背景下进行的。胡适于1919年11月在《新思潮的意义》一文中指出对于旧有的学术思想,在消极一面是反对盲从;积极的主张为"整理国故","要用科学的方法,作精确的考证"。② 从1920年起,胡适陆续对12部中国传统小说进行了考证性的研究,写了30万字的文章。其中最重要、影响最大的是对《红楼梦》的考证。与蔡元培孤立考索《红楼梦》的学术活动不同,胡适对古典小说的整理工作,有其一套较为明确的方法与文化启蒙之用意。

胡适提出了整理国故的科学方法:1."用历史的眼光来扩大国学

---

① 鲁迅:《我观北大》,《华盖集》,人民文学出版社1980年版,第148页。
② 胡适:《新思潮的意义》,《胡适文集》(第2卷),北京大学出版社1998年版,第557页。

研究的范围。"研究的范围包括"儒家的群经,儒家以外的诸子,乃至于佛藏、道藏","古诗词与俗歌俚语既同时并重,古文与通俗小说也一视同仁。换言之,凡在中国人民文化演进中占有历史地位的任何形式(典籍)皆在我们研究之列。"2."用系统的整理来部勒国学研究的资料。"具体提出"结账式"的整理、"索引式"的整理和"专史式"的整理——"诸如语言文字史、文学史、经济史、政治史、国际思想交流史、科技史、艺术史、宗教史、风俗史等等。这种传史式的研究,中国传统学者几乎全未做过。所以上述三种法则便可用来补救传统学术里缺乏有系统的研究之不足。"3."用比较的研究来帮助国学的材料的整理与解释。"① 由于科学方法的导引,整理国故运动取得了重大而丰硕的研究成果。如胡适的学生顾颉刚的《古史辨》对长期被视为定论的中国上古史的怀疑,提出了"层累地造成中国古史观",引起了对中国上古史持久不衰的争论和研究,产生了"古史辨学派"。顾颉刚在《红楼梦》研究上亦颇有造诣,帮助胡适"找出曹雪芹的身世"。② 同时,他以民俗学材料印证古史,并对歌谣、故事、风俗等进行了开拓性研究,是中国民俗学的倡导者。中央研究院史语所在胡适学生傅斯年的领导下,对安阳殷墟进行多次大规模发掘,取得了举世瞩目的成就。胡适本人更是身体力行,取得了许多重要的研究成果。胡适国学研究的成就主要在古典小说考证、中国古代文学史、中国古代思想史和《水经注》的研究方面。其目的在于运用科学的研究法去做国故的研究。胡适在《介绍我自己的思想》里曾自白:

---

① 胡适:《从整理国故到研究和尚》,《胡适文集》(第1卷),北京大学出版社1998年版,第372—376页。
② 胡适:《从旧小说到新红学》,《胡适文集》(第1卷),北京大学出版社1998年版,第404页。

我为什么要考证《红楼梦》？消极方面，我要教人怀疑王梦阮、徐柳泉一班人的谬说。在积极方面，我要教人一个思想学问的方法。我要教人疑而后信，考而后信，有充分证据而后信……少年朋友们，莫把这些小说考证看作我教你们读小说的文字。这些都只是思想学问的方法的一些例子。在这些文字里，我要读者学得一点科学精神，一点科学态度，一点科学方法。科学精神在于寻求事实，寻求真理。科学态度在于撇开成见，搁起感情，只认得事实，只跟着证据走。科学方法只是"大胆的假设，小心的求证"十个字。没有证据，只可悬而不断；证据不够，只可假设，不可武断；必须等到证实之后，方才奉为定论……我这里千言万语，也只是要教人一个不受人惑的方法。①

显然，胡适研究《红楼梦》之目的是教人独立思考，敢于怀疑，重视实证，强调证据，"有一分证据，说一分话；有十分证据，说十分话"，从而打破蒙蔽与教条，追求真理，在思想习惯与行为方式上崇尚民主与自由。

红学家潘重规说："我认为自从民国6年，蔡元培先生刊行了《石头记索隐》一书，引起和胡适之先生的论战。胡先生写的《红楼梦考证》，的确和清儒治学方法非常相似。而且经论战以后，引起全世界学人的重视。因此不断地搜求新材料，发掘新问题，造成了红学辉煌的时代。所以我认为

---

① 胡适：《介绍我自己的思想》，《胡适文集》（第5册），北京大学出版社1998年版，第518、519页。

真正的红学,应该从蔡、胡两先生开始。"①此一论断基本得到学界认可。

　　胡适的《红楼梦考证》写成于1921年3月,随即发表在这年5月上海亚东图书馆出版的标点本《红楼梦》中。1921年11月,胡适写出论文《红楼梦考证》(改定稿),并编入当年年底亚东图书馆出版的《胡适文存》卷三。② 该《红楼梦考证》(改定稿)正是后来新红学的奠基经典。

　　胡适撰写《红楼梦考证》的时候,正是王梦阮、沈瓶庵的《红楼梦索隐》和蔡元培的《石头记索隐》等著作广为流行的时候。《红楼梦考证》一开头就宣称:向来研究《红楼梦》的人"都走错了道路","他们不是搜求那些考定《红楼梦》的著者、时代、版本等等的材料,却去收罗许多不相干的零碎史事来附会《红楼梦》里的情节,他们不曾做《红楼梦》的考证,其实只做了《红楼梦》的附会"。接着,胡适就将这种"附会的红学"分作三派予以评介。第一派即王梦阮、沈瓶庵,认为《红楼梦》"全为清世祖与董鄂妃而作,兼及当时诸名王奇女"。第二派即蔡元培,认为《红楼梦》是"清康熙朝政治小说","本事在吊明之亡,揭清之失"。胡适指出:

　　　　蔡先生这部书的方法是:每举一人,必先举他的事实,然后引《红楼梦》中情节来配合。……但我总觉得他这部书到底还只

---

① 潘重规:《红学六十年》,台湾文史哲出版社1974年版,第1页。
② 时为蔡元培《石头记索隐》出版四年之后。胡适关于《红楼梦》的重要论文还有:《跋〈红楼梦考证〉》(1922年)、《重印乾隆壬子本〈红楼梦〉序》(1927年)、《考证〈红楼梦〉的新材料》(1928年,"新材料"指胡适于1927年买到的甲戌本)、《跋乾隆庚辰本脂砚斋重评〈石头记〉钞本》(1933年)。1961年胡适在台北影印出版他所藏的甲戌本,为此他又撰写了《影印乾隆甲戌脂砚斋重评〈石头记〉的缘起》和《跋乾隆甲戌脂砚斋重评〈石头记〉影印本》两文。

是一种很牵强的附会。……蔡先生又说《石头记》第三十九回说的"抽柴"一段故事是影汤斌毁五通祠的事；刘姥姥的外孙板儿影的是汤斌买的一部《廿一史》；他的外孙女青儿影的是汤斌每天吃的韭菜。这种附会已是很滑稽的了。最妙的是第六回凤姐给刘姥姥二十两银子，蔡先生说这是影汤斌死后徐干学赙送的二十金；又第四十二回凤姐又送姥姥八两银子，蔡先生说这是影汤斌死后惟遗俸银八两。这八两有了下落了，那二十两也有了下落了；但第四十二回王夫人还送了刘姥姥两包银子，每包五十两，共是一百两；这一百两可就没有下落了！因为汤斌一生的事实没有一件可恰合这一百两银子的，所以这一百两虽然比那二十八两更重要，到底没有"索隐"的价值！这种完全任意的去取，实在没有道理，故我说蔡先生的《〈石头记〉索隐》也还是一种很牵强的附会。①

第三派是乾隆年间就开始流行的"明珠家事"说，以贾宝玉为明珠之子纳兰性德。胡适对这三派一一作了批评之后，便"忠告"、"爱读《红楼梦》的人"："我们若想真正了解《红楼梦》，必须先打破这种牵强附会的《红楼梦》谜学！"

接着，胡适的考证分别从著者和版本两个方面展开。② 他以袁枚《随园诗话》中一则江宁织造曹寅之子雪芹撰《红楼梦》一书的记载为线索，通过查考《昭代名人尺度小传》、《扬州画舫录》、《有怀唐文稿》、《丙辰札记》、《江南同志》、《四库全书提要》、《八旗氏族通谱》、《雪桥诗

---

① 胡适：《红楼梦考证》（改定稿），《胡适文集》（第 2 卷），北京大学出版社 1998 年版，第 436、437 页。
② 王国维在《红楼梦评论》中曾叹惜："作者之姓名与作书之年月，其为读此书者所当知"而无一人为之考证。因此，胡适的考证恰好填补了这个空白。

话》《八旗人诗钞》等文献资料,进行整理、比勘、分析,大致考订曹氏家世及雪芹本人概况,得出关于《红楼梦》著者的六条结论:

1. 《红楼梦》的著者是曹雪芹。

2. 曹雪芹是汉军正白旗人,曹寅的孙子,曹頫的儿子,生于极富贵之家,身经极繁华绮丽的生活,又带有文学与美术的遗传与环境。他会作诗,也能画,与一班八旗名士往来。但他的生活非常贫苦,他因为不得志,故流为一种纵酒放浪的生活。

3. 曹寅死于康熙五十一年。曹雪芹大概即生于此时,或稍后。

4. 曹家极盛时,曾办过四次以上的接驾的阔差;但后来家渐衰败,大概因亏空得罪被抄没。

5. 《红楼梦》一书是曹雪芹破产倾家之后,在贫困之中作的。写书的年代大概在乾隆初年到乾隆三十年,书未完而曹雪芹死了。

6. 《红楼梦》是一部隐去真事的自叙:里面的甄贾两宝玉,即是曹雪芹自己的化身;甄、贾两府即是当日曹家的影子(故贾府在"长安"都中,而甄府始终在江南)。①

上述六条结论,除了第五条作者已据后来新发现的《四松堂集》等材料有所修正之外,基本上已经成为"五四"以后的红学界所承认的"里程碑",并成为研究《红楼梦》著者的新起点,创立了以科学实证方法研究《红楼梦》的重要开端。以胡适的考证成果为起点深入发掘,有所补充,有所发挥;或在胡适见解的基础上进一步搜集材料,从而获得更细微、更深入的研究成果。

而后,胡适探讨了《红楼梦》版本流行的情况,考订前八十回为曹雪芹所作,后四十回则是高鹗续作,并进一步指出:"高鹗补的四十回,虽然比不上前八十回,也确然有不可埋没的好处","作一个大悲剧的

---

① 胡适:《红楼梦考证》(改定稿),《胡适文集》(第2卷),北京大学出版社1998年版,第457页。

结束,打破中国小说的团圆迷信。这一点悲剧的眼光,不能不令人佩服"。① 应该说,这个论断基本上是中肯的。在此之前,有些评论者虽然也曾对后四十回产生过怀疑,也有人提出系后人伪续,但都不能提出令人信服的证据。胡适的考证,至今几乎已成定论,近年来虽也有人持异议,但看来还没有一种说法能够真正站住脚。胡适在《红楼梦考证》结束部分,再次强调他的科学方法:

> 我在这篇文章里,处处想撇开一切先入的成见;处处存一个搜求证据的目的;处处尊重证据,让证据作向导,引我到相当的结论上去。我的结论也许有错误,也许有将来发现新证据后即须改正的。但我自信:这种考证的方法,除了"董小宛考"之外,是向来研究红学的人不曾用过的。我希望这一点小小的贡献,能引起大家研究《红楼梦》的兴趣,能把将来的《红楼梦》研究引上正当的轨道上去:打破从前种种穿凿附会的"红学",创造科学方法的《红楼梦》研究。②

胡适的研究是将西方近代实验主义的科学方法、理性精神植入到中国古典文化的研究领域,他对"索隐红学"的抨击,是切中要害的。至此,以胡适为代表的新红学正式发轫,并形成对"旧红学"的严峻挑战局面。

二、胡适与周汝昌的红学交往

(一)红学结缘

周汝昌,笔名念述、苍禹、雪羲等,1918 年 3 月 4 日生于天津咸水沽镇。燕京大学西语系本科及中文系研究院毕业。1947 年秋时在燕

---

① 胡适:《红楼梦考证》(改定稿),《胡适文集》(第 2 卷),北京大学出版社 1998 年版,第 464 页。
② 同上书,第 465 页。

京大学读书的周汝昌发现了《懋斋诗钞》,这使得有关雪芹的踪迹较先前丰富了许多。他对于《红楼梦》作者曹雪芹生卒年的说法与胡适有不同的结论,发表了第一篇文章《曹雪芹生卒年之新推定》在12月5日的《天津民国日报》上。胡适看后于12月7日主动给周汝昌写信:

汝昌先生:

　　在《民国日报·图书》副刊里得读大作《曹雪芹生卒年》,我很高兴。《懋斋诗钞》的发现,是先生的大贡献。先生推定《东皋集》的编年次序,我很赞同。《红楼梦》的史料添了六首诗,最可庆幸。先生推测雪芹大概死在癸未除夕,我很同意。敦诚的甲申挽诗,得敦敏吊诗互证,大概没有大疑问了。

　　关于雪芹的年岁,我现在还不愿改动。第一,请先生不要忘了敦诚、敦敏是宗室,而曹家是八旗包衣,是奴才,故他们称"芹圃",称"曹君",已是很客气了。第二,最要紧的是雪芹若生的太晚,就赶不上亲见曹家繁华的时代了。先生说是吗?

　　匆匆问好。

　　　　　　　　　　　　　　　　胡适　卅六,十二,七①

由于胡适对周汝昌的考证结论只一半同意,一半否定。周汝昌"年少气盛",觉得胡适之赞语虽觉鼓舞,但不同意其关于曹氏生卒年之考订,理据并不充分,则又发表一文《再论红楼梦作者曹雪芹的生年——答胡适之先生》于1948年5月21日《天津民国日报》上,与之争辩,并且也与他通信讨论起来。从1947年冬,到转年之春、夏、秋,共有7次信札往来。而后周汝昌又冒昧地向胡适提出借阅其珍藏的

---

① 胡适:《致周汝昌》,《胡适全集》,安徽教育出版社2003年版,第304页。

"甲戌本"《石头记》的请求,胡适很快就应允了。周汝昌曾说:"我是十分感念胡适先生的,但是我们的学术观点有所不同。胡适先生的信,当时对我的考证只同意一半,另一半有所保留。我当时是一个少年,少年气盛,也不知道天高地厚,也不知道言语轻重,就又写了一篇文章和胡适先生辩论。"①

1948年6月底,胡适慨然将巨资收购的《乾隆甲戌本脂砚斋重评石头记》借与素昧平生的周汝昌。②他在7月20日给周汝昌的信里写道:"《红楼梦》的研究,我当然很关切,所以去年我很注意你发表的《懋斋诗钞》的材料。我对于你最近的提议——'集本校勘'——认为是最重要而应该做的。但这是笨重的工作,故二十多年来无人敢做。你若肯做此事,我可以给你一切可能的便利与援助。……撇开一切成见,以'虚心'做出发点,也很重要,你说是吗?"③他建议周汝昌多注意故宫曹寅、李煦的密折,叶昌炽的《藏书纪事诗》以及有关《红楼梦》的掌故,在为文上"力求洁净,力避拖沓,文章才可以有进步。"④从胡适那儿,周汝昌又借得几种珍籍:《四松堂集》、大字戚序本《红楼梦》。在胡适的帮助下,周汝昌在红学研究的基本路径与方法上收益良多,奠定了较为扎实的研究基础。胡适与周汝昌在红学见解上,可谓有同有异,但从未"统一",周汝昌说:"我觉得学者们的学问见识固然重要,而其襟怀风度,也同样要紧。我既钦先生前者,尤佩先生后者!"⑤

---

① 周汝昌语,见张者:《文化自白书》,北京广播学院出版社2004年版,64页。
② 胡适于1948年离开北平南下时,抛下万册书籍,仅带走两本,甲戌本《红楼梦》为其中之一。1980年6月在美国威斯康辛州举办的首届国际《红楼梦》研讨会上,该书公开露面,保险费当时高达4万美金。
③ 周汝昌:《我与胡适先生》,漓江出版社2005年版,第86、87页。
④ 同上书,第100页。
⑤ 同上书,第107页。

（二）周汝昌的"红"

经过几年的努力，周汝昌完成了近 40 万字的杰作《红楼梦新证》，此书收集了相当完备的《红楼梦》及曹雪芹家世的材料，征引书目达 700 余种，对《红楼梦》研究来说提供了详实的资料，其功不可没。他认为要了解《红楼梦》的主旨须首先廓清"曹雪芹的真本"与"高鹗的本子"。这就必须考证曹雪芹的家世历史、时代背景、社会环境，"考证"乃是最基本的要求："正确的了解曹雪芹的文章风格、文学技巧、作书意旨，然后再去细读全部红楼梦，则认识才能正确，才能深刻。……一部文学作品，本事的考证和作家的传记，同样被重视，因为这都是帮助我们了解作品作家的重要材料。这在世界一切文学作品和作家固是莫不皆然，而对曹雪芹的红楼梦来说，则更是加倍的重要，原因是这部小说之所以不同于其他小说，即在于它的写实自传体这一独特性上。在这一点上，作品的本事考证与作家的传记考证二者已合而为一了。……在中国，为小说作考证还是很晚近的事。关于红楼梦一书，如俞平伯先生等人，也曾作过一定程度的努力。但奇怪的是，三十年来，一直就停顿在那里，更无一人来发展这种工作。"[①]周汝昌被公认为新红学考证派的集大成者，亦因此作享誉海内外。作者对曹氏家族，从始祖、高祖到祖父、父、伯、叔，直到姻亲等皆作了全面的考证，详尽列出曹家世系表。"史料编年"长达 200 余页，占全书三分之一以上。"新索隐"摘录 75 条与《红楼梦》的人物、地名、称呼、物品、事件、言语等有关的逸闻趣事。在"脂砚斋批"中，作者从"脂批概括"、"脂砚斋是史湘云"、"从脂批看《红楼梦》的写实性"、"从脂批认识曹雪芹"等四个方面，论述了自己对脂砚斋的识证。

美国威斯康辛大学东亚语言文学系教授、著名红学家周策纵先生

[①] 周汝昌：《红楼梦新证》，棠棣出版社 1953 年版，第 22、27 页。

认为:"自从'五四'时期新红学发展以来,经过许多学者的努力,我们对《红楼梦》和它的作者、编者和批者的研究,已进步很多了。这期间,周汝昌先生1948年起草,1953年出版的《红楼梦新证》无可否认的是红学方面一部划时代的最重要的著作。他挖掘史料之勤慎,论证史实之细密,都可令人敬佩。""他把我们所已确知有关曹雪芹的一鳞半爪,镶嵌熔铸进他所处的社会、政治、文化和文学艺术的环境里,用烘云托月的手法,衬出一幅相当可靠而可观的远景和轮廓来。他所描述的清代制度,康熙、雍正、乾隆时代的政治演变和风俗习惯,都详证史实;对于曹雪芹身世的考证,比较起来也最是审慎"。①

(三)胡适之够得上一个"大"字

《红楼梦新证》动笔于1948年,到正式印制成书之时,已是1953年9月,其间经历了翻天覆地的革命变化。周汝昌回忆:当时主编者严把政治和思想意识的关,将稿内对胡适的敬称删尽,并建议文稿中加强对胡适的批评批判之词,以"划清界限"。该书正式出版时,周汝昌在文中提到胡适的地方往往冠以"妄人胡适之","爱出风头的胡适","风头主义者胡适"等等。②"台湾有一位人士,买了一部《新证》送给胡先生,意在'挑逗'——让他看'周某批胡'的地方,惹他的恼怒。谁知,胡先生读了此书,大加称赞,却要他再为代购几部,以便分赠友人。他说:此书虽有'可以批判之处',却是一部好书。并云:撰者的治学功力,令人佩服;是他的'一个好学生'。"③1954年3月胡适致友人程靖宇的信如下:

---

① 周策纵:《弃园文萃》,上海文艺出版社1997年版,第71页。
② 周汝昌:《红楼梦新证》,棠棣出版社1953年版。
③ 周汝昌:《天·地·人·我》,北京十月文艺出版社2001年版,第303页。

靖宇兄：

  谢谢你寄给我的《红楼梦新证》。我昨晚匆匆读完了，觉得此书很好。我想请你代我买三、四册寄来，以便分送国内外的"红学"朋友。计价若干，千万请你告知，当寄奉。

  你近来好吗？

  匆匆道谢，敬问平安。

胡适　三月七日①

  1954年12月17日胡适在致沈怡的信中说："周汝昌是我的'红学'方面的一个最后起、最有成就的徒弟。他的《红楼梦新证》已三版，在香港可买到，你若没见此书，我盼你寻一部来看看，这是一部很值得看的书。（周君此书有几处骂胡适，所以他可以幸免。俞平伯的书，把'胡适之先生'字样都删去了，有时改称'某君'。他不忍骂我，所以他该受清算了！其实我的朋友们骂我，我从不介意。如周君此书，我大索香港市场，卖得四册，留两册赠与台大与史语所。）"②

  晚年周汝昌感慨说："在我五六十年来有幸接触交往的很多鸿儒硕学中，称量其为人的气度气象、胸襟视野，我感到惟有胡适之能够得上一个'大'字。"③

第四节　红学之争终归是学

一、蔡元培与胡适的红学争论

  1921年9月下旬，胡适将《红楼梦考证》一文送给蔡元培一份，蔡

---

① 宋广波：《胡适红学年谱》，黑龙江教育出版社2003年版，第338页。
② 《胡适全集》（第25卷），安徽教育出版社2003年版，第618页。
③ 周汝昌：《天·地·人·我》，北京十月文艺出版社2001年版，第304页。

元培阅后复信说:"《考证》已读过。所考曹雪芹家世及高兰墅轶事等,甚佩。然于索隐一派,概以'附会'二字抹煞之,弟尚未能赞同。弟以为此派之谨严者,必与先生所用之考证法并行不悖。稍缓当详写奉告。"①可知,蔡元培一方面赞许胡适考证《红楼梦》作者的方法,另一方面不接受胡适对索隐派的评判,并表示了自辩和讨论的意愿。胡适对此在日记中写道:"此老也不能忘情于此,可见人各有所蔽,虽蔡元生亦不能免。"②这是蔡元培、胡适就《红楼梦》研究展开争议之前的各自态度。

翌年1月30日,蔡元培发表《石头记索隐》第六版自序,副题为"对于胡适之先生红楼梦考证之商榷",对胡适的批评提出"商榷"。他首先阐明了自己进行《红楼梦》疏证的起因和取用的方法:"自以为审慎之至,与随意附会者不同。近读胡适之先生之《红楼梦考证》,列拙著于'附会的红学'之中,谓之'走错了道路',谓之'大笨伯'、'笨迷',谓之'很牵强的附会',我殊不敢承认。"③接着,他从几个方面与胡适展开商榷。他写道:胡适先生考证出作者的生平和家世,固有功于红学研究,但"吾人与文学书最密切之接触,本不在作者之生平,而在其著作。著作之内容,即胡先生所谓'情节'者,决非无考证之价值"。④ 蔡元培详细列举中外文学研究中的许多实例,证明考证情节不能一概视为附会而加以排斥。而后,蔡元培指出:"胡先生谓拙著中刘姥姥所得之八两及二十两有了下落,而第四十二回王夫人所送之一百两,没有下落;谓之'这种完全任意的去取,实在没有道理'。案《石头记》凡百二十回,而余之索隐,不过数十则;有下落者记之,未有者故阙之,此正

---

① 蔡元培:《石头记索隐第六版自序》,《蔡元培全集》(第3卷),中华书局1984年版,第69页。
② 《胡适的日记》(上册),中华书局1985年版,第224页。
③ 蔡元培:《石头记索隐》,《蔡元培全集》(第3卷),中华书局1984年版,第69、70页。
④ 同上书,第70页。

余之审慎也。"①最后,蔡元培仍坚持认为:"《石头记》原本,必为康熙朝政治小说,为亲见高、徐、余、姜诸人者所草。后经曹雪芹增删,或亦许插入曹家故事。要末可以全书属之曹氏也。"②对于蔡元培的这篇驳论性"自序",胡适颇不以为然,他在日记中写道:"蔡先生对于此事,做得不很漂亮。我想再作一个跋,和他讨论一次。"③

胡适考证《红楼梦》的热情与方法影响到他的北大学生顾颉刚。1920年夏,顾颉刚由北京大学毕业。此时,胡适与顾颉刚并无深交,但对其人格与学问早有所闻。当顾颉刚正在为自己的去路焦虑而迷茫之时,胡适受罗家伦之托向他伸出了援助之手。先是为他谋得北大图书馆编目员一职,月薪为50元。当时顾颉刚每月除自己在北京的费用外,还要维持苏州的家用,加上来回的旅费,至少需要80元。胡适得知顾颉刚仅靠每月50元的薪水难以维持北京与苏州两处家用时,又慷慨解囊每月资助他30元,请顾颉刚在图书馆工作时,助其编书。胡适在此期间作成《红楼梦考证》。顾颉刚深切地领受胡适研究历史的科学方法,④并应胡适之邀,到各图书馆为其搜集补充材料,从各种志书及清初人诗文集里寻觅曹家的情形。这为胡适对《红楼梦》的考证,提供了大量第一手材料。例如,他纠正了胡适关于康熙南巡考证中的某些失误,他首先发现并精读了《八旗氏族通谱》,对曹雪芹的家世有了确切的了解。

受胡适、顾颉刚的影响,胡适的另一位学生俞平伯也精心研读《红楼梦》。他们三人之间不断地来信讨论,或相与应和,或彼此辩驳。胡

---

① 蔡元培:《石头记索隐》,《蔡元培全集》(第3卷),中华书局1984年版,第71页。
② 同上书,第74页。
③ 《胡适的日记》(上册),中华书局1985年版,第269页。
④ 顾颉刚和胡适虽是同龄人,胡适对顾颉刚却有导师作用,顾颉刚曾说:"自从遇见了先生,获得了方法,又确定了目标,为学之心更加强烈"。参见:《胡适来往书信选》(上册),中华书局1979年版,第531页。

适在其口述自传中回忆:"在寻找作者身世这项第一步工作里,我得到了我许多学生的帮助。这些学生后来在'红学'研究上都颇有名气。其中之一便是后来成名的史学家顾颉刚;另一位便是俞平伯。平伯后来成为文学教授。这些学生——尤其是顾颉刚——他们帮助我找出曹雪芹的身世。雪芹原名曹霑,雪芹是他的别号。"①胡适说:"我的《红楼梦考证》初稿的年月是民国十年(一九二一年)三月廿七。我的《考证》改定稿是同年十一月十二写定的。平伯、颉刚的讨论,——实在是他们和我三个人的讨论,——曾使我得到很多好处。其中一个最明显的益处是我在初稿里颇相信程伟元活字本序里'原本目录一百二十卷'一句话,我曾推想当时各种钞本之中大概有些是有后四十回的目录的,我在'改定稿'里就'很有点怀疑了',并且引了平伯举出的三个理由来证明后四十回的回目也是高鹗补作的。平伯的三个理由:(一)和第一回自叙的话不合,(二)湘云的丢开,(三)不合作文时的程序。我接着指出小红,香菱,凤姐三人在后四十回里的地位与结局似乎都不是雪芹的原意。"②他们对《红楼梦》的研究方法:用历史的方法做考证,用文学的眼光做批评。研究方法的改进让胡适确曾感觉很大的兴奋。

俞平伯读了发表在《晨报副镌》上蔡元培关于《红楼梦》的答辩文字后,在《时事新报》上撰文予以批评。他说:"《石头记索隐》确是用附会的方法来考证情节的。我始终不懂,为什么《红楼梦》底情节定须解成如此支离破碎?又为什么不如此便算不得情节的考证?为什么以《红楼梦》影射人物是考证情节,以《红楼梦》为自传便不是考证情节?

---

① 胡适:《从旧小说到新红学》,《胡适文集》(第1卷),北京大学出版社1998年版,第404页。

② 胡适:《俞平伯的〈红楼梦辨〉》,《胡适全集》(第12卷),安徽教育出版社2003年版,第443页。

况且托尔斯泰的小说,后人说他是自传,蔡先生便不反对;而对于胡适之的话,便云'不能强我以承认',则又何说?"①

顾颉刚在致胡适的信中深入剖析了蔡元培的观点,他认为蔡元培的错误主要体现在两个方面。其一,别种小说的影射人物只是换了他的姓名,男还是男,女还是女,所做的职业还是这项职业。何以一到《红楼梦》就会男变女,官僚和文人都变成宅眷?其二,别种小说的影射事情,总是保存他们原来的关系。何以一到《红楼梦》就会从无关系发生关系。例如,蔡先生考定宝玉为允礽,林黛玉为朱竹宅,薛宝钗为高士奇,试问允礽和朱竹宅有何恋爱的关系,朱竹宅与高士奇又有何吃醋关系?这两项是蔡先生所难以解答的。若必说为性情相近,名字相近,物件相关,则古往今来无数万人,哪一个不可牵到《红楼梦》上去。顾颉刚因此认为蔡元培关于《红楼梦》的见解是"汉以来的经学家给与他的"。②

胡适于1922年5月撰写了《跋红楼梦考证》,其中的第二部分便是"答蔡孑民先生的商榷"。他就蔡氏的"性情相近,轶事相征,姓名相关"这三种推求小说人物的方法指出:蔡先生的方法是不适用于《红楼梦》的,有几种小说是可以采用蔡先生的方法的,最明显的是《孽海花》,这本是写时事的书,故书中的人物都可采用蔡先生的方法去推求。胡适引用上述顾颉刚来函中所提出的两个问题,证明蔡氏的方法不可用于《红楼梦》,尤其不能赞同蔡元培在商榷中"好像颇轻视那关于'作者之生平'的考证","我以为作者的生平与时代是考证'著作之内容'的第一步下手工夫"。③ 胡适认为向来《红楼梦》一书所以容易被

---

① 《胡适的日记》(上册)"附录",中华书局1985年版,第285、286页。
② 同上书,第284页。
③ 胡适:《跋红楼梦考证——答蔡孑民先生的商榷》,《胡适学术文集·中国文学史》,中华书局1998年版,第831页。

人穿凿附会,正因为向来的人都忽略了作者生平这一大问题。胡适在文章的最后,引用了亚里士多德的话写道:

> 讨论这个学说使我们感觉一种不愉快,因为主张这个学说的人是我们的朋友。但我们既是爱智慧的人,为维持真理起见,就是不得已把我们自己的主张推翻了,也是应该的。朋友和真理既然都是我们心爱的东西,我们就不得不爱真理过于爱朋友了。我把这个态度期望一切人,尤其期望我所最敬爱的蔡先生。①

蔡元培与胡适红学争议一来一往,至此而止,结果谁也未能说服对方。但两人此后对于《红楼梦》研究的关注持续了很长时间,胡适终其一生而未有改变。② 直至其逝世前两日仍在致友人的书中谈及《红楼梦》问题。

1948年12月中旬,解放军将国民党军分割包围于北平、天津、张家口、新保安、塘沽等地。12月26日国府派飞机去北平接胡适南下,匆忙之间,胡适只带走了甲戌本《红楼梦》和其先父遗稿的清抄本。③ 而将大量藏书(共102箱)和档案(包括文稿、书信、日记及公私文件)合计所藏资料15000余件都留在了王府井大街东厂胡同一号的寓所。他去世前四天还谈及《红楼梦》的版本。以至于胡适去世时,有这么一

---

① 胡适:《跋红楼梦考证——答蔡子民先生的商榷》,《胡适学术文集·中国文学史》,中华书局1998年版,第833页。
② 蔡、胡红学之争后,胡适关于《红楼梦》的重要论文计有:《重印乾隆壬子本〈红楼梦〉序》(1927年);《考证〈红楼梦〉的新材料》(1928年,"新材料"指胡适于1927年买到的甲戌本);《跋乾隆庚辰本脂砚斋重评〈石头记〉钞本》(1933年);《俞平伯的〈红楼梦辨〉》(1957年);《所谓"曹雪芹小象"的谜》(1960年);1961年胡适在台北影印出版他所藏的甲戌本,为此他又撰写了《影印乾隆甲戌脂砚斋重评〈石头记〉的缘起》和《跋乾隆甲戌脂砚斋重评〈石头记〉影印本》两文。
③ 《胡适全集》(第12卷),安徽教育出版社2003年版,第493、494页。

副挽联概括他生平业绩：

> 先生去了，黄泉如遇曹雪芹，问他红楼梦底事？
> 后辈知道，今世幸有胡适之，教人白话做文章。①

在胡适影响下，俞平伯于 1922 年写成《红楼梦辨》，次年由上海亚东图书馆出版。俞平伯的红学研究也是注重实证的，但俞平伯的学术个性与胡适又有所不同。俞平伯把考证与鉴赏、评论结合了起来，并致力于从文学审美和小说创作的角度把握《红楼梦》。《红楼梦辨》是一部集考证、评论、辑录、校勘为一体的红学专著。在该书卷首，顾颉刚作序云：

> 红学研究了近一百年，没有什么成绩；适之先生做了《红楼梦考证》之后，不过一年，就有了这一部系统完备的著作。……我希望大家看着这旧红学的打倒，新红学的成立，从此悟得一个研究学问的方法，知道从前人做学问，所谓方法实不成为方法，所以根基不牢，为之百年而不足者，毁之一旦而有余。现在既有正确的科学方法可以应用了，比了古人真不知便宜了多少；我们正应当善保这一点便宜，赶紧把旧方法丢了，用新方法去驾驭实际的材料，使得嘘气结成的仙山楼阁换做了砖石砌成的奇伟建筑。②

以胡适"自传说"为代表的新红学在学术界影响愈来愈大，《红楼梦》的研究工作和中国近代学术的主流——从乾、嘉考据学到"五四"

---

① 陈漱渝：《飘零的落叶——胡适的晚年》，《胡适评说八十年》，中国华侨出版社 2003 年版，第 166 页。
② 俞平伯：《红楼梦辨》，岳麓书社 2010 年版，第 6、7 页。

以后的国故整理——汇合。根据可靠的版本与信实的材料,用实验主义的科学方法来研究《红楼梦》及其作者的身世,①成为此后三十年红学界的主流。②

二、蔡、胡学术争议的反思

纵观蔡元培与胡适围绕《红楼梦》的学术争议,始终弥漫着宽容的学术氛围。双方皆透着一种宽容与坦诚的雅量与气度。即使在争论正酣之时,蔡元培仍设法为胡适借阅或许于已不利的考证资料,以利胡适研究的深入。③ 当时,胡适为考证曹氏家世及雪芹生平,各处搜求敦诚《四松堂集》,结果均无所获。在其大失所望之时,蔡元培送来一部《四松堂集》的刻本。刻本共五卷是蔡先生托人向晚晴簃诗社借来的。通过敦诚的《四松堂集》,胡适查实了曹雪芹名霑,为曹寅之孙两点重要结论;取用敦诚的小传修正了他《红楼梦考证》里关于曹雪芹生活年代的推测;敦诚的集子里有吟咏曹雪芹气质形态的诗句:"四十萧然太瘦生","爱君诗笔有神气,直追昌谷破篱樊"等等,这对于完善曹

---

① 就宣传科学方法而言,胡适等新红学派在当时亦影响巨大。1943 年 8 月,上海的《学术界》曾把胡适、俞平伯、顾颉刚有关红学的通信辑为《考证红楼梦三家书简》分期连载,编者的按语中说:"这三个人,于考证工作进行之际,相互讨论商榷,极为密切。其书函往来,数不在少。我们可在这些书函中,见出三家治学论证的方法,其重要性,有过于考证之结果者。"现代新儒家的开创者之一熊十力对红学考证向来是轻视的,但对胡适在科学方法方面的贡献却有一个客观的说明:"在五四运动前后,适之先生提倡科学方法,此甚要紧。又陵先生虽首译名学,而其文字未能普及遍。适之锐意宣扬,而后青年皆知注重逻辑。视清末民初,文章之习,显然大变。"(熊十力:《纪念北大五十周年并为林宰平先生祝嘏》,《十力语要初续》,台北:乐天出版社 1973 年版)熊十力的话反映了胡适所提倡的治学方法在当时的社会中的巨大影响。

② 新红学的研究路径是从考证曹雪芹的身世来说明《红楼梦》的主题和情节,胡适为《红楼梦》研究划出了一个新时代。经顾颉刚、俞平伯沿着胡适的科学方法继续作了大量研究考订工作,至周汝昌《红楼梦新证》(1953 年)的出版,为此种理论的登峰造极。周汝昌自称做《红楼梦新证》的唯一目的即在以科学的方法运用历史材料证明写实自传说之不误。

③ 张晓唯:《蔡元培与胡适(1917—1937)》,中国人民大学出版社 2003 年版,第 161 页。

雪芹的人文形象亦是很重要的。他们一方面捍卫自己的立场和观点，据理力争，但并不把论争延伸到学术问题之外。蔡元培对于胡适有知遇之恩，但胡适并不因感恩而放弃自己对学术问题的独立见解。

蔡元培是胡适的顶头上司，但蔡元培并未因胡适在论战时的不留情面而有恼羞成怒之态，更没有为胡适的"顶撞"而恼怒。相反，在北京大学评议会、学术刊物编委会、研究所、教务长等人事任命上，蔡元培总是不忘推荐、重用胡适。与当时蔡元培之社会名望与地位相比，属于晚辈的胡适还只是羽翼未丰的"丑小鸭"，但二人相交以德，彼此敬重。蔡、胡的红学之争，给我们以"君子和而不同"的美感。①

1926年蔡元培为寿鹏飞《红楼梦本事辨正》作序，称寿鹏飞先生不赞成胡适之君以此书为曹雪芹自述生平之说，余所赞同。蔡元培在序中特别强调："此类考据，本不易即有定论；各尊所闻以待读者之继续研求，方以多岐为贵，不取苟同也"。② "以多岐为贵"可视为蔡元培对发生于1922年蔡、胡红学之争的一种态度与回应。这亦是蔡元培一贯所秉持的自由主义的学术理念。

他改造北大取"兼容并包、思想自由"之方针，"万物并育而不相害，道并行而不相悖"，从根本上改变了北大的面貌与命运；他着眼于给大学师生思想、学术的自由发展，提供多元、宽容的人文环境；他对北大的改造，是为中国的知识分子开拓一方自由的精神空间；他对各方面杰出人才予以罗致，让他们的学说冲突抵牾，由学生自己去评判。例如，经学有今文、古文两派，哲学系的"经学通论"课，分别邀请今文学家崔适与古文学家陈汉章任教，使得学生听了两边相反的议论，自己去思考。时在北京大学就读的顾颉刚回忆道："他总是希望人家发

---

① 费孝通先生在20世纪90年代提出人类社会发展的前途在于以"各美其美、美人之美、美美与共"的心态建设一个"和而不同"的美好社会，强调文化自觉与文化自主。
② 宋广波：《胡适红学年谱》，黑龙江教育出版社2003年版，第224页。

展个性，永远鼓励人们自由思想。他惟恐不知天地之大，又惟恐别人成见之深。他要人们多看，多想，多讨论，多工作，使得社会可以一天比一天进步，人生可以一天比一天快乐。这一个他的中心主张，虽则他自己没有明白说出，但是认识他的人是都感觉得到的"。"蔡孑民先生任了北京大学校长，努力破除学校中的陈腐空气。……若是我不到北京大学来，或是孑民先生等不为学术界开风气，我的脑髓中虽已播下了辩论古史的种子，但这册书是决不会有的。"① 顾颉刚虽然不赞同蔡元培的红学观点，但蔡元培十分推崇顾颉刚古史古籍之考辨，称"烛照千载之前，发前人所未发"。② 1947年12月17日，胡适在南京国际联欢社北大校庆聚餐席上讲演，说他当年只是一个26岁的留学生，不是蔡元培先生的聘他，他不会到北大去教书的。到了北大之后，发现学生之中，有些已是读书很多，思想成熟的人，于是他非拼命用功不可。他说到"北大成全了我"时，顿时声泪俱下。③ 晚年胡适回忆起在北京大学的经历："当我在北京大学出任教授的时候，北大校长是那位了不起的蔡元培先生。蔡校长是位翰林出身的宿儒。但是他在德国也学过一段时期的哲学，所以也是位受过新时代训练的学者，是位极能接受新意见新思想的现代人物。"④ 去世的前一年，1961年1月11日胡适在"中央研究院"与北大同学会举办的蔡元培先生生日纪念会上，特别提到蔡元培究其一生所提倡"言论自由，学术思想的自由平等"⑤；2月18日胡颂平问到寿鹏飞的《红楼梦本事辩证》，胡适因而谈起："当年蔡先生的《红楼梦索隐》，我曾说了许多批评的话。那时蔡先

---

① 《顾颉刚古史论文集》（第1册），中华书局1988年版，第34、77页。
② 朱佳木：《顾颉刚先生治学生涯的启示》，《当代中国史研究》2003年5期。
③ 宋广波：《胡适红学年谱》，黑龙江教育出版社2003年版，第224页。
④ 《胡适文集》（第1卷），北京大学出版社1998年版，第330、331页。
⑤ 《胡适全集》（第22卷），安徽教育出版社2003年版，第821页。

生当校长,我当教授,但他并不生气,他有这种雅量"。①

　　蔡元培、胡适之间的红学争议,早已落下帷幕。与胡适谨严的学术考证之比较,蔡元培的索隐确乎有极大的猜谜成分。因为《红楼梦》反映了清代前期的历史确实是可能的,但过分坐实到具体历史人物身上,就未免失之穿凿了。故而,胡适之新红学观点出,蔡元培等索隐旧说随即式微。今天看来,更应予以珍视的是当年那场讨论自由而宽容的学术氛围。蔡元培、胡适不囿于家派容忍律己、虚怀入谷的自由主义精神,开放的心态和自由的交流也许是弥足珍贵的。雷颐认为,蔡元培对中国传统文化和西方现代文明的深刻了解,使他既热烈宣扬新文化又珍爱传统文化;既坚定地为新文化辩护又毫不排拒传统文化。在或是果决宣传新文化而痛斥旧文明,或是顽守旧文化而痛斥新文明,这种"非此即彼"的"两极思维模式"盛极一时的近代中国思想界,像蔡氏这种以"兼容并包"的"平常心"和"兼收并蓄"的宽容精神对待新旧文化,实属难能可贵。② 他们守护思想独立的争鸣表明:"没有容忍,就不会有自由",③这是蔡元培与胡适对20世纪中国文化内核最重要的贡献,其思想基础来源于宋朝思想家吕伯恭的"善未易明、理未易察"以及穆勒的自由观。④ "没有容忍,就不会有自由"说明了学问真知的获得并非简易明了,需要思考的是"社会所能合法施用于个人的权力的性质和限度"。⑤ 其实,这亦和胡适的人生信条"做学问要在不疑处有疑,待人要在有疑处不疑"是相一致的。

---

　　① 1961年2月18日与胡颂平的谈话,《胡适红楼梦研究论述全编》,上海古籍出版社1988年版,第372页。
　　② 雷颐:《雷颐自选集》,广西师范大学出版社2000年版,第230页。
　　③ 胡适:《胡适的声音》,广西师范大学出版社2005年版,第35页。
　　④ 同上书,第37页。
　　⑤ 约翰·密尔(穆勒):《论自由》,商务印书馆1959年版,第1页。

三、鲁迅与蔡、胡红学之争

1920年蔡元培聘请鲁迅先生到北京大学任讲师。蔡元培与胡适发生红学论争之时,鲁迅亦在北京大学授课,那么鲁迅持何观点呢?

(一)鲁迅眼下的《红楼梦》主题

毛泽东在1940年说过:"鲁迅的方向,就是中华民族新文化的方向"。① 20世纪下半叶,鲁迅和胡适在中国大陆的命运,可谓一在天之上,一在天之下。胡适在1954年成为全国全民大批判的对象。鲁迅不但被封为圣人,而且到"文化大革命"时期成了唯一能与马恩列斯毛并列的人物。1922年蔡元培与胡适发生红学论争之时,鲁迅正在北京大学讲授《中国小说史》,给学生留下了深刻的印象:"人们似乎不是在听他讲授《中国小说史》,却仿佛是在听他分析人们的心灵深处的秘奥,通过每一件具体事实,把那蒙着历史灰尘的古代人物的真实面貌,显示给听众。"②鲁迅在讲课中曾对蔡元培与胡适的红学观点予以分别评论:

> 蔡元培之《石头记索隐》。开卷即云,"《石头记》者,清康熙朝政治小说也。作者持民族主义甚挚,书中本事,在吊明之亡,揭清之失,而尤于汉族名士仕清者寓痛惜之意。……"于是比拟引申,以求其合,以"红"为影"朱"字;以"石头"为指金陵;以"贾"为斥伪朝;以"金陵十二钗"为拟清初江南名士:如林黛玉影朱彝尊,王熙凤影余国柱,史湘云影陈维崧,宝钗妙玉则从徐说,旁征博引,用力甚勤。然胡适既考得作者生平,而此说遂不立,最有力者即曹雪芹为汉军,而《石头记》实其自叙也。然谓《红楼梦》乃作者自

---

① 毛泽东:《新民主主义论》,《毛泽东选集》(第2卷),人民出版社1991年版,第698页。
② 王士菁:《鲁迅传》,中国青年出版社1959年版,第103页。

叙，与本书开篇契合者，其说之出实最先，而确定反最后。嘉庆初，袁枚(《随园诗话》二)已云，"康熙中，曹练栋为江宁织造，……其子雪芹撰《红楼梦》一书，备记风月繁华之盛。中有所谓大观园者，即余之随园也。"……迨胡适作考证，乃较然彰明，知曹雪芹实生于荣华。终于零落，半生经历，绝似"石头"，著书西郊，未就而没；晚出全书，乃高鹗续成之者矣。①

可见，鲁迅未将《红楼梦》的主题看成是"政治历史小说"，而认为《红楼梦》实为作者自叙也。他于1924年7月在西安暑期讲学时云：

> 《红楼梦》的作者，大家都知道是曹雪芹，因为这是书上写着的。至于曹雪芹是何等样人，却少有人提起过；现经胡适之先生的考证，我们可以知道大概了。雪芹名霑，一字芹圃，是汉军旗人。他的祖父名寅，康熙中为江宁织造。……是说自叙；此说出来最早，而信者最少，现在可是多起来了。因为我们已知道雪芹自己的遭遇，很和书中所叙相合。雪芹的祖父，父亲，都做过江宁织造，其家庭之豪华，实和贾府略同；雪芹幼时又是一个佳公子，有似于宝玉；而其后突然穷困，假定是被抄家或近于这一类事故所致，情理也可通——由此可知《红楼梦》一书，说是大部分为作

---

① 鲁迅：《中国小说史略》，上海古籍出版社1998年版，第169页。蔡元培对该书之学术评价甚高。鲁迅逝世时(1936年)，蔡元培所敬献的挽联为"著述最谨严非从中国小说史，遗言太沉痛莫作空头文学家"。胡适对于《中国小说史略》的学术价值，给予了高度评价："小说的史料方面，我自己也颇有一点贡献。但最大的成绩自然是鲁迅先生的《中国小说史略》，这是一部开山的创作，搜集甚勤，取材甚精，断制也甚谨严，可以替我们研究文学史的人省精力。"(胡适：《白话文学史·自序》)1926年，陈源在文章中攻击鲁迅的《中国小说史略》"整大本的剽窃"了日本盐谷温教授的《支那文学概论讲话》。胡适指出："盐谷温著作的考证部分浅陋可笑。说鲁迅抄盐谷温，真是万分的冤枉，盐谷温一案，我们应该为鲁迅洗刷明白。"

者自叙,实是最为可信的一说。①

显然,对于《红楼梦》的研究鲁迅在蔡、胡两家之间,②弃蔡而取胡。其实,鲁迅对中国古代小说史的研究取向与胡适的红学研究方法(著者问题、版本问题、小心求证)亦有不少暗合之处。鲁迅曾言:"我总以为倘要论文,最好是顾及全篇,并且顾及作者的全人,以及他所处的社会状态,这才较为确凿。要不然,是很容易近乎说梦的。"③"我们想研究某一时代的文学,至少要知道作者的环境,经历和著作。"④

1950年代大陆批判胡适的政治运动大兴之时,却将鲁迅对《红楼梦》的见解与胡适的考证,看成是根本对立的,以致将胡适的某些原创观点当作鲁迅灼见来鼓吹,然后又将胡适的观点视为谬论进行批判。到了"文革"时期,进一步将鲁迅对《红楼梦》的见解与"新红学派"胡适、俞平伯的见解视为"尖锐对立",并认为"归根结底,是反映了两种不同的研究立场、观点和方法,是中国小说史研究中的两条路线的斗争。……胡适、俞平伯的研究代表着反革命的资产阶级的实验主义的路线。鲁迅的见解,不单是科学地研究文学遗产的结果,而且是两条研究路线斗争中的产物","鲁迅对《红楼梦》的系统看法和评价,是同他对中国小说史的透彻研究和精辟见解联系在一起的,而且他的看

---

① 《鲁迅全集》(第8卷),人民文学出版社1957年版,第348—350页。
② 红学家周汝昌认为鲁迅对《红楼梦》识解之高明远超当时流辈,具体体现为四点:1. 将《红楼梦》定位为人情小说;2. 注重从两大要点即雪芹此书的本名与改名(《石头记》和《红楼梦》)、初本(原本)与"全"本来研究;3. 凡引小说文,一律采用当时最接近"初本"的80回抄本,即《戚本》;4. 评议《红楼梦》各种续书时,特别强调看其是否"不背原书伏线","伏线"即小说特有的前文暗示与预言后文情事的手法。可参阅周汝昌:《还"红学"以学》,《北京大学学报》1995年第4期。
③ 鲁迅:《"题未定"草》,《且介亭杂文二集》,人民文学出版社1973年版。
④ 鲁迅:《魏晋风度及文章与药及酒之关系》,《而已集》,人民文学出版社1973年版。

法,又是在同胡适派的'新红学'的斗争中不断发展的。"①

（二）鲁迅和胡适

在学术研究方面,鲁迅与胡适之间,曾往来密切,相互切磋。鲁迅自 1918 年至 1926 年的日记中,与胡适交往的记载就有 40 处。从《鲁迅日记》中我们知道,《中国小说史略》出书前后,鲁迅曾反复征求过胡适的意见。该书的后记云："胡适为《后水浒传序》考得其事犹众"。②在鲁迅的藏书中有胡适赠送的自著书四种。每本皆有其题词：《西游记考证》(1923 年 4 月 17 日赠送)；《尝试集》(第五版,1924 年 1 月 30 日赠送)；《五十年来之中国文学》、《五十年来之世界哲学》(1924 年 6 月 2 日赠送)。

胡适在写作《中国章回小说考证》的过程中,亦曾多次向鲁迅请教。鲁迅发表《狂人日记》之后,胡适给予热烈的赞扬,称誉鲁迅是"白话文学运动的健将"。1922 年 8 月 11 日,胡适在日记中写道："周氏弟兄最可爱,他们的天才都很高。豫才(鲁迅本名)兼有赏鉴力与创作力,而启明的赏鉴力虽佳,创作较少。"③两人之间的分道扬镳始于 1925 年。该年 1 月,胡适以"有特殊资望学术经验者"的身份出席段祺瑞政府召开的"善后会议"；同年 8 月因教育总长章士钊强行解散北京女子师范大学,鲁迅与多数教职员参与校务维持会之组织,被章士钊予以免职。鲁迅开始由官场退向民间,而胡适则由书斋走向议政之路。这种对立的选择,构成了两人性格中的闪亮之点——一个充当了社会与政府的批评者,另一位成了现存政权的诤友。1925 年 1 月 18 日北京女师大学生自治会发表《驱张宣言》,一场驱逐校长杨荫榆的学

---

① 李希凡、蓝翎：《中国小说史研究中的一场尖锐的斗争》,《红楼梦评论集》,人民文学出版社 1973 年版。
② 鲁迅：《中国小说史略》,上海古籍出版社 1998 年版,第 18 页。
③ 《胡适全集》(第 29 卷),安徽教育出版社 2003 年版。第 709、710 页。

潮在女师大兴起。鲁迅此时也在女师大执教,他同周作人、许寿棠等站在学生一边,支持学生反对杨荫榆的斗争。以"学士大夫"自称的章士钊则站在学生的对立面,以北洋政府司法总长兼教育总长的名义向学生施压,调来军警勒令学生离校,向国务会议提出停办女师大的动议。陈源在《现代评论》中发表文章嘲讽女师大学生,指责学生运动,"不过我们觉得那宣言中所举的校长的劣迹,大都不值一笑。至于用'欲饱私囊'的字眼,加杨氏以'莫须有'之罪,我们实在为'全国女界的最高学府'的学生不取",批评女师大自学潮后已变为"一个臭茅厕"。①以鲁迅、周作人等为一方,以章士钊、陈源等为另一方,围绕女师大学潮事件进行激烈的争论。胡适深知章士钊在新文化运动中的所作所为,称其为"一个时代的落伍者",但他也不支持女师大学生所酿成的学潮。1926年5月23日胡适读鲁迅的《热风》,其中"一段有力的散文"使胡适很受感动,他立即给鲁迅、周作人和陈源写信:

> 你们三位都是我很敬爱的朋友;所以我感觉你们三位这八九个月的深仇也似的笔战是朋友中最可惋惜的事。我深知道你们三位都自信这回打的是一场正义之战;所以我不愿意追溯这战争的原因与历史,更不愿评论此事的是非曲直。……我是一个爱自由的人,——虽然别人也许嘲笑自由主义是十九世纪的遗迹,——我最怕的是一个猜疑、冷酷、不容忍的社会。我深深地感觉你们的笔战里双方都含有一点不容忍的态度……敬爱的朋友们,让我们都学学大海。"大水冲走了龙王庙,一家人不认得一家人。""他们"的石子和秽水,尚且可以容忍;何况"我们"自家人的

---

① 陈源:《北京的学潮》,《现代评论》1925年9期。

一点子误解，一点子小猜疑呢？①

1920年代中期革命文学的异军突起，鲁迅逐渐成为革命文学的领军人物。鲁迅对"第三种人"的批判，对文艺自由的论争，对阶级性的分析，使两人思想的歧异越来越大。鲁迅最喜欢批评的对象之一就是胡适。② 鲁迅指出胡适提倡的"好政府主义"只是一副没有药名的政治药方，认为胡适提倡的"人权运动"归根结底是为了维护国民党的"政府权"。对于"九一八"事变后胡适对日消极避战的态度，鲁迅进行了攻击。总体而言，胡适对鲁迅的上述批评基本取"老僧不见不闻"的态度，始终未予答复。1934年夏刘半农病逝，鲁迅在《忆刘半农君》里，将胡适、陈独秀与刘半农一一作了比较：

> 《新青年》每出一期，就开一次编辑会，商定下一期的稿件。其实最惹我注意的是陈独秀和胡适之。假如将韬略比作一件仓库罢，独秀先生的是外面竖一面大旗，大书道："内皆武器，来者小心！"但那门却开着的，里面有几枝枪，几把刀，一目了然，用不着提防。适之先生的是紧紧的关着门，门上粘一条小字条道："内无武器，请勿疑虑。"这自然可以是真的，但有些人——至少是我这样的人——有时总不免要侧着头想一想。半农却是令人不觉其有"武库"的一个人，所以我佩服陈胡，却亲近半农。③

1936年11月，苏雪林致函胡适，在信中称鲁迅为"假左派"，是"一

---

① 胡适：《致鲁迅、周作人、陈源》，《胡适全集》（第23卷），安徽教育出版社2003年版，第486页。
② 李欧梵：《现代性的追求》，生活·读书·新知三联书店2000年版，第15页。
③ 鲁迅：《忆刘半农君》，《青年界》1934年第6卷3期。

个刻毒残酷的刀笔吏,阴险无比,人格卑污又无耻的小人"。胡适接信后,答苏氏曰:"凡论一人,总须持平。爱而知其恶,恶而知其美,方是持平。鲁迅自有他的长处。如他文学作品,如他的小说史研究,皆是上等工作。"①胡适肯定鲁迅早年的文学作品和中国小说史研究,认为《中国小说史略》是高质量的,事实上否定了苏雪林武断的看法,亦维护了鲁迅对于小说研究的学术声誉。

第五节　毛泽东与《红楼梦》

一、毛泽东的革命文艺观

毛泽东作为革命领袖,深知文学艺术是整个革命战线不可或缺的部分,因而在毛泽东的文艺思想中始终体现着文艺的政治性。1938年毛泽东在鲁迅艺术学院着重提出了文艺应持什么样观点的问题。他说:"徐志摩先生曾说过这样一句话:'诗要如银针之响于幽谷',银针在幽谷中怎样响法,我不知道。但我知道他是一个艺术至上主义者。……艺术至上主义是一种艺术上的唯心论,这种主张是不对的……艺术上的政治立场是不能放弃的……至于艺术上的浪漫主义,并不是完全没有道理的。……一种艺术作品如果只是单纯地记述现状,而没有对将来理想的追求,就不能鼓舞人们前进。在现状中看出缺点,同时看出将来的光明和希望,这才是革命的精神,马克思主义者必须有这样的精神。"②

1942年5月2日,有100余人参加的延安文艺座谈会正式召开,毛泽东在会议的开始郑重提出:"我们今天开会,就是要使文艺很好地

---

① 胡适:《致苏雪林》,《胡适全集》(第24卷),安徽教育出版社2003年版,第324页。
② 《毛泽东文艺论集》,中央文献出版社2002年版,第15、16页。

成为整个革命机器的一个组成部分。……为了这个目的,有些什么问题应该解决的呢? 我以为有这样一些问题,即文艺工作者的立场问题,态度问题,工作对象问题,工作问题和学习问题。"①5月23日毛泽东在会上做了总结性发言。这两部分形成了《在延安文艺座谈会上的讲话》(以下简称《讲话》),几经修改发表于次年10月19日的《解放日报》。《讲话》发表后,中共中央相继发布了《中央总学委的通知》和《关于执行党的文艺政策的决定》两个文件。从这两个文件来看,中共中央对《讲话》的定位是"中国共产党在思想建设、理论建设事业上最重要的文献之一……决不是单纯的文艺理论问题,……各地党组织收到这一文章后,必须当作整风必读的文件"。② 中央宣传部发文:《讲话》"规定了党对于现阶段中国文艺运动的基本方针。全党都应该研究这个文件,以便对于文艺的理论与实际问题获得一致的正确的认识,纠正过去各种错误的认识。"③

《讲话》涉及三个主要问题:文艺与政治的关系;文艺是反映阶级斗争还是表现人性;今天的文艺作品应写光明还是应写黑暗。毛泽东对这三个问题的回答是:文艺从属于政治,为政治服务;文艺是阶级斗争的反映,不能去表现普遍的人性,文艺的党性原则;今天的文艺应写光明,歌颂工农兵。这些构成了毛泽东革命文艺观的核心内容,标志着毛泽东革命文艺论的形成。

周扬于《讲话》公开发表4个月后,着手编辑出版了《马克思主义与文艺》一书。他说:"毛泽东同志的《在延安文艺座谈会上的讲话》给革命文艺指示了新方向,这个讲话是中国革命文学史、思想史上的一个划时代的文献,是马克思主义文艺科学与文艺政策的最好的课

---

① 《毛泽东选集》(第3卷),人民出版社1991年版,第848页。
② 《解放日报》1943年10月20日。
③ 《中央宣传部关于执行党的文艺政策的决定》,《解放日报》1943年11月18日。

本。……毛泽东同志《在延安文艺座谈会上的讲话》最正确、最深刻、最完全地从根本上解决了文艺为群众与如何为群众的问题。他把列宁的原则具体化了,丰富了它的内容,使它得到了辉煌的发展。"①周扬将毛泽东的革命文艺思想与马克思、恩格斯的经典文艺理论相提并列,适时地提升了毛泽东革命文艺思想的理论品格。毛泽东看了周扬的《马克思主义与文艺》一书的序言后,给周扬写信说:"此篇看了,写得很好。你把文艺理论的几个主要问题作了一个简明的历史叙述,借以证实我们今天的方针是正确的,这一点很有益处,对我也是上一课。"②周扬一跃成为《讲话》精神的权威代表,成为毛泽东革命文艺思想的宣传者、解说者与应用者。周扬后来曾回忆:"当时延安有两派,一派是以'鲁艺'为代表,包括何其芳,当然是以我为首。一派是以'文抗'为代表,以丁玲为首。这两派本来在上海就有点闹宗派主义。大体上是这样:我们'鲁艺'这一派的人主张歌颂光明,虽然不能和工农兵结合,和他们打成一片,但还是主张歌颂光明。而'文抗'这一派主张要暴露黑暗。"③毛泽东说:"歌颂无产阶级光明者其作品未必不伟大,刻画无产阶级所谓'黑暗'者其作品必定渺小,这难道不是文艺史上的事实吗?"、"杂文形式就不应该简单地和鲁迅的一样"。④ 延安整风期间,王实味的《野百合花》、丁玲的《三八节有感》等对边区特权现象和官僚主义不满的文章皆遭到了严厉批判。据胡乔木回忆:当时"首先把王实味定为托派,结果没有证据,还说他是特务,关起来,最后打仗时杀掉了。……毛主席召集《解放日报》的人开会,谈改版问题,批评《解放日报》对党中央的主张、活动反映太少。在这个会上,贺龙、

---

① 周扬:《〈马克思主义与文艺〉序言》,《解放日报》1944年4月11日。
② 《致周扬》,《毛泽东书信选集》,人民出版社1984年版,第228页。
③ 赵浩生:《周扬笑谈历史功过》,《新文学史料》1979年第2期。
④ 《毛泽东选集》(第3卷),人民出版社1991年版,第873、872页。

王震同志都批评了《三八节有感》,批评得很尖锐。贺龙说:丁玲,你是我的老乡呵,你怎么写出这样的文章?跳舞有什么妨碍?值得这样挖苦?话说得比较重。当时我感到问题提得太重了,便跟毛主席说:'关于文艺上的问题,是不是另外找机会讨论?'第二天,毛主席批评我:'你昨天讲的话很不对,贺龙、王震他们是政治家,他们一眼就看出问题,你就看不出来。'"①《讲话》成为解放区、根据地文艺界的指导方针。按照毛泽东指示:"根据地文艺工作者和国民党统治区文艺工作者的环境和任务的区别",《讲话》的精神当时并未要国统区的"左翼"文化界完全贯彻执行,但《讲话》的影响在不断扩大。1943年3月15日,重庆《新华日报》正式刊登了延安召开文艺座谈会和毛泽东发表讲话的消息。1944年1月1日,《新华日报》用整版的篇幅以摘录和摘要的形式刊登了《讲话》的主要内容。1944年4月延安选派何其芳、刘白羽赴重庆,向大后方传达与宣传毛泽东的《讲话》,并调查那里的文艺思想与活动情况。胡风以"文协"研究部的名义召开了欢迎会。会上何其芳、刘白羽报告了延安整风的情况,强调作家的阶级性和思想改造的根本原则。

1949年8月毛泽东曾对中国革命的历史作了阐释:"阶级斗争,一些阶级胜利了,一些阶级消灭了。这就是历史,这就是几千年的文明史。拿这个观点解释历史的就叫做历史的唯物主义,站在这个观点反面的是历史的唯心主义。"② 阶级斗争既是历史的手段又是历史的目的,总之是历史的唯一内容。毛泽东倡导的"古为今用",要求研究历史不是发思古之幽情,"为历史而历史",而是着眼于为现实斗争服务。新中国成立以后,毛泽东往往通过评论历史人物与作品的方式,来推动现实斗争。或以古人为范式,或以往事为殷鉴,或推陈出新,或引古

---

① 《胡乔木回忆毛泽东》,人民出版社1994年版,第55、56页。
② 《毛泽东选集》(第4卷),人民出版社1991年版,第1487页。

以筹今。① 毛泽东的革命理论经过革命实践获得了成功,得到了普遍认可。旧的国家机器虽然摧毁了,但是旧的传统思想与文化还要靠精神的武器去批判。因此,下一步就是构建新的文化理论。毛泽东说:"对于过去时代的文艺形式,我们也并不拒绝利用,但这些旧形式到了我们手里,给了改造,加进了新内容,也就变成革命的为人民服务的东西。"②因此,1949年以后毛泽东的革命文艺观可以概括为:文艺为工农兵、为政治服务、推陈出新、歌颂现实、兴无灭资的文化政策。③

二、毛泽东论《红楼梦》

在中国传统政治与文化方面有深厚功底的毛泽东一生博览群书。④《红楼梦》始终是其常读不厌的古典小说,这种爱好从其青少年时代一直延续到晚年。

毛泽东在韶山读私塾时,就酷爱阅读中国古典小说。毛岸青和邵华回忆:"《红楼梦》、《聊斋志异》等古典小说,爸爸在少年时代就看过。"⑤贺子珍曾言,井冈山时期,她与毛泽东谈起她喜欢《三国演义》、《水浒》,不喜欢《红楼梦》,"《红楼梦》里尽是谈情说爱,软绵绵的,没有意思",毛泽东反驳道:"这是一本难得的好书哩!《红楼梦》里写了两派,一派好,一派不好。贾母、王熙凤、贾政,这是一派,是不好的;贾宝玉、林黛玉、丫环,这是一派,是好的。《红楼梦》里写了两派的斗争。"⑥

---

① 汪澍白:《传统下的毛泽东》,中国青年出版社1996年版,第148页。
② 《毛泽东选集》(第3卷),人民出版社1991年版,第855页。
③ 《文联党组关于最近几年来执行党的文艺方针政策错误和缺点的基本检查报告》,江苏省档案馆藏,全宗号3109,永久,案卷号81。
④ 尽管毛泽东一生以激进的反传统形象出现,但中国古代传统文化是其主要的思想源泉,古代小说即是其重要基石。通观毛泽东文集较少引用马恩原著,列宁著作也仅限于哲学,斯大林著作稍多几分,而中国古籍则俯拾皆是,灵活运用,达到出神入化、炉火纯青的地步。
⑤ 李锐:《毛泽东早年读书生活》,辽宁人民出版社1992年4月版,第33页。
⑥ 王行娟:《贺子珍的路》,作家出版社1985年版,第115页。

毛泽东从《红楼梦》里面读出了斗争。他爱看《红楼梦》，长征中书丢光了，但保留着一部《红楼梦》，他曾说："贾宝玉是中国历史上第一个大革命家"。①1936年美国记者埃德加·斯诺赴中央苏区实地采访，毛泽东曾对斯诺叙述自己的童年时代："我是家里的'读书人'。我熟读经书，可是不喜欢它们。我爱看的是中国旧小说……有一天我忽然想到，这些小说有一件事情很特别，就是里面没有种田的农民。所有的人物都是武将、文官、书生，从来没有一个农民做主人公。"②

1938年4月28日毛泽东在延安鲁迅艺术学院的演讲，论述怎样做一个艺术家。他认为，一个好的艺术家必须具备三个条件：要有"远大的理想"；要有"丰富的生活经验"；要有"良好的艺术技巧"。毛泽东特别强调："我们的许多作家有远大的理想，却没有丰富的生活经验……《红楼梦》这部书，现在许多人鄙视它，不愿意提到它，其实《红楼梦》是一部很好的小说，特别是它有极丰富的社会史料。比如它描写柳湘莲痛打薛蟠以后便'牵马认镫去了'，没有实际经验是写不出'认镫'二字的。……现在你们的'大观园'是全中国，你们这些青年艺术工作者个个都是大观园中的贾宝玉或林黛玉，要切实地在这个大观园中生活一番，考察一番。你们的作品，'大纲'是全中国，'小纲'是五台山。"③以此动员文艺工作者下一番苦功夫深入群众、深入实践中去写出优秀的作品。

1938年10月中共六届六中全会期间，毛泽东对贺龙说："中国有三部名小说，《三国》、《水浒》和《红楼梦》，谁不看完这三部小说，不算中国人！"贺龙嚷着："没看过，没看过，不过我不是外国人！"毛泽东瞅

---

① 胡风：《〈石头记交响曲〉序》，《红楼梦学刊》1982年第4期。
② 埃德加·斯诺：《西行漫记》，生活·读书·新知三联书店1979年版，第108、109页。
③ 《毛泽东文艺论集》，中央文献出版社2002年版，第18页。

了瞅徐海东,问道:"海东,你看过这三部小说没有?"徐海东说:"《三国》看过,《水浒》也看过,这《红楼梦》嘛,不知是什么意思,没看过。"毛泽东笑着说:"那,你算半个中国人!"说得身旁的人都大笑起来。①

1949年初,国民党战败求和,提出以其军队有确实保障为和平谈判的基础。毛泽东用《评战犯求和》一文挖苦地予以反驳:"大观园里贾宝玉的命根是系在颈上的一块石头,国民党的命根是它的军队,怎么好说不'保障',或者虽有'保障'而不'确实'呢?"②在革命战争戎马倥偬的岁月里,毛泽东从《红楼梦》里读到了封建社会精细的历史,视之为封建社会的百科全书,以此更深入而理性地理解中国的历史和社会现实,指导中国的革命。

新中国成立后毛泽东对红楼梦的阅读更加频繁。在其藏书中有线装木刻本、线装影印本、石刻本、平装本等不同版本的《红楼梦》达20种之多。③ 毛泽东对《红楼梦》的评价极高。1956年4月在中共中央政治局扩大会议上,他谈到中国和外国关系时提到:"我国过去是殖民地、半殖民地,不是帝国主义,历来受人欺负。工农业不发达,科学技术水平低,除了地大物博,人口众多,历史悠久,以及在文学上有部《红楼梦》等等以外,很多地方不如人家,骄傲不起来。"④据李锐回忆,1958年南宁会议后他奉召到毛泽东丰泽园住所讨论《工作方法六十条》草稿,上卫生间时,看到一张方凳上放着一本翻开的线装《红楼梦》。⑤ 可见毛泽东对此书的喜爱,不离左右。他多次引用《红楼梦》里的故事:用林黛玉的话"东风压倒西风"来比喻国际形势,给东风、西风赋予政

---

① 张麟:《徐海东将军传》,上海文艺出版社1983年版,第227、228页。
② 《毛泽东选集》(第4卷),人民出版社1991年版,第1382、1383页。
③ 徐中远:《毛泽东读评五部古典小说》,华文出版社1997年版,第9页。
④ 毛泽东:《论十大关系》,《毛泽东选集》(第5卷),人民出版社1977年版,第287页。
⑤ 李锐:《毛泽东早年读书生活》,辽宁人民出版社1992年4月版,第33页。

治的内容。从此强劲的东风吹遍了神州大地,北京城里历史悠久的东安市场,也曾一度改名为东风市场;用王熙凤说的"舍得一身剐,敢把皇帝拉下马"来说明唯物论者是无所畏惧的,"文革"期间成了造反派的口头禅;用丫环小红说的"千里搭长棚,没有不散的筵席"来说明事物的发展规律。

1959年12月至1960年2月,毛泽东在读苏联《政治经济学教科书》后的谈话中说,《红楼梦》里有这样的话:"陋室空堂,当年笏满床。衰草枯杨,曾为歌舞场。蛛丝儿结满雕梁,绿纱今又在蓬窗上。"这段话说明了在封建社会里,社会关系的兴衰变化,家族的瓦解和崩溃。"《红楼梦》中就可以看出家长制是在不断分裂中。贾琏是贾赦的儿子,不听贾赦的话。王夫人把凤姐笼络过去,可是凤姐想各种方法来积攒自己的私房。荣国府的最高家长是贾母,可是贾赦、贾政各人又有各人的打算。"①

1961年12月20日毛泽东在中共中央政治局常委和各大区第一书记会议上讲:"《红楼梦》不仅要当作小说看,而且要当作历史看。他写的是很细致的、很精细的社会历史。他的书中写了几百人,有三四百人,其中只有三十三人是统治阶级,约占十分之一,其它都是被压迫的。牺牲的、死的很多,如鸳鸯、尤二姐、尤三姐、司棋、金钏、晴雯、秦可卿和她的一个丫环。秦可卿实际是自杀的,书上看不出来。贾宝玉对这些人都是同情的。"②

1962年1月在扩大的中央工作会议上,毛泽东在谈到西方资本主义的发展从17世纪开始经过了360多年的时候说:"十七世纪是什么时代呢?那是中国的明朝末年和清朝初年。再过一世纪,到十八世纪的上半期,就是清朝乾隆时代,《红楼梦》的作者曹雪芹就生活在那个

---

① 中央档案馆保存的毛泽东谈话记录,《党的文献》2002年第4期。
② 同上。

时代,就是产生贾宝玉这种不满意封建制度的小说人物的时代。乾隆时代,中国已经有了一些资本主义生产关系的萌芽,但是还是封建社会。这就是出现大观园里那一群小说人物的社会背景。"①1962 年 8 月 11 日毛泽东在中央工作会议核心小组会议上讲道:"有些小说如《官场现形记》等,是光写黑暗的,鲁迅称之为谴责小说。只揭露黑暗,人们不喜欢看,不如《红楼梦》、《西游记》使人爱看。《金瓶梅》没有传开,不只因为它的淫秽,主要是它只暴露,只写黑暗,虽然写得不错,但人们不爱看。《红楼梦》就不同,写得有点希望。"②

与众不同的是毛泽东将典型反映封建社会阶级对立关系的第四回视为全书的总纲。1964 年 8 月 18 日毛泽东在北戴河同哲学工作者谈话:"《红楼梦》我至少读了五遍……。我是把它当作历史读的。开头当故事读,后来当历史读。什么人都不注意《红楼梦》的第四回,那是个总纲,还有《冷子兴演说荣国府》,《好了歌》和注。第四回《葫芦僧乱判葫芦案》,讲护官符,提到四大家族:'贾不假,白玉为堂金作马;阿房宫,三百里,住不下金陵一个史;东海缺少白玉床,龙王来请金陵王;丰年好大雪(薛),珍珠如土金如铁。'《红楼梦》写四大家族,阶级斗争激烈,几十条人命。统治者二十几人(有人算了说是三十三人),其它都是奴隶,三百多个,鸳鸯、司祺、尤二姐、尤三姐等等。讲历史不拿阶级斗争观点讲,就讲不通。"③

总的来说,毛泽东将《红楼梦》视为封建社会的百科全书,注重从阶级斗争与革命文化的视角阐释解读之,以满足指导中国革命与建设的现实性需求,带有鲜明的政治色彩。他对《红楼梦》的文学地位评价

---

① 《建国以来毛泽东文稿》(第 10 卷),中央文献出版社 1996 年版,第 31 页。
② 中央档案馆保存的毛泽东谈话记录,《党的文献》2002 年第 4 期。
③ 龚育之等:《毛泽东的读书生活》,生活·读书·新知三联书店 1986 年版,第 217 页。

甚高:《红楼梦》不仅是中国古典小说中写得最好的一部,堪称中国传统文化的代表,而且可与世界名著媲美。此一识见,亦可说是发前人之所未发。他把《红楼梦》中的人物分为截然对立的两大阶级,并据此评价作品的思想价值和人物形象。他批评"旧红学",认为"蔡元培对《红楼梦》的观点是不对的";对"新红学"虽有肯定,也不大满意,一个重要的原因就是新旧红学没有用阶级斗争的观点进行研究。他说:"讲历史不拿阶级斗争的观点讲,就讲不通。《红楼梦》写出来有二百多年了,研究红学的到现在还没有搞清楚,可见问题很难。"[①]毛泽东之于《红楼梦》最引人注目的地方是1954年对俞平伯《红楼梦研究》的批判和1973、1974年的"全民评红"浪潮,从而主导了新中国成立后《红楼梦》研究的命运。其阅读理念和分析方法对1949年后的《红楼梦》研究有着主体性影响,映现了以阶级斗争为主题的《红楼梦》研究。他对《红楼梦》的评论不乏真知灼见,视《红楼梦》评论为重要的政策工具,使之成为其推进文化政策,实现社会改造与政治目标的文化战略选择。

---

① 中央档案馆保存的毛泽东谈话记录,《党的文献》2002年第4期。

第二章 文化的世家：俞平伯的《红楼梦》研究

> 学术文化与大族盛门不可分离
> ——陈寅恪

第一节 德清俞氏

一、文化世家

一般说来，造就大学问家有两种途径：一是源于名师，所谓"名师出高徒"。二是出自名门，因为在其背后，不仅有"家"的意味，更有着"学术文化"的底蕴与传承。中国是一个深受家族影响的国度。法国汉学家汪德迈在描述中国儒家文化的特征时，用了三个词"家庭、礼仪、文官制"，并指出中国传统社会是以家族关系为纽带的古老社会模式，社会的一切行为规范都从家族关系规范中演绎改造而来。世家现象为中国文化一大景观，文化艺术方面的世家名门可谓屡见不鲜。陈寅恪认为："学术文化与大族盛门不可分离"，"东汉以后公立学校之沦废，学术之中心移于家族，太学博士之传授变为家人父子之世业"。东汉著名史学世家班氏（班彪、班固、班昭）家族，宋代著名文学世家苏氏（苏洵、苏轼、苏辙）家族，明清之交的学术世家万氏（万泰、万斯同、万经)家族,清代朴学世家王氏(王安国、王念孙、王引之)家族,①近现代学术世家陈氏家族(陈宝箴、陈三立、陈寅恪祖孙三代)等。俗语云:"三代培养一个贵族",有学能文,源远流长。一个家族要建立起一种足以影响家风的家学渊源,需要几代人的努力,使得家族的下一代人能在潜移默化中得到熏陶。学术世家自清末民初开始式微。20世纪中叶以来,在高度一体化的意识形态下,政治运动不断,文化世家所承载的传统学术在相当程度上被人为地与封建主义划上等号,这一文化传承的独特方式遂逐步消逝。

俞平伯可谓源于名师,出自名门。他出身于书香世家。② 家学熏陶,耳濡目染,中国传统文化和文学对其有深刻的影响。曾祖父俞樾,字荫甫,号曲园,③浙江德清人,晚清著名学者。道光二十四年恩科举人,俞樾30岁进京殿试,曾国藩主考复试,诗题为"淡烟疏雨落花天"。俞樾别具一格,跳出众人在"落花"悲伤处做文章的俗套,答曰"花落春仍在"之句。曾国藩深为赏识,说他"咏落花而无衰飒意",列部试第一

---

① 清代思想家龚自珍曾写有:"一脉灵长四叶貂,谈经门祚郁岧峣。儒林几见传苗裔,此伏高邮冠本朝。"阮元赞扬高邮王氏:"一家之学,海内无匹",皆流露出对高邮王氏父子作为儒林大家的推崇。

② 德清俞氏以文化名门世家著称,家学源远。笔者曾到德清做田野调查,据德清乾元镇老人回忆,俞氏源于山东,其远祖俞希贤元时出任提举,元末时迁居德清。近世科举,始于清乾隆年间的俞廷镳。俞廷镳是俞樾的祖父,字昌时,号南庄,一生好读书,学识渊博。俞廷镳之子俞鸿渐,字议伯,号剑花,涧花。清嘉庆二十一年(1816年)乡试中举人,曾任知县。俞樾、俞陛云皆中进士,俞陛云还是德清科举史上唯一的探花。德清俞氏家族历百年文脉诗风不断。

③ 曲园坐落于苏州市马医科43号,俞樾在友人资助下买下这块地,始建于清同治十三年(1874年)。他亲自设计,以曲为题,利用弯曲的地形凿池叠石,有曲池、曲阁、曲亭,其构思取自老子"曲则全"之意。俞樾将其命名为曲园,并自号为曲园老人。俞平伯从小生活在曲园,俞樾亲于春在堂为其授课。1953年俞平伯将曲园故宅捐献给国家。"文革"期间,曲园受到严重破坏。1980年俞平伯、顾颉刚、叶圣陶、陈从周等著名专家学者联名致函国家文物局。他们从俞樾的学术成就和在国内外深远影响,以及对发展旅游事业的作用等方面,吁请修复曲园,这也是俞平伯晚年最关心的事。1986年曲园的主要厅堂修复开放。

名,道光三十年庚戌科进士,官翰林院庶吉士,编修,河南学政。俞樾深感曾国藩知遇之恩,寓居曲园时,由曾国藩手书"春在堂"匾额。李鸿章亦为曲园手书"德清俞太史著书之庐"。俞樾潜心考证,专力经籍,著书五百卷,总称《春在堂全书》,卓然而成为一代朴学大师,被誉为晚清同光年间"最有声望"的经学家与经学教育家。① 俞樾的老师曾国藩有"俞荫甫拼命著书,李少荃拼命做官"的评价。②

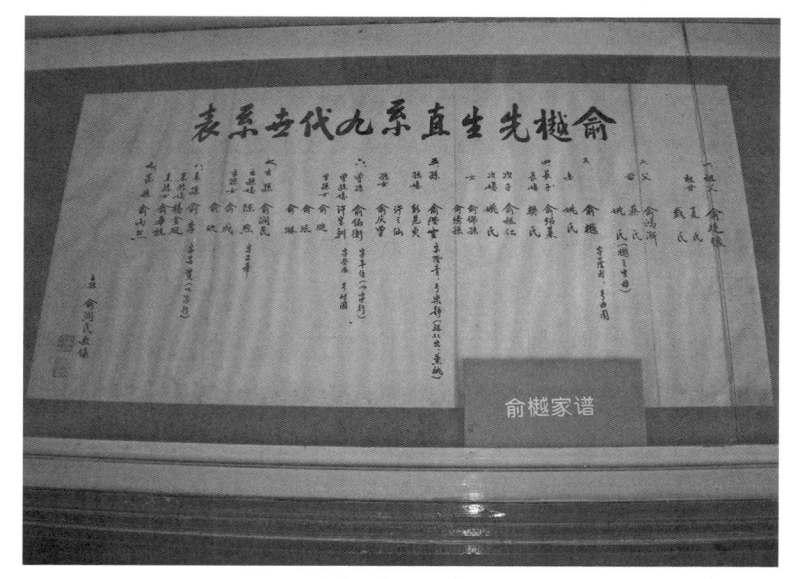

俞樾、俞平伯家谱

俞樾先后主讲苏州紫阳书院、上海求志书院、杭州诂经精舍,主持杭州诂经精舍达 30 多年,桃李满园,东亚国家及国内学者士子,负笈而至,馨誉卓著。弟子中有众多有成就者,号称门秀三千,如吴昌硕、章太炎、徐琪、黄以周、张佩纶等,在近代学术界享有盛誉,影响绵延至今,为日本、韩国等国学界尊称为"东亚唯一的宗师"。俞樾对于今文

---

① 顾颉刚:《秦汉的方士和儒生》,上海古籍出版社 1988 年版,第 5 页。
② 俞润民、陈煦:《德清俞氏》,中国人民大学出版社 1999 年版,第 29 页。

学和古文学取兼容并包的态度,在他门下受业的弟子各就其性之所近走上了不同的研究之路,章炳麟是他门下古文派中的一个健将,崔适是他门下今文派中的一个专家。章太炎在《说林》里曾言:"吾生所见凡有五第。研精故训而不支,博考事实而不乱,文理密察,发前修所未见,每下一义,泰山不移,若德清俞先生、定海黄以周、瑞安孙诒让,此其上也。"俞樾对曾孙的教育非常重视。当俞平伯(乳名僧宝)两三岁时,曲园老人就每日亲自用红朱笔写"上大人孔乙己"等字,教曾孙习字。俞樾有诗云:

娇小曾孙爱似珍,怜他涂抹未停匀。
晨窗日日磨丹矸,描绘亲书上大人。

俞平伯对此印象极深。后来在他写的《六十自嗟》诗中云:

经畲七叶溯寒门,晚岁怜儿付属谆。
叹息如闻灯影里,口占文字课重孙。
(俞平伯注:清光绪丙午年(1902年)冬,曲园公每夕口授若干字,俾我书之,旋因病中止,遂永诀矣。)①

俞平伯之父俞陛云光绪十年(1884年)应县试考取秀才第一名。1885年9月赴浙江应乡试,中举人第二名,称亚元。光绪二十四年(1898年)俞陛云在戊戌科中进士后参加殿试,以一甲第三名进士赐探花及第,入翰林院授编修。1902年,俞陛云出任四川副主考,翌年由于俞陛云不独长于经史,还以科贸见长,便由江苏巡抚保举应经济特科

---

① 俞润民、陈煦:《德清俞氏》,中国人民大学出版社1999年版,第143、319页。

第二章 文化的世家：俞平伯的《红楼梦》研究

春在堂全景

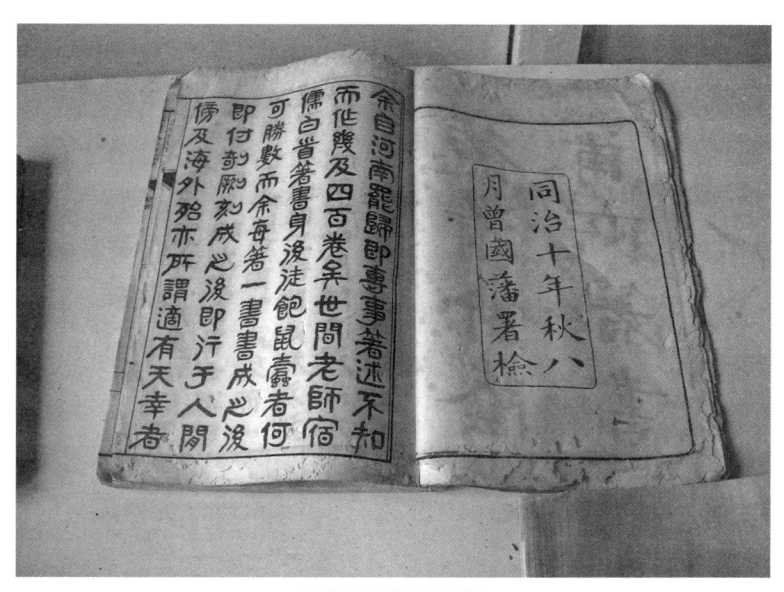

俞樾的《春在堂集》

复试,名列一等。民国元年(1912年),俞陛云任浙江省图书馆馆长,民国三年(1914年)修清史,任清史馆协修。俞平伯母亲许之仙,是清朝江苏松江知府许佑身之女,精通诗文。平伯四岁时,由母亲许氏教读《大学》章句,其所学课本亦由母亲手抄。九岁入塾读书,后因塾师施教不严,仍居家由父母督课。1984年8月俞平伯在所写谈《大学》一书的短文中,曾回忆:"《大学》为前代开蒙书,四岁初读首篇,尚在光绪甲辰开馆先,原书有先君题记,迄今八十馀年矣。"①童年俞平伯获得了常人少有的"家学"传统,"家学"所营造出的"闲适"在俞平伯一生命运中起到了潜移默化的作用。他在"闲适"中得到个人趣味的满足与现实压力的缓冲,即使身处"文革"的黯淡岁月。1976年7月28日唐山大地震后,京城警报频传,人们纷纷迁避,俞平伯住进防震棚只两夜,他用诗句写下了自己的感受:"卧见碧天,巧云来往,空气清新,只稍凉减寐耳。点蚊香,一夕恬然无忧。"②

二、真实和自由

1915年秋,俞平伯在苏州平江中学只念了不到1学年的书,即于当年考入北京大学文科国文门,时年16岁,被誉为"江南才子"。他与傅斯年、许德珩、顾颉刚同学。就读北京大学期间,他得到了国学名家黄侃、词曲大师吴梅等人的悉心指导,奠定了扎实的旧学基础。

1917年1月胡适在《新青年》上发表《文学改良刍议》,提出了"文学改良,须从八事入手"的主张:"一曰,须言之有物。二曰,不摹仿古人。三曰,须讲求文法。四曰,不作无病之呻吟。五曰,务去烂调套语。六曰,不用典。七曰,不讲对仗。八曰,不避俗字俗语。"③他明确指出:"以今世历史进化的眼光观之,则白话文学之为中国文学之正

---

① 孙玉蓉:《俞平伯年谱》,天津人民出版社2001年版,第3页。
② 韦奈:《他从坎坷的路上走过》,《当代》1991年第4期。
③ 《新青年》1917年第2卷第5期。

宗，又为将来文学必用之利器"。郑振铎说，这是文学革命发难的信号，在社会上引起强烈反响。接着，陈独秀在《新青年》上发表《文学革命论》，提出文学革命的三大主义："曰，推倒雕琢的阿谀的贵族文学，建设平易的抒情的国民文学；曰，推倒陈腐的铺张的古典文学，建设新鲜的立诚的写实文学；曰，推倒迂晦的艰涩的山林文学，建设明了的通俗的社会文学。"①此后，文学革命的浪潮应运兴起。在此影响下，俞平伯放弃原先对《清真词》的研究，把兴趣投向胡适所倡导的新文学创作，转向北大文科国文门研究所举办的小说研究会，选定小说作为研究的科目，胡适、周作人、②刘半农为俞平伯的指导教师。俞平伯在日记里曾云："至二道桥听胡先生讲，题为'短篇小说'。"③

1918年5月，俞平伯作为中国新文学运动的重要推动人物，以其成名作《春水》发表于《新青年》第4卷第5期，同期刊登的有鲁迅的《狂人日记》。俞平伯的诗集《冬夜》于1922年出版，是继胡适《尝试集》和郭沫若《女神》之后，中国新文学史上最早的新诗集之一。该集收录了1918年至1921年俞平伯所作新诗58首。1918年11月俞平伯同傅斯年、罗家伦、杨政声等人组织成立新潮社，俞平伯被推选为干事部书记。他在《回忆〈新潮〉》一文中说："1918年下半年，北大文科、法科的部分进步学生组织了新潮社，创办《新潮》杂志，为《新青年》的友军。新潮社设在沙滩北大红楼东北角的一个小房间里，与北大图书馆毗邻。……我们办刊物曾得到校方的资助。校长蔡元培先生亲自为我们的刊物题写'新潮'两字。参加'新潮'时仅十八岁，知识很浅。由于自己出身于旧家庭，所以对有关新旧道德的讨论比较注意，曾写

---

① 《新青年》1917年第2卷第6期。
② 俞平伯被称作周作人先生的四大弟子之一，另外三位分别是：冰心、废名和沈启无。
③ 《俞平伯全集》（第1卷），花山文艺出版社1997年版，第149页。

一篇有关新道德的文章。"①"新潮"杂志社骨干杨振声回忆道:"当时大多数的先生是站在旧的一面,尤其在中文系。在新文学运动前,黄侃先生教骈文,上班就骂散文;姚永朴老先生教散文,上班就骂骈文。新文学运动时,他们彼此不骂了,上班都骂白话文。俞平伯先生同我参加'新潮'杂志社,先生骂我们是叛徒。可是我们不怕作叛徒了,旧道德变成那个骗娶少女的死鬼牌位了!时代给我们一股新的劲儿,什么都不怕。"②胡适在1958年谈到《新潮》杂志时说:在内容和见解上两方面,都比他们的先生们办的《新青年》还成熟得多,内容也丰富得多,见解也成熟得多。俞平伯认为:"《新潮》和《新青年》同是进步期刊,都宣传新思想、新文化,宣传'赛先生'(即Science,科学)与'德先生'(即Democracy,民主),但在办刊方向上却稍有不同:(1)《新青年》偏重于政治、思想、理论论述;《新潮》则偏重于思想、文学方面,介绍一些外国文学。(2)《新青年》内部从一开始就分为左、右两派,斗争激烈,直至最后彻底分开;《新潮》的路线相比之下则稍'右'一些。"③

1924年和1925年俞平伯又先后出版了《西还》和《忆》两部诗集。1920年代后期所作的三十余首新诗总名《呓语》,分别见于《西还》和《杂拌儿之二》的附录中。在俞平伯的诸多诗集中,以《冬夜》最负盛名。从俞平伯的《冬夜》自序中,亦可读出其诗性的气质与率真的性格:

> 真实和自由这两个信念,是连带而生的。因为真实便不能不自由了,惟其自由才能够有真正的真实。……我总想很自由的,把真的我在作品中间充分表现出来。虽说未能如意,但心总常向

---

① 孙玉蓉:《俞平伯年谱》,天津人民出版社2001年版,第17页。
② 杨振声:《回忆"五四"》,《人民文学》1954年5期。
③ 孙玉蓉:《俞平伯年谱》,天津人民出版社2001年版,第18、19页。

着这条路上去。①

"真实和自由"是俞平伯内心执着的文艺理念。② 从俞平伯《诗底自由和普遍》、《民众文学的讨论》,对《诗经》、杜甫、《红楼梦》的研究皆可见其一贯的思想与主张。这亦造就了俞平伯作品的独特价值,但却不被以后的时代和政治所认同的坎坷命运。

朱自清注意到俞平伯新诗的特色:"一,精炼的词句和音律;二,多方面的风格;三,迫切的人的情感";"平伯诗底音律似乎已到了繁与细底地步;所以凝练,幽深,绵密,有'不可把捉的风韵'";"平伯用韵,所以这样自然,因为他不以韵为音律底唯一要素,而能于韵以外求得全部词句底顺调。平伯这种音律艺术,大概从旧诗和词曲中得来。"③20世纪20年代后期,俞平伯致力于美文即抒情小品的写作,《桨声灯影里的秦淮河》、《陶然亭的雪》等名篇,成为现代散文史上脍炙人口的经典之作,呈现出一种诗意的恬静与高雅的贵族感:

> 悄然的北风,黯然的同云,炉火不温了,灯还没有上呢。这又是一年的冬天。在海滨草草营巢,暂止飘零的我,似乎不必再学

---

① 俞平伯:《〈冬夜〉自序》,《俞平伯散文选集》,百花文艺出版社1990年版,第24、26页。
② 此种文艺理念在其为数不多的小说中亦有所体现,俞平伯第1篇白话小说《花匠》发表在《新潮》月刊第1卷第4期,后被鲁迅收入《中国新文学大系》。该文主要说的是花匠修饰花卉,把花的自然的美完全破坏掉。这是一篇反对束缚的文章,里面蕴涵着反封建,要求民主的思想。俞平伯1985年曾回忆:"我的《花匠》……并不见佳,乃蒙鲁迅青眼入选,非常惭愧!五四时代力求解放,于今将七十载。"
③ 《俞平伯全集》(第1卷),花山文艺出版社1997年版,第6、9页。

黄叶们故意沙沙的作成那繁响了。① 凉月凉风之下,我们背着秦淮河走去,悄默是当然的事了。如回头,河中的繁灯想定是依然。我们却早已走得远,"灯火未阑人散"。②

俞平伯曾将为文的体会概括为四点:"文无定法;文成法立;声入心通;得心应手。"他说这"也是研读古人作品的必由之路。创作和研究两者原本是相通的。……必须身居局中,局中人知甘苦;又须身处局外,局外人有公论"。③

周作人认为俞平伯的散文有着"知识与趣味的两重的统制";"平伯所写的文章,自具有一种独特的风致……这风致是属于中国文学的,是那样地旧而又这样地新!"④扎实深厚的家学传统,使得俞平伯的现代语体文创作秉承了旧学功底和书生心情。他对古典诗词亦探研精深,多有创见,有《读诗札记》、《读词偶得》、《清真词释》、《唐宋词选石》等著作行世。即使在"文革"期间被抄家之后,他依然诗兴不减,用诗性思维和诗意语言去反映生活,将得失置之于度外,广为流传的诗句有"屋脚斜阳应似旧,隔墙犹见马缨花","拼三椅卧南窗下,黄棉袄子暖烘烘"。他写新诗,写散文,写旧体诗,研究《诗经》,研究李白,评注唐宋词。他是白话新诗创作最早的先驱之一,也是具有独特风格的散文名家,对小说、戏曲、诗歌的研究,有独到而深厚的造诣。

历史的吊诡(paradox)之处在于:1950 年代的思想批判运动,终

---

① 俞平伯:《陶然亭的雪》,《俞平伯全集》(第 2 卷),花山文艺出版社 1997 年版,第 30 页。

② 俞平伯:《桨声灯影里的秦淮河》,《俞平伯全集》(第 2 卷),花山文艺出版社 1997 年版,第 28 页。

③ 《俞平伯全集》(第 2 卷),花山文艺出版社 1997 年版,第 816、817 页。

④ 同上书,第 118 页。

第二章 文化的世家：俞平伯的《红楼梦》研究

其一生使俞平伯以红学家的名义而家喻户晓。

曲园内景

俞平伯的曾祖父俞樾像

第二节 俞平伯与《红楼梦》

一、研究的起源

俞平伯对《红楼梦》研究的缘起主要有两个方面：一是受胡适、顾颉刚"整理国故"的影响,俞平伯在《红楼梦辨·引论》中说：

> 欧游归来的明年,——一九二———我返北京。其时胡适之先生正发布他底《红楼梦考证》,我友顾颉刚先生亦努力于《红楼梦》研究；于是研究底意兴方才感染到我。我在那年四月间给颉刚一封信,开始作讨论文字。从四月到七月这个夏季,我们俩底来往信札不断,是兴会最好的时候。颉刚启发我的地方极多,这是不用说的了。这书有一半材料,大半是从那些信稿中采来的。换句话说,这不是我一人做的,是我和颉刚两人合做的。[1]

从顾颉刚先生的《古史辨自序》亦可得到印证：

> 红楼梦问题是适之先生引起的。十年三月中,北京国立学校为了索薪罢课,他即在此时草成红楼梦考证,我最先得读……我读完之后,又深切地领受研究历史的方法……我的同学俞平伯先生正在京闲着,他也感染了这个风气,精心研读红楼梦。我归家后,他们不断的来信讨论,我也相与应和,或者彼此驳辩。这件事弄了半年多,成就了适之先生的《红楼梦考证改定稿》和平伯的

---

[1]《俞平伯论红楼梦》,上海古籍出版社1988年版,第83、84页。

《红楼梦辨》。①

二是当时北京的政治局势与气候都令他感到烦闷,此时的俞平伯以"研红"为"消夏神方",找寻避风港湾寄托文人之关怀。诚如他在1921年与顾颉刚的书札所言:

> 北京这两天闹得糟极了,糟得我都不愿意讲了。这些糟糕的事情,真不愿意阑入笔端,打断我们清谈底兴致。
> 弟日来极无憀,亦不堪为兄言;京事一切沉闷,更无可道者;不如剧谈《红楼》为消夏神方,因每一执笔必奕奕然若有神助也。②

卅年后,俞平伯借以躲避风雨的港湾,变成了一场思想政治斗争风暴的发源地,也使俞平伯陷入了这场风暴的中心。

近代中国风云变幻,知识分子的使命和功能发生巨大变化,如何从传统的"士"转变为现代分工意义的专业学人,其间有许多纠葛矛盾。而国家重建的艰辛以及民国政治的复杂多变,更加剧了近代化背景下知识分子的处境艰难与内在的紧张(tension)。《红楼梦》中男女情爱的心理微澜、精致的审美品位、幻灭人间的悲剧精神、严丝合缝的章法结构甚至暗语谐音等等,恰可以成为知识分子任情使才的舞台。1898年戊戌变法失败之后,清人徐兆玮有诗云:"说部荒唐遣睡魔,黄车掌录恣搜罗。不谈新学谈红学,谁似蜗庐考索多。"诗下自注曰:"都人士喜谈《石头记》,谓之红学。新政风行,谈红学者改谈经济;康梁事

---

① 宋广波:《胡适红学年谱》,黑龙江教育出版社2003年版,第111页。
② 《俞平伯和顾颉刚讨论〈红楼梦〉的通信》,《红楼梦学刊》1981年3期。

败,谈经济者又改谈红学。"①俞平伯在1921年6月9日给顾颉刚的信中谈到研读《红楼梦》的原因是:"总之我在北京烦闷极了! 思想受环境化,也失了忍耐性!"②1955年5月16日胡风在"听候处理"时段内,只要求给一部《石头记》,要求满足后,半年时间内将《石头记》连读了五六遍。③

二、红学大师:俞平伯

俞平伯对《红楼梦》的研究大致可分为两个阶段:从20世纪20年代到1949年为第一个阶段,1949年以后为第二个阶段。1923年24岁的俞平伯出版了他第1部、也是奠定其在红学领域学术地位的专著《红楼梦辨》。这本书在当时引起了广泛影响,也使得俞平伯成为新红学的代表性人物。该书由上海亚东图书馆出版。除顾颉刚的《序》和作者的《引论》外,全书分三卷,共收论作十七篇。上卷专论高鹗续书一事;中卷专就八十回立论,并叙述作者对于八十回以后的揣测,附带讨论《红楼梦》的时间与地点问题;下卷是考证高本以外的续书,其余为杂论,作为附录。俞平伯对《红楼梦》研究的观点主要有三个方面:一、《红楼梦》是作者感叹自己身世的;二、《红楼梦》是情场忏悔而作的;三、《红楼梦》是为十二钗作本传的。曹雪芹创作《红楼梦》的风格为"怨而不怒"、"哀而不怒",具有一种自然、含蓄与写实的特点。俞平伯的红学理论一方面深受胡适的影响,另一方面又与其有很大的差异。这种差异体现为从历史的眼光转变为文学的眼光。亦如俞平伯所言:"以历史的方法考证之,以文学眼光批评之"。④ 他在1925年

---

① 《古典文学研究资料汇编·红楼梦卷》(第2册),中华书局1983年版,第404页。
② 《俞平伯和顾颉刚讨论〈红楼梦〉的通信》,《红楼梦学刊》1981年3期。
③ 胡风:《〈石头记〉交响曲序》,《红楼梦学刊》1982年4期。
④ 《俞平伯和顾颉刚讨论〈红楼梦〉的通信》,《红楼梦学刊》1981年3期。

第二章　文化的世家：俞平伯的《红楼梦》研究

《〈红楼梦辨〉的修正》中写道：

> 我在那本书里(指《红楼梦辨》)有一点难辩解的糊涂,似乎不曾确定自叙传与自叙传文学的区别；换句话说,无异不分析历史与历史的小说的界线……本来说《红楼梦》是自叙传的文学或小说则可,说就是作者的自叙传或小史则不可……《红楼梦》在文坛上,至今尚为一篇不可磨灭的杰构。昔人以猜谜法读它,我们以考据癖气读它,都觉得可怜而可笑……我希望他(指胡适)亦以此眼光看《红楼梦》,觉得发抒活的趣味比依赖呆的方法和证据大为重要,而净扫以影射人事为中心观念的索隐派的"红学"。①

因此,俞平伯研究《红楼梦》的学术路径除了胡适所倡导的科学考据之外,更强调文学鉴赏的眼光以及在这鉴赏能力之上所构建的一套文艺评价原则和方法,成为一代红学宗师。何其芳说俞平伯对《红楼梦》文学赏鉴的分析"是胡适所缺乏的",因此"从学术上看,胡适是'新红学'的开山者,俞平伯则是完成者"。②

抗战末期,俞平伯经许宝骙介绍加入中国民主革命同盟(即小民革)北方地下组织。1947 年 2 月 22 日俞平伯参与清华北大自由派教授一起签名,③抗议国民党滥捕民众,要求保障人权,伸张正义,并拟定《保障人权宣言》。宣言云："今反以清查户口之名,发动空前捕人事件,使经济上已处水深火热之市民,更增恐惧"。④ 文章一出,一言九鼎,民情为之大振。国民党市党部要员愕然惊恐,说道："什么人搞的,

---

① 俞平伯：《〈红楼梦辨〉的修正》,1925 年《现代评论》第 1 卷 9 期。
② 石昌渝：《俞平伯和新红学》,《文学评论》2000 年 2 期。
③ 共十三位教授：陈寅恪、朱自清、向达、吴之椿、金岳霖、俞平伯、徐炳昶、陈达、许德珩、张奚若、汤用彤、杨人楩、钱端升。
④ 《观察》周刊,1947 年第 2 卷 2 期。

把个瞎子糟老头（指陈寅恪）都搬了出来！"①可见其恼火之情。1948年11月，解放军已包围了北平，南京国民政府有意将北大南迁。11月24日，俞平伯出席北大教授会，同绝大多数教授一起正式通过了不迁校的决议。胡适当时也是反对迁校的，他认为北大在北平才叫北京大学，离开了北平还能叫北京大学吗？② 12月14日晨，俞平伯拜访了胡适，这是师徒两人告别的最后一幕。次日，胡适与陈寅恪两家乘专机南飞。1948年12月30日俞平伯在当天的日记中记载：在北京大学领取薪金五百元，"仅合棒子面50斤也"。③ 当时，物价一日数涨，民不聊生。清华大学教授周一良除去在清华和爱人邓懿在燕京的薪水之外，还须到北大、燕京大学兼日本史、魏晋南北朝史的课，生活仍很拮据，不时要变卖东西换钱。④ 1949年1月北平和平解放，俞平伯同北京各大学的教授们与市民一起，冒着寒风欢迎列队入城的解放军。国统区知识分子是怀着欣喜与希望迎接新政权的诞生。1948年当选的国立中央研究院第一届院士共81人，1949年留在大陆或新中国成立初期回到大陆的多达60人，占院士总数的74%，而随国民党政府迁往台湾的仅有9人，占院士总数的11%。抗战以后，国统区知识分子生活的普遍贫困化以及国民党统治的专制腐败是国统区知识分子对政府丧失信心进而"左倾"的重要原因。

　　1949年新红学的三位创始人各自开始了不同的人生之旅。胡适不相信共产党会用他做北平图书馆馆长，据季羡林回忆："有一天我到校长办公室去见适之先生，一个学生走进来对他说：昨夜延安广播电台曾对他专线广播，希望他不要走，北平解放后，将任命他为北大校长

---

① 许宝骙：《俞平伯先生〈重圆花烛歌〉跋》，《新文学史料》1990年4期。
② 邓广铭：《我与胡适》，《胡适研究丛刊》第1辑，北京大学出版社1995年版。
③ 孙玉蓉：《俞平伯年谱》，天津人民出版社2001年版，第251页。
④ 周一良：《毕竟是书生》，北京十月文艺出版社1998年版，第45页。

第二章 文化的世家：俞平伯的《红楼梦》研究

兼北京图书馆的馆长。他听了以后，含笑对那个学生说：'人家信任我吗？'谈话到此为止"；①他也拒绝了国民党请他当总统府资政及外交部长的邀请。在复吴忠信里云："适十四夜离京，二十二晨返京，始得读先生一月十五日大札及总统府资政聘书（聘字第一一八号），不胜惶恐。依据'大学组织法'，国立大学的校长都不得兼任为俸给的职务。现在我还是国立北京大学校长，因时局关系，此时尚不能辞职。故请先生千万代我辞去总统府的名义与俸津。聘书也请先生代为收回，并乞先生勿发表此事，以免报界无谓的猜测与流言。"②他在致杭立武的信里说："弟决不愿就外长，亦决不愿就任何官职"。③ 胡适此时的心境是苦闷的，他在致孟治、吴大猷的信里有："我在南方已一个多月了，从来没有尝过这样精神苦闷的日子！我明日（廿一夜）仍回南京，将来行止毫无计划。"④1949年4月6日他由上海乘船赴美，住在纽约东81街104号的公寓里，这是他在离开驻美大使职务后租赁的一所公寓。10月6日他在致罗家伦的信里说："我来此邦已半年，日夜焦虑，而一筹莫展！活了五十八岁，不曾尝过这样苦心境"。⑤ 胡适由此开始了在美国长达9年孤寂的寓公生涯。

1949年，57岁的顾颉刚没有离开大陆，留在上海任诚明文学院教授，后抵京任中国科学院历史研究所研究员。顾颉刚已远离了红学的圈子，从1954年开始，他先后主持了《资治通鉴》、《二十四史》等古籍的点校工作。

---

① 季羡林：《站在胡适之先生墓前》，《百年潮》1999年7期。
② 胡适：《复吴忠信》，《胡适全集》（第25卷），安徽教育出版社2003年版，第406页。
③ 胡适：《致杭立武电》，《胡适全集》（第25卷），安徽教育出版社2003年版，第413页。
④ 胡适：《致孟治、吴大猷》，《胡适全集》（第25卷），安徽教育出版社2003年版，第405页。
⑤ 同上书，第420页。

1949年俞平伯在北京大学中文系任教授,他充满希望地写道:"最所欣幸的,光明在前。咱们从今不怕再迷失路途了"。① 5月5日北京大学最高行政机构——北京大学校务委员会宣告成立,由教授代表十九人,讲师、助教及学生代表各两人组成,俞平伯为校务委员会委员。6月30日中华全国文学艺术工作者代表大会举行预备会议,通过了由99人组成的大会主席团,俞平伯为主席团成员,7月1日晚他与文代会代表一起,应邀至先农坛体育场,冒雨参加中国共产党建党28周年庆祝会,聆听了朱德总司令的致辞,观看了文艺节目。当毛泽东讲话时,全场欢声雷动。会前天忽大雨,突然间全场停电,而会场丝毫不乱。年近半百的俞平伯和血气方刚的年轻人坐在一起,丝毫不为风雨所动,全场秩序井然,至零点方散会。② 会后,俞平伯怀着激动而企盼的心情写下了《七月一日红旗的雨》,诗中映衬了他为新中国的诞生而欢欣鼓舞,竭力跟上新时代的赤子之心:

> 一个闷热的夏天,
> 气象预报"有阵雨"的黄昏,
> 永定门里西偏的广场,
> 大家庆贺中国共产党二十八岁的生辰。
> 这里,充满着感激的颜色,
> 振动着和谐雄壮的歌声,
> 大幅的红旗,圆圈招飐,
> 闪烁的银灯,断续照明,

---

① 俞平伯:《回顾与前瞻》,《人民日报》1949年5月4日。
② 胡风也参加了这次庆祝会,他在当天的日记中写有:"四时吃饭后,到中南海齐集,到体育场,参加三万人的庆祝中共二十八周年的大会。暴风雨来了,全场不动,暴风雨过后庆祝会开始。中途毛泽东主席来到,全场欢动。近十二时散会。"

马、恩、列、斯的巨像,

高标半空,

如伟大的导师们亲临。

风来啦,雨来啦,

但风,吹不动期待的真心,这雨浇不湿鼓舞的热情,

部队的兄弟们说"不怕!"

大家都不怕啊,

我们同在风雨之中,

歌唱,舞蹈,高呼,整个儿的广场激动起来

跟无情的风雨斗争。

……

暴雨才过,

大会初开,

万口欢呼,

万人如海。

……

都来听听这二十八年奋斗史吧!

可歌可泣。

怎样从艰危里锻炼出坚贞,

怎样从苦难里孕育着光明,

我们不久将亲眼看到,这中华人民新国的诞生

……

我深深体认到群众的庄严的秩序

和那高度的觉醒。

虽是沉默啊!

比呼喊还要响哩。

> 确信"大时代"真快到了,
> 迈开了第一步的万里长征。
> 怎么会到如梦的会场来呢?
> 怎么会生活在全新的国度里呢?
> 这是一世纪来所没有的,
> 这是半世纪来所没有经识过的,
> 我不觉得,我还在这古老的北平。①

1949年7月2日至19日中华全国文学艺术工作者代表大会在北平召开,选出了新文联的领导班子。郭沫若为主席,茅盾、周扬为副主席,常委21名,俞平伯为文联87名委员之一。7月6日,毛泽东在会上说:"今天我来欢迎你们。你们开的这样的大会是很好的大会,是革命需要的大会,是全国人民所需要的大会,因为你们都是人民所需要的人,你们是人民的文学家、人民的艺术家或者是人民的文学艺术工作者的组织者。你们对于革命有好处,对于人民有好处。因为人民需要你们,我们就有理由欢迎你们,再讲一声,我们欢迎你们。"②俞平伯7月10日在文代会上发言,"我没有作新诗,今天给大家念《七月一日红旗的雨》。"接着他抑扬顿挫地念起上述那首新诗。

1951年1月俞平伯在北京大学《教师及职员登记表》中"现在从事之研究"一栏写了五个大字"整理《红楼梦》"。1952年俞平伯的《〈红楼梦〉研究》由棠棣出版社出版,这是在《红楼梦辨》的基础上删改、补充而成的新作。第1版印了3000本,销路很好,至1953年11月,已印至6次,总印数高达25000册,创新中国成立初期学术著作发行之最。该书的编辑文怀沙于1999年6月回忆起当年出版的情况:

---

① 俞平伯:《七月一日红旗的雨》,《人民日报》1949年7月11日。
② 《毛泽东文艺论集》,中央文献出版社2002年版,第131页。

第二章 文化的世家：俞平伯的《红楼梦》研究

　　大约是一九五一年,有一天俞平伯因父亲去世等原因找我借钱,我答应帮助他从上海棠棣书店预支稿费旧币二百万元(新币二百元)。开棠棣书店的徐氏兄弟是鲁迅的同乡,书店的名字还是鲁迅改的。他们请我主编一套古典文学丛刊,我就同俞平伯商量,把二十七年前出的《〈红楼梦〉辨》再加新作,再出一次怎么样？俞平伯在旧作的黄纸上用红墨水删改,用浆糊、剪刀贴贴剪剪,弄成一本十三万字的书稿。徐氏兄弟是自负盈亏,担心《〈红楼梦〉辨》当年只印五百本,现在能否畅销？没想到销路很好,印了六版。据说喜欢《红楼梦》的毛泽东读后,还把统战部的李维汉、徐冰找来,后来便把俞平伯补为全国人大代表。这是福,也留下祸。一九五四年大批判时,《人民日报》唱红脸,把《文艺报》弄成黑脸,戏是毛泽东布置的,意在打开一个缺口,对资产阶级上层人物进行批判。①

　　1954 年 8 月俞平伯出任第一届全国人大代表,为浙江省代表,确为中央统战部所推荐。作为当事人的民盟浙江省副主任宋云彬在日记里的叙述,基本证实了文怀沙的回忆。据宋云彬 1954 年 8 月 15 日记云:"本月十日上午,(浙江)省委统战部邀各民主党派负责人协商全国人民代表大会代表名单。浙江省按照人口比例,应选出二十九人,杭州作为工商业城市,人口超过六十万,应选出代表六人,共三十五人。由中央提名须浙江选出者,陈叔通,马寅初等十九人,中共中央统战部又推选俞平伯等三人,如是则应由浙江方面考虑者只十三人

---

① 文怀沙 1999 年 6 月口述回忆,见陈徒手:《旧时月色下的俞平伯》,《读书》1999 年 10 期。

耳。"①1954年9月俞平伯出席了第一届全国人民代表大会,听了毛泽东主席的开幕词,他心潮澎湃,挥笔写下了《第一届全国人民代表大会见闻随笔》,抒发对毛泽东的钦佩之情:"十五日上午听说毛主席将在大会上作五六百言的开幕词,抱着十分殷切的期待,到了临时,怀仁堂里光辉照耀,大众欢腾","毛主席向来是谦虚的,在这里发出了庄严的诺言,像泰山般的高,沧海样的深。"②俞平伯远未想到,一个月后开始了批判《红楼梦》研究的思想政治运动。

文怀沙曾经是章太炎的学生,章太炎又是俞平伯的祖父俞樾的得意门生。因为这层关系,俞平伯与文怀沙相识相交。俞平伯在《红楼梦研究》的序言中说:

> 现在好了,光景变得很乐观。我得到友人文怀沙先生热情的鼓励。近来又借得脂砚斋庚辰评本石头记。棠棣主人也同意我把这书修正后重新付刊。除根本的难题悬着,由于我的力薄,在我真可谓因缘具足非常侥幸了。③

与《红楼梦辨》相比较而言,《红楼梦研究》删去了顾颉刚的《序》和作者的《引论》,代之以作者撰写的序言与编辑文怀沙的《跋》。上卷5篇未作改动;中卷删去了《〈红楼梦〉底年表》,留存5篇;下卷新增了《前八十回〈红楼梦〉原稿残缺的情形》、《"寿怡红群芳开夜宴"图说》、《〈红楼梦〉正名》、《〈红楼梦〉第一回校勘的一些材料》等四篇文章。《红楼梦研究》中有关胡适的内容已全部删去,说明俞平伯已意识到问题的敏感性。这也反映了俞平伯的书生气,删去了胡适的名字并不意

---

① 宋云彬:《红尘冷眼》,山西人民出版社2002年版,第336页。
② 俞平伯:《第一届全国人民代表大会见闻随笔》,《新观察》1954年20期。
③ 俞平伯:《红楼梦研究》,复旦大学出版社2004年版,第3、4页。

味着抹去了他与胡适间亲密的师生关系,他也未想到"这段曾经传为佳话的历史日后将会给他带来多少坎坷和磨难"。① 文怀沙为此书作跋。李希凡与蓝翎在《评〈红楼梦研究〉》中亦坦承:"这部书对研究《红楼梦》的主要贡献,正像文怀沙先生在'跋'中所指出的是'辨伪'与'存真'的工作。"②《红楼梦研究》出版后,中国文联的机关刊物《文艺报》1953 年 5 月出版的第 9 号,向读者郑重推荐这部著作,并且给予了很高评价:

> 这本书的前身是三十年前曾出版过的《红楼梦辨》,著者根据三十年来新发现的材料重新订正补充,改成现在的书名,重新出版。研究《红楼梦》,向来有一个诨名,叫做"红学"。过去所有红学家都戴了有色眼镜,做了许多索隐,全是牵强附会,捕风捉影。《红楼梦研究》一书做了细密的考证、校勘,扫除了过去"红学"的一切梦呓,这是很大的功绩。其它有价值的考证和研究也还有不少。③

《文汇报》、《大公报》、《东北文学》等报刊特意加了编者按予以郑重推荐。《〈红楼梦〉简论》发表于《新建设》1954 年 3 月号上。这是俞平伯研究《红楼梦》成果的扼要总结,文章共三节,分别论述和介绍了《红楼梦》的传统性、独创性及著书的情况。俞平伯认为:《红楼梦》乃"融合众家之长,自成一家之言","用最圆美流畅的白话写出迷人的故事";《红楼梦》中第一、二回位全书"全书的关键、提纲、一把总钥匙","我以为第一回书说甄士隐跟道士而去,甄士隐去即真事隐去。第二

---

① 苗怀明:《青史凭谁定是非》,《明清小说研究》2004 年第 1 期。
② 李希凡、蓝翎:《评〈红楼梦研究〉》,《光明日报》1954 年 10 月 10 日。
③《文艺报》1953 年 5 月第 9 号。

回记冷子兴、贾雨村的长篇对白,贾雨村言即假语村言。两回书已说明了本书的立意和写法"。这篇文章引人注目地亦显示了对胡适"自传说"的检讨与修正:

> 近年考证《红楼梦》的改从作者的生平家世等等客观方面来研究,自比以前所谓红学着实得多,无奈又犯了一点过于拘滞的毛病,我从前也犯过的。他们把假的贾府跟真的曹氏并了家,把书中主角宝玉和作者合为一人;这样,贾氏的世系等于曹氏的家谱,而《石头记》便等于雪芹的自传了。这很明显有三种的不妥当。第一,失却小说所以为小说的意义。第二,像这样处处黏合真人真事,小说恐怕不好写,便不能写得这样好。第三,作者明说真事隐去,若处处都是真的,即无所谓"真事隐",不过把真事搬了个家而把真人给换上姓名罢了。①

自《红楼梦辨》以后,俞平伯已基本修正他过去讲的"自传说",他认为:文学创作是"经验的重构","既同出于经验里,又非同经验的重现";"把书中曹雪芹底生平与书中贾家的事情搅在一起,未免体例太差"。② 这与胡适的《红楼梦》"只是老老实实的描写"曹家"树倒猢狲散"的自然趋势,显然有所不同。到了《红楼梦》研究批判运动大兴之时,众多学人皆"奉旨"申斥,将俞平伯视为胡适"自传说"的代言人,进行彻底批判,一闷棍打死,搞得他从此抑郁寡欢,视红学讳莫如深,晚年最不愿意听到别人称他为红学家。

在《〈红楼梦〉简论》的最后,俞平伯加上了这样一段话:"我们应该用历史的观点还它的庐山真面目,进一步用马克思列宁主义的文艺理

---

① 俞平伯:《〈红楼梦〉简论》,《新建设》1954 年 3 月号。
② 宋广波:《胡适红学年谱》,黑龙江教育出版社 2003 年版,第 336 页。

论来分析批判它,使它更容易为人民所接受,同时减少它流弊的发生。考证研究的工作都配合着这总目的来活动。我们必须对我们的伟大的文学天才负责,我们必须对广大的人民负责。"①这在俞平伯的红学著述中是绝无仅有的,由此可看出,俞平伯当时极力想跟上新时代的良苦用心。1952年北京大学文学研究所成立,俞平伯自北京大学中文系调至文学研究所任研究员,担任《红楼梦》八十回本的整理校勘工作。1953年2月北京大学文学研究所并入中国科学院,俞平伯调入中国科学院文学研究所任研究员。1953年秋,文学研究所安排新分配来的北京大学中文系毕业生王佩璋担任俞平伯的助手,协助他从事《红楼梦》的研究工作。新中国成立初期俞平伯完成了对《脂砚斋红楼梦辑评》和《红楼梦八十回校本》的整理,陆续在《光明日报》、《新民晚刊》、《大公报》、《北京日报》等刊物发表了多篇红学文章,其中《读〈红楼梦〉随笔》(38篇,近10万字)自1954年1月1日至4月23日连载于香港《大公报》,红学界评价为:"但觉奇思入妙,当下叹为逸品","细论脂评与作者对女性的深意,真是他人不解,看后顿觉雪芹得遇他生知己"。②1953年他还受邀为以苏联大学教育为蓝本,新中国创办的第一所新型大学——中国人民大学举办了一场名为《红楼梦的现实性》讲演。新中国成立以后,由于胡适离开了大陆,俞平伯在红学界具有重要地位。

---

① 俞平伯:《〈红楼梦〉简论》,《新建设》1954年3月号。
② 王湜华:《俞平伯的后半生》,花山文艺出版社2001年版,第18页。

第三章 文化的挑战：两个"小人物"对俞平伯的挑战

> 每一种社会秩序都依赖于某一种思想体系。
> ——哈耶克

1954年李希凡与蓝翎因合写两篇评论俞平伯《红楼梦》研究的论文,不期引起了毛泽东的注意,称他们为"两个'小人物'",把他们的文章称为"这是三十多年以来向所谓《红楼梦》研究权威作家的错误观的第一次认真的开火"。李希凡与蓝翎被毛泽东称为新生力量的代表,由默默无闻的业余文艺爱好者成为文坛瞩目的青年评论家。这以后"小人物"的称谓在神州大地不胫而走。

第一节 "小人物"所写的两篇挑战文章

一、问题的提出

李希凡、蓝翎皆为新中国培养的第一代大学生。李希凡生于1927年,北京郊县通州人,父亲中风偏瘫,二哥患脑膜炎病逝。李希凡念到初中时,因家境贫寒,为生活所迫,只得中途辍学。他先后在北京华宝西服店当学徒,在白纸坊印钞厂做过童工,在石家庄市图书馆作过图书管理员,过着半饥半饱、辛酸而粗砺的生活。20岁时,他寄居在山东青岛姐姐、姐夫家,每天扫地、买菜、送外甥去幼稚园。他的姐夫赵纪彬是马克思主义哲学家、中国思想史家,与侯外庐等合著过《中国思想通史》。经赵纪彬推荐,李希凡曾为山东大学文史系旁听生。1949年青岛解放,李希凡入伍参军,经军管会文教部推荐,赴中共中央山东分局领导的革命大学——华东大学社会科学部四部学习。

蓝翎是个地道的农家子弟。他1931年出生于山东单县杨集的一个农民家庭,从小就跟着父辈在地里爬,土里滚。单县解放得较早,他18岁那年,中共山东分局领导的一所训练班式的干部学校即华东大学在当地招生,他被录取。从此,蓝翎走出了度过童年时期的农村。

1954年对《红楼梦》研究的批判,缘起于山东大学1953年中文系毕业的两位大学生李希凡与蓝翎合写的文章《关于〈红楼梦简论〉及其它》和《评〈红楼梦研究〉》。李、蓝二人比较年轻,较少历史包袱,他们均来自于当时的革命大学——华东大学,李希凡是四部十四班的学员,蓝翎是三部十一班的学员。华东大学是中共中央华东局于解放战争期间在沂蒙山区创办的干部学校,他们在校期间受到了系统的革命文艺理论训练。同深受胡适等人影响的中老年学者有所不同,他们比较能够从政治与阶级的视角看待俞平伯《红楼梦》研究问题之所在。

1950年华东大学与山东大学合并,他们成为山东大学中文系的学生。李希凡曾深有感触地回忆起当时的岁月:

> 解放前的1947年到1949年初,我曾在山大中文系旁听过,后来才去投考了革命干部学校华东大学,并校时我是重回山大,因而,感受也要比别的同学深切一些。我觉得,比起白色恐怖笼罩山大的那些年月,这时的山大校园充满了解放的喜悦,又因为正在开展轰轰烈烈的抗美援朝运动,处处感到那种"中国人民站起来了"的豪迈气概。我们的华校长和余教务长(余修同志),都

非常善于做宣传鼓动工作,他们经常在六二广场(原青岛山大校内广场)上大课,讲形势,宣传马列主义、毛泽东思想,无论是政治学习或学术研究都非常活跃。《文史哲》正是在这样的历史背景下诞生的。对《文史哲》的创刊经过,我不太熟悉,只知道是在华校长倡议下创办的,他还亲自担任了社长。①

二、从《关于〈红楼梦简论〉及其他》到《评〈红楼梦研究〉》

从山东大学中文系毕业后,李希凡分配到中国人民大学哲学研究班读研究生,蓝翎分配到北京师范大学附属工农速成中学当语文教师。对于这两篇文章的写作,李希凡与蓝翎的回忆当是第一手材料。蓝翎回忆起《关于〈红楼梦简论〉及其它》的写作时说:

> 一九五四年三月三日,《人民日报》广告栏登出了《新建设》杂志的要目,其中有俞平伯先生的文章《红楼梦简论》。我是在教师休息室里看到的,引起了注意。几天后杂志刚到,我一口气便把此长文读完。我为什么独对这篇文章有兴趣？虽属无意,实非偶然。
>
> 我在山东大学最后一次的中国文学史终考中,回答的最后一个试题是关于《红楼梦》一书的性质的,简明扼要地说明,它虽然概括了作者的一些家世经历,但不同于曹雪芹的自传,并举了苏联高尔基的小说《我的大学》和奥斯特洛夫斯基的小说《钢铁是怎样炼成的》加以论证。我不同意"自传说",同老师在课堂上讲授不大一样。感谢老师冯沅君先生在学术问题上的豁达风度,尽管

---

① 李希凡:《〈文史哲〉培养了我》,《红楼梦艺术世界》,文化艺术出版社 1997 年版,第 368 页。

学生不完全按她的讲授回答,仍给以九十一分的高分,是我几年来学文学史课的最好成绩。我小时候偷看过家藏的大达图书供应社铅印本《红楼梦》,封面上印着黑色的贾宝玉和林黛玉对谈的剪影。看不大懂,好奇而已。解放后,结合中国古典文学课,又读了人民文学出版社第一次出版的新校本,才读出点味道来,有了文艺理论的基础,便形成了自己的想法,所以考试时才敢于那样自信的回答,并非瞎猫撞上了死耗子。如果没有这点因由,我干嘛去读俞平伯先生的那篇文章?不仅如此,我还从工农速成中学图书馆借读过棠棣出版社最新出版的他的《红楼梦研究》和周汝昌的《红楼梦新证》。现在坦白地说,后来写评《红楼梦简论》的稿子时,关于清初历史的情况,我就直接参考了王耳(据传为文怀沙教授)为后者写的长篇序言,有所获益。向前辈学习并不丢人,过去不愿讲,因作者大概也"出了事",避开了。

三月中旬的一个星期天,李希凡从家中先到我那里,他爱人从文学讲习所了解该所青年团的工作情况后,也赶到我那里。在闲谈时,我说到了俞平伯先生的那篇文章。他说,他也看过,不同意其中的观点。他说,合写一篇文章如何?我说,可以。他说,你有时间,先起草初稿;我学习紧张,等你写出来,我趁星期六和星期天的空闲修改补充。我说,好吧,明天我就把书刊全部借出来,开始动手。那时合作很简单,只想到文稿能变成铅字,自己的名字印出来,也不会想到谁靠谁,谁沾谁的光,更没想到会有以后几十年的是是非非。但是,一只巴掌拍不响,如果双方的条件缺其一,也是根本合作不起来的。

星期一,我把第三期《新建设》、新版《红楼梦》、《红楼梦研究》和《红楼梦新证》都借出来。还偶然在图书馆最后排的书架底层发现了一部红皮精装的《晚清文选》,其中有王国维的《红楼梦评论》,也借出来备参考。用了几天的时间阅读资料,理清思路,即动手起草。

我写初稿用的是十六开的白光连纸,学校发的,和印的写教案的纸同一品种,一样大小。时兴的蘸水钢笔,竖写,字很小,行距大,四周留较大的空白,以备随时修改。我写稿子有个习惯,先不写题目,待最后想妥定稿时再补上;不爱"穿鞋戴帽","直奔主题"。初稿共三部分,边看材料边写。凡需要引文的地方,只注明引什么,待清抄时补上,这样可以节省时间。同时,又不能耽误备课讲课改作业。事情进行得很顺利,大概一个星期的时间就完成了。时近四月天,我已脱下棉衣,改换春装。

初稿写完了,离星期日还有两天,为了赶时间,不能空过。李希凡那里的电话不方便,联系很困难,只好直接送去。下午乘有轨电车到西直门,没有去那里的交通车,改为徒步。出豁口,沿着火车道往正北。北风吹,尘土飞,荒郊野外,一步一脚脏土,经过几个村,翻过一条大沟,才到了四道口人民大学研究生班。平地起灰楼,孤零零的一所大院子。我把稿子交给了李希凡,并把写作的情况告诉他,请他修改时注意……待他送我出来,太阳已落到了真正的"西山"(曹雪芹晚年居住地)了。

李希凡住的是集体宿舍兼学习室,两边是床,中间是长桌,周旋都不方便,更没有从容的写作条件。况且在众目之下,业余写作也不那么理直气壮,名正言顺,所以他修改的时间比我写初稿的时间长。过了这个星期天,到下一个星期天,他才把修改稿交给我,已是四月中旬了。

李希凡的修改稿,写在黑色封面蓝横格的学习笔记本上,密密麻麻。他的字很少规整的,除了常和他接触了解其字体的,一般生人很难辨认。我将修改稿通读了两遍,对照初稿,大体上理清了他修改的文字。他修改最多的有以下几处。一、将初稿三部分扩展为四部分。初稿开头只有现流传本第一部分四、五两段中的一部分文字,第一、二、三段全是他新加的,组成第一部分。依次将后边的文字改为二、三、四部分。二、第二部分增加了对《红楼梦》现实主义性质的论证,以批评"色空观念"说的不对。增引了《红楼梦》第三十二回和三十六回的两段原文,以批评"钗黛合一"的不对。三、第三部分增引了《红楼梦》第一回石头和空空道人的对话,以论证曹雪芹有深刻的现实主义文学见解。第四部分原文很少,基本未作变动。附带说几句,李希凡的文章爱引大段原文,而我一般不引大段原文,多采取夹叙夹议的办法,以减少篇幅,保持文字畅通。

最后一遍稿仍由我修改。我这次用的是从鼓楼商店买来的红方格正式稿纸。对着初稿和修改稿,边修改,边清抄,边核对引文,比写初稿进行得慢。我还发现了一个疏漏。我原来给文学的传统性下的界定是:"文学的传统性意味着人民性的继承与发挥,现实主义创作方法的继承与发扬,民族风格的继承、革新与创造。"现在看来,这种界说是不全面的,但我当时写到这里却非常得意,自以为是独创见解。然而,在第三部分论述到这一问题时,却没讲民族风格,缺乏照应。如果再补写,这一部分就显得太长,不够谐调。于是,我想出了个偷巧的办法,在全文后边加了一条注,"此处并非专论红楼梦的传统性,只为驳俞平伯先生的见解而写,故内容从略,将另撰专文论述。"后来借为《人民日报》修改转载稿之机,我才补写了关于"连续性典型"和民族风格方面的一些文字,使问题说得较为完整,并删去了那条注。等我把最后稿整理完交给李希凡,已是四月末了。李希凡看后直接寄给《文史哲》,至于他信中如何说的,我就不知道了,反正该刊没有任何人同我联系过。及至文章登出,才发现李希凡在文末写的日期"五四前夕于北京",稿子又在他手里停了好多天。①

关于从《关于〈红楼梦简论〉及其它》到《评〈红楼梦研究〉》,李希凡的回忆是这样的:

> 那是 1954 年的春天,我和我的同学杨建中(即蓝翎)已经分配到北京,他在教中学,我在当研究生,都是很想在文学专业上继续努力,因此,也很关心报刊上发表的古典文学的文章。记得是在春假中的一天,我们相聚在中山公园里,谈起了刚刚看过的《新建设》(1954 年 3 月号)上发表的俞平伯先生的《红楼梦简论》,这使我们联想起他的专著《红楼梦研究》,觉得他的不少观点和意见,都是我们难以接受的。议论中,我们的想法很接近,越谈越感到不能已于言,应当写出文章来,就这样,我们写了《关于〈红楼梦简论〉及其它》。意犹未尽,随后在暑假期间,又写了《评〈红楼梦研究〉》一文。这两篇文章,今天看来,是粗疏幼稚的。值不得文学史家们认真推敲。但在当时,它们却是两个青年人试图运用马克思主义观点分析研究复杂文学现象的一种努力。至于由此而引起了学术界的轩然大波——一场批判胡适的政治运动,这却并非我们意料中的事,也非我们力所能及的。②

李希凡与蓝翎在这两篇文章中对俞平伯《红楼梦》研究的观点与方法提出了尖锐的批评,主要集中在以下三个方面:

1. "怨而不怒"的写生风格——离开了现实主义传统和阶级的观

---

① 蓝翎:《四十年间半部书》,《龙卷风》,上海远东出版社 1995 年版,第 28—32 页。
② 李希凡:《红楼梦的艺术世界》,文化艺术出版社 1997 年版,第 379、380 页。

点。李、蓝在文中说:"毛主席告诉我们,文艺批评有两个标准:一个是政治标准,一个是艺术标准。在'任何阶级社会中的任何阶级,总是以政治标准放在第一位,以艺术标准放在第二位的。……无产阶级对于过去时代的文学艺术作品,也必须首先检查它们对待人民的态度,在历史上有无进步意义,而分别采取不同态度。'俞平伯先生离开了现实主义的批评原则,离开了明确的阶级观点。从抽象的艺术观点出发,本末倒置地把水浒贬为一部过火的'怒书',且对他所谓的红楼梦的'怨而不怒'的风格大肆赞扬,实质上是企图减低红楼梦反封建的现实意义。"①"俞平伯从《红楼梦》是'一部忏悔情孽的书'的片面理解上,推论出《红楼梦》艺术方法的根本特色是'怨而不怒的风格'。这可以说是俞平伯对《红楼梦》的总评价。……正因为俞平伯不能从正确的阶级观点出发,全面地去接触《红楼梦》,把《红楼梦》看成一部'自然主义'写生的作品,因而否定了它的现实价值,曲解了作者的创作方法"。②

2."钗黛合一"观念——抹煞了曹雪芹反封建思想倾向,调和钗、黛两种对立的意识形态。李、蓝在文中说:"从文学形象内涵的意义来讲,这是两个对立的形象。可是经俞平伯一'综合',便调和了其中尖锐的矛盾,抹煞了每个形象所体现的社会内容,否定了二者本质上的界限和差别,使反面典型与正面典型合而为一。这充分暴露出俞平伯先生对现实主义人物创造问题的混乱见解。……我们这样表述俞平伯先生的论点固然过于粗糙,但却符合他的观点的逻辑发展。总之,俞平伯先生是以反现实主义的唯心论的观点分析和批评了红楼梦。"③

3."自叙传说"与"色空"观念——否定了《红楼梦》的现实价值,

---

① 李希凡、蓝翎:《关于〈红楼梦简论〉及其它》,《文史哲》1954年9月号。
② 李希凡、蓝翎:《评〈红楼梦研究〉》,《光明日报》1954年10月10日。
③ 李希凡、蓝翎:《关于〈红楼梦简论〉及其它》,《文史哲》1954年9月号。

歪曲了作者的创作方法。李、蓝在文中说:"《红楼梦》不是'色'、'空'观念的具体化,而是活生生的现实人生的悲剧。人们通过作者笔下的主人公的悲剧命运所获得的教育不是坠入命定论的深渊,而是激发起对于封建统治者及其全部制度深刻的憎恨,对于肯定人物贾宝玉、林黛玉的热烈同情。所以把《红楼梦》解释为'色'、'空'观念的表现,就是否认其为现实主义作品。俞平伯先生既然把《红楼梦》的内容归结为'色'、'空'观念,因此,也就必然会引出对人物形象观念化的理解。"①"总结起来,造成《红楼梦研究》这些错误的根本原因,是俞平伯先生对于《红楼梦》所持的自然主义的主观主义见解。但是,这种把《红楼梦》作为一部自然主义来评价,而抽掉了它的丰富的社会内容的见解无非是重复了胡适的滥调。"②

李希凡与蓝翎写作这两篇文章时,手头材料很少,曾云:"我们还没有看到过俞平伯的《红楼梦辨》,手边只有他的《红楼梦研究》、《红楼梦简论》和别人文章中转引的胡适关于《红楼梦》的一些看法和材料。"③实际上,俞平伯通过自己对《红楼梦》的研究,在胡适新红学基础上已往前跨跃了一大步。他已经修正了自传说及《红楼梦》自然主义的写法。

第二节 《文史哲》发表了"小人物"的论文

日后引起轰动的《关于〈红楼梦简论〉及其它》,几经周折,在当时却未找到园地发表。李希凡曾自白:

---

① 李希凡、蓝翎:《关于〈红楼梦简论〉及其它》,《文史哲》1954年9月号。
② 李希凡、蓝翎:《评〈红楼梦研究〉》,《光明日报》1954年10月10日。
③ 李希凡、蓝翎:《红楼梦评论集》,人民文学出版社1973年版,第36页。

第三章 文化的挑战：两个"小人物"对俞平伯的挑战

由于当时我是《文艺报》的通讯员，就先写了一封信询问一下，大意是说我们写了这篇文章，长了点，有九千多字，不知《文艺报》能不能用。但等了一段时间，《文艺报》没有回音。我就把文章直接寄给了我们母校山东大学的《文史哲》杂志执行编辑葛懋春同志，他是一位历史学家。这样，文章就在《文史哲》的1954年第9期上发表了。《文史哲》是建国初期较早创办的社会科学的学术刊物，倡导和创办这个刊物的，是当时我们的老校长、中国著名的现代史家和鲁迅研究专家华岗。他主持下的山东大学学术思想很活跃，《文史哲》的办刊宗旨，也是不拘一格，不大讲论资排辈，而且主张不同学术观点可以进行讨论，很有点百家争鸣的味道。我在大学二年级时，就曾有过一篇读书报告被刊用过。写完《关于〈红楼梦简论〉及其它》以后，我们觉得话还没有说完，就在1954年的暑假，又写了一篇文章，这就是《评〈红楼梦研究〉》。《红楼梦研究》是俞先生于解放初期1952年出版的一本著作。文章写出后，寄给了《光明日报》的"文学遗产"专栏。①

《文史哲》编辑葛懋春是李希凡的学兄，一直与李希凡保持着良好的联系。他在接到李希凡与蓝翎的稿件后，很快便写了初审意见并交给杂志编委会。历史学家杨向奎时为山东大学文学院的院长兼《文史哲》常务编委，审稿后又将其转给山东大学校长兼《文史哲》杂志社的社长华岗。最终是由华岗拍板决定采用，于1954年9月1日在《文史哲》上予以正式发表。②

华岗是位杰出的马克思主义历史学家和哲学家，曾创办《群众》周刊。大革命失败后，华岗于1927年8月任江苏省委书记，兼任中共江

---

① 李希凡口述，2006年5月3日笔者对李希凡的访谈。
② 同上。

苏省委常委、秘书长,担任过《新华日报》首任总编辑,中共南方局宣传部长。华岗著述等身,口才极好,一派学者风度,在国统区被称为中国的"三大手笔"之一(与胡乔木、王芸生相并列)。1930年上海华兴书局出版了华岗翻译的《共产党宣言》,这是中共成立后出版的第一个《共产党宣言》的中文全译本。毛泽东曾当面称赞他编著的《中国大革命史》是一部好书,收集了许多宝贵的材料。1943年9月,周恩来派华岗作为中共南方局的代表去昆明争取龙云,并指导云南省工委开展昆明的民主运动。华岗化名林少侯,公开身份是云南大学社会学教授。他多次和龙云会面交谈,取得了很好的效果。在龙云的帮助下,中共在昆明建立了直通延安的秘密电台。1944年底龙云秘密加入民盟。华岗在昆明创立了中共地下组织西南文化研究会,每两周开一次会,地点有时泛舟滇池,有时在唐家花园的竹林里,参加的有闻一多、吴晗、楚图南、李公朴、李文宜、潘光旦、曾昭抡等人。在会上,政治和时事报告由华岗负责,他经常介绍毛泽东的《新民主主义论》和八路军、解放区的情况;教授们则介绍自己的学术研究成果。他与教授们促膝长谈,这些人后来大都成为民主同盟的领导骨干。原先对共产党敌视的闻一多转变为共产党的忠实信徒,积极投身于民主革命浪潮。

  新中国成立初期,华岗担任山东大学校长,每次主讲3个小时的辩证唯物主义,校内外人士蜂拥而至,能容纳4000多人的广场挤得水泄不通,成为青岛一大盛事。中科院学部委员、著名生物学家童第周教授回忆说:"我到了北京中国科学院,在生物研究中有了突破,是由于华岗校长讲马克思主义哲学,使我懂得了辩证法,所以在科学研究中做出了成绩。"[①]1951年1月华岗创办了《文史哲》,并亲任社长。《文史哲》是全国高校中问世最早的一份学报,与《新建设》、《学术月

---

① 向阳:《华岗传》,浙江人民出版社2003年版,第285页。

第三章 文化的挑战：两个"小人物"对俞平伯的挑战

刊》并称新中国初期最有影响的3个社科刊物。陈毅说："大学就是要通过教学和研究为国家培养合格而又对路的有用人才，而学报正是检验这种成就的标尺。山东大学创办《文史哲》是开风气之先，继续办下去，一定可以引起全国各大学的重视。"华岗亲自主持稿件的组织、审定和修改。他注重发表在哲学和社会科学方面有马列主义见解的论文，每期尽可能推出新作者。他说："学术上的派别是相对的，不是绝对的，所以每个学科的教师，即使主张不同，若是言之有理，持之有故，就应该让它们生存和发展"；"如果没有自由的批评，没有不同意见的争论，任何科学都是不能发展、不能进步的。"①正是在这样办刊思想的指导下，华岗自己赞成"西周封建说"，却也支持在《文史哲》发表批评主张西周是封建社会观点的文章；他也力主将一些报刊不愿发表的李、蓝二人的《关于〈红楼梦简论〉及其它》首先在《文史哲》上发表。当然，后来因此而出现的《红楼梦》研究政治批判运动，无论是华岗还是李希凡、蓝翎皆为始料未及的。

1955年全国开展"反胡风反革命集团"和肃反运动，华岗被错认为与胡风有关系。同时，山东党内开展了对所谓"向明反党集团"的斗争，华岗因过去和向明一起坐过牢，解放后，又在青岛工作有过接触而受到牵连。因为他不肯昧心揭发所谓"向明反党集团"的问题，而竟无端地也成了这个"集团"的成员。8月25日，华岗被以"胡风反革命分子"和"反党"罪名由青岛市公安局逮捕，当天即开始抄家、搜查。由于未找到确凿的证据，华岗要求将问题搞清楚再捕，但山东一个大人物说是"先抓起来再定罪"，华岗回敬了8个字："欲加之罪，何患无词！"从此华岗开始了长达16年的牢狱生涯，直至去世，去世时皮包着骨硬邦邦地直挺着，遗体萎缩得像一个未发育的少年。华岗留给后人的最

---

① 向阳：《华岗传》，浙江人民出版社2003年版，第280页。

后一句话是:"历史会证明我是清白的。"①

革命吞噬了自己的孩子,华岗的命运为这句箴言增添了一个新注脚,究其原因在于公权力缺乏有效制约,革命党在向执政党转换角色之时,没能形成法治国家与个人权利保护的双重制度性结构。

---

① 向阳:《华岗传》,浙江人民出版社2003年版,第326页。

第四章　文化的领导：关于《红楼梦》研究问题的信

> 未经省察的人生没有价值。
>
> ——苏格拉底

第一节　"小人物"的文章如何被发现的

一、《人民日报》为何未转载"小人物"的论文？

1954年9月号《文史哲》发表了李希凡与蓝翎的文章《关于〈红楼梦简论〉及其它》，批评了俞平伯的《红楼梦简论》。《文史哲》是山东大学的校刊，当时寄给山东籍的中央首长，人手一份。江青看到此文，立即将文章送呈毛泽东，投其所好。据毛泽东卫士张仙朋回忆：

> 一九五四年，随着党在过渡时期总路线的贯彻，社会主义改造深入开展……这年春天，毛主席来到了杭州。他经常考虑的一个问题，就是如何在思想文化战线上开展批判资产阶级的斗争。三月十日上午，主席一早起来就招呼我们，说今天要去登北高峰，叫我们把他要看的书和文件都带上。因为主席到杭州后，经常爬山锻炼，而且爱到山顶上去办公和学习。于是我们赶紧做好准

备。吃过早饭,我们就出发了。当时,正下着小雨。山高路滑,很不好走,但是主席爬山很有经验,他脚步稳健,节节向高峰攀登。主席一面登山一面和我们说古论今,谈笑风生。他问我们看过《红楼梦》没有?我们回答说看过。主席又问都看了几遍?有的回答看了一遍,有的说看了两遍。主席问站在他身边的一位老大夫看了几遍,老大夫说看了两遍。主席问他看过后有何感想?老大夫想了一下,十分认真地回答说:"我发现贾府里那些人都挺讲卫生的,他们每次饭前都要洗手。"他的话音刚落,主席就大笑起来,我们也都笑了。有的同志开玩笑地说:"老大夫真是三句话不离本行,到处宣传讲卫生。"大家更加笑了。停了一会,主席对大家说:"《红楼梦》这部书写得很好,它是讲阶级斗争的,要看五遍才能有发言权哩。"接着又说:"多少年来,很多人研究它,并没有真懂。"当时,我们对主席讲《红楼梦》的事并不理解,实际上,主席正在酝酿写一篇重要文献。不久,在这年十月十六日,他写出了给中央政治局和其它有关同志的《关于红楼梦研究问题的信》,接着发动了一场批判资产阶级唯心论的伟大斗争。①

可见,过渡时期总路线公布以后,从新中国成立初期意识形态的整合态势来看,随着社会主义改造事业全面而深入地进行,毛泽东正想找理由在学术思想领域,掀起一场对胡适派资产阶级思想的批判。《文史哲》的这篇文章则正好提供了一个引爆点。毛泽东阅后,深为重视,他让江青转告《人民日报》立即予以转载。长期以来,江青以毛泽东文艺秘书的身份在思想文艺战线充当"流动哨兵"。"文革"时期江青曾坦言:"我是一个普通的共产党员,多年来都是给主席作秘书,主

---

① 张仙朋:《为了人民》,《当代》1979年第2期。

要的是研究一点国际问题。在文教方面我算一个流动的哨兵。就是订着若干刊物报纸,这样翻着看,把凡是我认为较比值得注意的东西,包括正面的、反面的材料,送给主席参考。我多年来的工作大体上是这样做的。"①9月中旬江青带着李希凡、蓝翎的《关于〈红楼梦简论〉及其它》一文,来到《人民日报》社找到当时《人民日报》总编辑邓拓,口头传达了毛泽东的指示,要求《人民日报》转载此文。邓拓不敢怠慢,看完文章后,连夜派自己的秘书王唯一找到了蓝翎。蓝翎对邓拓接见时的情景及他当时的心理活动回忆如下:

> 当王唯一把我引进办公室后,邓拓即从藤椅上站起走过来,先伸出手。我第一次见大干部,又不知为何事,心情紧张,行动拘谨,握住他的手,问了好,不知下一句该说什么。也不知为什么,邓拓给我的印象特别好。他那时才刚过不惑之年,在我的眼中已是老一辈的长者了。高高的个头,穿着藏青色呢子制服,看起来似不健康。长长的瘦瘦的脸,鼻若悬胆,双目有神,声音洪亮,但却文质彬彬,潇潇洒洒一副学者风度,平易近人,毫无架子。邓拓把我让到沙发处,一同坐下。他大概看出了我的拘束,面带微笑地说:"刚才王唯一去找你,说你不在学校,已留了字。我说尽快找来一叙。半夜把你找来,打搅了。"我说:"不敢当。"邓拓说:"你们的地址是从山东大学打听到的。李希凡在人民大学,怕不好找,所以先找你来。有件事想同你们商量。你们在《文史哲》发表的文章很好,《人民日报》准备转载。你们同意不同意?"他谈得很轻松,没有说到毛泽东主席。但我意识到事情非同寻常,立即回答:"完全同意。但还得告诉李希凡,问问他的意见。"《人民日报》

---

① 江青:《为人民立新功》,《江青同志讲话选编》,人民出版社1968年版,第29页。

转载青年作者的文章,的确是非同寻常的事。那是出于形势的需要,有一定的指导性,或者叫抓典型,带动一般。而对于作者来说,谁的文章一经转载,即会引起轰动效应,身价倍增……我们写的是关于古典文学研究的冷门文章,居然要由《人民日报》转载,是万万没有想到的,激动而又欣喜。我从学文学,特别是合并到山东大学中文系就读以后,就萌生了成名成家的幻想,但不敢表露出来,说轻点,是好高骛远,说重点,是资产阶级名利思想,那要挨批评作检讨的。邓拓的话正符合我潜在的意识流,所以才回答得那么直截了当,简单干脆,不故作谦虚之态。这是真话,是心里话,是成名成家的幻想自自然然地溜出来的外化,也许一夜之间就要"名扬天下"了(这是形容中状元的老戏词)。

要谈的主要问题已解决,往下越谈越轻松越自然。刚坐下的时候,邓拓将一圆筒中华牌香烟打开,让我"随便",我没敢"随便",这时却不自觉地抽出一支点着了。邓拓站起来踱步(后来才知道他腰脊椎患病,不适宜坐低处),边慢慢走动,边谈话。他说:"你们都在北京,为什么写了文章拿到青岛发表?是不是遇到什么阻力?"我答:"山东大学是母校,《文史哲》是学报,编委都是我们的老师。有一位负责日常编务工作的编辑,是历史系刚毕业不久的校友葛懋春,李希凡同他熟悉,把稿子寄给他了。在写这篇文章的时候,李希凡是《文艺报》的通讯员,曾写信问该刊负责通联工作的杨志一可不可以寄去,但没有得到回信。别的刊物没认识的人,寄去怕得不到及时处理。"邓拓又问到我们两个人的情况。我先简单地谈到李希凡,接着来个"自报家门":原籍何处,个人的经历,家庭成分,家庭成员的情况等,都按照忠诚老实的原则——如实叙述。我为什么如此详说?因为这一学期我没有正式安排课,正等候教育部重新调整分配工作,想进文学研究机构或文艺单位。邓拓听后说:"到报社文艺组(文艺部前身)来吧。文学研究所不是打仗的地方。"……邓拓谈起来如何读书,如何做学问,要更好的理解《红楼梦》,必须深入地系统地研究清朝的历史。①

次日,蓝翎约着李希凡去了报社,这次谈话主要是邓拓和李希凡对谈,蓝翎在一边敬听。李希凡除表示同意转载外,更多的是谈他个人的情况。蓝翎与李希凡商量后提出,文章当时写得仓促,因为两人都正上着课,如果要转载,最好能有一个星期的时间,再进行一次认真的修改。邓拓说,时间太长了,不必大改,星期四交稿吧。李希凡与蓝翎很快研究了修改计划,随即着手修改,日夜兼程润色修改,连续几昼夜,轮流睡觉。星期四上午修改完毕,由蓝翎通知报社来取修改稿。星期五,报社即派人送来两份修改稿的小样,四开大纸,边上留出大片空白。蓝翎看后,改了几处技术性的差错,退回一份,保留一份。但文章改好后,拿去排印却迟迟未见报,究竟是何原因,李希凡与蓝翎不得而知。原来《人民日报》的文艺宣传工作由报社总编室和中宣部双重领导,且以中宣部为主。报社文艺组每个季度的评论计划,都必须拿到中宣部文艺处讨论,最后都由中宣部分管文艺处的副部长周扬审定,重要的文章他都改,他的字学毛泽东,用毛笔改,改得非常仔细,有时改两三遍。由于周扬提出了反对意见,邓拓不得不终止《关于〈红楼梦简论〉及其它》一文的转载。江青闻知此事,再次到《人民日报》社,找来周扬、邓拓、林默涵、邵荃麟、冯雪峰、何其芳等人召开会议,说明毛主席看到《关于〈红楼梦简论〉及其它》后,很重视这篇文章。她提出《人民日报》应该转载,以期引起争论,展开对资产阶级唯心论的批判。

---

① 蓝翎:《四十年间半部书》,《龙卷风》,上海远东出版社 1995 年版,第 9、10、11 页。

江青带来了毛泽东的意见,但并没有拿信来。周扬在会上以"小人物的文章","党报不是自由讨论的场所"为由,认为该文不宜在《人民日报》发表,而且认为该文"很粗糙,态度也不好";林默涵、何其芳则说:"也没有什么了不起的地方"。① 双方搞了个折衷方案:决定由《文艺报》转载此文。周扬历来对毛泽东是相当尊重的,对他的指示也是一贯地绝对服从。五十年代初期,周扬对儿子周艾若深情地说:"有两个东西你要崇拜,迷信。一个是苏联,一个是毛主席。"周艾若不以为然,周扬还严厉地批评了他。② "文革"时期,周扬挨批斗,被监禁九年。一只耳朵被打致残,③当接到通知说可以出狱了,他说要给毛主席写信,谈自己的错误,并问主席、江青好。

那么,周扬为何对江青带来毛泽东的意见拒不执行呢?除了周扬坚持党报的原则之外,更为重要的原因在于江青两次到《人民日报》社并未带上毛泽东所写的信或字条,只是口头传达而已,周扬等人搞不清是毛泽东的意见还是江青个人的意见,甚至很大程度上认为是江青个人的意见,所以皆按照组织原则去办。曾于延安鲁艺文学系任教,1951年担任中宣部文艺处副处长严文井回忆:

> 周扬身处全国文艺界的领导人的权威地位,他有时也陷于苦恼或惶惑状态,主要摸不清毛泽东的想法、意图。这种"没有把

---

① 四川大学中文系编:《〈红楼梦〉研究资料选编》(内部发行),1974年版,第247页。
② 李辉:《与艾若谈周扬》,李辉:《往事苍老》,花城出版社1998年版,第393页。
③ 周扬未有专文回忆在狱里的情况,与他同期关在秦城监狱的夏衍曾回忆说:狱中伙食吃的是橡子面,让人拉不出大便,后来形成了胃出血。由于胃出血,非常虚弱。走路走不快,但是,那穿着解放军军装的狱卒"就从后面踢了我一脚,把右腿齐腿根处踢断了——唔,好几天之后才送进监狱专门指定的医院,那还不是为了断腿,而是因为胃出血。医生说胃和腿只能保一样,不能兼顾。胃不断出血是要死人,当然得保它。所以腿只能由它去了。"李子云:《我经历的那些人和事》,《文汇报》2005年2月9日。

第四章 文化的领导：关于《红楼梦》研究问题的信

握",使周扬感觉为难。例如有段时间传出上边对长影拍的一部《荣誉属于谁》的电影有看法,周扬琢磨半天,除了觉得该片较枯燥乏味,实在不知它的问题在哪里。很快党内高层批判高岗,他才恍然大悟,原来提出《荣誉属于谁》的问题,其意在批高岗在东北搞个人崇拜。这,谁人能够看出呢？周扬曾说过："文艺是时代的风雨表",对于一个处在多变年代、风雨侵袭的岗位而又颇为看重自己权力的人,周扬想号准毛泽东的脉,以使自身立于不败之地的想法是很自然的。①

解放初期,周扬任中宣部副部长,江青任中宣部电影处处长,江青是在周扬的领导下工作。毛泽东曾说,江青不会做什么工作,你们也不要用她。② 但是,后来毛泽东逐渐改变了看法。一次周扬去看毛主席,主席问起江青的工作情况,周扬说："江青很能干,看问题也很敏锐。就是有时她说的一些意见,不知哪些是主席的,哪些是她个人的。是主席的指示,我们坚决执行。如果是她个人的意见,大家还可以讨论。"毛主席问道："有这样的事？"接着又说："江青很聪明！"后来一些文艺运动的发生和激化与这位"流动哨兵"的一再报警是有直接的原因。周扬对江青这种"敏锐"曾多次表示不安,他强为诙谐地说："江青也太敏锐了。"③这些谈话,很可能会传到江青耳朵里。邓拓曾听江青说过："我恨死周扬了！"④这也为周扬留下了祸根。1953 年初,毛泽东把周扬叫到中南海,批评他很厉害,周扬回来后,情绪低落,感慨地说：主席"批评我政治上不开展"。⑤ "文革"中,毛泽东关于"中宣部是阎王

---

① 涂光群：《五十年文坛亲历记》,辽宁教育出版社 2005 年版,第 36 页。
② 朱元石：《共和国要事口述史》,湖南人民出版社 1999 年版,第 99 页。
③ 黎之：《回忆与思考——初进中南海》,《新文学史料》1994 年 2 期。
④ 李辉：《与丁一岚谈周扬》,《往事苍老》,花城出版社 1998 年版,第 314 页。
⑤ 张光年、李辉：《谈周扬》,《新文学史料》1996 年 2 期。

殿,要打倒阎王,解放小鬼"的指示,给周扬带来了灭顶之灾。他被江青等人扣上"反革命两面派"、"文艺黑线祖师爷"的帽子,旋即投入秦城监狱,过着非人的囚徒生活。"文革"后周扬在医院里与儿子周迈谈到"文革"时期的劫难,曾有这样一段值得回味的对话:

  周迈问:"文革"中怎么批你的时间很长,次数很多?
  周扬说:这不奇怪,少奇同志和他下面好大一批人都挨批斗。批斗我,也许江青起点坏作用。"文革"前我对她并不反感,觉得她有点聪明,模仿毛主席的字体还有点像。她同毛主席结婚时,我因事没有前去祝贺。她在中宣部时,有时发表意见口气很大;有时我们搞不清是毛主席的意见还是她个人的意见。我们只能按组织原则办,不能听她的,可能得罪了她。①

二、《文艺报》转载了"小人物"的论文

《人民日报》将《关于〈红楼梦简论〉及其它》一文的小样排出后,李希凡与蓝翎白天等,夜晚盼,高兴而又焦急地期待着刊出。好几天过去了,《人民日报》一点动静也没有,他们等得有点心凉,百思不得其解,他们当然不知道这幕后的情况。终于等到了真实的信息,邓拓通知他们,此文将由《文艺报》转载,中国作家协会会直接和他们联系。紧接着,蓝翎便收到中国作协陈鹤翔的来信,约好去他那里,一起去见冯雪峰。

冯雪峰(1903—1976),浙江义乌人,现代文艺理论家、鲁迅研究专家、诗人、作家。他的一生多半处在风刀霜剑严相逼的日子。1919年的"五四"运动波及金华,发生了反对学校当局专横压制的学潮。冯雪

---

① 李辉:《与周迈谈周扬》,《往事苍老》,花城出版社1998年版,第402、403页。

峰作为这次学潮的带头人,被开除学籍。他转而来到杭州,考入浙江第一师范学校。当时,这所学校名师云集,叶圣陶、朱自清、陈望道等名家,都在这所学校里任教。这样的文学氛围,激发出了冯雪峰文学上的才能,也培养了他文学理论上的素养。西子湖畔,他与同学柔石、潘漠华、魏金枝、汪静之等人组成了"湖畔诗社",出版了新诗合集《湖畔》。《湖畔》的扉页上有两句题辞:"我们歌笑在湖畔,我们歌哭在湖畔。"

"清朗的,秀美的天气,教我想起巴黎近郊的晴朗的上空,那巴士底,那自由思想的寝室,——那上空,就飘荡着这么美丽的天色。那个小姑娘,站立在窗外,清癯,大眼睛,也确实像尤丽,那巴黎穷妇人的女儿,那慈爱而勇敢的,那每天哀愁地望着巴士底的。哦,伟大慈爱的自由思想,漾在人们心里,在我,为什么又如有一块生铁,压住灵魂?但你们投赠以愤怒,哀愁,慈爱的眼光,它也会马上融解,——可是又马上冻结!虽然我希望有一只春燕常在我屋顶飞翔,而且这希望我已达到,——我常听见它在空气里鼓翼;但我更希冀有一只从我孵去,从我这里飞去,它在人们头上飞翔,又轻快,又怡悦。……""火!哦,如果是火!你投掷在黑夜!你燃烧在黑夜!我心中有一团火,我要投出到黑夜去!让它在那里燃烧,而让它越燃越炽烈!"①人们在冯雪峰的诗作中仿佛读到了他对自由、民主热烈追求地意志与身影。胡风认为冯雪峰:"作为湖畔诗人,他是新文学的新生力量代表之一,我自己就从他们受到了对生活的锐敏的感受力的影响。这要和同时代的诗人比较才突出。"②到晚年,冯雪峰曾说:"我最看重的是诗人的头衔。"③

---

① 冯雪峰:《午睡醒后》,《冯雪峰选集》,人民文学出版社2003年版,第62、63页。
② 梅志:《胡风和我所认识的雪峰》,《新文学史料》2003年2期。
③ 牛汉口述,赵雪芹:《回忆冯雪峰》,《口述历史》(第1辑),中国社会科学出版社2003年版,第158页。

1927年,蒋介石发动"四·一二"事变,大批共产党员惨遭杀害,全国一片白色恐怖,不少人对革命前途失去信心。正是此时,冯雪峰加入了中国共产党,之后受党安排,在上海等地从事地下工作。

1928年12月9日,冯雪峰由柔石陪同到景云里17号去见鲁迅。此后,冯雪峰与鲁迅建立了非比寻常的亲密关系,两人不仅是师生之谊,更有战友之情。[①] 鲁迅因雪峰而密切了与中共的关系,雪峰则因鲁迅而改变了自己的一生。毛泽东曾言:"我跟鲁迅的心是相通的。我喜欢他那样坦率。"[②]毛泽东与鲁迅之间从未谋面,架起他们之间桥梁的即为冯雪峰。1931年冯雪峰任左联党团书记、中共上海中央局文化工作委员会书记。1934年,冯雪峰参加长征,他是少数几个参加过长征的文化人之一。长征到达陕北后,他受中央的委托以特派员身份来到上海,临行前毛泽东、周恩来、张闻天分别和他作长谈,交代重要任务,主要有四个方面:"(1)同当时上海各界群众救亡运动的负责人沈钧儒等取得联系,传达中央政策,并同他们建立经常关系;同时通过各种线索向各党各派宣传党的政策和开展抗日统战关系。(2)设法在上海建立一个电台,把上海、南京等地的政治经济情况、各党派的动态、群众的抗日救亡的要求和斗争的情况等,尽可能快地报告中央做参考。(3)了解被破坏后的上海地下党组织和党员的情况,传达中央政策。(4)同文艺界取得联系,传达中央政策,能够管的话也管一下。"[③]

冯雪峰抵沪后,第二天去见了鲁迅,并住在鲁迅家。他除参加统战和情报工作外,负责同地下党组织和党员以及文艺界联系,协助鲁

[①] 新中国成立后冯雪峰被公认为"鲁迅学"的权威。冯雪峰曾说:"毛泽东这个人啊,实际上一辈子不了解鲁迅。没有真正理解鲁迅。"《口述历史》(第1辑),中国社会科学出版社2003年版,第161页。

[②] 毛泽东:《给江青的信》,《建国以来毛泽东文稿》(第12册),中央文献出版社1998年版,第71页。

[③] 冯雪峰:《关于一九三六年我到上海工作的任务以及我同"文委"和"临委"的关系》,《鲁迅研究资料》(第4册),天津人民出版社1980年版,第179页。

迅提出"民族革命战争的大众文学"口号。1936年6月鲁迅在病中,由冯雪峰(O.V.)笔录了鲁迅的两篇重要文章:《答托洛斯基派的信》、《论现在我们的文学运动》。8月初鲁迅的《答徐懋庸并关于抗日统一战线问题》一文是在冯雪峰所写的草稿上,由鲁迅亲自增删而成。不久,冯雪峰见到了美国记者史沫特莱,冯雪峰向他详细介绍和描绘了长征,史沫特莱由此了解长征,写下了《中国红军在前进》、《伟大的道路》等一系列报道文章,让世界许多国家的民众第一次知道了中国工农红军的伟大创举。经冯雪峰精心牵头,宋庆龄安排,美国记者斯诺越过国民党的军事封锁,开始了具有重要历史意义的陕北之行。他先后在延安、保安等地会见并详细采访了周恩来、毛泽东以及众多的中共领导者和各阶层人物,走访了广大的红色根据地。返回北平后,斯诺把所见所闻写成了《红星照耀中国》(中译本《西行漫记》)一书,打破了国民党的十年封锁,生动而真实地报道了中国共产党、中国红军和中国工农的英雄的革命业绩。这本书很快被译成多种文字,传布到世界上许多地区,使无数的中国人和外国人了解到中国革命鲜为人知的真象,极大地提高了红色苏区在世人心目中的影响与地位。

据牛汉回忆,长征以后"冯雪峰从上海曾送给毛泽东一套红皮的《鲁迅全集》。不久以后,延安文艺座谈会召开。毛泽东《在延安文艺座谈会上的讲话》中,对鲁迅给以极高的评价,说他是民族的方向,是文化的主将。"[①]这些,冯雪峰皆功不可没。新中国成立初期,周恩来打电话给国家新闻出版总署署长胡愈之:"叫冯雪峰做人民文学出版社社长,但待遇要比普通社长高一点,工资要高一点,要给他一辆私人用

[①] 牛汉口述,赵雪芹:《回忆冯雪峰》,《口述历史》(第1辑),中国社会科学出版社2003年版,第161页。

小汽车。"①但他经常不坐小车,穿着一双青布鞋,步行上班,一介平民姿态。他保留了20世纪20年代早期中国共产党人身上的那种质朴、平实与从容的精神气质。据雪峰的亲属说:"他最看不惯的是文艺界那些爱端架子摆谱的领导人和某些个知名作家。有回一个党员名作家坐着小车去看他,此人上车下车都要等待司机给他开门。等那作家的车一开动,雪峰就大声骂娘了。他还看不惯的是有些人进城了,就丢掉'糟糠'妻,换上洋学生老婆。"②

1949年夏衍出任上海文管会副会长,据他回忆:"文管会搬到汉口路之后不久,冯雪峰到文管会来找我,进门就被门岗挡住,到了传达室,又要他填表,这一下把雪峰激怒了,发生了争吵。葛蕴芳及时把这件事告诉了我,我下楼把他请进了办公室,他第一句话就是'你们的衙门真难进啊',我只能道了歉。"③1951年冯雪峰率中国作家代表团访苏归来时,国内正开展"三反运动",许觉民当时在人民文学出版社负责出版、财务等工作。由于经手钱财,他自然受到运动的冲击,经过核查后,证明没有贪污问题。于是,又有人在官僚主义问题上找茬,因为许觉民患肺结核未愈,经常买母鸡炖汤喝。一位老区来的女同志,认为喝汤不但是一种奢侈,而且是一种资产阶级的习气,竟为此揪住不放。在"三反"会议上,许觉民检查到官僚主义,就说经常喝鸡汤的事,今后要注意改正。雪峰在会上听了,马上说:"这和官僚主义有什么关系?你有病,吃鸡是可以的,不管这些,你以后只管吃就是了。"这让许觉民感到十分的通情达理,但也有让许觉民感到难堪的事。冯雪峰看到社里出版的《鲁迅小说集》,书封面鲁迅的肖像印得有点模糊时,他

---

① 胡愈之:《我所知道的冯雪峰》,《冯雪峰纪念集》,人民文学出版社2003年版,第138页。
② 涂光群:《五十年文坛亲历记》,辽宁教育出版社2005年版,第314页。
③ 夏衍:《懒寻旧梦录》,生活·读书·新知三联书店1985年版,第610页。

第四章 文化的领导：关于《红楼梦》研究问题的信

把许觉民找来大发雷霆。①

冯雪峰虽然经历了革命的风霜雪剑，但他身上一直存有早期湖畔诗人的率直与冲动。1936年因"两个口号"之争，他与周扬的关系从战友、同事转化为冤家对头。1937年他随中央代表团到南京同国民党谈判第二次国共合作问题，与博古吵翻，他一气跑回浙东老家义乌"隐居"起来。② 他深居简出，一边读书，一边整理资料，耗费大量心血写一部反映二万五千里长征的小说，名为《卢代之死》，1940年书稿完成，长达50万字。但该书并未保存下来，"皖南事变"后，冯雪峰被抓进国民党上饶集中营，书稿也就此散失。新中国成立后冯雪峰担任人民文学出版社社长，他曾对胡愈之说："我不想搞文学出版社，更不想当社长，但是总理要我搞，我也没有办法。看看中宣部那几个人，叫我怎么工作？！"③部里开会他一般不参加，常让牛汉代他去，牛汉也是在这时才

---

① 许觉民：《阅读冯雪峰》，《新文学史料》2003年2期。

② 据胡愈之回忆："一九三七年七·七事变前后，有较长一段时间我没有见到雪峰。有一天晚上，雪峰突然到我家来了，我高兴地问他：'好久不见了，你到哪里去了？'他气色很不好，赌气似的说：'我到南京去了，现在不去了。他们要投降，我不投降。我再也不干了，我要回家乡去。'原来他是随中央代表团（雪峰不是代表）到南京同国民党谈判第二次国共合作问题，与博古吵翻了，气得跑回来的。那时为联蒋抗日，共产党做了很大的让步，如取消苏维埃政权，改编红军等等，这对于雪峰这个农民的儿子来说，是很不容易接受的。第二天我找到潘汉年，问究竟怎么回事。潘说：'雪峰这样子不对，谈判还未成功，怎么就说是投降呢？这是中央的事情，他是共产党员，怎能自己说跑就跑掉？组织纪律呢？他说再也不干了，他不干什么？不干共产党吗？！'但是雪峰脾气倔强，自己认为对的事就要做到底。"鲁迅先生曾评论冯雪峰说："人很直，是浙东人的老脾气"。梅志是冯雪峰在"左联"时期的下级，梅志曾言："雪峰对党内的斗争深有体会，依他的性格即使委曲求全也还是处理不好复杂的人际关系，他也实在是不懂政治，以致后来发生了一气之下回到老家去的事。"长期与冯雪峰共事的牛汉说道："冯雪峰有他的弱点，丁玲就跟我谈讨过多次，我也感到他不是搞政治的，特别是解放以后，这个政治他是不适合的，他的政治是理想主义的、诗人气质的。"许广平：《欣慰的纪念》；梅志：《胡风和我所认识的雪峰》，《新文学史料》2003年2期；《回忆冯雪峰》，《口述历史》（第1辑），中国社会科学出版社2003年版，第163页。

③ 胡愈之：《我所知道的冯雪峰》，《冯雪峰纪念集》，人民文学出版社2003年版，第138页。

认识周扬的。老舍刚被授予"人民艺术家"称号时,他就狠狠地批评过《春华秋实》,说这部作品是失败的,没有艺术构思,是奉命写作的东西。1954年,江青过问《文艺报》,对他指手画脚,要他这样与那样,冯雪峰毫不客气地说:"你不懂的事,别多管!"①与冯雪峰相识相知的巴金曾回忆说:"见第一面我就认为雪峰是个鲠直、真诚、善良的人,我始终尊敬他,但有时我也会因为他缺乏冷静、容易冲动感到惋惜。"②冯雪峰有着中国传统士人的风格,对上傲骨,对下谦和。蓝翎曾回忆起与冯雪峰的初次见面:

> 冯雪峰时任作协副主席、《文艺报》主编。他住在现北京站北面的方巾巷,后面即苏州胡同,离作协和《文艺报》都不远,他的办公室也是会客室。我对冯雪峰景仰已久,读过他不少文艺理论著作和杂文。他有长者风度,对小青年谈起话来和蔼可亲。他只说我们的文章《人民日报》决定不转载了,由《文艺报》转载,至于什么原因,却没有说。冯雪峰将我们文章中的错别字和用词不当以及标点符号不妥之处一一指出,并随手加以改正,然后,拿出一份转载的"编者按"拟稿,征求我们的意见。当我看到有"用科学的观点……"的词句,感到评价过高,表示实在不敢当。他说,不必客气。文章决定转载在《文艺报》第十八期。谈完此事,冯雪峰便谈起文艺创作的事,还涉及到茅盾三十年代的小说。陈鹤翔不断插话。我们敬听,气氛非常轻松。等从他家出来,已十点多。他

---

① 史索、万家骥:《在政治大批判漩涡中的冯雪峰》,《新文学史料》1992年2期。
② 巴金:《讲真话的书》,四川文艺出版社1990年版,第311页。

送出门外,怕我们赶不上电车,一定要雇三轮车。① 我们坚持不要,走出了苏州胡同。走了不远,李希凡感概地说:"从他身上感受到了鲁迅的作风。"

同冯雪峰谈话的第二天,我给他写过一封信,一方面表示感谢,一方面表示想到文艺界工作。因为《人民日报》不转载,我的工作调动也可能受挫,心里不踏实,才向他提出的。冯雪峰很快回了信,让我安心,组织上会很好安排的。(红格八行书,毛笔字,我一直珍藏着,反右时付之丙丁。)接到他的信不久,学校即通知我办调动手续,去《人民日报》报到,落实了邓拓原来的决定。我是十月中旬调到报社文艺组的。才风闻此事同毛泽东主席的指示有关,非同一般。

当冯雪峰同我们谈完转载文章的事以后,陈鹤翔立即提出,约我们给《文学遗产》也写一篇文章。我们表示,八月间已寄去过《评〈红楼梦研究〉》的稿子,不知收到没有。他一听很惊奇,说,还不知道,回去找一找。稿子很快发表在十月十日的《光明日报》"文学遗产"专版。事后我们才知道,设在陈鹤翔办公室外间的编辑部,平时只有两位工作人员处理日常来稿,一位是著名剧作家陈白尘的夫人金玲,一位是刚分配来的我们同年级的同学何寿亭。来稿多,人手少,只能按先来后到的次序摞起来,一件一件处理。像我们这些名不见经传的青年人的稿件,又没有什么时间

---

① 这与丁玲对冯雪峰的回忆稍有出入。丁玲回忆说:"后来,很多人众口一词,都说冯雪峰用贵族老爷式态度对付文艺青年。七九年我回到北京,《文艺报》的两个老编辑曾经对我说,他们想投书党报,拨乱反正,澄清事实,说明冯雪峰当时是非常热情地接待了李希凡、蓝翎这两位青年文艺工作者的,而且送到大门外,替他们叫三轮车,还付了车钱,并没有压制他们,冯对青年人是非常热情的。"孙玉明曾就此事特意找李希凡核实此事。李希凡证实说:"冯雪峰确实要替我们雇三轮车,但我们没有让他叫","我们哪里好意思哪!"可参阅丁玲:《在首届雪峰研究学术讨论会上的发言摘要》,《社会科学》1983年8期;孙玉明:《红学:1954》,北京图书馆出版社2003年版,第114页。

性,几个月内能得到处理就算不错了,似乎说不上有意压制谁。①

冯雪峰之平易近人,李希凡的叙述可为蓝翎回忆的佐证。1992年4月22日李希凡接受采访时谈到:

> 我记得当时《关于〈红楼梦简论〉及其它》一文发表后,大概是在国庆节前后吧,《人民日报》总编辑邓拓找到蓝翎和我,了解我们写作的经过,要我们作一些补充和修改,准备在报上转载。但文章改出来拿去排印,却没有见报,这其中到底发生了什么曲折,我们当时不了解。隔了些日子,又说要由《文艺报》转载,请冯雪峰找我们谈话。我对雪峰同志是很尊敬的,因为我读过他很多论鲁迅的著作,认为写得很深刻,后来批评《文艺报》,冯雪峰出来做检讨,我也懵了。我记得他接待我们时非常平易近人,他只说了你们的文章有些地方还粗糙,没写好,有些地方我要给你们改一改,发表时还要加个编者按这样一些话。我们的文章确实比较粗糙,我自己也没感到这话有什么问题。《文艺报》要登,我们当时很高兴。②

第二节 一封信的文本分析

一、毛泽东对"小人物"文章的批注

1954年9月底出版的第18期《文艺报》转载了李希凡与蓝翎的文

---

① 蓝翎:《四十年间半部书》,《龙卷风》,上海远东出版社1995年版,第34页。
② 李希凡:《红楼梦艺术世界》,文化艺术出版社1997年版,第389页。李希凡在接受笔者访谈时,亦多次谈到冯雪峰的平易近人,说有鲁迅遗风,长者风范,很关心青年人。

章。冯雪峰为《关于〈红楼梦简论〉及其它》加了编者按。全文如下：

> 这篇文章原来发表在山东大学出版的《文史哲》月刊今年第九期上面。它的作者是两个在开始研究中国古典文学的青年；他们试着从科学的观点对俞平伯先生在《红楼梦简论》一文中的论点提出了批评，我们觉得这是值得引起大家注意的。因此，征得作者的同意，把它转载在这里，希望引起大家讨论，使我们对《红楼梦》这部伟大杰作有更深刻和更正确的了解。在转载时，曾由作者改正了一些错字和由编者改动了一二字句，但完全保存作者原来的意见。作者的意见显然还有不够周密和不够全面的地方，但他们这样的去认识《红楼梦》，在基本上是正确的。只有大家来继续深入地研究，才能使我们的了解更深刻和周密，认识也更全面；而且不仅关于《红楼梦》，同时也关于我国一切优秀的古典文学作品。①

平心而论，冯雪峰的编者按还是比较客观真实的。26岁的李希凡为正在读书的研究生，23岁的蓝翎是中学教师，两人当时确实为默默无闻的青年业余作者。从9月1日《文史哲》首发该文到9月30日文章被《文艺报》转载，其速度不可谓不快。编者按中冯雪峰说："他们试着从科学的观点对俞平伯先生在《红楼梦简论》一文中的论点提出了批评，我们觉得这是值得引起大家注意的"，其重视与肯定之意是显而易见的。指出作者观点并非《红楼梦》研究的终结，亦是句大实话："作者的意见显然还有不够周密和不够全面的地方，但他们这样的去认识

---

① 《关于〈红楼梦简论〉及其它的编者按》，《文艺报》1954年第18期。

《红楼梦》，在基本上是正确的"。这中间冯雪峰还做了一项极为重要的工作：对文中63处明显有误的字词、句子及标点作了极为认真的修正，但在《编者按》中冯雪峰说："曾由作者改正了一些错字"，这亦给李希凡与蓝翎留足了面子。①

毛泽东看了这一期《文艺报》，并在文章旁边写下了批语。在作者署名"李希凡、蓝翎"的旁边批注"青年团员，一个二十三岁，一个二十六岁"，充满欣喜之情。针对编者按中"它的作者是两个在开始研究中国古典文学的青年"旁有情绪地批道"不过是小人物。"冯雪峰在编者按中说："他们试者从科学的观点对俞平伯先生在《〈红楼梦〉简论》一文中的观点提出了批评。"毛泽东在"试着"二字旁划了两道竖线，并批注道："不过是不成熟的试作。"在针对《文艺报》编者按中"作者的意见显然还有不够周密和不够全面的地方"一句批注道："对两青年的缺点则绝不绕过。很成熟的文章，妄加驳斥。"在《文艺报》编者按中关于转载这篇文章"希望引起大家讨论，使我们对《红楼梦》这部伟大杰作有更深刻和更正确的了解"，"只有大来继续深入地研究，才能使我们的了解更深刻和周密。"毛泽东在"更深刻和更正确的了解"与"了解更深刻和周密"旁边，划了两道竖线，打了一个问号，并批注道："不应当承认俞平伯的观点是正确的。不是更深刻周密的问题，而是批判错误思想的问题。"②可以看出，冯雪峰写的编者按，使毛泽东大为不悦，指责其压制新生力量。据许觉民回忆："高层对雪峰早有意见，认为他在《文艺报》上发表自己的文章很多，而不注意提拔新生力量云。以后又听到说他的文艺思想不大对头，具体的并未说到。不过我倒听到过雪峰有一次说过，他认为把文艺分为政治标准第一、艺术标准第二是说不通的，文艺首先是

---

① 孙玉明：《红学：1954》，北京图书馆出版社2003年版，第96页。
② 《建国以来毛泽东文稿》（第4册），中央文献出版社1990年版，第569、570页。

艺术品,就应该以艺术质量来衡量一部作品,好的政治内容必须通过高度的艺术表现力才能显现出来,否则只剩下干巴巴的政治口号,算不得是艺术。我认为雪峰的意见是对的,但在那个时期,这类话只能有所领会而绝不可外传。……到1957年'反右'运动不久,雪峰便被划为右派分子。"①

《文艺报》转载李希凡与蓝翎的《关于〈红楼梦简论〉及其它》之后,《光明日报》很快于10月10日发表李、蓝二人的《评〈红楼梦研究〉》,并加编者按以示重视:

> 目前,如何运用马克思主义科学去研究古典文学,这一极其重要的工作尚没有很好地进行,而且也急待展开。本文在试图从这方面提出一些问题和意见,是可供我们参考的。同时我们更希望能因此引起大家的注意和讨论。又与此文相关的一篇"关于《〈红楼梦〉简论》"的文章业已在第十八期《文艺报》上转载,也可供大家研究。②

毛泽东看了这个编者按,也很不满意。针对编者按中"试图"、"提出一些问题和意见"以及"供参考"这三个提法而批注道:"不过是试作?不过是一些问题和意见?不过可供参考而已?"李希凡与蓝翎在《评〈红楼梦研究〉》一文中写道:"贾氏的衰败不是一个家庭的问题,也不仅仅是贾氏家族兴衰的命运,而是整个封建官僚地主阶级,在逐渐形成的新的历史条件下必然走向崩溃的征兆。"批注道:"这个问题值得研究。"在《评〈红楼梦研究〉》中李希凡、蓝翎写道:"这样的豪华享受,单依靠向农民索取地租还不能维持,唯一的

---

① 许觉民:《阅读冯雪峰》,《新文学史料》2003年2期。
② 《评〈红楼梦研究〉编者按》,《光明日报》1954年10月10日。

出路只有大量的借高利贷,因而它的经济基础必然要走向崩溃。"毛泽东在这段话旁划了竖线,打了一个问号,并批注道:"这一点讲得有缺点。"李希凡与蓝翎在该文中引用了俞平伯在《〈红楼梦〉研究》中的一段话:"原来批评文学的眼光是很容易有偏见的,所以甲是乙非了无标准。"即"麻油拌韭菜,各人心里爱。"毛泽东在"甲是乙非了无标准"、"麻油拌韭菜,各人心里爱"两句旁分别划了竖线,并批注道:"这就是胡适哲学的相对主义即实用主义。"在这里,毛泽东首次将胡适和俞平伯联系起来,为后来的从批俞运动到批判胡适,打下了伏笔。该文最后一段,李希凡、蓝翎认为:"俞平伯先生这样评价《红楼梦》也许和胡适的目的不同,但其效果却是一致的。即都是否认《红楼梦》是一部伟大的现实主义杰作,否认《红楼梦》所反映的是典型的社会的人的悲剧,进而肯定《红楼梦》是个别家庭和个别的人的悲剧,把《红楼梦》歪曲成为一部自然主义的写生的作品。这就是新索隐派所企图达到的共同目标。《〈红楼梦〉研究》就是这种新索隐派的典型代表作品。"毛泽东批注道:"这里写得有缺点,不应该替俞平伯开脱。"①

从毛泽东对《光明日报》"编者按"所作的批注,可以看出他是从意识形态的矛盾冲突关注古典文学的研究,此时俞平伯的命运已与胡适的命运悄然联系起来了。

二、关于《红楼梦》研究问题的信

1954年10月16日,毛泽东写下了《关于〈红楼梦〉研究问题的信》,并将《关于〈红楼梦简论〉及其它》和《评〈红楼梦〉研究》两篇文章一并附上,给中央政治局的主要领导以及文艺界的有关负

---

① 《建国以来毛泽东文稿》(第4册),中央文献出版社1990年版,第571、572、573页。

责人传阅,正式发出了他要在文化领域掀起一场政治运动的先声。

各同志:

驳俞平伯的两篇文章付上,请一阅。这是三十多年以来向所谓《红楼梦》研究权威作家的错误观点的第一次认真的开火。作者是两个青年团员。他们起初写信给《文艺报》请问可不可以批评俞平伯,被置之不理。他们不得已写信给他们的母校——山东大学的老师,获得了支持,并在该校刊物《文史哲》上登出了他们的文章驳《〈红楼梦〉简论》。问题又回到北京,有人要将此文在《人民日报》上转载,以期引起争论,展开批评,又被某些人以种种理由(主要是"小人物的文章","党报不是自由辩论的场所")给以反对,不能实现;结果成立妥协,被允许在《文艺报》转载此文。嗣后,《光明日报》的《文学遗产》栏又发表了这两个青年的驳俞平伯《〈红楼梦〉研究》一书的文章。看样子,这个反对在古典文学领域毒害青年三十余年的胡适派资产阶级唯心论的斗争,也许可以开展起来了。事情是两个"小人物"做起来的,而"大人物"往往不注意,并往往加以拦阻,他们同资产阶级作家在唯心论方面讲统一战线,甘心作资产阶级的俘虏,这同影片《清宫秘史》和《武训传》放映时候的情形几乎是相同的。被人称为爱国主义影片而实际是卖国主义影片的《清宫秘史》,在全国放映之后,至今没有被批判。《武训传》虽然批判了,却至今没有引出教训,又出现了容忍俞平伯唯心论和阻拦"小人物"的很有生气的批判文章的奇怪事情,这是值得我们注意的。

毛泽东
一九五四年十月十六日

> 俞平伯这一类资产阶级知识分子,当然是应当对他们采取团结态度的,但应当批判他们的毒害青年的错误思想,不应当对他们投降。①

虽然这只是封书信,但在当时它实际上起到了中共中央文件之效力。从毛泽东的行文来看,一方面对李、蓝二人的文章评价甚高,上升为"这是三十多年以来向所谓《红楼梦》研究权威作家的错误观点的第一次认真的开火",是一场"反对在古典文学领域毒害青年三十余年的胡适派资产阶级唯心论的斗争"。另一方面,该信表现出对文艺界"大人物"与学术权威的强烈不满。毛泽东称李、蓝二人为"小人物",他指示《人民日报》袁水拍写文章对学术界、文艺界、党政机关不注意马克思主义新生力量,进行了严厉批评。文章中说:"应该指出,这决不是《文艺报》的问题,许多报刊、机关有喜欢'大名气'、忽视'小人物'、不依靠群众、看轻新生力量的错误作风。文化界、文艺界对新作家的培养、鼓励不够,少数刊物和批评家,好像是碰不得的'权威',不能被批评,好像他们永远是'正确'的,而许多正确的新鲜的思想、力量,则受到各种各样的阻拦和压制,冒不出头;万一冒出头来,也必挨打,受到这个不够那个不够的老爷式的挑剔。资产阶级的'名位观念'、'身份主义'、'权威迷信'、'卖老资格'等等腐朽观念在这里作怪。他们的任务似乎不是怎样千方百计地吸引新的力量来壮大、更新自己的队伍,反而是横躺在路上,挡住新生力量的前进。"②

延安时期,毛泽东与斯诺谈到:"我家分成两'党'。一党是我父亲,是执政党。反对党由我、母亲、弟弟组成,有时连雇工也包括在

---

① 《建国以来毛泽东文稿》(第4册),中央文献出版社1990年版,第574、575页。
② 袁水拍:《质问〈文艺报〉编者》,《人民日报》1954年10月28日。

内"。① 1919 年毛泽东来到北京,由其老师杨昌济介绍给李大钊,李大钊让毛泽东担任北大图书馆的助理员。毛泽东对斯诺回忆道:我"每月有八元钱。我的职位低微,大家都不理我。我的工作中有一项是登记来图书馆读报的人的姓名,可是对他们大多数人来说,我这个人是不存在的。在那些来阅览的人当中,我认出了一些有名的新文化运动头面人物的名字,如傅斯年、罗家伦等等,我对他们极有兴趣。我打算去和他们攀谈政治和文化问题,可是他们都是些大忙人,没有时间听一个图书馆助理员说南方话……我自己在北京的生活条件很可怜,可是在另一方面,故都的美对于我是一种丰富多彩、生动有趣的补偿。我住在一个叫做三井眼的地方,同另外七个人住在一间小屋子里。我们大家都睡到坑上的时候,挤得几乎透不过气来。每逢我要翻身,得先同两旁的人打招呼。……那时候我也遇见了胡适,我去拜访他,想争取他支持湖南学生的斗争。"②

在"小人物"与"大人物"之间,毛泽东倾心于"小人物"一边。1958 年他曾言:"卑贱者最聪明,高贵者最愚蠢!""看一看是否能够证明:科学、技术发明大都出于被压迫阶级,即是说,出于那些社会地位较低、学问较少、条件较差、在开始时总是被人看不起、甚至打击、受折磨、受刑戮的那些人。这个工作,科学院和大学也应该做,各省市自治区也应当做。各方面同时并举。如果能够有系统地证明这一点,那就将鼓舞很多小知识分子、很多工人和农民、很多新老干部打掉自卑感,砍去妄自菲薄,破除迷信,振奋敢想、敢说、敢做的大无畏创造精神,对于我国七年赶上英国、再加八年或者十年赶上美国的任务,必然会有重大的帮助。"③他在读《初唐四杰集》时批语道:"青年人比老年人强,

---

① 埃德加·斯诺:《西行漫记》,生活·读书·新知三联书店 1979 年版,第 107 页。
② 同上书,第 127—130 页。
③ 《建国以来毛泽东文稿》(第 7 册),中央文献出版社 1992 年版,第 236 页。

贫人、贱人、被人们看不起的人、地位低的人,大部分发明创造,占百分之七十以上,都是他们干的。百分之三十的中老年而有干劲的,也有发明创造。这种三七开的比例,为什么如此,值得大家深深地想一想。结论就是因为他们贫贱低微,生力旺盛,迷信较少,顾虑少,天不怕,地不怕,敢想敢说敢干。如果党再对他们加以鼓励,不怕失败,不泼冷水,承认世界主要是他们的,那就会有很多的发明创造。……一九五八年党大会上我曾吐了一次,现在又想吐,将来还要吐。"①诗言志。1964年春毛泽东在《贺新郎·读史》里写道:"一篇读罢头飞雪,但记得斑斑点点,几行陈迹。五帝三皇神圣事,骗了无涯过客。有多少风流人物?盗跖庄蹻流誉后,更陈王奋起黄钺。歌未竟,东方白。"他在这里将历史的书写从被统治阶级中的"小人物":跖与庄蹻讲起以及其后的陈胜,称他们为"风流人物"。毛泽东认为:"学问少的打倒学问多的,年纪小的打倒年纪大的,这是古今一条规律。"②1966年5月毛泽东在其修改的《中国共产党中央委员会通知》(通称《五·一六通知》)里亲自加写道:"高举无产阶级文化革命的大旗,彻底揭露那批反党反社会主义的所谓'学术权威'的资产阶级反动立场"。在去世的前一年,即1975年底,毛泽东说道:"一百年后还要不要革命?一千年后要不要革命?总还是要革命的。总是一部分人觉得受压,小官、学生、工、农、兵,不喜欢大人物压他们,所以他们要革命呢。一万年以后矛盾就看不见了?怎么看不见呢,是看得见的。"③

"三十多年以来"显然是指从1921年胡适创立新红学算起。文中提到"有人要求将此文在《人民日报》转载","有人"明显指的是江青,而"给以反对"的"某些人",则是周扬、林默涵、何其芳等人。书信的主

---

① 《毛泽东读文史古籍批语集》,中央文献出版社1993年版,第11、12、13页。
② 《建国以来毛泽东文稿》(第12册),第35页。
③ 《建国以来毛泽东文稿》(第13册),第487、488页。

第四章　文化的领导：关于《红楼梦》研究问题的信

体则是对拦阻两个"小人物"的《文艺报》及冯雪峰以严厉批评,认为这是"同资产阶级作家在唯心论方面讲统一战线,甘心作资产阶级的俘虏"。在这里,毛泽东将胡适定位为资产阶级知识分子的代表。这封信折射出毛泽东对发动《红楼梦》研究问题的批判运动的目的与意图:借"两个小人物"批评俞平伯的文章为由,以此开展一场文化思想运动,以便清除三十多年以来胡适自由主义思想在中国的巨大影响。对俞平伯《红楼梦研究》批判,选中俞平伯作为"突破口",毋宁说看准的是俞平伯与胡适的师徒关系。

据李希凡回忆,他在中南海怀仁堂参加1955年春节团拜会时,聂荣臻元帅用力地握着他的手说:"文武两条战线,现在仗已打完了,要看你们文化战线的了。"这时,毛泽东在中央统战部同志的陪同下走进屋来,和大家一一握手拜年。① 可见,解决思想文化战线上的问题,在当时中央领导人的头脑里是一件重要而迫切的事情。毛泽东在中国共产党全国代表会议上强调:"我们要在党内外五百万知识分子和各级干部中宣传和获得辩证唯物论,反对唯心论,我们将会组成一支强大的理论队伍,而这是我们极为需要的,这又是一件大好事。"②毛泽东以其对古典文学的偏好与独特见解,敏锐地捕捉到两个"小人物"撰文向权威挑战遭不予理睬的平常小事为突破口,取写信、批语与文章的方式迅即完成进行一场思想政治运动的战略部署。

---

① 李希凡:《遥远的记忆——关于毛主席与我二三事》,《红楼梦学刊》1993年第4辑。
②《建国以来毛泽东文稿》(第5册),中央文献出版社1991年版,第72页。

第五章 文化的整合:《红楼梦》研究问题座谈会

> "科学知识"无不含有历史的因素。
>
> ——科林伍德

第一节 "《红楼梦》研究"问题的会议

一、座谈会的召开

　　文艺工作是由中宣部领导,周扬分管中宣部的文艺处与科学处。①周扬对《红楼梦》研究问题的批判迅即做出反应,1954年10月18日、22日两次召集作协党组开会。在10月18日会上周扬传达毛泽东《关于红楼梦研究问题的信》,他说,我们忽略和放松了对资产阶级思想的批判,但他同时也强调"不要因为传达毛主席的批示而搞得'左'了",并说:"我们应该鼓励他们写作,鼓励他们辩论"。② 在10月22日的会上他传达毛泽东关于批判俞平伯《红楼梦研究》和胡适思想的口头指

---

① 周扬时任中宣部副部长,文化部副部长、党组书记,中国作协副主席、党组书记。虽然茅盾担任着文化部长、中国作协主席,但多具有象征意义,实际工作是由任党组书记的周扬来负责的。

② 四川大学中文系资料室编:《〈红楼梦〉研究资料选编》(内部发行),1974年版,第248页。

示,并决定以作协古典文学部名义召开《红楼梦》研究问题座谈会。因此,座谈会是以科层制与组织化的方式来进行的。

1954年10月24日,中国作家协会古典文学部在作协会议室,召开了"《红楼梦》研究"问题座谈会,批判俞平伯《红楼梦》研究的序幕拉开了。

会议由中国作家古典文学部部长郑振铎主持,出席会议的有茅盾、周扬、冯雪峰、刘白羽、林默涵、何其芳、陈鹤翔、林淡秋、袁水拍、田钟洛、俞平伯、王佩璋、范宁、聂绀弩、杨晦、冯至、吴组缃、李希凡、蓝翎等文艺界领导、红学专家、古典文学教授及各大报刊的编辑共69人。郑振铎首先说:

> 今天到会的人很多,所要讨论的问题是大家所熟悉、所关心的《红楼梦》这部小说与过去研究《红楼梦》的思想、方法的研究批判。《红楼梦》是古典文学中的一部非常重要的著作,过去有许多人研究它,被称为所谓红学,后来又有新红学,解放后大家非常重视。人民文学出版社最近把它整理出版了,对读者有广大的影响。有的青年对《红楼梦》不了解,有的看得入迷。关于研究《红楼梦》的文章也出现了不少。最近发表的李希凡、蓝翎的对俞平伯先生的批判文章,引起很大的注意。因此我们感到以《红楼梦》研究为例展开古典文学研究上的批评与自我批评是必要的。古典文学研究必须用无产阶级的科学的立场、观点、方法来研究。过去我们讨论古典文学的问题,是相当混乱的,甚至仍是用资产阶级的观点去研究。而现在用科学的,即马克思主义的方法来研究古典文学的人还很少。但李希凡、蓝翎的几篇文章是突出的,显示了在古典文学研究的思想、方法上有彻底改革的必要。
>
> 几年来我们的思想改造是不够彻底的,因此经常出毛病,好

像狐狸的尾巴,老是割得不干净,不彻底。思想改造必须彻底的忍痛的割掉过去的尾巴,彻底的批判自己,对自己的过去从新估价;用马克思——列宁的立场、观点来批判自己的过去,以及人家过去的工作。凡是不合于这个立场、观点的,也就是说具有资产阶级唯心论观点的、特别是胡适的实验主义新红学派的观点的人,全应该彻底的严肃地批判自己。现在,请大家尽量的发言。①

郑振铎是俞平伯的老朋友,两人相识于1921年,对俞平伯相知甚深。故而,郑的开场白始终是从自我批评的角度出发,他也想淡化对俞平伯批判的力度,故而他说:"几年来我们的思想改造是不够彻底的,因此经常出毛病,好像狐狸的尾巴,老是割得不干净,不彻底。……请大家尽量的发言。"此时,俞平伯首先站起来讲话,他在自我批评的基础上,也作了申辩:

> 今天的会是很盛大的,在讨论以前,我想简单地谈一些事。
> 《红楼梦研究资料》上开头都是我的文章,这里面有些论点是不一致的,应该澄清一下。主要的一篇是《红楼梦简论》,另一篇是《红楼梦的思想性和艺术性》,让我以老老实实的态度,来简单地说明这两篇文章发表以前的情况。
> 我本来在北京大学文学研究所,做研究整理《红楼梦》的工作,因为自己知道政治思想水平太差,原不想马上发表文章。去年秋天《人民中国》要我写一篇对国外介绍《红楼梦》的文章,我接受了这个任务,写成了《红楼梦简论》。因对外发表,为郑重起见,请朋友看,承他提出新的观点嘱我改写。我因工作繁忙,懒于再

---

① 《红楼梦研究座谈会记录》,《光明日报》1954年11月14日。

第五章 文化的整合:《红楼梦》研究问题座谈会

写,又因为这是介绍百二十回本的跟我平常看法有些不同,就把这建设性的意见交给我的助手王佩璋同志,请她代写,我稍修改寄给《人民中国》,他们嫌它太长,没有采用这稿,后来用我的名义发表在《东北文学》。隔了些时,新建设杂志又来要稿,我又把旧稿《红楼梦简论》给了它。叫王佩璋代写文章,这种封建的师徒关系的作风是很不好的。尤其严重的是,自己明知可能有问题的文章,还把它发表;这更是错误的,是对读者不负责任的态度。经过的情况就是这样。

因《思想性和艺术性》一文发表在先,《简论》发表在后,好像我的思想往后退。事实却不是那样。我自己承认思想上有很多的毛病,为真理的斗争性不强,但却是倾向于要往前进的。今年春夏天,我还在各处作了几次关于红楼梦的讲演,这都可以说明我最近的思想情况。

再说我的研究工作,我是从兴趣出发的,没有针对红楼梦的政治性和思想性,用历史唯物观点来研究,只注意些零零碎碎地问题。为了应付社会需要,敷衍搪塞,写了些不大负责任的文章,用不正确的意见去影响读者。现在报上发表的批评我的文章,我很感谢。我愿意通过这次会学习一些新的东西。我很虚心地听取大家的意见。①

作为俞平伯的学术助手,王佩璋接着陈述了自己在俞平伯身边工作的情况以及相关文章的写作:

去年我从北京大学中文系毕业,被分配在文学研究所作俞平

---

① 《红楼梦研究座谈会记录》,《光明日报》1954 年 11 月 14 日。

伯先生的助教。《人民中国》要俞先生写一篇关于《红楼梦》的文章,俞先生很久才写成了《红楼梦简论》(见新建设三月号),寄给胡乔木同志看了,提了许多意见,把文章退还给俞先生,要他重写。俞先生就叫我代作一篇。当时我对这件事情的严重性没有认识,就写成了《红楼梦的思想性和艺术性》一长文,经俞先生修改后寄给《人民中国》。这时天津大公报来向俞先生要稿子,俞先生叫我把这长文压缩成《红楼梦简论》寄给文汇报。不久《人民中国》又来说,《红楼梦的思想性和艺术性》一文太长,要压缩,俞先生就把《红楼梦简论》的底稿又交给他们(发表之《红楼梦评介》是经他们编辑部修改增删的)。以后上海文汇报又来要稿,俞先生又叫我写成了《我们怎样读红楼梦》,这篇文章我的意见很少,其内容结构都是俞先生指出的,写成后又经俞先生增删改定的。这是这几篇文章写作的过程。

关于改动的情形,我只着重说《红楼梦的思想性和艺术性》一文(因为《红楼梦简说》是它压缩成的;《红楼梦评介》交出的底稿就是《红楼梦简说》;《我们怎样读红楼梦》主要是俞先生的意思)。

(一)东北文学第二十一页那"在从前封建时代里"至这一段末"都在正照风月宝镜鉴之例"是俞先生自己增写的;紧接着下面一段"表面看问题"至这一段末"这真酸被他说着了"是俞先生作了较大改动的。

(二)东北文学第三十二页于第三十三页那"就思想方面看"至下一段末"于作品本身的隐晦是有关系的"两段是俞先生认为我原写不妥自己写的。

关于代俞先生作文这件事,我还应该另外检讨,我这里只说明事实的真象。在这篇文章中,除了上述俞先生改动的部分外,如有文艺思想问题，由我个人负责。①

北京大学中文系教授、红学家吴组缃既按上面的要求批评了俞平伯："我也得在这里提个意见。俞先生最近的文章，如前面已经指出过，不是愈来愈走进马克思、列宁主义，相反，错误的观点方法是愈来愈发展得凶了。比如对《脂批》，近年就钻了进去，钻得入了迷，有点忘乎所以了。俞先生在《红楼梦研究》序文中说，《红楼梦》是中国文坛上一个'梦魇'，是俞先生资产阶级观点方法把你带进梦魇中去了；而且你的著作还会带许多读者进梦魇。若是学习着用马克思列宁主义文艺理论来从事研究，有什么问题研究不明白呢？"

但吴组缃也同时批评了李希凡、蓝翎文章的不足："李希凡、蓝翎两位同志的批评文章，基本论点我都是同意的，读了之后，也得到了很大益处。但有些个别的地方，我还有些怀疑。比如说俞先生的研究是自然主义观点，这我看不出来。也许我们所了解的'自然主义'这一概念有些不同。《评红楼梦研究》一文中有些地方引原文，只引了上半句，就未免误解。说贾府败落原因的那一段和注子，我也不很同意——但也许我有误解，我倒比较同意钟洛同志文章的说法。李、蓝文中说'抄家'是个别的偶然的，我也不是这样的看。我觉得这种历史现象还应该作具体的分析，才能论断。另外，李、蓝两位对曹雪芹的文艺观也未免评价过高，作家的艺术观是属于他世界观的部分，说曹雪芹说出了'现实主义真谛'，好像说不过去。这些意见，我也老实提出来，希望大家讨论，才可以把问题弄清楚些。"②吴组缃有着直言敢谏的性格，1957年整风运动时，已是预备党员的吴组缃，回想起知识分子几度浮沉的命运，他出于对党的一片诚心说："党的知识分子政策，像大

---

① 《红楼梦研究座谈会记录》，《光明日报》1954年11月14日。
② 同上。

人哄小孩一样,打一个屁股,给一块糖吃。"结果他被取消了预备党员的资格;"文革"时期,吴组缃在公开场合说:"想起这场革命,我就有一种毛骨悚然之感。"①

冯至谈了当时学界所广泛存在的问题:"很多文章是公式化的,以为把下边的这套公式在一个作家或一部作品上一套,便可以解决问题。(一)作者生平;(二)作品内容;(三)作品的人民性(从书中找出一两段描写劳动人民的,便是人民性);(四)现实主义精神(有时把描写逼真就认为是现实主义精神);(五)结论。如果作品中有什么落后思想,不加分析,只说是'受时代的限制'。把这样一套公式到处去套,是不解决问题的。读者读了,只是起一些茫然之感。这是因为没有深入到作品中去,对作品本身尤其是典型问题,没有加以分析。"②

钟敬文说:"李希凡、蓝翎两位同志批评俞平伯先生关于红楼梦的论著的两篇文章(《文史哲》月刊和《文学遗产》周刊所刊载的),在古典文学的研究上是具有非常重大意义的。它把我们学术界对红楼梦这类伟大古典作品的研究提高到新的历史阶段。"

"李、蓝两位同志的批评文章,英勇地把马克思、列宁主义的立场、观点和方法引入古典文学研究的园地。他们一方面肯定了红楼梦这部杰作的现实主义精神和它的伟大意义,同时猛烈地轰击了那些歪曲和损害红楼梦的资产阶级唯心论的批评观点。在对古典文学研究前进的障碍的扫除上,在使伟大古典作品显示出它的真实意义和发挥它的积极作用上,这是一场不可缺少的斗争!我们对于这种斗争,必须有足够的认识和重视。"③

---

① 孙玉石:《"人活在世上就是口气"——为北京大学中文系吴组缃先生追思会作》,《新文学史料》1995年1期。
② 《红楼梦研究座谈会记录》,《光明日报》1954年11月14日。
③ 同上。

老舍以他那一贯平和的语调说道:"俞先生是公认的'红学'专家,今天任何专家不深入政治学习就不能把研究资料贯穿起来,也不能正确地提出问题。没有政治思想来领导我们作研究工作,我们是必定要吃亏的。"①

范宁说:"李、蓝两位的文章说曹家是封建官僚地主家庭,说他家'单依靠农民索取地租已不能维持'豪华享受,而'唯一的出路只有大量的借高利贷。'我想,既然是官僚地主就应和普通地主不同,他们的经济来源不能完全是一样的,至少他还有薪俸,不提薪俸而直接就推出了'唯一的出路',怕就不能'唯一'了。这在逻辑推理上是不严格的。可见因逻辑性不强而可能发生错误,又不是考据所特有的现象,这点我也搞不清楚,似乎值得注意。"②

聂绀弩说:"胡适的思想有两个来源,一个是乾嘉时代的'汉学',一个是美国市侩的所谓实验主义。汉学尽管对中国学术有过一定的贡献,但它是排斥学术里面的思想内容的,是引导学术界离开清初的黄宗羲、王夫之、顾炎武等人的民族思想和民主思想的影响的。詹姆士、杜威的实验主义,也就是实用主义,以为有用或适用的就是真理,是一种不问是非,只顾利害,适应现状,排斥思想的处世哲学。"

"俞平伯先生的《红楼梦研究》发展了胡适的自传说,认为《红楼梦》是作者感叹身世、忏悔情孽,为十二钗作本传的作品,认为林黛玉之死,只是因为身体不好,贾宝玉出家是因为他自己忏悔情孽,而不是由于封建家庭的迫害。认为黛玉、宝钗实即一而二、二而一,若两峰对峙,双水分流,各极其妙,无可褒贬。这是不问是非,混淆是非,对世事无所憎爱。无所可否的市侩主义和老庄思想,和胡适的所谓实验主义中的市侩成份正是相同的。"

---

① 《红楼梦研究座谈会记录》,《光明日报》1954年11月14日。
② 同上。

"胡适和俞平伯先生的对于《红楼梦》的见解,都是从腐朽的资产阶级思想来的。胡适的思想已成为买办资产阶级的代表思想,俞平伯先生的思想则更多地带有封建性,他的'研究'全部是以同情封建阶级的立场写出来的。"

"我们坚决反对这种思想,把对《红楼梦》的研究以及整个古典文学研究从胡适派的影响下抢救出来。"

启功说:"这一次李、蓝同志的文章对俞先生的思想是一个很好的纠正,对我个人来说,也是得到一次启发教育。"①

杨晦说:"在解放初,俞先生对于学习马克思列宁主义曾经自认是二元论者:他相信马克思列宁主义,但是否能用到文艺上,他怀疑。三反时他最初是抗拒的,因为不了解三反的意义,他坚决的不肯接受批评。……他说:'我不懂马克思列宁主义,就不搞假马克思列宁主义'。"

"三反后他对党有了不少认识,但对教书没有信心了,想做研究工作。但是他的《红楼梦研究》,并没有提高,而且自认为越搞越糊涂。这实在是极严重的资产阶级唯心论观点,显然还是胡适那一套,陷在考据的泥潭里拔不出来。"

杨晦最后说到:"俞先生在《红楼梦》研究的一些文章里,术语用的不妥当,是不应该的。但在他,我看是进了一步,他过去根本不用马克思列宁主义术语。现在开始想用新的观点去研究问题了,所以才用。俞先生,如果肯下功夫去学习马克思列宁主义,解放到现在已经五年多了,在这样长的时间里,他研究古典文学,应该比李、蓝同志成绩更多。这一点过去大家作的也是不够的。在文学研究方面清除资产阶级思想原很困难。像用马克思列宁主义理论如何与具体问题结合,考

---

① 《红楼梦研究座谈会记录》,《光明日报》1954年11月14日。

据到底起些什么作用,都是不很容易解决的问题。当然,掌握马克思列宁主义不掌握确实的资料也是一个问题。过去有许多人在考据上下过功夫,假使他们掌握了马克思列宁主义,那么,他们的考据就会更有价值。"

"李、蓝两同志的文章也许不是很成熟的,但这没有妨碍,这是一个开端,马克思列宁主义能解决问题,从他们的文章中得到证明。考据与马克思列宁主义应当相互配合。有人说我们对古典文学的研究可分三种:(一)封建的;(二)资产阶级的;(三)马克思列宁主义的。我看俞先生想向马克思列宁主义迈进一步是肯定的,但他的看法是有问题的。如他谈独创性、传统性就是。他对现实性有误解。他认为有多少真人真事就是现实性。俞先生作学问从个人兴趣出发是不对的,应该对人民负责。我们应该肃清胡适的影响。俞先生的考据有若干东西还是可用的,我们应该批判他的不好的,希望他从此与资产阶级的思想绝缘,积极的学习马克思列宁主义理论去研究古典文学,这会发生很大作用。"①

蓝翎说:"俞先生认为《红楼梦》是自传,是一面公正的镜子。这是与现实主义精神不相符合的。波列伏依的创作方法虽是写真人真事,但他是在苏维埃社会选择最有典型特征的事物写真人真事,是创作方法的一种手段,不是唯一的创作方法,更不能与现实主义等量齐观。这不能为俞平伯先生的'自然主义'作辩解。我们没有给俞先生扣帽子的企图,我们只是想把问题提得更高一些,由于我们认识不够,因此对一些问题的分析不够深入和全面。但我们的动机是好的,对于俞先生我们是尊敬的。"②

多年后,蓝翎曾回忆起会场的情景与自己当时的心态:

---

① 《红楼梦研究座谈会记录》,《光明日报》1954 年 11 月 14 日。
② 同上。

作为刚踏进文学门槛的青年作者,我第一次参加这样的会议,面对众多的文学界的前辈和著名人物,心情是很不平静的。经过介绍,他们都以赞许的目光同我握手,自己也感到很荣幸。据我的感受,会议的气氛并不紧张,不少人说起《红楼梦》,谈笑风生。唯有俞平伯稳坐沙发,显得有些不自然。我等小辈,才疏学浅,欣闻宏论,茅塞顿开。会议临结束时,主持人指定要我们发言。……迫不得已,我只好站起来,全身紧张地讲了几句。一是,我们参加今天的会,是虚心来学习的;二是,我们一向敬重俞平伯先生,文章的观点不同,但没有扣帽子的想法。事后一想,后一点说法显然与当天我们文章的调子不大一致,帽子不是已经扣上了吗?"复杂的阶级斗争"还不是帽子?[①]

座谈会的最后,周扬以领导人的身份一锤定音,作了会议的总结:"简单的讲一点意见:李希凡、蓝翎两位同志的批评俞平伯先生的文章,给古典文学研究工作以至整个文学工作提出了一个新的重要的问题,就是:用马克思列宁主义观点研究古典文学,首先批判古典文学研究工作中的资产阶级唯心论观点。他们不是抽象的提出问题,而是抓着了一个具体对象,执行了尖锐的批评的任务。这个批评对象,就是俞平伯的《红楼梦研究》和《红楼梦简论》。俞先生是一般人所认为的研究《红楼梦》的权威学者,但这两位青年作者不迷信所谓'权威',他们相信的是真理,是马克思主义的科学学说。他们就用这个学说做武器,对中国古典文学研究领域中反动的胡适派资产阶级唯心论观点,作了第一次认真的批判。本来马克思主义就是批判的学说,它批判一切落后的反动的制度和思想,他的战斗性主要就表现在这里。我

---

① 蓝翎:《四十年间半部书》,《龙卷风》,上海远东出版社1995年版,第40页。

们平时口头上常常讲马克思列宁主义,但却对资产阶级错误思想不批判,不斗争,实际上就是对资产阶级思想投降,这里哪里还有什么马克思主义气味呢?现在两位青年作者作了我们文艺界许多人所没有作的工作,他们在古典文学研究领域内捍卫了马克思主义的真理。对于文艺界的这种新生力量,难道还不值得我们最热情的欢迎吗?同时反过来,对于我们文艺界在思想工作上的不可容忍的落后状态,难道还不值得我们深切反省吗?"①

"批判俞平伯先生,当然只是批判他的错误观点而不是要打倒他这个人。他在政治上是拥护人民民主专政的,是赞成中国走社会主义道路的;在这点上,我们是一致的。但是他的错误观点,我们却不但不应当苟同,而且一定要批判,彻底的批判,不批判是不对的。俞先生对《红楼梦》的研究和考据工作是否就没有点可取之处呢?我们是尊重一个作家的劳动的,但有一个条件,这种劳动必须于人民有益。目前对于大家和对于俞先生本人,需要的不是讲他在考据工作上有什么贡献,而是要批判他的资产阶级错误的观点,他正是用这种观点进行考据的。"②

平心而论,这次座谈会对俞平伯的批评仍有着一种学术讨论的态度,没有后来那种盛气凌人、居高临下的批判架势。不过,《红楼梦》研究批判运动的帷幕刚刚拉开,重头戏还在后面,这已是山雨欲来风满楼了。

二、中宣部关于展开批判的报告

中共中央宣传部长陆定一对毛泽东《关于〈红楼梦〉研究问题的信》高度重视,接信后多次与中宣部有关领导商讨如何贯彻执行毛泽

---

① 《红楼梦研究座谈会记录》,《光明日报》1954年11月14日。
② 同上。

东的指示。他心里意识到,毛泽东支持两个"小人物"向红学权威开火,其意义并非仅仅纠正《红楼梦》研究中的唯心主义倾向,也不只是批判俞平伯这一类"资产阶级学者",重要的是从对《红楼梦》研究问题的批评文章开始,发动一场对胡适派自由主义思潮的广泛批判。陆定一在听完周扬等人关于座谈会的汇报后,于 10 月 27 日将这次"《红楼梦》研究"问题座谈会的情况上报毛泽东和中共中央。

毛主席并中央:

看到毛主席关于《红楼梦》研究问题的批示后,作家协会党组即召开了会议。参加会议的同志初步检查了自己思想上的错误和缺点,大家认为这是又一次暴露了文艺方面的领导同志对资产阶级的反动思想危害性的严重麻痹和忽视新生力量的狭隘作风。近两年来,对于我国古典文学的整理和研究工作已开始注意,前年冬天成立了北京大学文学研究所(负责者为郑振铎、何其芳。俞平伯即为该所研究员),其中设有古典文学研究组,去年第二次文代会后,作家协会设立了古典文学部(负责者亦为郑振铎),并在《光明日报》上办了"文学遗产"副刊(主编为陈鹤翔,党员作家),人民文学出版社开始进行了整理和重印古典文学名著的工作。但上述各种工作都不但做得很不够,并且存在着严重的缺点和错误。如北大文学研究所关于古典文学的研究开始主要放在文学史方面,计划在十五年内写出一部文学史来,而没有首先对于在群众中广泛流传的最有影响的古典文学名著进行研究,对于古典文学研究工作中的错误倾向进行批评,这样,就使研究工作同当前群众的需要脱节。直到今年春天,经中宣部指出后,才开始改变计划。人民文学出版社整理古典作品的工作,也做得不够认真,出了许多毛病。而由于缺乏研究,在重新出版的一些重要作品前面，连一篇序文也没有，因此，就不能帮助读者正确地理解这些作品的思想内容。两年来，在团结现有的古典文学研究者并鼓励他们进行研究方面做了一些工作，他们中间，有些人并已开始尝试用新的观点、方法来研究古典文学。但对于长期统治古典文学研究界的资产阶级唯心论的错误观点和错误方法不但没有进行批判，而且根本没有加以注意，一任他们用资产阶级唯心论的错误观点来解释古典作品，在青年中散布毒素，而我们的作家竟熟视无睹，实际上成了资产阶级的俘虏。直到李希凡、蓝翎那两位青年作者自动地出来批评俞平伯的错误观点后，仍未引起注意，相反地，却以种种理由不使他们的文章在《人民日报》发表。《文艺报》在转载他们的文章前面所加的"按语"中，不但对俞平伯的错误观点一字未提，而且对李、蓝文章的价值和意义加以贬低。"文学遗产"登载李、蓝文章前面所加的"按语"中也多少表现了与此类似的态度。这是一连串严重的错误。

为了开展这一思想斗争，作家协会古典文学部于本月二十四日召开了关于《红楼梦》研究问题的讨论会，到会的有古典文学研究者、作家、文艺批评工作者和各报刊编辑等六十余人。会开了一整天，发言者十七人，绝大部分是党外作家、教授。俞平伯上午到了会，下午没有出席。会上，一致认为李希凡、蓝翎二人关于《红楼梦研究》和《红楼梦简论》的批评具有重要意义。并且认为清除胡适派的资产阶级唯心主义观点在古典文学研究界的影响，是一个迫切的重要斗争。经过这个斗争，将使古典文学研究工作开始进入一个新的阶段。许多人准备写文章参加讨论。但也有一些古典文学研究者在发言中为俞平伯的考据劳绩辩护，主要是担心自己今后的考证工作会不被重视。关于这一点，我们在发言中适当地作了解释。古典文学部和北大文学研究所古典文学研究组决定以全力投入这一研究批判工作,计划在最短时间内协同《人民日报》组织若干篇文章(正在写的有何其芳、张天翼等),以进一步批判俞平伯的错误观点,并批判胡适派的实用主义哲学观点在古典文学研究界的影响。此外,拟请金岳霖或任继愈(北大哲学系教授)等人写批判胡适派的文学理论和哲学思想的文章。

这次讨论的目的,是要在关于《红楼梦》和整个古典文学研究方面与资产阶级唯心论划清界线,并进而运用马克思主义的观点和方法对《红楼梦》的思想性和艺术性作出较全面的分析和评价,以引导青年正确地认识《红楼梦》。在讨论和批评中,必须防止简单化的粗暴作风,允许发表不同的意见,只有经过充分的争论,正确的意见才能真正为多数人所接受。对于那些缺乏正确观点的古典文学研究者,仍应采取团结的、教育的态度,使他们在这次讨论中得到益处,改进他们的研究方法,而不是使他们感到害怕,从此放弃研究工作。这些人在古典文学方面具有一定的知识,只要他们在观点和方法上有所改变,是仍然能够做出有益的工作的。

我们认为,这次讨论不应该仅停止在《红楼梦》一本书、俞平伯一个人上,也不应该仅限于古典文学研究的范围内,而应该发展到其它学术部门去。事实上,这次讨论只要一展开,势必会波动到其它学术部门。胡适派的资产阶级唯心论除了在文学方面外,在哲学、历史学、教育学、语言学等方面,三十多年来都有相当深的影响,解放后也没有对它进行过有系统的批判,因此,从各个方面来彻底地批判这种思想是很有必要的。但是,要清算胡适派的资产阶级唯心论在各个学术部门内的影响,是一个严重的思想斗争的任务,不可能在很短时间内全部解决。对各个不同学术部门,应该根据各种不同的具体条件而分别轻重缓急。但目前就应该动员各有关方面着手组织人力研究胡适派思想在各方面的表现，以便在关于俞平伯的《红楼梦》研究的批判告一段落后，即可有准备有计划地逐步展开对于胡适派思想的其它方面的批判。我们可以准备用一两年时间来对胡适派思想从根本上彻底清算，以确立和巩固我国整个学术界马克思主义思想的领导地位。

目前文艺和学术思想方面的主要问题是工人阶级的、马克思主义的思想和资产阶级错误思想的斗争，在党内应以主要锋芒反对资产阶级错误思想的投降主义。这种投降主义，是对于宣扬资产阶级错误观点的影片或文章，一次又一次地表现了麻痹、容忍，不但不进行斗争，甚至还加以赞扬。在这种情形下，有些正确的意见和新鲜的思想就不被重视，甚至受到阻拦和压抑，形成了文艺和学术思想界死气沉沉的现象，阻塞了文艺和学术思想的进步和发展。在各个学术部门内，事实上存在着许多待解决的问题和各种不同的意见，但是并不进行什么讨论；少数所谓"权威"的作家和"权威"的刊物好像是绝不能被批评的，他们似乎永远立于"正确"地位。这实际上起了阻拦新思想、保护资产阶级错误思想的恶劣作用。我们认为，关于《红楼梦》问题的批判，应该成为纠正文艺和学术思想界这种极端有害的现象的动力。在这一事件中，《文艺报》的错误应受到严格批评。关于开展学术批评和讲座的方针方法问题，我们已经讨论，将另外向中央提出报告。

我们打算将毛主席的指示立刻在各文艺和学术刊物，在北大文学研究所和其它学术研究机关的党员干部中进行传达，根据指示的精神来检查刊物的编辑思想和研究机关的研究方针，纠正文艺和学术刊物缺乏思想性斗争性、缺乏自由讨论的空气和研究机关离开思想斗争闭门研究的书呆子倾向，以及由此而来的忽视甚至阻拦新生力量的关门主义作风，使各个思想学术部门的工作，能够经过这次的检查和讨论而提高一步。

以上各项当否,请予指示。

中央宣传部　陆定一
一九五四年十月廿七日①

从这封信我们可以看出陆定一是深谙毛泽东之内心。陆定一首先向毛泽东检查了中宣部领导下古典文学研究方面存在的严重缺点和错误,而后汇报了《红楼梦》座谈会的情况,紧接着对俞平伯《红楼梦》研究的批判工作进行了详尽而细致的部署:"这次讨论不应该仅停止在《红楼梦》一本书、俞平伯一个人上,也不应该仅限于古典文学研究的范围内,而应该发展到其它学术部门去";"胡适派的资产阶级唯心论除了在文学方面外,在哲学、历史学、教育学、语言学等方面,三十多年来都有相当深的影响,解放后也没有对它进行过有系统的批判,因此,从各个方面来彻底地批判这种思想是很有必要的";"在党内应以主要锋芒反对资产阶级错误思想的投降主义";"关于《红楼梦》问题的批判,应该成为纠正文艺和学术思想界这种极端有害的现象的动力。"这些话语皆可谓一语中的。

中宣部文艺处处长林默涵在内部大会上明确阐述了大批判的动机与步骤:"胡适是资产阶级中唯一比较大的学者,中国的资产阶级很可怜,没有多少学者,他是最有影响的。现在我们批判俞平伯,实际上是对他的老根胡适思想进行彻底的批判,对知识分子思想改造等都很有意义……如果不找一个具体的对象,只是尖锐地提出问题,说有这种倾向、那种倾向,这样排列起来大家也不注意。现在具体提出《红楼梦》的研究来,斗争就可以展开了。"林默涵提到俞平伯时表示:"俞平

---

① 《中央宣传部关于展开〈红楼梦〉研究问题的批判给中央的报告》,江苏省档案馆藏档:C35.2—107。

伯是名人,把大家都吓倒了,因此就压迫了两个青年团员。"①

陆定一在大革命时期曾任共青团中央宣传部长,后历任红军总政治部宣传部长、八路军宣传部长。1945年党的"七大"后出任中共中央宣传部长直至1966年,是中国共产党内任此职时间最长的,前后共21年。他认为中宣部要抓大事,抓政治,艺术水平的高低暂且不用去管他。中宣部工作人员要多了解情况及时向中央反映。在此基础之上他提出了中宣部"抓政治,抓思想,当参谋,当哨兵"的十二字方针。1959年12月在中宣部召开的"反修"、"防修"的党内文化工作会议上,对19世纪西方资产阶级文学遗产,他认为:"愈是精华,愈要批判"。②

毛泽东对陆定一这份近3000字的报告是满意的,他在报告上划了许多杠杠,有的地方还划了双杠,当天即予以批示:

刘、周、陈、朱、邓阅,退陆定一照办。

毛泽东
十月廿七日③

第二节 对俞平伯的公开批判

一、《人民日报》的文章

1946年5月15日《人民日报》创刊于晋冀鲁豫边区,1948年6月

---

① 陈徒手:《人有病 天知否》,人民文学出版社2000年版,第2页。
② 涂光群:《五十年文坛亲历记》,辽宁教育出版社2005年版,第171页。
③ 刘,指刘少奇。周,指周恩来。陈,指陈云,当时任中共中央书记处书记。朱,指朱德。邓,指邓小平,当时任中共中央秘书长。《建国以来毛泽东文稿》(第4册),中央文献出版社1990年版,第587、588页。

15日《晋察冀日报》和晋冀鲁豫《人民日报》合并,毛泽东题写报头。1949年3月15日人民日报社迁入北平。同年8月1日,中共中央正式发文《人民日报》成为党中央的机关报,并沿用1948年6月15日的期号至今。毛泽东对《人民日报》非常关心,甚至亲力亲为,从办报思想、办报方针到日常宣传、内部建设等作出了重要指示。《人民日报》作为最具权威性的党报,也是当时发行量最大的报纸。

《人民日报》对《红楼梦》研究工作中的错误观点的批判与讨论,极为重视。为配合"《红楼梦》研究"问题座谈会的召开,《人民日报》连续组织两篇重头文章进行批判。1954年10月23日的《人民日报》发表了由钟洛起草经林淡秋和袁水拍修改的文章《应该重视对〈红楼梦〉研究中错误观点的批判》。① 这是《人民日报》正式发文批判俞平伯《红楼梦》研究思想的开始。据钟洛回忆,当时报纸上的重点是宣传过渡时期总路线,他不清楚为什么忽然现在要批判俞平伯的《红楼梦》研究。后来毛主席的明确指示下来,邓拓马上组织稿件参加批判写文章。钟洛曾言:"邓拓亲自指派我赶紧重读《红楼梦》和有关评论,赶紧写支持李希凡、蓝翎的文章。当时我想不通,怎么突然搞起《红楼梦》来了?俞平伯研究《红楼梦》的观点可能有问题,但是值得在中央党报上那样大张旗鼓地展开批评吗?不仅是我,包括袁水拍、林淡秋都不明白,甚至邓拓、周扬也未必知道严重性。那时候只知道应该支持、提倡新观点,却不曾想到要来一次政治运动。"②

邓拓与林淡秋是毛泽东指定传阅《关于红楼梦研究问题的信》的人员,袁水拍与钟洛已听过该信的传达。上述这篇由钟洛起草的包含集体智慧的文章基本是秉承《关于红楼梦研究问题的信》来构思写作

---

① 钟洛,即著名作家袁鹰,时任《人民日报》文艺组副组长;林淡秋,时任《人民日报》分管文艺组工作的副总编辑;袁水拍,时任《人民日报》文艺组组长。
② 袁鹰:《秋风背影》,河南人民出版社1999年版,第163页。

的,分成三个部分。首先将俞平伯与胡适联系起来进行批判:

> "五四"以后又出现了一些自命为"新红学家"的,其中以胡适之为代表的一派资产阶级的"新红学家"占据了支配地位,达三十余年。直到今天,我们仍然可以从俞平伯先生关于红楼梦的论著中看到胡适之派的资产阶级反动的实验主义对待古典文学作品的观点和方法的继续。从1923年出版的《红楼梦辨》起,到今年三月发表的《红楼梦简论》为止,俞平伯先生研究红楼梦的立场、观点和方法,似乎并未因三十年来中国政治经济的急剧变化和它反映在思想意识上的深刻变化而有多大改变。……这种自然主义的观点,是和胡适之的观点一脉相承的。胡适之在《红楼梦辨》出版的更早两年,就说"红楼梦的真正价值正在这平淡无奇的自然主义上面"(亚东版红楼梦第一册第五二页),胡适之所标榜的"只认识事实,只跟着证据走"的实验主义考据方法,是和他在政治上的"少谈些主义,多谈些问题"的反动思想相一致的。正如在政治上企图诱骗人民离开阶级斗争一样,在对待古典文学如红楼梦的研究上,胡适之力图否认红楼梦的社会政治意义,结果就从根本上贬低了这部伟大的现实主义巨著的历史的和文学的价值。俞平伯先生的《红楼梦辨》有数次提到"胡适之"先生如何如何,引为同调。到一九五二年,《红楼梦辨》换了《红楼梦研究》的书名出版时,除了更换一小部分文章和删去每篇末注的年月日以外,绝大部分并未改动,有时甚至仅仅删去了文中"胡适之"先生等字样,而把胡适之的观点却全部作为俞平伯先生自己的观点保留下来。俞平伯先生研究红楼梦的方法,也是唯心主义、主观主义的

方法。①

该文接着肯定了李希凡、蓝翎的《关于〈红楼梦简论〉及其它》和《评〈红楼梦研究〉》两文，对俞平伯研究《红楼梦》的立场、观点、方法的批判是正确的也是必要的：

> 李希凡和蓝翎两位所写的两篇文章，从历史唯物主义观点出发……着重批评了俞平伯先生在研究红楼梦的工作中的唯心主义、主观主义的观点。指出俞平伯先生由于没有从现实主义的原则去探讨红楼梦的鲜明的反封建倾向，从抽象的艺术观点出发，迷惑于所谓"怨而不怒的风格"，"实质上是企图减低红楼梦反封建的现实主义"。也批评了俞平伯先生确认"红楼梦的主要观念是色空"的反现实主义的谬论，指出红楼梦决不是"色空观念"的具体化，而是活生生的现实人生的悲剧……其次，这两篇文章批评了俞平伯先生在论及红楼梦的传统性时的形式主义的断语……这两篇文章还指出俞平伯先生的文学批评原则是反现实主义的，他企图否定红楼梦是一部伟大的现实主义悲剧，从而把红楼梦歪曲成为一部自然主义的写生的作品。②

文章从理论高度赞扬了李、蓝文章对俞平伯《红楼梦》研究批判的重要意义与价值："应该说，这两篇文章，是三十多年来向古典文学研究工作中胡适之派的资产阶级立场、观点、方法进行反击的第一枪，可贵的第一枪！"此句完全模仿毛泽东在《红楼梦研究问题的信》中第2

---

① 钟洛：《应该重视对〈红楼梦〉研究中错误观点的批判》，《人民日报》1954年10月23日。
② 同上。

句话:"这是三十多年以来向所谓红楼梦研究权威作家的错误观点的第一次认真的开火。"文章对"第一枪"进行了阐释:"这一枪之所以可贵,就是因为我们的文艺界,对胡适之派的'新红学家'们的资产阶级立场、观点、方法在全国解放后仍然在古典文学研究工作中占统治地位这一危险的事实,视若无睹。这两篇文章发表前后在文艺界似乎并没有引起应有的重视。是的,我们曾经号召学习一切优秀的民族文学艺术遗产,国家出版社也整理出版了红楼梦和其它一些古典文学名著,这样做是必要的,但这决不能算是已经接受和发扬文学遗产了。只有以马克思主义的立场、观点、方法,来研究古典文学作品,真正做到取其民主性的精华,去其封建性的糟粕,才能使这些遗产成为全民的艺术财富的宝贵的一部分,成为发展社会主义现实主义文学艺术的必要基础。"文章进一步将李、蓝的挑战文章上升到阶级斗争的高度,并且对资产阶级立场观点的批判由古典文学研究领域扩展到整个文艺领域了:"现在,问题已经提到人们的面前了,对这问题应该展开讨论。这个问题,按其思想实质来说,是工人阶级对资产阶级在思想战线上的又一次严重的斗争。这个斗争的目的,应该是辨清是非黑白,在古典文学研究工作的领域里清除资产阶级的唯心主义的、主观主义的立场、观点和方法;正确地学习运用马克思主义的唯物主义的、科学的立场、观点和方法。每个文艺工作者,不管它是不是专门从事古典文学研究工作的,都必须重视这个思想斗争。这不是对哪一个个别人的问题。……应该坚决反对一切资产阶级的立场、观点和方法,不管它以什么名目出现。"①

《人民日报》批判俞平伯的第 2 篇文章是由李希凡与蓝翎所写的《走什么样的路?——再评俞平伯先生关于〈红楼梦〉研究的错误观

---

① 钟洛:《应该重视对〈红楼梦〉研究中错误观点的批判》,《人民日报》1954 年 10 月 23 日。

点》。据李希凡回忆：

> 当时我们的两篇文章发表后不久，10月23日《人民日报》发表了钟洛的《应该重视〈红楼梦〉研究中的错误观点的批判》，称"这两篇文章是三十多年来向古典文学研究工作中胡适派的资产阶级立场、观点、方法进行反击的第一枪，可贵的第一枪"。在此前后，邓拓又曾把我们找去，说你们还可以再写些文章，你们的《评〈红楼梦研究〉》不是讲到了胡适的观点吗？这篇文章可从批判胡适的角度写。这样，我们就写了那篇《走什么样的路》，发表在1954年10月24日的《人民日报》上。在这篇文章中，我们按照邓拓同志意见着重提了胡适的实用主义和资产阶级唯心论，只不过其中联系到过渡时期总路线问题却不知是谁加上的，那时我们还没有"那么高的认识"。①

李希凡的叙述提供了两个信息：

其一，由对俞平伯的批判逐步引向对胡适思想的批判，该文将两者联系起来。这在文章中体现得很明确："俞平伯先生以隐蔽的方式，向学术界和广大的青年读者公开地贩卖胡适之的实验主义，使它在中国学术界中间借尸还魂。但是，这现象不但没有遭到反对，反而有人对俞平伯先生的考证工作倍加赞扬，这种'抑扬的话头'不但掩饰了俞平伯先生的一切错误，而且帮助他的有毒的思想得以顺利地向青年中传播。从这里，我们也更可以看到，俞平伯先生所继承了的胡适之的反动思想的流毒，在过渡时期复杂的阶级斗争的环境里，是怎样在挣扎着的。……我们要研究红楼梦，首先就应该批评俞平伯先生的这种

---

① 李希凡：《红楼梦艺术世界》，文化艺术出版社1997年版，第390页。

错误的观点和方法;要研究全部古典文学遗产就必须批判与此相同的观点和方法——即实验主义的反动哲学通过胡适之过去在中国学术界所长期散布的流毒。只有这样,才能真正使我们的古典文学研究工作走向正确的健康的道路,才能真正把马克思主义的光辉旗帜在古典文学研究工作的领域中树立起来"。①

其二,该文对俞平伯的批判上升到过渡时期总路线问题的高度,文章说:"这并不是偶然的,而是过渡时期复杂的阶级斗争在文学研究领域中的反映"。这句话是将对俞平伯批判,上升到政治的高度。李希凡不知这句话是谁加的,他说,他们当时还没有"那么高的认识"。蓝翎的回忆给出了答案:

> 邓拓上夜班时把我找去,说要在报刊上公开批判俞平伯,并谈了俞平伯的一些情况,要我起草一篇有战斗性的文章。我当时正住在本司胡同的九人一室的集体宿舍,办公室全组人在一起,写不成稿子,袁水拍就让我关在他的办公室工作,晚上在大办公室睡沙发。但资料条件比过去好多了,连俞平伯先生的《红楼梦辨》(《红楼梦研究》的前身)和《胡适文存》都借到了。李希凡不能来共同工作,他看了初稿,没有大改动,前后只用了两三天的时间。我夜晚向邓拓交稿时,他没提具体意见,只说火药味还不够,于是在原稿旁边加上了"这并不是偶然的,而是过渡时期复杂的阶级斗争在文学研究领域中的反映"一句话,问我:"怎么样?"我说:"好。"急稿发排,第二天(二十四日)见报,这就是两人署名的那篇《走什么样的路?》,而这篇文章当时最不容易被人接受的恰恰是邓拓加上去的这句话。"复杂的阶级斗争",还能不是政治

---

① 李希凡、蓝翎:《走什么样的路?——再评俞平伯先生关于〈红楼梦〉研究的错误观点》,《人民日报》1954 年 10 月 24 日。

问题?

> 这篇文章的发表,在我们合作的道路上标志着一个明显的转折。如果说,在这以前,我们写文章的态度只是为了表明个人对《红楼梦》及有关问题的一些见解,对事不对人,即使言辞上有不够谦虚或失敬之处,也是"少年气盛"缺乏修养的表现。那么,自此以后,就是自觉地以战斗者的政治姿态出现,仿佛真理就在自己一边,当仁不让,片言必争。而且不少文章都是奉命而作,或经有关负责人大量修改,有一定的背景,自然也增加了文章的政治分量,使人感到有来头,非个人意见。①

诚如蓝翎所言,从这篇文章开始李、蓝二人的文章不少皆为"奉命之作"。李希凡说:"当时我们是服从党的要求,根据党的需要来写作,这是一项光荣的任务。不但我们是如此,别人也一样。"②在这篇文章里,李、蓝认为俞平伯先生的《红楼梦研究》"企图贬低红楼梦的倾向"大量存在着,"对祖国优秀的文化遗产持虚无主义的否定态度,这正是'五四'以后洋绅士的本色。从这种反动的虚无主义的否定论出发,必然会引导到丧失民族自信心。"③平心而论,俞平伯在《红楼梦研究》里对《红楼梦》的评价已经很高了,他在《红楼梦的风格》里说:

> 在现今我们中国文艺界中,《红楼梦》仍为第一等的作品,实际上的确如此。在高鹗续书那时候,已脍炙人口二十余年了。自刻本通行以后,《红楼梦》已成为极有势力的民间文学,差不多人

---

① 蓝翎:《四十年间半部书》,《龙卷风》,上海远东出版社 1995 年版,第 37、38 页。
② 李希凡口述,2006 年 5 月 3 日笔者对李希凡的访谈。
③ 李希凡、蓝翎:《走什么样的路?——再评俞平伯先生关于〈红楼梦〉研究的错误观点》,《人民日报》1954 年 10 月 24 日。

人都看,并且人人都喜欢读,……《红楼梦》的风格,我觉得较无论哪一种旧小说都要高一些。所以风格高上的缘故,正因《红楼梦》作者的态度与他书作者态度有些不同。……《红楼梦》的篇章结构,因拘束于事实,因而能够一洗前人的窠臼,不顾读者的偏见嗜好。凡中国自来的小说,大都是俳优文学,所以只知道讨看客的欢喜。我们的民众向来以团圆为美的,悲剧因此不能发达,无论哪种戏剧小说,莫不以大团圆为全篇精彩之处,否则就将讨读者的厌,束之高阁了。若《红楼梦》作者则不然;他自发牢骚,自感身世,自忏情孽,于是不能自已的发为文章,他的动机根本和那些俳优文士已不同了。……《红楼梦》的不落窠臼,和得罪读者是合二为一的;因为窠臼是习俗所乐道的,你既打破他,读者自然地就不乐意了。譬如社会上都喜欢大小团圆,于是千篇一律的发为文章,这就是窠臼;你偏要描写一段严重的悲剧,弄到不欢而散,就是打破窠臼,也就是开罪读者。所以《红楼梦》在我们文艺界中很有革命的精神。……我以为《红楼梦》作者的第一大本领,只是肯说老实话,只是做一面公平的镜子。这个看去如何容易,却实在是真正的难能。①

李希凡与蓝翎的结论为:"'新红学'的实质就在于它是士大夫阶级意识和买办思想的混血儿,是反动的实验主义在古典文学研究领域中的具体表现。……我们要研究红楼梦,首先就应该批评俞平伯先生的这种错误的观点和方法;要研究全部古典文学遗产就必须批判与此相同的观点和方法——即实验主义的反动哲学通过胡适之过去在中国学术界所长期散布的流毒。只有这样,才能真正使我们的古典文学

---

① 俞平伯:《红楼梦研究》,复旦大学出版社2004年版,第110、111、114、115页。

研究工作走向正确的健康的道路,才能真正把马克思主义的光辉旗帜在古典文学研究工作的领域中树立起来,照耀着我们前进的道路。"

1953年周汝昌因《红楼梦新证》一书名声大振。① 美国红学家米乐山(Miller)在其专著中称其为"红色红学家",1954年春中宣部三次特电将其从四川大学调入北京人民文学出版社。但周汝昌的"红"仅仅是昙花一现,随着1954年批俞批胡运动的逐步展开而升级,周汝昌很快成为"资产阶级胡适派唯心主义繁琐考证"的典型代表,成为被冲击的对象,批判文章越来越凶,甚至说到"比胡适还反动"。② 当其惶惶不可终日之时,邓拓特派钟洛(即袁鹰)多次来访,解除其担心与恐惧,很快邓拓亲自接见周汝昌。周汝昌曾回忆道:

> 这一天,钟洛特来通知,邓拓要在报社接见我,时间是晚晌。记得好像是下班回寓,家人告之此讯。草草晚饭之后,我便自往人民日报社——到了报社,钟洛方从敝寓回来,方知是派专车去

---

① 据毛泽东图书管理员徐中远回忆:毛泽东曾多次圈划和批注过《红楼梦新证》(周汝昌著,棠棣出版社1953年版),在该书第7章新索隐对《红楼梦》第53回:"乌进孝红帖上贡物曰'玉田胭脂米二石'";第75回:"贾母问有稀饭吃些罢,尤氏早捧过一碗来,说是红稻米粥;贾母接来吃了半碗,便吩咐将这粥送给凤姐儿吃去。"作者对其中提到的"胭脂米"作了详实的考证,摘引了四种古籍中的相关记载:刘廷玑《在园杂志》;吴振棫《养吉斋丛录》;康熙《御制文集》;《永宪录》。记录最详者当属康熙《御制文集》:"丰泽园中有水田数区,布玉田谷种,岁至九月始刈或登场。一日,循行阡陌,时方六月下旬,谷种方颖,忽见一科。高出众稻之上,实已坚好,因收藏其种,待来年验其成熟之早否。明岁六月时,此种果先熟。从此生生不已,岁取千百,四十余年以来,内膳所进,皆此米也。其米色微红而粒长,气香而味腴,以其生自苑田,故名御稻米。(中略)曾颁其种于江、浙督抚织造,令民间种之,闻两省颇有此米,惜未广也。……朕每饭时,尝愿与天下群黎共此嘉谷也。"毛泽东对这四种考证记载一一作了圈划。康熙帝曾在中南海丰泽园中种植此米,并将此米赏与织造曹家与诸大臣。毛此时正住在丰泽园,读了这段故事,引起了对胭脂米的浓厚兴趣,即命农业部、河北省寻找此米。后来河北省委果然寻到了此米,并将胭脂米送给主席。1972年毛泽东将此米赠送给访华的日本首相田中角荣。徐中远:《毛泽东读评五部古典小说》,华文出版社1997年版,第36、37、39页;周汝昌:《我与胡适先生》,漓江出版社2005年版,第170、171页。

② 周汝昌:《天・地・人・我》,北京十月文艺出版社2001年版,第232页。

接我的,却扑了一个"空"。要知道那时北京城("城"仍"健在",未遭拆毁)里根本没有几辆汽车,黑轿车都是要人乘坐的,神气无比。……邓拓见了我,可说是十二分热情接待,极尽宾主之礼,而且满面春风,颇有一见如故之意致。从离坐得很远的秘书王同志和陪坐的钟洛的神情举措而观,我体会到我是在和一位地位很尊的大人物对话,非同小可。两座沙发,当中一个茶几式小桌,桌上一个大碟子,碟内堆着很高的散装的"中华"香烟,这是彼时最高级的烟了。他让我一支烟在手,并且亲手为我用打火机点着了烟。我深知这实是特殊的礼遇。他请我来见他,目的是要我写批俞批胡的"文章",这不必多说自明。话题当然就是从《红楼梦》开始。对俞、胡二位,他说了些什么,我已全不记得了。话题转到我身上来。很易料想的,他先夸奖了我的"红学成就",也提到了毛主席。往下,就客客气气地指出我的"美中不足",最重要的几句话,大意如下:"您考明了曹雪芹的家世所遭的变故是由于雍正的迫害,是政治斗争的结果,证明了胡适的'坐吃山空'、'自然趋势'是荒谬的,这是一个大功劳。但您的主张'自传说',却又脱离了历史唯物主义,那就错了。因此,您是犯了'二元论'的错误。……"他委婉而清楚地表示:希望我写一写,批判俞、胡,也做自我批评。这样,文章会更有力量……一切都表明:这是从上面而来的极大的关注和维护,不把我当俞、胡一律看待,让我解除顾虑,安心参加运动。这种好意深情,我至今感念,不会忘怀。①

周汝昌在 1954 年 10 月 30 日《人民日报》上发表了《我对俞平伯研究红楼梦的错误观点的看法》。他在文中以鲁迅为"挡箭牌"作了自

---

① 周汝昌:《天·地·人·我》,北京十月文艺出版社 2001 年版,第 344 页。

我批判,将自己与胡适、俞平伯之间厘清了界线:"一个青年知识分子,如果在解放前不懂得马克思主义而又接触红楼梦这一题目,在考证方法上就会成为胡、俞二人的俘虏,笔者个人就是一个例子。我在《红楼梦新证》一书中处处以小说中人物与曹家世系比附,说小说中日期与作者生活实际相合,说小说是'精剪细裁的生活实录',就是最突出的明证。这固然因为我在从前写书时,主要还是想强调证明鲁迅先生的'写实'、'自述'说,藉以摧破当时潜在势力还相当强的索隐说法;可是由于对现实主义的认识有错误,受胡、俞二人的方法影响很深,结果实际上还是导引读者加深对红楼梦的错误认识。不过,把红楼梦的研究由与社会政治结合引向与社会政治分家的道路,却不是我的目标;恰恰相反,我正是想在自己的学识理论的有限水平上,努力找寻红楼梦的社会政治意义,把红楼梦与社会政治更密切地结合起来看问题。我坚决反对把这伟大的古典现实主义小说红楼梦当作某些人麻醉青年的工具和某些人'闹着顽'的无聊对象。"

接下来,周汝昌将批判的锋芒指向了胡适、俞平伯:"胡适之、俞平伯一派的'红学'家,却竭力企图把红楼梦化为一个小把戏,引导读者专向琐碎趣味中去,模糊这一伟大古典现实主义名著的深刻意义。研究红楼梦足足三十年的俞平伯,对红楼梦的总的认识是什么呢?我以为是三个字的回答:'不可知。'……我觉得俞平伯这种观点和他自己提出的"进一步用马克思列宁主义的文艺理论来分析它"的口号毫无共通之点,因此,我们说俞平伯的文章见解完全从唯心论思想出发,是有理由的。为什么俞平伯说已经懂得要用马克思列宁主义文艺理论来对待红楼梦的时候,反而极力高唱起红楼梦的'不可知论'来了呢?我以为,这可能反映了俞平伯的唯心论思想和新事物和马克思列宁主义正面接触的一个具体矛盾。俞平伯虽然一方面因为大家都学习马克思列宁主义,不能不接触马克思列宁主义文艺理论,可是另一方面

第五章　文化的整合：《红楼梦》研究问题座谈会

马克思列宁主义文艺理论与他的唯心论见解处处不对头,因此,他就宣扬起'不可知论'来了。我们应该肃清资产阶级的错误思想,脚踏实地循着正确的途径继续探讨和红楼梦有关的许多问题,并为古典文学遗产的研究工作开辟更广远更辉煌的道路。"

在政治化的氛围与不断加大的压力下,周汝昌认识到:"批别人可以'自保',可以显示自己水平高,态度好,思想'进步',可以像后来的'无限上纲上线',不怕言过其实。书呆子气,在这儿没用场。"①蓝翎曾回忆:"周汝昌的《红楼梦新证》,在运动初期,成了重点冲击的对象,似乎排出了座次,胡适——俞平伯——周汝昌。周汝昌因病住进了医院,大概日子不怎么好过。邓拓找我们说,要写一篇文章,既严肃批评他的错误观点,也体现出热情帮助和保护的态度,指出他与胡适不同,是受了胡适的影响。这是上边的意思。我们按照这个精神,写了《评〈红楼梦新证〉》。周汝昌看到后,大出意料之外,来信表示感激得流泪云云。李希凡还奉命去医院看望他。应该说,这篇文章对周汝昌是起到了保护作用的,此后一些批评他的文章,也是只对研究观点立论,而不往政治立场上拉。但是,这功劳不能记在我们的名下。在政治运动中,要保护谁,如何保护,是由最有权威的人说了才能产生积极效果的。如果地位稍逊,说了不但不会生效,弄不好连自己也会牵进去,这是由无数历史事实充分证明了的。"②

由此可见其时政治文化中批判谁、不批判谁,保谁、保到什么程度,最终是由最高权威来裁决的。邓拓对周汝昌的极大维护与关注,不将其与俞平伯、胡适一律看待,派钟洛、李希凡与蓝翎解除其顾虑,安心参加运动。这种自上而来的关爱与政策的区别,邓拓显然也只是奉命如何执行而已。当时曾任职于中宣部科学处龚育之的回忆当可

---

① 周汝昌:《我与胡适先生》,漓江出版社2005年版,第163页。
② 蓝翎:《龙卷风》,上海远东出版社1995年版,第43页。

说明这一问题:"从俞平伯的《红楼梦研究》,读到周汝昌的《红楼梦新证》,我们一些青年觉得两本书是一样货色,后来的考证甚至比前者更繁琐,也应该批评。这时,听到周扬和胡绳(胡当时任我们科学处处长,卫生和体育已经另外成立一个处了)讲,对周汝昌不要批评,要把他放在这场思想斗争的'友'的位置上,要让他一起来参加对胡适的批判。这对我们是一种政策和策略的教育,我们都觉得从这里学到了一种政治智慧,克服了'单纯学术观点'的书生之见。从他们那里知道,这也是毛泽东主席的意见。当然,现在来看,那些政策和策略的考虑,除了起保护一些人的积极作用的一面之外,是不是也有把关于《红楼梦》研究的学术问题过分地政治化了的一面?如果就把《红楼梦》研究上的各种意见都当作学术问题来讨论,是不是要好一些呢?"①

俞平伯的工作助手王佩璋在11月3日的《人民日报》上发表了《我代俞平伯先生写了哪几篇文章》。在这篇文章里她较10月24日座谈会上平和的发言,语气强硬了许多。首先她高屋建瓴地强调了此次《红楼梦》研究批判的重大意义:"现在,文艺界展开了对《红楼梦》研究中错误观点的批判的讨论。这一讨论的目的在于清除残存在古典文学研究工作者思想中的资产阶级的立场、观点和研究的方法。这是一个有重大意义的论争。因为用资产阶级的立场、观点和方法来研究红楼梦而产生的许多毛病,在许多研究红楼梦的古典文学工作者的身上恐怕都是或多或少地存在着的——所以这次争论是有着广泛而重大的意义的,但表现得尤其严重的是俞平伯先生的许多研究红楼梦的作品。"

王佩璋在文中阐明:"为了这次论争更彻底更好地进行,我有责任来说明一件事实:在俞先生近时所发表的文章中,其中有四篇是由我

---

① 龚育之:《几番风雨忆周扬》,《百年潮》1997年3期。

执笔的。这4篇是:《红楼梦的思想性与艺术性》(东北文学一九五四年二月号);《红楼梦简说》(一九五三年十二月十九日大公报);《我们怎样读红楼梦》(一九五四年一月二十五日文汇报);《红楼梦评介》(人民中国一九五四年第十期)。"

而后,王佩璋重点以《红楼梦的思想性与艺术性》为例叙述写作与删改的前前后后:"外文刊物人民中国编辑部请俞先生写一篇向国外读者介绍红楼梦的文章,俞先生写成了《红楼梦简论》,后来因为不合用,并且向俞先生提了建设性的意见,改在新建设三月号发表。俞先生就叫我代写一篇给人民中国。我从前作过一篇关于红楼梦的报告,内容大致是:阐明红楼梦的主题思想为暴露封建主义社会的腐朽和剥削、压迫人民的罪恶,说明宝黛爱情悲剧的原因是封建社会不容自由恋爱,不容反封建思想的存在,而宝钗思想合乎封建社会的道德标准。我用上述内容作为基础写了这篇文章(后来因为文章太长,转给东北文学)。"在《红楼梦的思想性与艺术性》这篇文章里,俞平伯作了几处增删,他自己加了四段文字,删去了王佩璋的两段文字,所删内容如下:

> (一)封建制度的政权就是地主阶级的政权,皇帝不过是地主阶级利益的代表。地主剥削农民是被视为天经地义的,因为地主阶级政权的经济基础就是建立在剥削农民上。……我们不要以为刘姥姥进大观园一回是贾母惜老怜贫,周济穷苦人;其实乡下农民为什么穷苦呢,还不是被地主剥削的。夺去了他们自己劳动换来的身上衣、口中食,然后又偶尔个别地给他们一点残羹冷炙,这就是宽仁厚义么?刘姥姥进大观园一回是够讽刺的,但对象不是刘姥姥,而是那些被农民辛苦的劳动成果喂养大了而又反过来嘲笑农民的无知、愚昧、贫穷的地主阶级寄生虫们。

（二）我们说，高鹗续书的功劳是不但使红楼梦成为一个完整的故事，而且使红楼梦有了更深一层的反封建的意义——暴露封建社会婚姻不自由；但是续书中的两点要不得的思想——功名思想，富贵思想，就把这功劳抵消了不少（当然功罪相较，还是功大罪小）。这两种思想的作祟，不但把宝玉截然分成两个人——由骂人"禄蠹"变成自己去"中乡魁"；并且使作恶多端的宁荣二府又"善者修缘，恶者悔祸"，而"家道复初"起来。①

王佩璋据此分析道：

从删去（一），可以看出俞先生只承认红楼梦所反映出来的贾家剥削农民的一些现象，而对"封建制度的政权就是地主阶级的政权"这一事实认为不必提及，对当时"朱门酒肉臭，路有冻死骨"的强烈的阶级的对比不愿分析，对所以造成农民的无知、贫困的原因不愿追究；也就是不愿更进一步接触这问题的本质——封建社会阶级对立的本质，而这正是红楼梦所主要反映和出力抨击的。俞先生这种态度所反映的不只是资产阶级思想的问题，而是在俞先生身上，还有着封建阶级思想残余，所以对于封建的地主阶级还不能完全划清界限，对他们不愿给以应给的憎恨，对于他们残酷剥削的本质不愿加以分析和暴露。这并不是一件偶然的事，在《红楼梦研究》中就可以找到许多俞先生同情封建地主阶级的没落，悲悯剥削者末路的证据。

从删去（二），可以看出俞先生对红楼梦后四十回估价的不足。这种错误的看法也是贯穿在整个《红楼梦研究》中的。这本

---

① 王佩璋：《我代俞平伯先生写了哪几篇文章》，《人民日报》1954年11月3日。

> 书中几乎没有一篇文章不是对后四十回加以贬斥的。这说明俞先生没有从作品本身在广大读者中所起的客观效果来看这问题。……
>
> 从这些删削改动中也可以部分地说明俞先生在对红楼梦的研究中的资产阶级的文艺思想……①

王佩璋将俞平伯《红楼梦研究》的错误态度归结为五个方面:"一、首先是俞平伯先生把《红楼梦》作者所写的封建大家庭的典型意义抽调,把它广泛的社会意义抽调,把它缩小为作者的自传";"二、俞先生对《红楼梦》的研究没有分析批判";"三、只'研究'前八十回,贬斥后四十回";"四、俞先生对《红楼梦》的一些认识全据脂批";"五、俞平伯先生对《红楼梦》的研究工作完全是从趣味出发的"。"由以上所举五点事实,可以看出俞平伯先生对待《红楼梦》研究工作的态度是十分错误的。所以,批判俞平伯先生的资产阶级文艺思想,肃清这些'研究'对广大青年读者的影响,是必要而且急需的。"②

俞平伯说"王佩璋批评我的文章,说是我叫她写的。她写的文章,还不是乔木叫她写的",③此言揭示了王佩璋对俞平伯的态度转向斗争,成为批判大军一员的原因。王佩璋是俞平伯《红楼梦》八十回本整理与校勘的助手,工作中最亲密的朋友。因此,她的批判影响是比较大的。欧小牧说:"由于俞先生长期遵奉着胡适的奴才家法,以唯利是图的实用哲学为指导思想,结果,在政治上阻碍了自己的进步,在学术上成为胡适的代言人,对待祖国文化遗产的态度上,则堕落到成为一

---

① 王佩璋:《我代俞平伯先生写了哪几篇文章》,《人民日报》1954年11月3日。
② 王佩璋:《谈俞平伯先生在〈红楼梦研究〉工作中的错误态度》,《光明日报》1954年11月28日。
③ 《北大教授对红楼梦问题的反应》,《北京日报》办公室1954年11月5日编印。

个囤积居奇的市侩",他特别指出:俞平伯"对待青年一代的态度上,则成为侵占他人劳动的剥削者,或是横拦在路上的绊脚石"。① 文艺界的旗手郭沫若说:"俞平伯先生的研究之所以成为了问题的,是他三十年来,特别是自解放以来,在思想、立场和方法上,都没有什么改变。这种情况特别突出地表现在俞平伯先生对王佩璋的文章删改上。那表露了俞平伯先生不仅没有摆脱资产阶级唯心论的影响,而且还有浓厚的封建思想的残余。"②这些显然是读了王佩璋文章所写的。平心而论,王佩璋对《红楼梦》的研究是有着扎实的学术功底,她认为俞平伯对《红楼梦》后四十回评价太低,"无视后四十回一百多年来在广大读者中所起的作用而把它的价值一笔抹煞。"③这一点俞平伯后来亦注意到该问题,对后四十回的评价有所改变与提高。例如,1986年俞平伯赴港讲学时曾有人问:"有人说后四十回是高鹗续的,有人说是曹著,俞老看法如何?"他回答:"我看是高鹗续作。后40回文字上是很流畅的,也看不出很大的漏洞,但关键是人物的观点和内在思想明显看得出来是和前80回不一样。但高鹗还是有功绩的,毕竟是把书续完了,而且续不错。"④

曾作为"新生力量"反戈一击代表的王佩璋"文革"中也成了造反派的"革命对象",她因不堪忍受凌辱而自杀。1979年已近八旬的俞平伯回忆起五十年代自己与刚从北大毕业的才女王佩璋同做《红楼梦》八十回本的校勘整理工作,而今却天人两隔,不禁悲从心来,感伤之情油然而生:"余年齿衰暮,无缘温寻前书,同校者久归黄土,不能再勘切

---

① 欧小牧:《从〈孤本秘籍〉谈起》,《云南日报》1954年12月25日。
② 郭沫若:《三点建议》,《人民日报》1954年12月9日。
③ 王佩璋:《我代俞平伯先生写了哪几篇文章》,《人民日报》1954年11月3日。
④ 韦柰:《我的外祖父俞平伯》,上海书店出版社1993年版,第34页。

第五章 文化的整合：《红楼梦》研究问题座谈会

磋，殊可惜也。"①

1954年11月5日《人民日报》发表了王若水的文章《清除胡适的反动哲学遗毒——兼评俞平伯研究〈红楼梦〉的错误观点和方法》。牵动荷花带动藕，这是《人民日报》第一篇由批判《红楼梦》研究中的观点进而批判胡适思想的文章，故而影响很大。从1954年10月到11月26日，《人民日报》编辑部收到273封关于《红楼梦》研究问题的来稿来信，大都支持《人民日报》对俞平伯的严厉批判。

山东莱阳专区机关学校李锋给《人民日报》来信，题为《〈红楼梦研究〉毒害了我》："我最初阅读《红楼梦》时，感到宝、黛的悲剧是万恶的旧社会造成的，因而十分痛恨那种吃人的社会，及至看了《红楼梦研究》后，我不再去思索《红楼梦》的思想内容是什么，也像俞先生那样，花了很多时间，去印证什么'色'、'空'观念。搞来搞去。不但没有学到什么，反而被引到迷魂阵里去了！"中国科学院张化说："看了报纸发表的一系列的批评俞平伯错误观点的文章后，我非常激动。虽然我是一个化学工作者，我也不能沉默了。我坚决反对俞平伯对《红楼梦》所作的错误解释，我希望通过这次批判能扫清弥漫在古典文学研究工作中的毒气。"解放军0948部队速成中学文九鼎说："我不是专门搞文学的人，只是一个普通的青年读者，但对这一严重的思想斗争，我不能不关心。因为用旧的观点来歪曲我们优秀的古典文学作品的错误事实，是任何人不能容忍的。"更有甚者来信说："《红楼梦》是一部优秀的现实主义作品，它是具有鲜明的反封建的倾向性的；俞平伯丢开它所反映的社会历史内容不谈，却在什么'怨而不怒的风格'等方面下功夫，

---

① 俞平伯：《乐知儿语说〈红楼〉》，《俞平伯全集》，花山文艺出版社1997年版，第423、424页。

将这部伟大的现实主义悲剧，歪曲成一部自然主义作品，这一错误是必须予以严正批判的，否则读者就会被它引入迷途，不可能正确地阅读古典文学作品，从中获得教益了。"①

12月8日的《人民日报》发表了张啸虎的《俞平伯研究红楼梦的错误的又一根源》。在这篇文章里，张啸虎将俞平伯红楼梦研究的错误根源进一步放大，既有"买办资产阶级意识"又有"封建主义的复古思想"，与其他批俞文章有所不同的是张啸虎在此文中运用"革命"的文艺理论予以分析批驳之：

> 俞平伯先生研究红楼梦的立场、观点、方法，除了直接受了以胡适为代表的买办资产阶级思想的深刻影响以外，同时在其一切基本方面也继承和发展了以被胡适称为所谓"大怪杰"金圣叹为代表的封建士大夫阶级意识的严重影响。这就是说：俞平伯先生的红楼梦研究的理论和实践，是买办资产阶级意识和封建士大夫阶级意识相结合的产物。按其思想本质来说，这是"外国帝国主义的奴化思想和中国封建主义的复古思想的反动同盟"，在古典文学研究领域中向马克思列宁主义思想进攻的一种具体表现。……毛主席说过："帝国主义文化和半封建文化是非常亲热的两兄弟，它们结成文化上的反动同盟，反对中国的新文化。这类反动文化是替帝国主义和封建阶级服务的，是应该被打倒的东西。不把这种东西打倒，什么新文化都是建立不起来的。不破不立，不塞不流，不止不行，它们之间的斗争是生死斗争"。由此可见这两种思想的密切关系和我们今天的斗争的严重意义。正因为俞平伯先生研究红楼梦的立场、观点、方法，是远袭金圣叹的封

---

① 《对〈红楼梦〉研究问题的意见》，《人民日报》1954年11月29日。

建士大夫阶级传统的意识,近沿胡适的买办资产阶级唯心主义的道路;也正因为当前古典文学研究领域中受这种影响的并不只是俞平伯先生一人,而其毒害也是极其深重的;因此,肃清资产阶级的错误思想,肃清封建士大夫阶级思想的遗毒,就具有极其重要的现实意义。①

12月20日的《人民日报》发表了萧山的《俞平伯的错误文艺思想的一贯性》。他从俞平伯过去出版的著作文章中,寻章摘句批判俞平伯的人生观与文艺观。

> 俞平伯通过他的作品向人们灌输一些什么思想呢?他告诉大家,人生到社会里来,只是来"作客"的。大家就应当客客气气,维持社会原状,不要"过激",因为你们对社会是无能为力的,马马虎虎过一辈子吧。由宿命的"浮生若梦,为欢几何?"(见《燕知草》自序)开始,俞平伯形成了一套颓废的人生观,所谓"刹那主义"。这种"刹那主义",实际就是鼓吹"今日有酒今日醉"、"过一天算二个半天"的资产阶级颓废思想。俞平伯的这种对国家、对政治漠不关心的资产阶级颓废思想,表现在对古典文学研究工作上的显著的例子,就是正为文艺界所批判的把《红楼梦》仅仅看作曹雪芹个人感叹身世之作,割裂作品的现实主义内容和反封建的重要意义。……俞平伯对革命文学和革命作家的攻击,可以清楚说明俞平伯文艺思想的阶级根源。不问是讲经参禅的经学大师,或是"博雅冲淡"的言志派权威,只要一触及他的本阶级的利益时,"悠

---

① 张啸虎:《俞平伯研究红楼梦的错误的又一根源》,《人民日报》1954年12月8日。

闲"就会转化为"悲愤"了。①

《人民日报》作为国家最高权威性报纸,它是新政权、新政治、新组织为建构新文化的宣传载体,从共青团中央主办的《中国青年报》于批判初期所发之社论,可见其在建构意识形态中的作用:

> 最近文艺战线上发生了一场十分值得注意的思想批判。两个不出名的青年,李希凡和蓝翎以马克思列宁主义的观点,对被称为《红楼梦》研究权威俞平伯先生的错误观点进行了严厉的批判。这是对三十多年来用资产阶级立场观点方法研究古典文学的传统的大胆挑战。经过人民日报的大力支持,连续发表了许多文章,现在这个思想批判已为人们所重视了。这场思想批判的意义,不仅是关系到如何正确地接受我国古典文学的宝贵遗产,而且正因为它是一场深刻的思想斗争,我们还可从这里得到许多重要的启示与教训。②

二、《文艺报》的文章

《文艺报》是以指导全国文艺思想为职责的报刊,它创刊于1949年5月4日的北平,最初是中华全国文学艺术工作者代表大会筹委会和第一次中华全国文学艺术工作者代表大会的机关刊物。1949年7月19日中华全国文学艺术界联合会成立后,它成为中华全国文学艺术界联合会的机关报。1953年后中国文联委托中国作家协会主办,《文艺报》成为中国作协的机关报刊。丁玲、冯雪峰先后担任《文艺报》

---

① 萧山:《俞平伯的错误文艺思想的一贯性》,《人民日报》1954年12月20日。
② 中国青年报社论:《注意新鲜事物,培植新生力量——〈红楼梦〉研究思想批判中给我们的启示和教训》,《中国青年报》1954年11月4日。

的主编。《文艺报》对俞平伯《红楼梦》研究的批判,首先来自于舒芜。

舒芜,安徽桐城人,原名方管,高中肄业,后经好友路翎介绍与左翼文化阵营中的代表人物胡风相知相熟,成为胡风在文化思想战线上的亲密伙伴。胡风在学术与思想方面给他以详尽的指导与帮助,年龄、名气比舒芜大的胡风成了舒芜长期尊崇追随的兄长。由于胡风的着力提携、推荐,舒芜的文章《论存在》、《论因果》、《文法哲学引论》、《论主观》、《论中庸》、《论"实事求是"》、《鲁迅的中国与鲁迅的道路》等文得以一一发表,文章中的旁征博引,严密的逻辑与思辨,顿时让年轻的舒芜声名大震。1946年舒芜任江苏省立江苏学院中文系副教授,1947年任南宁师范学院国文系教授。舒芜的这些文章其中以发表于胡风主编《希望》创刊号上的《论主观》影响较大,该文写成于1944年2月。全文11节,约15000字,中心论点是阐发"五四"精神的基本点:宣扬个性解放与自由,强调探索追求的主体性问题。文章云:"我们所建立的社会,是最能发展每个人的个性的社会;我们之所以要建立那个社会,是为了使我们人类从必然的王国飞跃到自由的王国,而成为历史乃至宇宙的真正的主人。那么,是什么形成了每个人的个性的呢?岂不就是人类的主观作用的一般基础么?什么叫作自由呢?岂不就是人类主观作用的充分发挥么?"

1954年10月舒芜在《文艺报》撰文《坚决开展对古典文学研究中资产阶级思想的斗争》,该文最大特色是将问题抽象化,运用马克思主义的观点,从阶级斗争的高度批判俞平伯的《红楼梦》研究。文中说道:"李希凡、蓝翎两同志对俞平伯先生研究《红楼梦》的资产阶级唯心论观点方法的批评,已经在文艺界和读者当中,引起广泛的、高度的重视。文艺战线上工人阶级对资产阶级又一次严重的斗争,已由此展开。"

"三十年来,古典文学研究工作一直是我们整个文艺运动中最弱的一环。'五四'运动后,以胡适为首的反动资产阶级学派,在其夺取整个文艺运动领导权的企图遭受失败的时候,立即集中主要力量抢先占领了古典文学研究这个阵地。三十年来工人阶级领导下整个文艺运动的胜利进展,使资产阶级反动的唯心论思想在其它各方面都站不住脚,尽管它愈失败愈挣扎,花样愈多,甚至伪装成马克思主义文艺思想的面貌出现,但每一出现,总是受到迎头痛击,愈来愈溃不成军。只有古典文学研究这个领域,资产阶级反动的唯心论思想三十年来一直安然保持着统治地位,没有受到任何重大的打击。"

舒芜将斗争的锋芒指向胡适、俞平伯:"从胡适和俞平伯先生研究《红楼梦》的一切论著看来,贯串着一个最基本的思想:就是把《红楼梦》仅仅看作作家曹雪芹个人的事业、个人的东西,而不是一个社会现象、社会存在。这正是资产阶级唯心论文艺思想的出发点。从这点出发,首先就给研究划下了一个狭小的范围。胡适说:'我们只须根据可靠的版本与可靠的资料,考定这书的作者究竟是谁,作者的事迹家世,著书的时代,这书曾有何种不同的本子,这些本子的来历如何。这些问题乃是红楼梦考订的正常范围。'(《红楼梦考订》)这个仅仅以作家个人为中心的'正当范围',就把作品产生的社会原因、作品所反映的社会内容、作品所发生的社会效果这些更重大的问题,统统划到研究范围之外去。"①

舒芜在文中最后强调:"俞平伯先生三十年来进行了《红楼梦》的研究,到今天,实在任何重要问题都没有解决。这是毫不奇怪的。三十年来,他把《红楼梦》这样一部伟大的古典现实主义作品中的巨大社会意义不断抽掉又抽掉,使之仅仅成为曹雪芹个人的抽象的'个性流露'的'好文章'(《红楼梦研究》),结果,作品和作家一起被他变成根本

---

① 舒芜:《坚决开展对古典文学研究中资产阶级思想的斗争》,《文艺报》1954 年第 20 号。

不可理解的东西。他在 1950 年写的《红楼梦研究》的自序中说：'我尝所谓这书在中国文坛上是个梦魇，你越研究便越觉糊涂。'这是他的资产阶级反动唯心论观点方法完全破产的自白。"①

禾子在《文艺报》撰文《略谈〈红楼梦〉》："最近读了李希凡、蓝翎等评论俞平伯研究《红楼梦》的观点、立场和方法的错误文章，我以为这些意见都是正确的，诚如钟洛在《应该重视对〈红楼梦〉研究中的错误观点的批判》(《人民日报》十月二十三日)一文中所说，这是'三十多年来向古典文学研究工作中胡适之派的资产阶级立场、观点、方法进行反击的第一枪，可贵的第一枪！'现在我也想来谈谈俞平伯《红楼梦简论》中资产阶级唯心主义的一些错误论调。"②

该文从两个方面阐释之。首先说明《红楼梦》究竟描绘揭示了什么，接着批判了俞平伯《红楼梦》研究的唯心主义与虚无主义。禾子说："《红楼梦》有力地控诉了封建统治阶级的罪恶，揭露他们怎样依仗权势，敲诈勒索，行贿受贿，视穷人的生命如草芥。贾赦为了夺得几把扇子，就诬人入狱，弄得别人倾家荡产；凤姐为贪取贿银三千两，就帮凶破坏人家的婚姻，断送了金哥等两条人命；薛蟠打死了人，用点银子就了事……。这些仗财恃势的恶行，公行的贿赂，贪污的风气，正是黑暗腐朽的封建社会的真实写照。《红楼梦》描绘了一幅封建时代的巨大的社会生活的图景。在这部作品里，作者杰出地创造了许许多多人物的典型，揭示了封建社会的深刻的矛盾。……在《红楼梦》中，作者对于贾宝玉、黛玉与贾政、贾母、宝钗等人的爱憎是分明而强烈的。作者肯定并且赞美他笔下的主人公宝玉、黛玉的性格，歌颂他们对于腐朽、伪善的封建伦理观念的不屈的反抗精神，而且深深地谴责和批判

---

① 舒芜：《坚决开展对古典文学研究中资产阶级思想的斗争》，《文艺报》1954 年第 20 号。

② 禾子：《略谈〈红楼梦〉》，《文艺报》1954 年第 20 号。

了和他们的性格相对立的、维护和忠实于封建的思想桎梏的人物。……《红楼梦》的人物的性格的对立,正是社会矛盾的真实的反映。抹煞这种性格的对立,就是意图抹煞社会的矛盾。……总之,《红楼梦》是一部现实主义的伟大作品,它的倾向性也是鲜明而强烈的。"

显然,禾子在这里关于《红楼梦》人物的观点是"扬黛抑钗论",并不认同俞平伯的"钗黛合一论",这些作为学术间的争论未尝是不可的,学术的研究其实也只有在争论中才会繁荣与发展起来。但如果一方是居高临下、无限上纲的学阀作风,则就另当别论了。请看禾子在文中对俞平伯的批判:"俞平伯的观点否定了《红楼梦》所曾起的积极作用,抹煞了它的伟大价值。这种观点是唯心主义的,又是虚无主义的。俞平伯在《红楼梦研究》中认为读者对宝钗凤姐等的嫌恶,是读者戴上'颜色眼镜',不曾发现作者的态度的缘故。这完全不是读者戴上'颜色眼镜'或存有'偏见',而其实恰恰是唯心主义者俞平伯自己戴上了颜色眼镜,自己有偏见。曹雪芹对自己的人物的爱憎是鲜明的,他对封建社会的憎恶是深刻而强烈的,就是说,《红楼梦》的倾向性是强烈的。俞平伯歪曲了作者的态度,抹煞了《红楼梦》的倾向性,降低了这部作品的价值,这是一个最有毒害性的观点。俞平伯的这种观点是和胡适的实验主义的观点在实质上相一致的。从俞平伯的观点来看《红楼梦》,就必然否定它的社会意义和积极作用,否定它的伟大价值。这种唯心主义的观点,我们必须加以严厉的批判。"①

1954年11月19日出版的第21号《文艺报》接连发表了7篇批判俞平伯《红楼梦》研究的文章。首先是陆侃如的文章。陆侃如生于1903年,原名雪成,字衍庐,系爱国民主人士陆措宜之子。幼时在父亲自办的恒基小学就读。1926年北京大学中文系毕业,历任上海中国公

---

① 禾子:《略谈〈红楼梦〉》,《文艺报》1954年第20号。

学中文系主任及暨南、复旦、安徽等大学教授。1933年赴法留学,1935年陆侃如与夫人冯沅君女士同获巴黎大学文学博士学位。回国后继续从事教育工作,任北平燕京大学中文系主任。1947年陆侃如任青岛大学教授。陆侃如幼承家学,少年英才,19岁在北京大学一年级求学时,就曾著述出版《屈原》一书,被公认为"用新观点研究屈原生涯及其作品的一部好书",当时31岁的胡适为北京大学教授,陆侃如称胡适为"我最敬重的人"。1926年陆侃如与冯沅君相爱时,胡适支持自由恋爱,出面写信给冯沅君的兄长冯友兰,最终成全了这门婚事。1931年陆侃如、冯沅君写成并出版了《中国诗史》一书,被鲁迅列为"可看"的中国5部文学史之一。新中国成立后,陆侃如任山东大学副校长、《文史哲》编委会主任及全国政协委员、全国文联委员、全国作协理事。陆侃如以《胡适反动思想给予古典文学研究的毒害》为题,在山东大学《红楼梦》座谈会上发言,该文登在1954年21号《文艺报》上。陆侃如在发言中说:

> 解放后,由于中国共产党重视文学遗产的批判接受工作,所以国家出版社印行了好些古典文学书籍,刊物上也发表了不少研究古典文学的文章。但是在近来关于《红楼梦》的讨论中,暴露出一件令人不能容忍的事实,就是:资产阶级的反动的立场、观点、方法,仍然在文学遗产研究工作中占统治地位。我们必须十分重视这一极端危险的现象,必须坚决予以批判和清除。
> 五四运动以来,在学术界里散布资产阶级反动思想的毒素最厉害的,当推胡适。胡适直到最近还在不断地和美帝国主义勾结,与中国全体人民为敌,成为蒋介石反动派中的主要罪犯之一。胡适本人虽为全国人民所共弃,但他所散布的反动思想却还得到一小部分知识分子的拥护。这些知识分子大都出身于剥削阶级,

又受过长期的封建主义与资本主义的反动教育,解放后才开始学习马克思列宁主义,开始进行思想改造;但是若不是曲折而痛苦的自我斗争的过程,也不会马上就肃清了思想意识中的反动因素。我自己就深深感到,过去所受胡适的影响铲除不尽。俞平伯先生的《红楼梦》论著中也显示了这一点。胡适遗留给古典文学研究的毒害,主要有两个方面。第一是为研究而研究,为考据而考据的提倡。他在《水浒传后考》末段,重复他已经说过好几遍的话:

> 做学问的人当看自己性之所近,拣选所要做的学问;拣定之后,当存一个"为真理而真理"的态度。……学问是平等的。发明一个字的古义,与发现一颗恒星,都是一大功绩。

这就是说,科学研究是为了满足自己的兴趣,而不是为了祖国的和人民的需要。他要我们像歌德那样,在拿破仑兵临城下的时候,关门研究远东古代文物。俞平伯先生在北洋军阀指使军警打伤请愿的教职员的日子里,还埋头写《红楼梦辨》,就是实行这种主张。我那时和几个同学合办《国学月报》,对政治不闻不问,也是为此。……

俞先生在《红楼梦辨》里有二十多页讨论地点问题,结果是:"说了半天还和没有说一样。"(页七九)又在《红楼梦研究》里写了将近一万字来考证《寿怡红群芳开夜宴》的坐次,难道不是"玩物丧志"吗?我自己也常常犯这个毛病的。……

胡适的反动思想是一贯的,不但表现在小说的考证上,也表现在一切有关文学的文章里。这些文章从五四以来就在不断地流布着毒素,而且现在还在继续存在着,那是决不能置之不理的。特别是我们这些年纪比较大、受胡适影响比较深的人,更应该深刻警惕,加紧地用马克思列宁主义武装自己,来坚决地摧毁敌人最后一块阵地。①

陆侃如此时正努力用马列主义的立场、观点、方法来处理文学遗产与学术研究,他紧跟上那个时代的良苦用心在文中显得一目了然。但过去的印记,并不是那么容易就抹去的。1957年6月"鸣放"的高潮时期,一向小心谨慎,寡言少语的陆侃如提出了"取消党委制建立校长负责制"的提议。不久,反右开始,陆侃如被戴上"极右"的帽子。1957年7月21日的《人民日报》发文"陆侃如想把'九三'分社变成反共司令部","文革"时期他被投入监狱,1978年因病去世。1979年始获平反。去世前,他曾留下遗嘱,将他和夫人冯沅君的私人存款3万多元和全部书籍捐献给国家。

北京大学中文系副教授王瑶在《文艺报》撰文《从俞平伯先生对〈红楼梦〉的研究谈到考据》。② 他在谈到俞平伯用脂砚斋评本作考据时说道:"故弄玄虚,以便抹煞《红楼梦》的现实主义的光辉;他的宝钗、黛玉'两峰对峙'论就是这样得出来的。这就是俞平伯先生近年来对《红楼梦》研究工作的进展,或者说是他的'独创性'。"

"这还不够说明俞平伯先生的研究完全是胡适的忠实的追随者和继承者吗？但就是这种彻头彻尾的资产阶级唯心论的观点和方法,直到今天竟然还在我们的古典文学研究领域中发生作用,这是不能不引

---

① 陆侃如:《胡适反动思想给予古典文学研究的毒害》,《文艺报》1954年第21号。
② 王瑶1934年就读于清华大学中国文学系,主编著名的《清华周刊》第45卷,也曾经是俞平伯在清华园的学生。他1936年5月加入中国共产党,1944年经闻一多先生介绍加入中国民主同盟。他早年以中古文学史的研究,以考证细密、辨义清晰而著称,从而确立了在学界的地位。1951年知识分子的思想改造运动时,王瑶成为重点批判对象。1952年他写成《我的检讨》在教师会上宣读,此后他撰文批胡适,批判胡风,依然写文章,但早年那种自由张扬、大气磅礴、独立为文的气势已大为减弱。他的弟子曾说:"得益于师泽多不在文章之内而是在客厅的沙发前。"徐葆耕:《瑶华圣土——记王瑶先生与清华大学》,《随笔》1992年2期。

起我们的严重警惕的！……"

"胡适的那种反动的资产阶级思想是曾经长期地在学术界散布过不良影响的，因而每个人身上（包括作者自己）都可能或多或少地留有这种思想影响的残余；而更重要的，掌握正确的研究方法实质上是一个思想改造的问题，而这正是我们尚须继续长期努力的，因此目前的状况就十分不能符合人民对于古典文学研究工作的要求。俞平伯先生的错误之所以引起大家的重视，除了问题的本身以外，就因为它表现出了在古典文学研究工作中的一个带有根本性质的问题。在我们国家向着社会主义社会过渡的时期中，阶级斗争的面貌是非常复杂和尖锐的，它必然也会反映到我们研究工作的领域中。因此我们应该通过这一次的讨论，结合对于自己工作和思想的检查，清除资产阶级的思想影响，认真学习马克思列宁主义，将我们的思想和研究工作都提高一步。"①

王瑶的这篇批判文章曾受到了毛泽东的表扬，在一次重大运动中受到领袖表扬很快成了盛传一时的大事。本来1951年知识分子的思想改造运动时，王瑶曾成为重点批判对象。平时他同文学界联系较少，参加活动不多。于是不大知名的立即出名了。不久，他被推举为全国政协第二届委员会委员，12月8日他与康濯、刘白羽等延安干部成为《文艺报》编委会成员。1955年1月《中央批发中央宣传部关于开展批判胡风思想的报告的指示》里，王瑶的《从俞平伯先生对〈红楼梦〉的研究谈到考据》被中央宣传部选入批判资产阶级唯心主义思想的主要参考资料。这也说明了批判《红楼梦研究》运动成为当时文艺界压倒一切的大事。不过，王瑶私下里却认为："俞的观点有问题，领导上早就知道，何必现在搞他一下子呢！"②王瑶的学生北京大学教授钱理

---

① 王瑶：《从俞平伯先生对〈红楼梦〉的研究谈到考据》，《文艺报》1954年第21号。
② 陈徒手：《旧时月色下的俞平伯》，《读书》1999年10期。

群对其师辈的心路历程曾剥笋般地描绘道:

> 王瑶先生(和他的同代知识分子)不断挣扎的历史事实上就成了知识者不断妥协与最终失败的历史。不仅要自我否定(自杀),而且还被强求去批判他人,参与"他杀",最后就形成了互相残杀。这就使从不愿伤害他人的善良的知识分子陷入了十分尴尬的境地。……先生在这些文章里,一方面,不得不按照当时政治斗争和意识形态的需要,对被批判者(自己的同类知识分子)作出"政治审判"式的"批判";另一方面,又竭力使这种"批判"具有某种学术性,真可谓"煞费苦心"。……先生在批判胡适与俞平伯《红楼梦》研究的运动中所写的几篇文章。这些文章都大谈"考据",有意地选择了一个学术的角度:这正是先生的"聪明"之处。因此,文章一面按照上面定的调子,给俞平伯先生戴上"胡适的忠实追随者与继承者"的帽子,批判其"彻头彻尾的资产阶级唯心论的观点和方法";却同时大谈"反对假借考证史料来偷运唯心论的毒素,并不等于说我们就可以不重视材料的搜集和必要的考证工作",竭力在学术受到政治严重冲击的情况下,仍然坚持学术研究必须"掌握材料,尊重事实与证据"的基本法则;为了不授人以把柄,先生又旁征博引,从恩格斯、鲁迅语录,直到周扬的讲话。这一代学者就是这样在"政治需要(对他们自身则是'生存需要')"与"学术良知"二者之间,寻找"空隙",求得平衡,却陷入了更大的矛盾中。在后人看来,给俞平伯先生戴上的政治帽子本身,就是违背先生所要强调的"尊重事实与证据"的学术原则的。因此,这样的"挣扎"难能可贵,同时也是可悲的。①

---

① 钱理群:《"挣扎"的意义——读〈王瑶文集〉》,《钱理群文选》,汕头大学出版社1999年版,第219、220页。

1957年王瑶未被打成"右派",但在1958年5月开展的双反交心运动中(反浪费、反保守;自觉革命、向党交心、拔白旗、插红旗),北京大学师生开始对王瑶的学术思想进行批判,王瑶被树成走白专道路的典型,校园里贴满了大字报,王瑶曾得句曰:"不准革命阿Q愁",全文诗句如下:

> 白旗飘飘旌封定,不准革命阿Q愁;
> 缘有直肠爱臧否,岂无白眼看沉浮。
> 毁誉得失非所计,是非真伪殊难涂;
> 朝隐逐波聊自晦,跃进声中历春秋。①

人民文学出版社副总编辑、古典部主任聂绀弩,②在1954年21号《文艺报》上以《论钗黛合一论的思想根源》为题,对胡适与俞平伯的《红楼梦》研究进行了分析与批判:"俞平伯承接了封建文人的思想,并且又追随胡适的资产阶级唯心论,他的《红楼梦研究》所必然达到的效果就是取消《红楼梦》的战斗性。首先,俞平伯和胡适一样,说《红楼梦》是作者的自传。……俞平伯的自传说比胡适的具体得多。胡适的自传说是空洞无物的,俞平伯的则有'感叹身世'、'忏悔情孽'等许多'道理',甚至发出了既不切合贾宝玉、又不切合曹雪芹的'年近半百,才出了家'的奇谈(宝玉出家并未年近半百,曹雪芹年近半百却并未出家)。其中'忏悔情孽'一项,特别是'宝玉之走,即由于黛玉之死,这是极平常的套话'一语,竟把黛玉之死、宝玉出家都说成不是由于封建家

---

① 杜琇:《王瑶年谱》,《新文学史料》1989年3期。
② 聂绀弩(1903—1986),湖北京山人。1924年入黄埔军校,后至莫斯科中山大学学习。1931年起从事左翼文化运动,1949年后任中国作协古典文学研究部副部长、人民文学出版社副总编辑等职。

庭的迫害,而是由于他们自己的'情孽';宝玉之走,又不是因为黛玉之死而引起的悲愤和封建家庭的反抗,却是与之相反的'忏悔'!胡适的自传说还只是避免接触《红楼梦》的内容,使人漠置那内容;俞平伯的'忏悔'论要恶毒得多,直接否定了内容的积极性,而为封建制度的罪恶洗刷! 不用说,这'忏悔'论是不能从《红楼梦》上找到任何根据的,完全是像他自己所说,出于他的'悬想'。"

聂绀弩认为俞平伯"钗黛合一论"的思想根源在于:"因为在现实社会里总有是非,有是非就有斗争。害怕斗争,就只好无视是非,以为主观上的逃避。……这种思想,不用说,是在封建社会的没落士大夫中有着深厚悠久的'传统性'的。但任何古老的反动思想,到了资本主义时代,虽然短时期可能与资产阶级游离甚至为资产阶级所排斥,终究必和资产阶级思想相结合而成为资产阶级的所有物。同时,资产阶级必须承继过去一切反动思想,作为一切反动思想的体现者,才能继续反动,即与要打倒它的工人阶级为敌。"①聂绀弩主张以"战斗性"、"斗争论"来批驳俞平伯的"钗黛合一论"。1955 年 7 月聂绀弩因胡风问题的牵连,受隔离审查,定为"有严重的政治历史问题",被处以"留党察看"和"撤销行政职务"的处分。1958 年聂绀弩被划为"右派",开除党籍,送北大荒劳动。1967 年以"现行反革命罪"关押,后被判处无期徒刑,1979 年始获平反,宣告无罪。从聂绀弩用"斗争论"撰文批俞,到半年后他本人却成为阶级斗争的"专政对象",这既是聂绀弩个人的悲剧,也是一个时代的悲剧。

北京师范大学中文系主任黄药眠教授在同期《文艺报》撰文《我在这次〈红楼梦研究〉的讨论中所联想到的和体会到的》。他在文章里作了彻底的自我批判与检讨:"最近一个月来,各方面对于俞平伯先生的《红楼

---

① 聂绀弩:《论钗黛合一论的思想根源》,《文艺报》1954 年 21 号。

梦研究》展开了热烈的讨论，这对于我实在具有深刻的教育意义。在这一次讨论以前，老实说，我对于俞平伯先生的《红楼梦研究》，是抱着腹非的态度的。但由于教学工作，以及其他事务的纷忙，我就始终没有机会来做这些批评工作。其实，既然觉得这件事情不对，我就应该勇于发言，勇于战斗才对，但是我没有这样做，这是我首先应该检讨自己的。"

"现在我想就俞平伯先生的《红楼梦研究》，再提出几点意见。第一，我觉得俞先生头脑里还有不少的封建意识。比方他赞美《红楼梦》，说它是'怨而不怒'，又说'书中钗黛每每并提，若两峰对峙双水分流，各极其妙莫能相下，必如此方极情场之盛……'这完全是封建文人的'娇妻美妾'、'偎红依翠'的一种风流自赏的想法。他抹煞了作者的思想和主要的意思，而把俞平伯自己的思想主观地投射到作品身上去了。他研究《红楼梦》不是从作品的形象入手，从而研究出作品之艺术性和思想性，不，他的主要功夫却用在考证上。考证又考证，考证到当时夜宴的席次，考证到行令用几个骰子是从胡适那里抄来之类。这在表面上看起来，是没有思想性，但一想到俞先生所用的方法完完全全是从胡适那里抄来，而且还更向繁琐的方向发展，那么我们就可以觉悟到俞先生的考证正是披着假科学的外衣的资产阶级的思想，它企图把读者引导到歧途上去。"

和其他批俞文章不同的是，黄药眠未从政治上否定俞平伯，而将其引为同类："我觉得我们对于俞先生著作的批评和讨论，其出发点是在于团结，经过了这次的批评和讨论以后，大家的认识都提高了，然后又在更高的思想水平上来获得团结。俞先生在政治上是我们的朋友……今天的批评乃是为了更好的团结。……自从第二次文代会以来，我们文艺界一般地说来是有成绩的，但也不能否认这一年来，文艺思想战线上几乎是风平浪静。文艺工作者是阶级的耳朵和眼睛，可是我们却没有很好发挥这耳朵和眼睛的作用。这一点我觉得也是应该深刻检讨的。"

在当时学界上下大批俞平伯的背景下,作为北师大中文系主任的黄药眠,惺惺然将俞平伯视为同类,自我的检讨贯穿于其中。那么他对这场文艺界的批判真实的想法又如何呢。当 1957 年知识分子的"早春天气"来临之时,我们在黄药眠于《文艺报》上的发言可见一斑:

> 我认为要贯彻"百花齐放"的方针,首先是必须扫除思想障碍,而思想障碍中有若干是和文学现象的理解问题有关的。这里,我想就我所想到的来谈谈。
>
> 我们常常听见人们爱引用列宁的话说,文学事业应当成为有组织的、有计划的、统一的党的事业的一部分。
>
> 这个话是完全对的。以后我们还要继续这样做。可是我们可不能因此忘记了列宁接着在下面说的另外一些话。列宁说:"无可争论,文学事业最不能机械地平均,标准化,少数服从多数。无可争论,在这个事业上绝对必须保证个人创造性、个人爱好的广大空间,思想和幻想、形式和内容的广大空间。这一切都是无可争论的,可是这一切只证明着:无产阶级党的事业的文学部分不能和无产阶级党的事业同其他部分刻板地等同起来。"
>
> 正是由于忘记了列宁后面说的那一段话,所以有些人在处理问题的时候,就硬要把党的事业的文学部分和党的事业的其他部分刻板式地等同起来,来一个机械平均化。它们无视文学的特征。
>
> 正是由于忘记这些话,所以有些人在处理问题的时候,就硬要来一个标准化。要以少数人的文学趣味服从多数人的文学趣味,或甚至要以多数人的文学趣味服从少数人的文学趣味。①

---

① 黄药眠:《由"百花齐放"所想到的》,《文艺报》1957 年第 6 号。

1956年7月他代表民盟中央起草了《我们对高校领导体制的意见》。也就在这一年,他被划为"右派"。

范宁是《光明日报》"文学遗产"栏目的审稿人。当编辑送来李希凡与蓝翎的《评〈红楼梦研究〉》时,他不但未认为该文是篇佳作,甚至于还提了一大通意见,交还编辑处理。后来,他在21日的《文艺报》上发文《俞平伯〈红楼梦研究〉是反爱国主义的》说自己过去对资产阶级文学思想缺乏警觉,并真实再现了他在看到《人民日报》钟洛的文章《应该重视对〈红楼梦〉研究中的错误观点的批判》后,自己思想转变的过程:

> 我对于俞平伯先生,多年以来就形成了一个固定看法,认为他是一位"五四人物",三十年来历史和社会的变化于他没有多大影响。因此对他的各种著作和零篇文章,也以"五四论调"目之,看完后随手一掷,漠然放过,从来没有追问或考虑他所散布的言论有无毒素。今年九月间看到《文史哲》上登载李希凡、蓝翎两位的《关于〈红楼梦简论〉及其他》,说俞平伯先生以"反现实主义的唯心论的观点分析和批评了红楼梦",心里觉得这个一点也不新鲜,我就从来没有想过俞平伯先生的著作中有什么唯物的成分。因此就不重视这件事。
>
> 由于思想上不能认识到俞平伯先生研究《红楼梦》错误观点对于正确评价祖国优秀的古典文学作品的严重危害性,所以当《文学遗产》编辑部送来李、蓝两位另一篇《评〈红楼梦研究〉》的文章,自己只是和对待普通稿件一样,看了一遍,照例提了一些意见,交还编辑部,那时候完全不能认识到像钟洛同志所指出的这"是三十年来向古典文学研究工作中胡适之派的资产阶级立场、观点、方法进行反击的第一枪。"(一九五四年十月二十三日《人民日报》)缺乏对于反击资产阶级文学思想泛滥的应有的警觉。

直到《人民日报》指出了这一错误,号召文艺工作者,不管是不是专门从事古典文学研究工作的,都应该重视对《红楼梦》的研究中俞平伯的错误观点的批判,这才使得我感觉到过去自己的做法和想法都错了。于是,我认真地重读了俞平伯先生的《红楼梦辨析》以及这本书的增订再版的《红楼梦研究》和其他一些关于《红楼梦》的文章。我开始感觉到俞平伯先生研究《红楼梦》的立场和观点是直接受到胡适的影响的。胡适不仅在政治上代表了中国买办资产阶级,就他文学思想说也是属于买办资产阶级的。他在《建设的文学革命论》一文里面说:"中国文学的方法实在不完备,不够作我们的模范。""西洋的文学方法,比我们的文学,实在完备得多,高明得多。"(张若英编:《新文学运动史资料》第十九页)他承认《红楼梦》是一部好作品,也只因为它是用白话写的。他说"施耐庵、曹雪芹诸人所以能有成者,正赖其有特别胆力,能以全力为之(白话文)耳。"(张若英编:《新文学运动史资料》第四十六页)胡适这里对待中国古典文学的反动观点,实际上成为俞平伯先生研究《红楼梦》的指导思想。在这种思想影响之下,俞平伯先生说过:"平心看来,红楼梦在世界文学中底位置是不很高的。"(《红楼梦辨析》中卷第二十一页)"若讲起结构,……即有名的红楼梦细考较去,亦是一塌糊涂。"(《杂拌儿》之二,第一百三十七页)"红楼梦用最圆美流畅的白话写出迷人的故事。"(《新建设》一九五四年第三期:《红楼梦简论》)俞平伯先生的论调和胡适对于《红楼梦》的看法有什么不同呢?这种思想实在是属于买办资产阶级的,反爱国主义的。①

---

① 范宁:《俞平伯〈红楼梦研究〉是反爱国主义的》,《文艺报》1954 年 21 号。

严敦易在21日的《文艺报》撰文:"总起来讲,从《红楼梦辨》到《红楼梦简论》,究竟又曾有过些什么有价值的内容呢?大概只是确定了高鹗的续书的一点;而对续书的论评,也仍然不能说是妥当的。……我们不禁失望地说:从《红楼梦辨》到《红楼梦简论》,三十年来,'权威'的《红楼梦》研究专家的成就,就是这样。……综合起来看,我们现在展开的这一场重要的对于研究古典文学工作中资产阶级唯心论思想的斗争,实在是必要的,及时的,而且是急迫的,更必须是尖锐的!宝贵的第一枪放了!"①

俞平伯的学生吴小如在《文艺报》撰文《我对于讨论'红楼梦'问题的认识和感想》,该文详细叙述了他思想转变的过程,揭示了青年知识分子在政治运动中如何被改造为"新生力量"的典型案例。1945年吴小如登堂拜俞平伯为师,吴小如曾言:"当时先生的五古长诗《遥夜闺思引》刚刚脱稿,我乃请命用小楷清写一通,做为赞敬。我之所以想立雪俞门,主要是读了先生《燕郊集》中《词课示例》一文和开明书店初版的《读词偶得》,认为应从先生学习如何创作和鉴赏旧体诗词。与此同时,我也读了废名先生的《谈新诗》。我于是把个人的心得写入一首五律习作中,②浓缩为十个字:'言情平伯细,讲义废名深。'我把这诗钞呈给先生,先生对这两句拙作表示满意,因此它就成为我拜老师的媒介。从那时起,一直到五十年代中期,先生经常把新作钞给我读。"③吴小如被俞平伯称作唯一真正的学生,他的思想转变大致经历了三个阶段:从不服气开始到思想的动摇与斗争而后是站到阶级斗争的立场上对俞平伯的《红楼梦》研究予以批判。其间的过程令人回味、嘘吁不已。

---

① 严敦易:《从〈红楼梦辨〉到〈红楼梦简论〉》,《文艺报》1954年21号。
② 此首五言律诗的全句为:向晚坐花阴,摊书成独吟。言情平伯细,讲义废名深。碧落空无际,昏鸦乱入林。俄看月东上,香意涤烦襟。
③ 吴小如:《俞平伯先生的新旧体诗》,《读书》1991年5期。

第五章 文化的整合:《红楼梦》研究问题座谈会

他在文中首先说道:

> 从读到李希凡、蓝翎两位同志发表在《文史哲》月刊上的《关于〈红楼梦简论〉及其他》开始,到决定执笔写出这篇东西来的时候为止,我在思想上是经过一番相当曲折的斗争的。我自一九四五年起从俞平伯先生受业,到现在已近十年。在认识俞先生以前,我读过他很多作品;从他受业之后,无疑在学术论点或治学方法方面都受到他更多的影响。以我的年龄论,我应该算是青年人;但从我从事于研究古典文学的工作年限看,我似乎被划入"半新不老"的领域里才更合适。这次讨论《红楼梦》事件的发生与展开,我深切地为我是一个青年人而感到兴奋;我觉得我是幸福的,同时也增强了对研究古典文学的信心,因为党又一次明确地表示了对青年一代的大力培植。然而在我的思想中却仍旧存在着资产阶级的学术观点和主观主义的治学方法,这些东西就阻碍我成为一个真正马克思主义的古典文学研究者。古人说,"不破不立",如果不痛下决心对这些东西加以洗伐,那不论对工作或社会,都是非常有危害的,尽管我在古典文学研究工作的领域中不过是一个极小的螺丝钉。因此我比较认真地——当然也是有些痛苦的——检查了自己,终于决定把我的认识与感想老老实实地写出来。我想,这可能对像我这样"半新不老"的同志们是有些好处的。①

吴小如思想斗争的开始是读到李希凡与蓝翎的文章《关于〈红楼梦简论〉及其他》,他称作"像是挨了谁一巴掌",但仍然"有意无意流露

---

① 吴小如:《我对于评论〈红楼梦〉问题的认识与感想》,《文艺报》1954年第21号。

出替俞先生辩护的口吻来":

> 我对《红楼梦》的认识是非常模糊的,我一直认为它是曹雪芹的自传。在我的印象中,第一个肯定《红楼梦》是曹雪芹自传的人,是胡适;而承认胡适的说法并加以引申证明的,则是俞平伯先生。我的主观看法是,尽管胡适的思想和行动都要不得,他在这方面总算有点贡献。至于俞平伯先生,即使我不是他的学生,我也承认他是《红楼梦》的权威,那么,对于俞先生有关《红楼梦》的见解,我这始终自卑地认为自己没有发言权。在我初读到李希凡、蓝翎两位同志的《关于〈红楼梦简论〉及其他》时,我立即想到两点:第一,这两位同志似乎对于《红楼梦》还没有发言权;第二,俞先生究竟是老年人了,他的思想感情以及用来表达思想感情的工具——语言文字——不易为青年人所了解,他那种表达方式也不易为青年人所接受。因此我就进一步对李、蓝两位同志的作品专挑小毛病;另外,我自满地认为自己比较懂俞先生,于是在和熟人交谈时,便有意无意流露出替俞先生辩护的口吻来。但是,我无论如何没有勇气否定李、蓝两位同志的看法,而且根据我现有的微薄的理论水平,我没有理由不承认他们的立论根据是正确的,也就是说,我心目中的"权威"已经有点摇摇欲坠了。这时,我像是挨了谁一巴掌,思想斗争已经开始了。①

吴小如读到两位"小人物"在《光明日报》上的文章《评〈红楼梦研究〉》,此为思想斗争的发展。他认识到:"没有站在人民立场,只从私人感情出发。而那种从小处找岔儿以企图掩盖自己思想上的致命伤

---

① 吴小如:《我对于评论〈红楼梦〉问题的认识与感想》,《文艺报》1954年第21号。

的办法,则更是非工人阶级思想的具体表现"。此时已将胡适与俞平伯联结起来予以批判,所以吴小如将自己和胡适作了区分:"我是受党和人民培养爱护的青年人","跟胡适是敌对的"。

不久我又读到李、蓝两位同志在《光明日报》"文学遗产"上发表的《评〈红楼梦研究〉》。这篇文章尖锐地指出了俞平伯先生的不科学的治学方法,从趣味出发的批评角度,可怜无补费精神的钻牛角尖的为考据而考据,特别严重的是,他那与胡适沆瀣一气的唯心的自然主义文学观。这使我怵目惊心,想到了"三反"时在思想改造运动中一系列的事实。我觉得我的思想墙根被一阵无情的洪涛冲塌,同时,我又感到有一股追求真理、认识真理的力量在推动着我,要我勇敢地正视客观现实,放胆地碰一碰自己思想上的疮疤。我逐渐摸清楚了自己所以对李、蓝两位同志第一篇文章专挑小毛病、并为俞先生辩护的动机。原因很简单:我的一套学术论点和治学方法适合俞先生的有着共通之处的,那篇文章打垮了俞先生的论点方法,我的那一套也就站不住脚;要想使自己的思想站得住脚,就必须提出反抗的理由;可怜我是没有任何理由去反抗的,于是便企图用枝节问题来冲淡、混淆李、蓝两位同志的论据。我之轻视他们,正是暴露了自己的弱点;我之替老师与"权威"辩护,正是替自己辩护。当然,这种辩护同时也说明了我没有站在人民立场,只从私人感情出发。而那种从小处找岔儿以企图掩盖自己思想上的致命伤的办法,则更是非工人阶级思想的具体表现。面临李、蓝两位同志的第二篇文章,我把问题看得更明确:我纵然和俞先生有感情,可是跟胡适是敌对的。我发现我和俞先生在观点、方法上的共同之点,却正是俞先生和胡适在思想上共鸣之处。我是受党和人民培养爱护的青年人,即使我还没有树立起百分之百的工人阶级思想,也不能糊涂得跟胡适站到一边去。我开始否定了过去那些荒谬的想法,总算初步找到了病根。然而,我的认识还没有十分透彻,我还不能认真地检查自己,更没有勇气面对俞先生正面提出批评。①

吴小如思想的转变是读了钟洛在《人民日报》上发表的文章《应该重视对〈红楼梦〉研究中的错误观点的批判》,他终于认识到:"我必须设法肃清那种根深蒂固的资产阶级学术论点与治学方法。这好像自己身上的一片烂肉,平时包扎得很严紧,一旦打开,被新鲜的风吹过,必然感到无比刺痛"。于是他拿起阶级斗争的武器对俞平伯的《红楼梦》研究进行大力批判,思想斗争终于"愉快地结束了":

> 直到读了钟洛同志在《人民日报》上发表的《应该重视对〈红楼梦〉研究中的错误观点的批判》的文章,才引起了我又一次的思想斗争。这篇文章提到李、蓝两位同志的两篇批评,是"三十多年来向古典文学研究工作中胡适之派的资产阶级立场、观点、方法进行反击的第一枪!"我这才懂得,以前在我思想上的那种斗争,正是无产阶级与资产阶级两种思想的阶级斗争。我必须设法肃清那种根深蒂固的资产阶级学术论点与治学方法。这好像自己身上的一片烂肉,平时包扎得很严紧,一旦打开,被新鲜的风吹过,必然感到无比刺痛。要想医好这片烂肉,必须把它剜掉切掉,才能消弭患处,不使它蔓延开来。我决心对自己的学术论点特别是治学方法尝试着做一次鉴定,更决心对俞先生的观点、方法提出批评。然而这是有些痛苦的,特别是对影响自己为时已久的

---

① 吴小如:《我对于评论〈红楼梦〉问题的认识与感想》,《文艺报》1954年第21号。

"权威"思想提出批评就更不简单。我在思想斗争过程中,曾想到若干藉口。对自己,我就说,我不是专搞《红楼梦》的,我以前所写的文章也许还没有犯过太大的原则性的错误。对俞先生,我就说,不要太尖锐了,应该照顾团结;要是当真尖锐地提出批评,是不是以后对自己深造有妨碍,将来怎么再去向他请教呢?可是,这些想法终于被我一个个都否定了。我从钟洛同志的文章得到了力量;我认识到,资产阶级思想是不能和无产阶级思想和平共处的,我一定要在这场思想领域的阶级斗争中受到胜利的考验。①

三、《光明日报》的文章

《光明日报》创刊于 1949 年 6 月 16 日,由民主同盟主办。毛泽东曾为该报题词:"团结起来,光明在望";周恩来题词为:"光明之路";朱德的题词:"民主光明"。它是一份面向全国知识分子,以知识分子和民主党派人士为主要读者对象的重要报纸,社长为章伯钧。胡愈之时为《光明日报》总编辑,任民盟中央组织委员会主任、秘书长,负责民盟的实际领导工作。胡愈之公开身份为民主党派人士,实际上早于 1933 年 9 月即秘密加入中国共产党,其组织关系放在绝密的中央特科,仅有少数几人如周恩来、潘汉年知道。直至 1979 年,中央统战部公开了一批秘密党员的名字,83 岁的胡愈之,其真实身份才正式公开。②

《光明日报》首先于 10 月 31 日发表了陆侃如批判胡适、俞平伯反动思想的文章。文章的口气似乎很大,但通读该文,还是让人体会出作者的几多无奈、几多谨慎,还有"洗澡"之后的几分觉悟与真诚。这样的表白与自责在曾长期生活于国统区的知识分子中,具有一定的代

---

① 吴小如:《我对于评论〈红楼梦〉问题的认识与感想》,《文艺报》1954 年第 21 号。
② 胡愈之:《我所知道的冯雪峰》,《冯雪峰纪念集》,人民文学出版社 2003 年版,第 135 页。

表性:

近来在文史哲、文艺报、光明日报、人民日报上,接连读到几篇讨论红楼梦的文章。对于我来说,正像敲起了振聋发聩的警钟一样。因为我自己在古典文学的研究上,和俞平伯先生同样地受过胡适反动思想较深的影响,搞过钻牛角尖的小考据,写过主观主义的、形式主义的研究文字。虽然解放前也浏览写过一些左翼文艺理论书籍,可是在我思想上、方法上却仍然原封未动。直到解放后才初步认识到过去的错误,才开始了轻微的改变。但胡适反动思想的遗毒却远远没有清除干净。李希凡和蓝翎两位都是我的学生,他们的文章在几个月前我已经从文史哲编委会那里看到,但并没有引起足够的重视。后来到北京出席中国文联的全国委员会,听到朋友们谈起红楼梦的问题,才促起我的注意。最近读到钟洛同志的文章,更提醒了我,感到应该检查一下自己。

回想三十年前我第一次读到胡适的《红楼梦考证》的时候,我和一切出身于剥削阶级而又饱受封建主义与资本主义教育的青年们一样,正是五体投地地佩服。接着读到俞先生的《红楼梦辨》,虽然稍嫌其文笔枝蔓,但也认为对红楼梦的研究颇有贡献。从此,我就深信红楼梦是曹雪芹的自叙传,因而也把红楼梦当作"平淡无奇的"、"自然主义的杰作"。后来,《四松堂诗集》的采访与胭脂斋重评石头记的出现,都吸引我极大的注意。我那时迷惑于胡适所提倡的多研究些问题,少谈些主义的主张,迷惑于他所说的发现一个字的古义的功绩等于发现一颗恒星的话。我想当时和我一样受迷惑者恐不在少数,而且到现在也还存在。如去年出版的《红楼梦新证》,里边莫名其妙地抄了许多诗文碑传谱志,全书长达三十多万字,而没有解决一个主要问题,实在是中了胡适派所谓"新红学"的毒。若不及早大声疾呼，予以当头棒喝，则在文学遗产的批判接受上一定会产生恶劣的影响而使工作受到不可估计的损失。

因此，这次关于红楼梦的讨论是有极其重大的意义的。对于李希凡与蓝翎两位所提出的与俞先生不同的看法，值得俞先生考虑，也值得一切专门研究古典文学的老教授与专家们考虑。我细读俞先生一年来所写的文章，觉得俞先生也开始了转变，也初步认识到红楼梦所激起的对于封建制度的憎恨，也提到了红楼梦的"高度的现实主义的成就"。我自己也这样，解放后才开始从现实主义的角度来估计这部杰作。但是转变才刚刚开始，认识还很肤浅，对于现实主义的基本精神还没有能够很好地掌握，尤其在思想上所受胡适的毒素没有根本清除，因而在研究方法上就必然会存在着严重的主观唯心论的错误。我愿意和俞先生及所有研究古典文学的朋友们一道努力，虚心接受这次讨论的深刻教育，严格地检查自己，改正错误，使文学遗产中的民主性的精华能够在祖国社会主义建设中发挥应有的作用。

对于红楼梦本身，我认为根本不应该说它的"主要观念是色空"，也不能单纯地把它当作曹家的家谱和传记。曹雪芹可以拿自己的家庭当作"模特儿"来写贾家，正如吴敬梓写天长杜家一样，但作者并没有拘泥于自己的琐屑的事情的必要。他通过自身的体会和观察，进而洞察到封建社会的虚伪和腐朽，因而在笔下体现出统治阶级必然灭亡的命运来。这样锋利的揭露，正是胡适所害怕的，所以要借"新红学"的名称来把读者引到歧路上去。这正如他在《白话文学史》里借论述唐诗的机会来歌颂徐志摩一样，正如他用"心灵的建设"的幌子要我们"死心塌地的去学"美帝国主义一样。严厉地肃清胡适反动思想在新中国学术界里残存的毒害是当前首要的任务。①

随后,陈友琴在11月7日的《光明日报》撰文《我参加〈红楼梦〉研究座谈会以后的感想》,其中说道:

> 从中国作家协会召集的一次座谈会上,展开了对俞平伯先生《红楼梦研究》一书及其最近所写《红楼梦简论》一文的批评,使我对古典文学研究有了更进一步的认识,明确了必须以马克思列宁主义的立场、观点、方法来批判资产阶级唯心主义的思想。这场严重的思想斗争,不是对哪一个个别的人的问题,我们每一个从事文艺工作的人都应该深刻地检查一下自己的思想,掘一掘根,这对于知识分子思想改造是一个很好的机会。因此继续开展讨论,是非常必要的。
>
> 我想在这里根据俞平伯先生其他的文章略谈一下俞先生的思想,当然还不脱离古典文学研究,尤其是《红楼梦》研究的范围。
>
> 关于《红楼梦简论》那篇文章以及《红楼梦研究》、《红楼梦辨》那两本书,李、蓝两同志和钟洛同志的文章以及那天到会发言的先生们都多多少少提过一些意见了。很多人说俞平伯先生是用的胡适派的资产阶级立场、观点、方法做了许多琐碎的考据,其实俞先生不止受了胡适的影响,他还受了周作人的影响。他的思想体系原是胡适、周作人的双承。当然,俞平伯先生在学术思想上与他们的这种联系和他们在政治上的反动完全是两回事。……
>
> 俞平伯先生既然对一切都从趣味出发,也就难怪他把《红楼

---

① 陆侃如:《严厉地肃清胡适反动思想在新中国学术界里残存的毒害——读钟洛同志的〈应该重视对红楼梦研究中的错误观点的批判〉的一些感想》,《光明日报》1954年10月31日。

第五章 文化的整合:《红楼梦》研究问题座谈会

梦》当成"闲书"来看待了。他曾经说过这样的话:"红楼梦性质亦与中国式的闲书相似,不得入于近代文学之林。"这是多么错误的对于《红楼梦》的诬蔑。如果在研究古典文学的工作中抱着这种玩世的趣味主义的态度,试问对于教育我们青年的一代如何去接受文化遗产,将要发生多么坏的影响。倘若每一个从事古典文学研究工作的先生们都严肃的考虑一下这个问题,那我们是会不寒而栗的。

俞平伯先生在对待文学工作中的这种"趣味"和"消遣"的思想并不是偶然的,是和他的整个人生观有密切联系的。这也就确定他在学术思想上和胡适、周作人的资产阶级唯心论的反动思想一脉相承,并且还牢固地植根在自己的思想里而不能自拔。①

11月8日《光明日报》发表了郭沫若关于展开文化学术界反对资产阶级思想的谈话,郭沫若时任政务院副总理、中国科学院院长、②全国文联主席,鲁迅之后,他被树为文化旗手。③ 郭沫若是毛泽东所指定阅读《关于〈红楼梦〉研究问题的信》领导人之一,因而他深谙毛泽东发

---

① 陈友琴:《我参加〈红楼梦〉研究座谈会以后的感想》,《光明日报》1954年11月7日。
② 1949年至1977年中国社会科学最高科研机构为中国科学院下属的哲学社会科学部,1949年10月至1978年6月郭沫若为中科院院长。1977年5月在中国科学院哲学社会科学学部的基础上,建立中国社会科学院,胡乔木为首任院长。
③ 1941年周恩来在纪念郭沫若创作生活满二十五年,并庆祝郭沫若五十生辰时,将郭沫若与鲁迅相提并论,把郭沫若在新文化战线上的特点概括为:丰富的革命热情;深邃的研究精神;勇敢的战斗生活。周恩来说道:"鲁迅先生死了,鲁迅的方向就是大家的方向!郭沫若先生今尚健在,五十岁仅仅半百,绝不能称老,抗战需要他的热情、研究和战斗,他的前途还很远大,光明也正照耀着他。我祝他前进,永远的前进,更带着我们大家一道前进!"(1941年11月16日《新华日报》)1978年6月18日邓小平在郭沫若追悼会上致悼词:"他和鲁迅一样,是我国现代文化史上一位学识渊博、才华卓具的著名学者。他是继鲁迅之后,在中国共产党领导下,在毛泽东思想指引下,我国文化战线上又一面光辉旗帜。"(1978年6月19日《人民日报》)

动对俞平伯《红楼梦研究》批判的意旨,所以他的谈话入木三分,切中要害,他也是阅信领导人中率先对记者发表谈话公开表态的。

郭沫若说,由俞平伯研究《红楼梦》的错误观点所引起的讨论,是当前文化学术界的一个重大事件。"这不仅仅是对于俞平伯本人、或者对于有关《红楼梦》研究进行讨论和批判的问题,而应该看作是马克思列宁主义思想与资产阶级唯心论思想的斗争;这是一场严重的思想斗争";"讨论的范围要广泛,应当不限于古典文学研究的一方面,而应当把文化学术界的一切部门都包括进去;在文化学术界的广大领域中,无论是在历史学、哲学、经济学、建筑艺术、语言学、教育学乃至于自然科学的各部门,都应当来开展这个思想斗争。作家们、科学家们、文学研究工作者、报纸杂志的编辑人员,都应当毫无例外地参加到这个斗争中来";"三年以前进行的《武训传》的讨论,曾给人们留下了深刻的印象,但可惜那时没有把这一讨论广泛地深入到文化领域的各方面去、讨论没有得到充分的展开。《红楼梦》研究中的问题,应该是继《武训传》以后,资产阶级的错误思想在文化学术方面的又一次暴露。由此可以证明,我们的文化学术界并不是天下太平、没有什么问题了,而是存在着很大的问题"。他接着分析了胡适的哲学对中国文化学术界的影响:"胡适的资产阶级唯心论学术观点在中国学术界是根深蒂固的,在不少的一部分高等知识分子当中还有着很大的潜势力。我们在政治上已经宣布胡适为战犯,但在某些人的心目中胡适还是学术界的'孔子'。这个'孔子'我们还没有把他打倒,甚至可以说我们还很少去碰过他。"①

"《学术》副刊曾经先后以六期的篇幅刊载朱东润研究屈原的文章,朱东润研究屈原的观点和方法基本上是胡适的一套,我曾经在《学

---

① 张白:《中国科学院郭沫若院长关于文化学术界应开展反对资产阶级错误思想的斗争对光明日报记者的谈话》,《光明日报》1954年11月8日。

术》上写过文章批评朱东润。但有许多老朋友看了我的文章以后,反而说我做的'太过火了'。研究屈原的专家对于朱东润的见解没有反驳,对我的见解也没有支持。我至今都引为诧异";"资产阶级的反动文人如胡适之流才是最大的'武断'家。胡适的所谓'大胆假设、小心求证',说穿了就是彻头彻尾的主观唯心论。按照胡适的'理论',人们就可以任意地来'大胆假设'一些胡说,去剜空心思'求证';故所谓'大胆假设,小心求证',不过是用来证实假设出来的东西而已。马克思主义者和这种唯心论是截然不同的。"①

"俞平伯研究《红楼梦》三十年,当他开始进行研究时,李、蓝两位同志尚未出世,但他们勇敢地而且正确地揭露了俞平伯的错误。这一件事实使我们深深地感到,新生力量是多么蓬勃,我们又应当如何努力来爱护和扶植这种新生的力量。从这里也就可以看出,马克思列宁主义确实是极锐利的武器。只要你的思想、立场、方法是以马克思列宁主义为根据的,就可以在短时期内接触到所研究问题的核心,假如不是这样,那就如俞平伯先生一样,尽管研究了三十年,那就只好是'愈研究愈糊涂'了。"②文章经郭沫若修改后,又载《新华月报》12月号。《文艺报》、《人民日报》、《文艺月报》、《文史哲》等全国性报刊在对俞平伯《红楼梦研究》批判时,皆引用郭老的谈话,形成了很大的影响。

中国科学院文学研究所研究员余冠英说:"俞先生的研究《红楼梦》的著作给人一个总的印象,就是不从大处着眼,专从小处着眼。"

"为什么是这样呢?"

"正因为俞先生研究《红楼梦》由于个人一时的兴趣,而不是从读

---

① 张白:《中国科学院郭沫若院长关于文化学术界应开展反对资产阶级错误思想的斗争对光明日报记者的谈话》,《光明日报》1954年11月8日。
② 同上。

者的需要考虑,不是为阐明本书的真精神、真价值打算,他的研究自然是无计划的,题目自然是信手拈来的,零碎的,对象、方法也自然是不定的。正因为他的研究是个人消遣的玩意,就不可能同时是严肃的、用力的劳动。这一切是他的资产阶级立场,他的趣味主义所决定。……"

"俞平伯先生在学术思想上是胡适的俘虏之一。胡适在政治上叫嚣:'只谈问题,不谈主义'。在学术研究上主张'跟证据走',主张'一点一滴'地解决问题,用'考据'解决问题,用'假设'、'求证'解决问题。而研究对象不论大小,'自学术思想之大以至于一个字'是同等对待的,认为'考订一个古字,其价值等于发现天王星'。胡适自谓这是'实验主义的态度'。胡适并且教人从他的小说考证学习'科学方法',学习不跟着马克思列宁主义走的'防身本领'。俞平伯先生研究《红楼梦》的方法正符合于胡适的实验主义的态度。……"

"俞平伯先生由趣味主义产生出来的《红楼梦》研究小品,和苦雨斋杂抄小书的小品文也有其共同之处。这种趣味主义明显地反映了一种逃避现实的生活态度。胡适和周作人虽然有某些不同之点,但一样地指引青年脱离政治,规避斗争。这两人的毒害正在通过俞先生的著作传播着,这难道是还可以再容忍的么?"①

李易在11月24日的《光明日报》撰文《评俞平伯先生对〈红楼梦〉后四十回的一些看法》:"俞平伯先生因为高鹗真实而无情地揭露了统治阶级人物的丑恶面目,便来斥骂高鹗,不过是表明了俞平伯先生的偏袒同情正是在贾家统治人物这一方面。而高鹗的爱憎分明的倾向性激恼了偏袒同情封建代表人物的俞平伯先生,却正说明了他的续书的现实主义的力量,说明了他的成功。而且,从这里我们也不难看出,

---

① 余冠英:《为什么不能从大处着眼?》,《光明日报》1954年11月14日。

第五章 文化的整合:《红楼梦》研究问题座谈会

作为俞先生批评'标准'的'情理'不过是和他的资产阶级的唯心论思想密切联系着的对封建统治人物的同情和好感;而他的所谓'文情'、'文理',不过是向文学作品提出的一种错误的思想和感情的要求而已。……"

"俞平伯先生在这里所用的是他自鸣得意的所谓'处处'、'用八十回来攻四十回'的方法。从上面的分析可以看出,这种'用八十回来攻四十回'的方法,不过是首先歪曲了八十回的真实意义,然后腰斩四十回和八十回之间的密切联系,把二者分割并加以对立,硬说继续和发展了八十回的四十回和前八十回是冲突的,不相容的。……"

"总之,俞平伯先生是企图通过对后四十回的几个主要人物的论述,以抽除《红楼梦》的深刻的社会意义,抹煞其意义重大的反封建斗争主题,把反封建制度的人物加以庸俗化,并将封建制度的代表人物加以伪装和美化。但《红楼梦》后四十回以及整个《红楼梦》,像我们上边所分析的,以极其丰富深刻的反封建主题和人物之间的尖锐复杂的矛盾和斗争,驳斥了俞平伯先生的这些资产阶级的唯心论说法的错误与无稽。"①

魏建功在11月26日的《光明日报》撰文《批判〈红楼梦〉研究中唯心观点的意义》:

> 在《红楼梦》研究的讨论中,我跟大家一样,深切体会到这是两种阶级思想斗争的表现,也就是大家都知道的"工人阶级对资产阶级在思想战线上的又一次严重斗争"。我认为比起《武训传》的思想批判来,它的意义还要广大而更加深远。对于知识分子,对于文化工作者,对于一切科学研究工作者说来,简直是一面社

---

① 李易:《评俞平伯先生对〈红楼梦〉后四十回的一些看法》,《光明日报》1954年11月21日。

会主义改造的镜子。《红楼梦》研究的讨论关系当前学术思想,并且影响到后代,这一思想批判工作应该普遍展开。

……他(指俞平伯,作者注)的生活作风,我们可以用他自己的话来说,是所谓"懒"。这不是寻常的"懒惰"。从一九二二年他写出《红楼梦辨》直到现在改成《红楼梦研究》,观点是一贯没有改,正如他在《红楼梦辨》里所说:"我写这篇文章的方法虽然躲懒,却并非全无意义的躲懒。"(见《论秦可卿之死》)三十年的辛勤劳动不算"懒",三十年如一日地不变观点,是阶级立场不变更的"懒"!我们看了王佩璋《我代俞平伯先生写了哪几篇文章》所说明的事实(见十一月三日人民日报第三版),完全可以理解俞先生"并非全无意义的躲懒"。这些正是他"二元论"思想的表现,政治是政治,研究是研究。总之,实质是"超政治"的。"超政治"的思想彻头彻尾是反动的资产阶级唯心观点。……

这就是俞先生三十年如一日地走着的资产阶级唯心观点的道路,胡适所传播的主观唯心论的思想道路。最突出地在他们影响之下又产生了周汝昌的《红楼梦新证》。周汝昌的《新证》简直是烦琐考据变本加厉的典型,也就是这种思想方法毒害最可怕的表征!周汝昌在人民日报上发表的《我对俞平伯研究红楼梦的错误观点的看法》算得是一种控诉,虽然我认为周汝昌诉说自己所中的毒害还不够深刻。……

"三反"运动时期,我认识了思想改造学习是脱胎换骨。这一次批判资产阶级唯心观点的思想错误,对于我们实在是进一步地刮骨疗毒。我们以为跟胡适相异的是在政治上划清界限了,是形式上,表面上的认识;必须深刻地理解刮骨疗毒的意义来注意相同之点,要把思想意识跟政治结合起来明确地加以肃清,就是从本质上去认识。①

刘衍文在 11 月 28 日的《光明日报》撰文《从俞平伯先生研究〈红楼梦〉的批判谈起》，文章说：

"俞平伯先生的考证呢，却是中了胡适的实验主义的毒素，做了胡适派的继承人！为的是他把《红楼梦》中的艺术的真实还原到了生活的真实上来，甚至是把生活的真实与艺术的真实完全混为一谈，这种自然主义的理解文意作品的思想，却是完全与马克思列宁主义相违背的。……"

"俞平伯先生在对待典型的创造上，不是拘泥于生活，便是脱离了生活。而且这种错误的看法，还不仅仅限于资产阶级文艺思想的影响上，封建主义的残余影响也很明显地与之合流并交融在一道了。因此，这就更值得引起我们的注意和迫切地需要批判了。……"

"李希凡和蓝翎两同志对俞平伯先生《红楼梦研究》的批判，曾经肯定了贾宝玉和林黛玉是一个反抗封建道德的正面人物，而薛宝钗则是一个与封建社会同化了的庸俗的反面人物的典型。这实在是一个很大的发现，这样便解决了两百多年来为人们所纠缠不清的问题：如什么'左黛右钗'啦，'扬钗抑黛'啦，'钗黛合一'啦等等。同时对于书中主角间的微妙的恋爱关系，也给予了最本质的思想上的解答。这个解释对于《红楼梦》的研究来说，我以为是有着一定的贡献的。但是，应该注意的是：贾宝玉和林黛玉虽然是两个应该肯定的正面人物，可是，他们的思想、他们的环境毕竟也注定了他们对待封建社会的反抗形式，局限了他们的反抗程度。所以，对于这两个正面人物的肯定，要肯定到怎样的高度，还是值得去进一步的研究的。过分地忽视了

---

① 魏建功：《批判〈红楼梦〉研究中唯心观点的意义》，《光明日报》1954 年 11 月 26 日。

这两个人物的作用固然不对,但过分抬高了这两个人物的作用也是同样值得商榷的。现在,再讨论中,对这个问题,也是应该要搞清楚的。譬如,就以李希凡和蓝翎两同志而言,就有过分抬高这两个人物的倾向"。①

吴组缃说:"读了俞平伯先生《红楼梦研究》一书,和今年发表的以《红楼梦简论》为主的几篇论文,我们首先会看到一个倾向,那就是他历时三十多年的研究工作,始终不肯正视这一部将及二百年来客观地存在着,一直在读者中盛行不衰,以其巨大的感染力影响着社会的一百二十回《红楼梦》;并且撇开这一部为历来读者接受、承认且又热烈喜爱的基本完整的伟大作品的深刻反封建主义主题思想与精湛的现实主义艺术不予理会,而一味要'强迫高鹗和雪芹分居',否定了后四十回续书,而后专心致志地去考证和揣想那早就不存在,或者根本就未存在过的八十回后曹雪芹原作的本来面目。这一研究着眼点,我以为首先就不对头。"

"俞先生在他所有的文章中,一贯地单只依靠作者在书中的主观解说和有心暗示之笔去作'研究'。于是得出结论说,《红楼梦》一是作者感叹自己身世的,二是情场忏悔而作的,三是为十二钗作本传;在今年写的《红楼梦简论》一文中,这种错误论点更为发展了,他认为《红楼梦》的主要观念是'色空'。"

"这样,他就把作者笔下所反映的如火如荼的现实内容完全抛掉,只拿着作者主观思想概念里的一些糟粕性的东西向读者大众大事宣传,而这部现实主义天才名著,就被理解成为极端庸俗的说教的书。……"

"用资产阶级主观唯心论的观点方法来'研究'古典文学,就一定

---

① 刘衍文:《从俞平伯先生研究〈红楼梦〉的批判谈起》,《光明日报》1954 年 11 月 28 日。

把精华抛掉,只能接受一些糟粕性的东西。因为'民主性的精华',是资产阶级立场所不喜的;而'封建性的糟粕',正是资产阶级立场所要接受的!"①

(四)各地报刊重要批判文章的统计

在对俞平伯《红楼梦》研究批判过程中,以《人民日报》、《文艺报》与《光明日报》的批判最为权威,影响也较大。从1954年9月至1955年,各地报刊发表批判俞平伯的文章267篇。② 1955年作家出版社曾在全国范围内选辑其中影响较大的重要文章,将其编辑成《红楼梦问题讨论集》。下面是各地报刊发表较重要批判文章的统计:

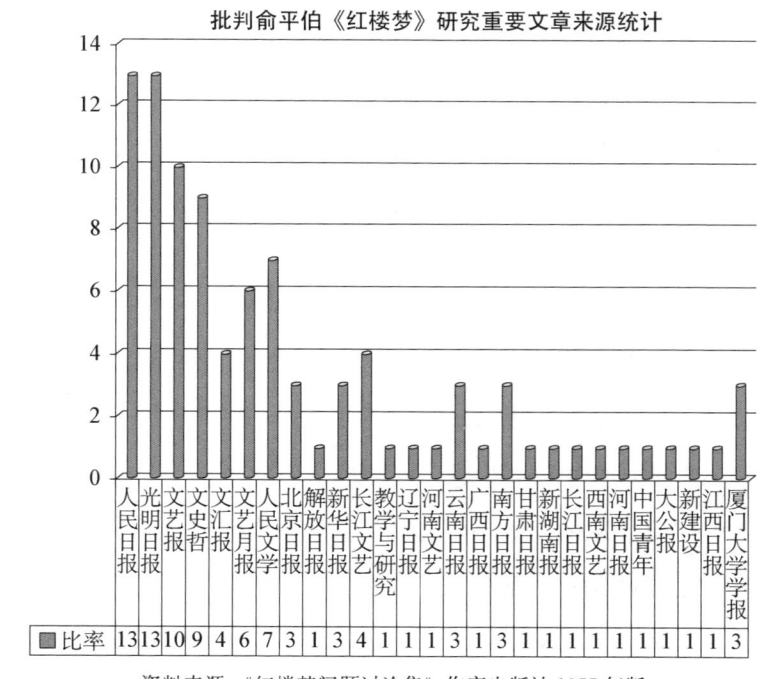

批判俞平伯《红楼梦》研究重要文章来源统计

报刊	比率
人民日报	13
光明日报	13
文艺报	10
文史哲	9
文汇报	4
文艺月报	6
人民文学	7
北京日报	3
解放日报	1
新华日报	3
长江文艺	4
教学与研究	1
辽宁日报	1
河南日报	1
云南日报	3
广西日报	1
南方日报	3
甘肃日报	1
新湖南报	1
长江日报	1
西南文艺	1
河南文艺	1
中国青年	1
大公报	1
新建设	1
江西日报	3
厦门大学学报	3

资料来源:《红楼梦问题讨论集》,作家出版社1955年版

---

① 吴组缃:《评俞平伯先生的〈红楼梦〉研究工作并略谈〈红楼梦〉》,《光明日报》1954年12月5日。

② 刘白羽在1956年年初召开的中国作协理事会第二次会议上的报告中说,1954年到1955年,全国报刊共发表批判俞先生的文章267篇。参见于风政:《改造》,河南人民出版社2002年版,第318页。

各报刊纷纷发表的声讨俞平伯《红楼梦》研究错误思想与错误方法的文章,犹如一场"群众"运动将俞平伯包围在"人民战争"的汪洋大海里。

刘绶松说:"解放以后,他(指俞平伯)虽认为在政治上可以跟着工人阶级走,而在学术研究工作上则应该保有个人的独立自由的王国。这一切难道都是偶然的吗?……我们一方面应该对文化领域内的这种俞平伯式的有害思想进行坚决的斗争,另外,也应该从斗争中吸取教训。"①

力扬说:"由李希凡、蓝翎两位青年同志首先发难的,引起文艺界热烈讨论和注意的,对俞平伯先生在研究《红楼梦》的工作中所表现的资产阶级错误思想展开批判这一事件,不仅是中国工人阶级在进行社会主义建设和社会主义改造的过渡时期对资产阶级的错误文艺思想所作的剧烈斗争,也是中国工人阶级在这个时期对资产阶级唯心论思想又一次严重斗争的开始。"②

端木蕻良将俞平伯错误思想的根源概括为四个方面:"'世界主义'的倾向","主观主义的'考证'","脱离社会现实生活基础","思想上和胡适一脉相承"。③

何家槐说:"俞平伯先生的《红楼梦》研究对于青年的毒害很大,是值得我们严重注意的。如果不将胡适和俞平伯先生的资产阶级哲学思想和文艺思想加以彻底的批判,将其肃清,那么就会影响到青年身心的健康发展,影响到对于青年社会主义的教育,影响到社会主义建设和社会主义改造的事业。我们知道过渡时期的阶级矛盾是特别复

---

① 刘绶松:《俞平伯的错误思想主要表现在哪里》,《长江文艺》1954年12月号。
② 力扬:《对表现在〈红楼梦〉研究中胡适派资产阶级唯心论展开批判的重大意义》,《中国青年》1954年第22期。
③ 端木蕻良:《俞平伯资产阶级思想的根源》,《北京日报》1954年11月23日。

杂深广,尖锐剧烈的,而阶级矛盾的展开,也就是意味着争取青年的斗争的展开。"①

刘溶说:《红楼梦》是"一部出色的反封建的现实主义的杰作,俞先生把它的反封建的倾向性完全抹煞,这是胡适派资产阶级唯心论在作祟。这种思想方法,是应该受到人民彻底的严肃的清算的!"②

沙鸥说:"俞平伯先生虽然也打起了马克思主义的旗子,引证了一些恩格斯的词句,但是并不能掩饰他在红楼梦研究工作中的资产阶级唯心主义的立场、观点和方法。俞平伯先生的唯心主义的世界观与实验主义的方法论在他的研究红楼梦的著作中,得到了淋漓尽致的结合。不用说,俞平伯先生抱着唯心主义的世界观和实验主义的方法论,一只脚站在地主阶级的立场上,一只脚又站在资产阶级的立场上,来进行对红楼梦的研究,只能走入绝路了!显然,如果要使红楼梦'还它的庐山真面',首先就要把这些脏东西打扫干净!"③

徐嘉瑞将俞平伯的错误观点概括为四点:"抹煞现实","抹煞阶级","取消斗争","麻醉读者"。④

郑朝宗说:"检查了这五十年来有关《红楼梦》的研究作品,我们深深地感觉到资产阶级学术思想的末日已经到来了。从王国维的荒诞无稽发展到俞平伯的烦琐无聊,这证明了资产阶级唯心论的堕落确实是无可挽救的。为了使古典文学的研究工作能重放异彩,为了使新中国的学术文化园地能迅速地开出灿烂的花朵,我们必须彻底地、干脆地把这溃烂了的毒瘤从我们身上割除出去"。⑤

---

① 何家槐:《俞平伯的〈红楼梦〉研究给予青年的毒害》,《北京日报》1954年11月28日。
② 刘溶:《不能那样看待红楼梦》,《河南文艺》1954年第24期。
③ 沙鸥:《俞平伯的方法论和世界观是什么?》,《文汇报》1954年12月17日。
④ 徐嘉瑞:《评俞平伯〈红楼梦研究〉中作者态度及风格的错误观点》,《云南日报》1954年12月25日。
⑤ 郑朝宗:《从王国维到俞平伯》,《厦门大学学报》1955年第1期。

国学大师程千帆说:"体现在《红楼梦底风格》中的俞平伯先生的美学观点,乃是彻头彻尾地属于资产阶级范畴的,是和工人阶级的美学观点毫无共同之处的,因而他是没有能对我们的文学天才和广大人民负责的。为了保卫马克思列宁主义的美学,为了保卫祖国优秀的文学遗产,我们必须和俞平伯先生所一直坚持的资产阶级文艺思想进行彻底的斗争!我们必须使我们的文学研究工作,在斗争中成长壮大!"①"这一次论争也再度地证明了学术与政治的不可分割的关系,学术必须服从政治。"②"文革"后,程千帆在与弟子纵论学术人生时曾反思道:"建国初期,文学论文不少是用一种神学思维模式写的,用很多东西证明伟大领袖某一理论某句话是对的。这种论文很安全,但没有价值。我当时也这么写。……很多人运动过后,自己就变成白痴了,至少变成哑巴了,无意再搞学问了。"③

第三节　全国文联、作协联席扩大会议

一、质问《文艺报》编者

冯雪峰在《文艺报》转载《关于〈红楼梦简论〉及其它》时所加的编者按,引起高层的强烈不满。10月28日的《人民日报》发表了袁水拍的《质问〈文艺报〉编者》,文章语气犀利而尖锐,开头便说:"中国作家协会最近开了一个会,讨论关于'红楼梦'研究的问题(见十月二十六日本报新闻)。会议反映出,文艺界已经开始认识到这个问题的严重

---

① 程千帆:《从〈红楼梦底风格〉看资产阶级的美学观点》,《文艺月报》1954年12月号。
② 程千帆:《为肃清古典文学研究领域中的资产阶级思想而斗争》,《长江日报》1954年11月28日。
③ 程章灿等:《老学者的心声——程千帆先生访谈录》,巩本栋:《程千帆沈祖棻学记》,贵州人民出版社1997年版,第106、107、116页。

性。但这种现象还是最近才出现的。长时期以来,我们的文艺界对胡适派资产阶级唯心观曾经表现了容忍麻痹的态度,任其占据古典文学研究领域的统治地位而没有给以些微冲撞;而当着文艺界以外的人首先发难,提出批驳以后,文艺界中就有人出来对于'权威学者'的资产阶级思想表示委曲求全,对于生气勃勃的马克思主义思想摆出老爷态度。难道这是可以容忍的吗?"

袁水拍时任《人民日报》文艺组组长。这篇文章写作的经过,据当时与袁水拍同在文艺组任编辑的叶遥回忆:"毛泽东让袁水拍起草一篇批评《文艺报》的文章,水拍照办了。送给毛泽东审阅后,从题目到内容全变了。这里需要说明一下,当时我在《人民日报》文艺组做编辑工作,我只知道毛泽东确曾起草文章批评《文艺报》编者,但我没有看见过水拍写的草稿。毛泽东是在水拍写的草稿上作的修改?还是另起炉灶写的《质问〈文艺报〉编者》一文?无论是改写稿,或是另写稿,我都没有看见过。但从题目到内容判断,文章居高临下、气势凌人,很有火药味,不像出自水拍之手。事后听说,水拍认为用他的名字发表不好,当时他不过是《人民日报》文艺组的组长,怎能以盛气凌人的口气《质问〈文艺报〉编者》! 他一再要求以'本报评论员'或写一个化名发表。毛泽东不同意,指定署名袁水拍,不许用别的名字发表。水拍很为难。当时中宣部曾责成中国作家协会等单位,组织召开多次文艺界会议,批判《文艺报》主要负责人冯雪峰同志。冯雪峰作了诚恳检讨。水拍又被指定加入检查和整顿《文艺报》的七人小组。他去参加会议总是坐在那里低着头,一言不发。知道内情的人对他理解;不知情的便指责他也压制新生力量。他觉得自己也应有所检讨。回报社请示,毛得知后说:'告诉袁水拍,他也是新生力量,不能检讨!'水拍当时三十几岁。弄得他在人前有苦难言,尴尬不堪。"①

袁水拍在文中说道:"这种老爷态度在《文艺报》编辑部并不是第一次。在不久以前,全国广大读者群众热烈欢迎一个新作家李准写的一篇小说《不能走那一条路》及其改编而成的戏剧,给各地展开的国家总路线的宣传起了积极作用。可是《文艺报》却对这个作品立即加以基本上否定的批评,并反对推荐这篇小说的报刊对这个新作家的支持,引起文艺界和群众的不满。《文艺报》虽则后来登出了纠正自己错误的文章,并承认应该'对于正在陆续出现的新作者,尤其是比较长期地在群众的实际生活中,相当熟悉群众生活并能提出生活中的新问题的新作者,……给予应有的热烈的欢迎和支持',而且把这件事当作'一个很好的教训',可是说这些话以后没多久,《文艺报》对于'能提出新问题'的'新作者'李希凡、蓝翎,又一次地表示了决不是'热烈的欢迎和支持'的态度。"在这段之后毛泽东加写道:"文艺报在这里跟资产阶级唯心论和资产阶级名人有密切联系,跟马克思主义和宣扬马克思主义的新生力量却疏远得很,这难道不是显然的吗?"并让邓拓同志立即照此发表。②

这篇文章对全国报纸杂志的编辑部皆起到震撼作用,为新闻媒体定下了这次批判运动的基调:"一是对于权威学者的资产阶级思想表示委曲求全、对于资产阶级唯心论观点容忍依从甚至歌颂赞扬;二是对于生气勃勃的马克思主义和宣传马克思主义的新生力量摆出贵族老爷态度。这是《文艺报》的两大罪状,也是各报刊杂志衡量工作的重要标准。"③

《人民日报》发表了《质问〈文艺报〉编者》以后,中宣部文艺处处长

---

① 叶遥:《袁水拍和毛泽东》,《新文学史料》2004年2期。
② 《建国以来毛泽东文稿》(第4册),中央文献出版社1990年版,第589、590页。
③ 孙玉明:《红学:1954》,北京图书馆出版社2003年版,第126页。

林默涵召集文艺处的同志布置起草批判《文艺报》的文章。林默涵讲了批判文章的要点,几个人各起草一篇,后来在文艺处黎之的稿子上作了很大修改,题为《〈文艺报〉编者应该彻底检查资产阶级作风》,发表于 11 月 10 日的《人民日报》:

"《人民日报》十月二十八日刊登了《质问〈文艺报〉编者》一文,严正地指出了《文艺报》编者对古典文学研究工作中的资产阶级唯心论观点表示容忍、依从甚至加以颂扬的错误倾向,同时批评了他们忽视新生力量、对青年作者加以阻拦和压抑的贵族老爷式的态度。这个批评是完全正确的。"

"《文艺报》这种错误是偶然的吗?我们只要翻阅一下几年来的《文艺报》,就可以看出《文艺报》的这种错误是有根源的。"

黎之的这篇文章除了对《质问〈文艺报〉编者》一文予以支持外,着重批评了《文艺报》创办以来的具体错误。毛泽东阅后觉得黎之的批判文章没有到位,未能击中要害。他写了一系列批示。黎之的文章批评《文艺报》编者"滋长了一种骄傲自满的情绪。这种情绪的最明显的表现,是这个以文艺报批评为主要任务的刊物,它本身却简直没有自我批评的精神"。毛泽东在"它本身却简直没有自我批评的精神"一旁划了竖线,打了一个问号,写下:"首先不是有没有自我批[评]的问题,而是是否犯了错误的问题"。《文艺报》1951 年第 5 卷第 3 期曾发表《评〈葡萄熟了的时候〉》,文内说:"现在的中国,已经不是蒋介石匪帮统治的中国,而是共产党领导下的新中国,……这个社会已经没有滋长旧意识的社会基础,而正相反,在新的生产关系中,人们的思想意识以及他们的品格只会一天比一天提高,不管他们发展变化的程度如何不一致,但他们在新社会影响与教育下,都具有与旧社会人物性格根本不同的特点,却是无疑的了。"黎之的文章引用了这段文字后反驳道:"原来蒋介石匪帮被赶出大陆不过两年,中国就没有滋长旧意识的社会基础了。"毛泽东批注道："不但几年,永远都是有冲突的。"

1951年5月10日出版的《文艺报》发表了由编辑部自己整理的《读者对第三卷〈文艺报〉的意见》。这篇文章集中了读者来信中对《文艺报》的赞美词句。黎文就此事指出："显然地,《文艺报》编者是陶醉在这一片赞扬的歌声中了,他们真以为自己是十全十美,好到'卓越'的程度了。当然,读者的意见是真诚的。"毛泽东对此写道："读者不明情况,说错了话。"黎之的文章批评《文艺报》"正是这种骄傲自满的情绪,使《文艺报》逐渐地脱离实际,脱离群众,对新鲜事物越来越失去了感觉"。毛泽东在这句话旁打下了问号,批注："不是骄傲的问题,而是编辑部被资产阶级思想统治了的问题。"黎文批评《文艺报》"在许多问题上,表现出《文艺报》编者已丧失对当前重大政治问题的敏锐感觉,他们钻在冷冰冰的公式主义的套子里,对新鲜的事物和新鲜的思想缺乏热情"。毛泽东针对这段话写了"不是丧失锐敏感觉,而是具有反马克思主义的极锐敏的感觉"。黎之说"《文艺报》编者的骄傲自大的情绪,也表现在这个刊物的老大的作风上面"。毛泽东在"骄傲自大"与"老大的作风"旁分别划了竖线,并写下"不是这些问题,而是他们的资产阶级反马克思主义的立场观点问题"。①

二、青年宫会议

周扬读了《质问〈文艺报〉编者》后,觉得口气很大,问题严峻,便打电话给袁水拍询问详情。袁水拍在电话里告诉周扬："这篇文章是江青授意,他执笔的,并在27日送给了毛泽东。毛作了修改"。② 得知《质问〈文艺报〉编者》来自于毛泽东的指示后,周扬立即决定召开中国文联、作协主席团扩大会议,全面批判《文艺报》的错误和《红楼梦》研

---

① 《建国以来毛泽东文稿》(第4册),中央文献出版社1990年版,第599、600、601页。
② 徐庆全:《周扬与冯雪峰》,湖北人民出版社2005年版,第130页。

究中的唯心论,并迅即向毛泽东作了汇报。毛主席拿了《文艺报》给周扬看,并说道:"你看,倾向性很明显,保护资产阶级思想,爱好反马克思主义的东西,仇视马克思主义。可恨的是共产党员不宣传马克思主义,何必做共产党员!"周扬说:主席这句话重复了两遍。毛泽东接着说:"《文艺报》必须批判,否则不公平。"①

《人民日报》授意发表了《质问〈文艺报〉编者》一文后,政治空气骤变,已从学术讨论上升到政治的高度。在《质问〈文艺报〉编者》发表后的第五天,即 10 月 31 日至 12 月 8 日,中国文联、作协主席团在青年剧院的青年宫连续召开了 8 次扩大联席会议,这就是著名的"青年宫会议"。会议由周扬、郭沫若、茅盾主持,以批判《文艺报》在关于《红楼梦》研究的批评问题上向资产阶级投降,压制"小人物"和《红楼梦》研究的错误观点为中心。会场气氛十分严峻。《文艺报》主编冯雪峰在会上低垂着头作检讨,怆然涕下,检讨在《文艺报》所犯的错误:

> 在十月二十八日的《人民日报》上,袁水拍同志严厉地批评了《文艺报》在关于《红楼梦》研究问题的讨论中所取的错误态度。这个批评是完全正确的,是把《文艺报》的这个错误的实质和严重性完全揭露出来了。
>
> 这个错误完全由我负责,因为我是《文艺报》的主编,而且那个错误的编者按语是我写的。
>
> 我犯了这个错误,不是偶然的。在古典文学研究领域内胡适派资产阶级唯心论长期地统治着的事实,我就一向不加以注意,因而我一直没有认识这个事实和它的严重性。直到今天,胡适派资产阶级唯心论的观点仍在古典文学研究领域内泛滥着、发展

---

① 黎之:《回忆与思考——初进中南海》,《新文学史料》1994 年 2 期。

着，在阻碍着马克思列宁主义的观点和方法在古典文学研究上的发展和胜利，——这现象，我也完全不认识。对于俞平伯研究《红楼梦》的一些著作，我仅只简单地把它们看成是一些考据的东西，而完全不去注意其中所宣扬的资产阶级唯心论的观点。例如袁水拍同志已经指出，在去年第九期《文艺报》、《新书刊》栏中，就曾经发表了向读者推荐俞平伯的《红楼梦研究》的文字，在发稿时我也只是把这本书当作单纯考据的作品的。

　　这完全说明我对于资产阶级的错误思想失去了锐敏的感觉，把自己麻痹起来，事实上做了资产阶级的错误思想的俘虏。同时也说明我在这方面完全没有认识自己的责任，竟至玩忽自己的工作，离开了自己的岗位，因为《文艺报》是一个以宣传和捍卫马克思列宁主义文艺思想，积极开展文艺批评为主要任务的刊物。

　　但这个错误的严重性决不止此；同时所以产生这个错误，还有我自己的思想根源。问题的严重不仅在于我平日对于在古典文学研究领域内资产阶级唯心论观点在泛滥的现象熟视无睹，问题的严重更是在于当李希凡、蓝翎两同志向古典文学研究领域内资产阶级唯心论开火的时候，我仍然没有认识到这开火的意义重大，因而贬低了李、蓝两同志的文章的重要性，同时也就贬低了他们文章中的生气勃勃的战斗性和尖锐性，贬低了马克思列宁主义的这种新生力量。这错误的最深刻的原因在哪里呢？检查起来，在我的作风和思想的根柢上确实是有与资产阶级思想的深刻联系的。我感染有资产阶级作家的某些庸俗作风，缺乏马克思列宁主义的战斗精神，平日安于无斗争状态，也就甘于在思想战线上与资产阶级唯心论"和平共处"。特别严重的是我长期地脱离群众，失去对新事物的新鲜感觉，而对于文艺战线上的新生力量，确实是重视不够，并且存有轻视的倾向的。我平日当然也做过帮助青年的工作,例如替他们看原稿,设法把他们的作品发表或出版。但虽然如此,仍然可以不自觉地在心底里存在着轻视新生力量的意识。当我受到说我轻视新生力量的严厉批评时,我最初心里还迷惑,以为我做过一些帮助青年的工作。但这正是我的包袱,阻碍我去从思想上认识问题的本质。现在我认识到,忽视和轻视新生力量的倾向,是有我自己思想上的根据的。这种忽视和轻视新生力量是最错误的思想,是最和马克思列宁主义的精神背道而驰的。在这上面也最深刻地说明了我的作风和思想是有着和资产阶级的腐朽思想的联系的。作为一个文艺刊物的编者,存在有忽视和轻视新生力量的深刻的意识,怎么能够不犯严重的错误呢?

这样,我在处理李、蓝文章的问题上,第一个错误是我没有认识到这是马克思列宁主义反对资产阶级唯心论的严重的思想斗争,表现了我对于资产阶级唯心论的投降。第二个错误,更严重的,是我贬低了他们文章的战斗意义和影响,同时又贬低了马克思列宁主义的新生力量——也是文艺界的新生力量。当我现在开始认识到这错误的严重性时,作为一个刊物的编者和作家协会的领导人之一,我感到责任的重大,感到深刻的犯罪感!

在这次错误上,我深深地感到我有负于党和人民。这是立场上的错误,是反马克思列宁主义的错误,是不可容忍的。

《人民日报》在批评中还继续指出:"许多报刊、机关又喜欢'大名气'、忽视'小人物'、不依靠群众、看轻新生力量的错误作风。文化界、文艺界对新作家的培养、鼓励不够,少数刊物和批评家,好像是碰不得的'权威',不能被批评,好像他们永远是'正确'的,而许多正确的新鲜的思想、力量,则受到各种各样的阻拦和压制,冒不出头,万一冒出头来,也必挨打,受到这个不够那个不够的老爷式的挑剔。"我觉得这个批评也是完全合乎事实的。我在

《文艺报》犯了轻视新生力量的错误,特别应该引起文艺界的注意和得出深刻的教训。

我所犯的这个错误,也是和《文艺报》平日工作上许多错误和缺点有联系的。在我的一些错误的思想和一些不好的作风的影响下,《文艺报》的编辑工作上就产生了许多如《人民日报》所批评的现象。比如:脱离群众,脱离实际,不细心倾听群众的意见,极少发表反驳《文艺报》上的文章的文章,没有去展开自由讨论,在偶有自由讨论时也发表了偏见,以及编辑部在作风上的自以为是、主观主义、狭隘观念,认为自己"正确"、老大的态度、"权威"感,等等。这样,就必然不会很积极地去扶植新生力量,以至日渐养成轻视新生力量的倾向。

现在我们必须有决心,在党的领导和严厉批评之下,来迅速地彻底地改正我们的错误,革除陈腐的作风,使《文艺报》名副其实地成为一个具有思想性与战斗性的刊物。

这次的错误,我的责任特别重大,我完全接受党报给我的完全正确的严厉批评,我决定在实际工作中改正我的错误并改造我的思想。同时我也代表整个《文艺报》编辑部表示接受这个批评,并根据这个批评来彻底整顿《文艺报》的工作。①

曾在冯雪峰检讨现场的中宣部工作人员黎之回忆说:"这次会上我第一次见到仰慕已久的冯雪峰,这位长征的老战士、上海地下党的负责人、上饶集中营的英雄、著名作家、理论家,已年过半百,看上去很憔悴。他发言时觉得有负于党,心情沉重,流下泪来。我很难过。这样一位我尊敬的老同志怎么会犯这样大的错误呢?同时我又清楚地

---

① 冯雪峰:《检讨我在〈文艺报〉所犯的错误》,《人民日报》1954年11月4日。

知道,这是伟大领袖毛泽东点名批评的人。毛泽东称赞过他的诗,在苏区和长征时同他有较多的接触,毛泽东曾向战士们介绍说:他是作家,会讲故事。为什么为了一篇按语如此严厉地批评他呢。这按语又错在哪里?我不理解。周扬在讲到《文艺报》的错误时,一开头就说:'我们现在所需要的正是大家严正的批评,而决不是任何同情虚伪的眼泪。'这大概就是党内斗争的正确态度吧,我当时这样想。"①

冯雪峰的检讨首发于《人民日报》,而后《文艺报》等报刊纷纷予以转载。毛泽东在《南方日报》上读到了转载冯雪峰的这篇检讨。看来,他对冯的检讨仍然很不满意。冯雪峰在检讨中说:"我犯了这个错误,不是偶然的。在古典文学研究领域内胡适派资产阶级唯心论长期地统治着的事实,我就一向不加以注意,因而我一直没有认识这个事实和它的严重性。"毛泽东在旁批道:"限于古典文学吗?应该说从来就很注意,很有认识,嗅觉很灵。"冯雪峰在检讨中说:"这完全说明我对于资产阶级的错误思想失去了锐敏的感觉,把自己麻痹起来,事实上做了资产阶级的错误思想的俘虏"。毛泽东在旁批注:"一点没有失去,敏感得很。"冯雪峰:"检查起来,在我的作风和思想的根柢上确实是有与资产阶级思想的深刻联系的。我感染有资产阶级作家的某些庸俗作风,缺乏马克思列宁主义的战斗精神,平日安于无斗争状态,也就甘于在思想战线上与资产阶级唯心论'和平共处'。"毛泽东对此写了:"不是'某些',而是浸入资产阶级泥潭里了。不是'缺乏'的问题,是反马克思主义的问题。"冯雪峰说:"我平日当然也做过帮助青年的工作,例如替他们看原稿,设法把他们的作品发表或出版。但虽然如此,仍然可以不自觉地在心底里存在着轻视新生力量的意识。"毛泽东在"可以不自觉地"这句话旁边划了竖线,批道:"应说自觉的。"在"在

---

① 黎之:《文坛风云录》,河南人民出版社1998年版,第16、17页。

心底里存在着"几个字旁划了竖线,批道:"不是潜在的,而是用各种方法向马克思主义作坚决斗争。"冯雪峰在检讨中说:"在这次错误上,我深深地感到我有负于党和人民。这是立场上的错误,是反对马克思列宁主义的错误,是不可容忍的。"毛泽东在"反马克思列宁主义的错误"几个字旁划了竖线,批注道:"应以此句为主题去批判冯雪峰。"①冯雪峰的检讨虽然承认了错误,并且不惜自污,上纲上线,但并未得到原谅。这些批注,注定了冯雪峰的命运就此沉沦下去。② 他当时以中国作家协会副主席的身份兼任《文艺报》主编,随后调到不太敏感的人民文学出版社工作。周扬曾对毛泽东说:"雪峰同志因《文艺报》的错误受了批评,心里很痛苦。"毛泽东说:"我就是要他痛苦!"③1957 年冯雪峰被被打成"右派骨干分子",他也是唯一被划为"右派"的长征干部,随后被开除党籍,1976 年 1 月 30 日雪峰因肺癌去世。

臧克家在"青年宫会议"上发言说:"因为职务上的关系,每期《文艺报》我都是从头看到底。我感到很不满足。像《文艺报》这样一个领导全国文艺思想的刊物,它的责任是重大的。实际上,它距离读者的要求很远。每期,可有可无的文章多,真正重要的能提出问题或解决问题的则很少。所以声誉越来越低落,销路越来越减少。《文艺报》好

---

① 《建国以来毛泽东文稿》(第 4 册),中央文献出版社 1990 年版,第 602、603、604 页。

② 1946 年冯雪峰将新出版的杂文集《跨的日子》寄给丁玲,并请她转给毛泽东。丁玲在日记里有此事的记载:"晚上因为有同副座(周副主席)的约会,不得不去参加他们的跳舞晚会……跳了一场,江青跑来捉住我,把我送到主席处,说:'我介绍你一个舞伴'。范文澜老也在这里,我们谈了一会。毛主席告诉我雪峰那本书有些教条。"《跨的日子》里选录的为雪峰的杂文如:《新的骄傲》、《帝王思想》、《封建的意识与封建的装潢》等。丁玲日记说毛认为冯有教条主义,这是很要命的批评。熟悉毛泽东思想的人都知道,毛泽东一生对"本本主义"、"教条主义"等极为反感,而且常以这种词汇否定一个人的一生。胡乔木说,有一次毛主席拿着雪峰的一篇文章说,冯雪峰的湖畔诗写得很好,怎么文章写得这么坏。丁玲:《四十年前的生活片断》,《新文学史料》1993 年 2 期;谢泳:《逝去的年代》,文化艺术出版社 1999 年版,第 43 页。

③ 林默涵:《胡风事件的前前后后》,《新文学史料》1989 年 3 期。

似吃饭桌上的一个拼盘儿,鸡、肉、鱼、蛋每样都有一点,可是解决不了饥饿的问题。外边许多人传说,《文艺报》是一个小圈子,别人打不进去。雪峰、企霞同志不大肯听群众的意见,看问题有些片面。他们的领导作风也就影响了整个《文艺报》的编辑思想和作风。雪峰同志自信力过强,看问题有时发生偏差,对喜欢的东西,过分强调,不喜欢的就压它一下。这不是说他有意如此,或对哪个人有成见,不是的,这是从他看问题有偏向出发的一个弱点。"臧克家也批评了《文艺报》的副主编陈企霞:"企霞同志的批评文章又是一个极端。他,偏激、讽刺、挖苦,不像对同志的态度。举例来说,碧野的小说'我们的力量是无敌的',张立云同志的批评比企霞同志的还严格,但使人觉得'严而正',企霞同志的文章看了却叫人不服气。"①

毕业于延安鲁艺的中国作协书记处书记康濯发言说:《文艺报》的错误"最重要的一个方面,即对资产阶级思想投降的问题。《红楼梦》问题是一个鲜明的例子,朱光潜的问题,我觉得也有这个性质。但是我认为向资产阶级思想投降,还有一个重要的方面,即《文艺报》在日常工作中对资产阶级思想放弃了战斗,没有战斗。《文艺报》似乎没有系统地考虑过与资产阶级思想作斗争的问题,这是从版面上就能看出来的。……《文艺报》在古典文学的研究上甚至就主动地放弃了对资产阶级思想斗争,始终保持着沉默,并对资产阶级观点的《红楼梦研究》加以赞扬。……"

"去年党提出总路线以后,《文艺报》当然是应该主动地考虑考虑对资产阶级思想应该采取什么态度,当前文艺界存在哪些资产阶级思想,以及应如何进行斗争的。但《文艺报》也没有主动考虑。这个情况是更严重的。这说明《文艺报》投降主义的错误不仅严重地表现在《红

---

① 《臧克家的发言》,《文艺报》1954年22期。

楼梦》的问题上,而且还表现在没有斗争甚至根本没有考虑对资产阶级思想进行斗争的情况上。《文艺报》有时很忙,但忙的是应景文章,甚至可以说忙的是与资产阶级思想和平共处与里应外合。这样对照之下,我们可以看到《文艺报》思想性薄弱到什么程度。而犯了投降主义错误,自然不是什么偶然的事情了。"①

对俞平伯《红楼梦研究》及《文艺报》的批判发言中,老舍是唯一的就事论事,没有扣帽子,未上纲上线的。老舍时任全国文联副主席、作协副主席、北京市文联主席。他说:平日,我们并没有很好地帮助俞平伯先生,大家关于业务学习不够。这也反映了老舍与人为善的一贯品性。1949年12月12日老舍从美国返回北京,他跟延安、国统区来的许多文化人心态不一样。老舍心想自己是穷人出身,没上过大学,亲戚都是贫民,在感情上觉得跟共产党有天然关系,跟新政权是一头的。一些作家受到精神压力,谨慎小心,有的做投降状,生怕自己是否反映小资情调?是否背离党的要求?老舍没有这个顾虑,如鱼得水。市政府委员有二十多人,开会非常民主。在那时的记录稿上,发言人舒舍予的名字频频出现,一会儿说哪个胡同灯坏了,哪个胡同下水道堵了,什么地方房屋又漏雨了,他觉得政府就应该为穷人办事。彭真乐于听取意见,马上派人去修。② 北京要拆城墙的时候,老舍居然同彭真当面争论:"拆了干吗?在外面盖不就行了吗?"

老舍在"青年宫会议"上的发言可谓与众不同,更多的是从当时的干部管理体制上找问题,并且提出了"百花齐放"的希望:

> 我只从领导问题上说几句话。

---

① 《康濯的发言》,《文艺报》1954年22期。
② 老舍之子舒乙的访谈(1998年10月30日),陈徒手:《老舍:花开花落有几回》,《读书》1999年2期。

第五章　文化的整合：《红楼梦》研究问题座谈会

这几天发言的人都承认我们有领导。

也没有人说，我们的领导思想不是马克思列宁主义的。

但是，大家都感到：领导的不够好，不够强。

我们是通过文艺团体受到领导的。

文艺团体是革命团体，群众团体。因为忽视这是革命团体，我们就没能把党内党外一切的力量发挥出来，以至有抑制新生力量的事实。我们应当提高党内党外一切人的政治水平，把全部的战斗力量发挥出来。昔日衙门里那种信任谁、怀疑谁的态度不应存在于我们的团体里、事业里。我们的事业应百花齐放，我们的同志也应个个欣欣向荣。我们的刊物编辑方针也应如此。以《文艺报》说，应使大家热爱它，而不应使大家怕它。

因为是群众团体，我们就必须鼓励自由讨论。这几天暴露出的问题，正是没有这么办的结果。批评这个武器若只拿在一部分人的手里，他们便会专制。

因为是群众团体，所以教育作家与干部也是不可忽略的。平日，我们并没有很好地帮助俞平伯先生。

大家关于业务学习不够。

我们检查工作的不够。信任干部不如信任他们的工作。

领导应有全面考虑问题的时间与责任，不应枝枝节节地应付，那解决不了问题。

干部工作太多的应适当减少。身兼数职，便高高在上，点头摇头，自谓掌握原则，实则丢失了原则。原则不会脱离实际工作而凭空存在。

我相信发言的不是单纯地揭发别人的错误，而是愿意自己在这次斗争中学习。能这样，我们才能团结得好。以前我们团结得不错，今后应团结得更好。

> 我们要求加强领导,使每个人都拿出革命的热情,增强一切人的战斗力量,我们的前途是光明的。①

老舍对《红楼梦》的研究注重从人物的创作技巧,以文学创作的视角来思考:"作品中的人物各有各的性格、思想和感情。因此,人物就不能都说同样的话。虽然在事实上,作者包括大家的语言,可是他必须一会儿是张三,一会儿又是李四。这就是说,他必须和他的人物共同啼笑,共同思索,共同呼吸。只有这样,他才能为每个人物写出应该那么说的话来。若是他平日不深入地了解人生,不同情谁,也不憎恶谁,不辨好坏是非,而光仗着自己的一套语言,他便写不出人物和人物的语言,不管他自己的语言有多么漂亮。"

"看看红楼梦吧!它有多么丰富、生动、出色的语言哪!专凭语言来说,它已是一部了不起的著作。"

"它的人物各有各的语言。它不仅教我们听到一些话语,而且教我们听明白人物的心思、感情;听出每个人的声调、语气;看见人物说话的神情。书中的对话使人物从纸上走出来,立在咱们的面前。它能教咱们一念到对话,不必介绍,就知道那是谁说的。这不仅是天才的表现,也是作者经常关切一切接触到的人,有爱有憎的结果。"②作家林斤澜回忆说:"老舍先生是个大作家,他对政治完全是外行。有时老舍挺敏锐,但对制度的思考恐怕并不多。"③

"青年宫会议"开到12月2日计划转向以批判胡适思想为主,讨论的题目定为:(一)胡适的哲学思想批判(主要批判他的实用主义);(二)胡适的政治思想批判;(三)胡适的历史观点批判;(四)胡适的《中

---

① 《老舍的发言》,《文艺报》1954年22期。
② 老舍:《红楼梦并不是梦》,《人民文学》1954年12月号。
③ 郑实、傅光明:《太平湖的记忆——老舍之死》,海天出版社2001年版,第155页。

第五章　文化的整合：《红楼梦》研究问题座谈会

国哲学史》批判；(五)胡适的文学思想批判；(六)胡适的《中国文学史》批判；(七)考据在历史学和古典文学研究工作中的地位和作用；(八)《红楼梦》的人民性和艺术成就及其产生的社会背景；(九)关于《红楼梦》研究著作的批判(即对所谓新旧"红学"的评价)。关于讨论会的组织和活动方式，以个人研究为主，采取较灵活的组织形式和讨论方法。凡讨论会的主要文章，都在《人民日报》发表。为领导这次讨论，正式成立了一个委员会，由郭沫若、茅盾、周扬、邓拓、潘梓年、胡绳、老舍、尹达等组成，郭沫若为主任，并提出把运动进一步深入的设想。毛泽东于12月3日批示了周扬的这份关于批判胡适问题的组织计划：

刘、周、朱、陈、邓、陈伯达、胡乔木、邓拓、周扬同志阅，照此办理。

毛泽东

十二月三日①

可以看出，毛泽东是高度重视这场思想批判运动的。12月8日"青年宫会议"的最后一天，由周扬、郭沫若、茅盾作了总结性发言。毛泽东在当日清晨仔细批阅了《全国文联、作协主席团联席会议决议》以及周扬、郭沫若在会议上的讲话稿，批语如下：

周扬同志：

均已看过。决议可用。

你的讲稿是好的，在几处地方作了一点修改，请加斟酌。

---

① 刘，指刘少奇。周，指周恩来。朱，指朱德。陈，指陈云，当时任中共中央书记处书记。邓，指邓小平，当时任中共中央秘书长。陈伯达，当时任中共中央宣传部副部长。胡乔木，当时任中共中央宣传部副部长。邓拓，当时任《人民日报》总编辑。周扬，当时任中共中央宣传部副部长、全国文联副主席。《建国以来毛泽东文稿》(第4册)，中央文献出版社1990年版，第620、621页。

> 郭老讲稿很好,有一点小的修改,请告郭老斟酌。"思想斗争的文化动员"这个题目不很醒目,请商郭老是否可以改换一个。
>
> 毛泽东
十二月八日早①

周扬首先在文联、作协主席团扩大会议(青年宫会议)结束时,作了题为《我们必须战斗》的发言。这篇讲话稿是送给毛泽东看的,周扬快要讲话时,才由毛泽东那里退到会场上来。周扬的发言分为三个部分:一、开展对胡适派资产阶级唯心论的斗争。在这一部分里,周扬首先提到了关于电影《清宫秘史》、《武训传》的批判问题,而后批判了《红楼梦》研究中资产阶级唯心主义的观点。周扬说:

> 俞平伯先生是胡适派资产阶级唯心论在《红楼梦》研究方面的一个代表者。俞平伯的考证和评价《红楼梦》,也是有引导读者逃避革命的政治目的。他认为《红楼梦》不过是一本"感叹自己身世"的"情场树倒猢狲散悔"之作,而完全抹杀它对封建社会的深刻的全面的批判的意义,他认为作者对自己所创作的人物无所褒贬,而完全抹杀了作者对待自己人物的爱憎分明的态度,抹杀了这一点,就是取消了作者的倾向性,因而也就是取消了作品的积极意义。他在《红楼梦》里面所看到的,所欣赏的,是"色空"观点,是"怨而不怒"的风格。他关于《红楼梦》作了一些考订工作,但他的考订不是为了在事实的基础上对作品作全面

---

① 《建国以来毛泽东文稿》(第4册),中央文献出版社1990年版,第625页。

的、历史的、科学的考察,而是醉心于个别无关重要的细节,使读者对作品得不到正确的完整的概念。他在说明《红楼梦》和过去文学的继承关系的时候,不是着重地去阐明作者的独创性,反而是牵强附会地去推论作者的"树倒猢狲散"模仿性。所有这些,就必然达到贬低《红楼梦》的客观价值的结果,达到《红楼梦》不可知论的结果。

胡适派买办资产阶级学者既怀着反对革命或引导人们逃避革命的政治目的,相信美国资产阶级的反动的主观唯心论哲学——实用主义,他们当然是没有可能认识《红楼梦》的价值的。……

胡适在政治上的反动,是人人皆知的。但他在学术思想上的反动却不是人人都认识的。从"五四"以来他所长期宣传的实用主义的哲学思想在知识界还有它的影响。中国资产阶级思想的代表人物当然不只胡适一人,但他却是中国资产阶级思想的最主要的、集中的代表者。他涉及的方面包括文学、哲学、历史、语言各个方面。而他从美国资产阶级贩来的唯心论实用主义哲学则是他的思想根本。资产阶级唯心论是有各式各样的表现的,它在人民和知识分子的头脑中还占有很大的地盘。不能设想,不经过马克思主义在各个具体问题上的彻底批判,唯心论思想可以自然消灭。因此,全面地、彻底地揭露和批判胡适派资产阶级的唯心论,就是当前马克思主义者十分重要的战斗的任务。只有经过这种批判工作,才能使马克思列宁主义在中国学术界树立真正领导的地位。"不破不立,不塞不流,不止不行"。这个批判运动,同时也就是一个马克思主义建设的运动。

要反对资产阶级唯心论,我们必须首先反对在我们中间对资产阶级思想的可耻的投降主义。《文艺报》在关于《红楼梦》研究问题上,就是犯了这种投降主义错误。①

周扬发言的第二部分是:《文艺报》的错误。他说:"《文艺报》主编冯雪峰同志已在《人民日报》上发表了检讨文章。我想我们现在所需要的正是大家严正的批评,而决不是任何虚伪同情的眼泪。我们必须严肃地、彻底地揭发我们工作中的错误及找出错误的主要根源。"

周扬发言的第三部分是:胡风先生的观点和我们观点之间的分歧。周扬首先驳斥了胡风关于"红楼梦超出中国以前一切文学作品的地方,就在于对于女性的态度、把女人当人、当社会人来描写,而过去的文学作品中,女人不是'性的化身',就是'封建道德的化身',顶好的也只是一种'单纯的反抗观点的化身'"的说法。周扬说:"这样的说法是不合乎事实的。如果两千多年来在全部中国文学作品中,女人从没被当作'人'来描写过,那末,《红楼梦》以前我国文学遗产还有什么价值呢?有什么理由能够说像《西厢记》中的崔莺莺、红娘那样的女性也只是'性的化身'或'封建道德'的化身呢?而且《红楼梦》的价值和积极意义主要也决不是在把女人当人来描写这一点。这种说法实际上仍然是贬低《红楼梦》的积极意义,仍然是表现了对祖国文学遗产的极端轻视的观点。"而后,周扬着重批判了胡风攻击《文艺报》宣传庸俗社会学的观点。周扬最后以充满战斗性的语气,斗志昂扬地说:

我们要正确地开展学术界、文艺界的自由讨论和批评,我们就必须把对于真理的虚心探讨的态度和对于敌对思想的坚决斗争的精神很好地结合起来。为着保卫和发展马克思主义,为着保

---

① 1954年12月8日周扬在中国文学艺术界联合会主席团、中国作家协会主席团扩大联席会议上的发言:《我们必须战斗》,《人民日报》1954年12月10日。

卫和发展社会主义现实主义，为着发展科学事业和文学艺术事业，为着经过社会主义革命将我国建设成为一个伟大的社会主义国家，我们必须战斗！

根据毛泽东的提议，中科院院长、全国文联主席郭沫若讲话稿的题目改为《三点建议》。他说："关于《红楼梦》研究问题的讨论开了八次大会，足足讨论了四个整天。我们批评了俞平伯先生的研究《红楼梦》的方法，也检查了《文艺报》的编辑工作，发言的人很踊跃，很有准备，一般地都做到了畅所欲言的地步。特别是刚才周扬同志的发言，我认为是具有总结性的。他的见解很全面，很具体，很正确，理直气壮，很有力量，我完全同意。这一次的讨论是富有教育意义的，是马克思主义对资产阶级唯心论的严重的思想斗争，是思想改造的自我教育的继续开展，是适应当前国家过渡时期总任务的文化动员。"

"俞平伯先生在三十年前要用资产阶级唯心论的方法来研究《红楼梦》，本来是不足怪的事情。三十年前，像我们这样年辈而研究古典文学的人们，懂得马克思主义的，真要算是凤毛麟角了。俞平伯先生的研究之所以成为了问题，是他三十年来，特别是自解放以来，在思想、立场和方法上，都没有什么改变。这种情况特别突出地表现在俞平伯先生对王佩璋的文章的删改上。那表露了俞平伯先生不仅没有摆脱资产阶级唯心论的影响，而且还有浓厚的封建思想的残余。……"

"我感觉着我们已经得到了这样的一些共同认识：

"第1，我们应该坚决地展开对于资产阶级唯心论的思想斗争；

"第2，我们应该广泛地展开学术上的自由讨论，提倡建设性的批评；

"第3，我们应该加紧扶植新生力量。"

郭沫若说："胡适根本不懂得科学。但他是反动哲学唯心论实验主义的信奉者,他跟着他的老师美国的实验主义者的杜威一道,把最基本的科学方法也作了唯心论的歪曲。他大胆地假设一些怪论,再挖空心思去找证据,证实这些怪论。那就是先有成见的牵强附会,找田引水。他的假设就是结论,结果自然只是一些主观的、片面的、武断的产物。胡适就是以这样的方法和态度,否认了中国封建制度的存在,否认了帝国主义对中国的侵略。他曾经主张'全盘西化,全盘接受。'他曾经说过:'被孔丘朱熹牵着鼻子走,固然不算高明;被马克思列宁斯大林牵着鼻子走,也算不得好汉。'他这位自封的'高明'的'好汉',就是想牵着我们的鼻子走,一同去做花旗顺民。我们的鼻子呢？摩一摩看是有点危险的,没有办法全盘否认：没有让这样一位自封的'好汉'牵着。……宣扬实验主义的胡适,不外是美帝国主义的文化走狗。……"

"李、蓝两位同志都只是二十几岁的青年,他们研究《红楼梦》据说只有两年光景,但他们一箭就射到了靶子上了。这就证明他们所使用的方法正确,立场正确,也就证明青年在接受马克思列宁主义的思想上,比起'大人物'来,来得特别快。这样的青年不是应该特别加意爱护的吗？"[①]

中国作协主席茅盾以《良好的开端》为题发言："郭主席对于我们的指示,非常深刻,非常恳切,充满了勉励我们的与人为善的精神,而且同时也告诫我们防止可能发生的偏差。我完全拥护郭主席的指示,我想,所有到会的朋友们,年老的和年青的,一定也是完全拥护的。郭主席又说到周扬同志的发言,很全面,具有总结性的意义,我完全同意。"

"这次讨论,我个人受益很多。五年来,党中央屡次为我们敲起了警钟：从电影《武训传》的批判,直到此次的《红楼梦研究》批评。党这

---

① 1954年12月8日郭沫若在中国文学艺术界联合会主席团、中国作家协会主席团扩大联席会议上的发言：《三点建议》。《人民日报》1954年12月9日。

样地鞭策、督促，都为的是关心我们，教育我们，提高我们。"

1935年开明书店曾出版了茅盾修订的洁本《红楼梦》，在书里他吸取了胡适《红楼梦》研究的结论。此时，茅盾在会上检讨道：

> "五四"时，我受了《新青年》的影响，自然也受了胡适的文学思想的影响。直到距今二十年前，虽然在政治上我已经认清了胡适的反动的本质，但对于学术思想上胡适的资产阶级唯心论的反动的本质，我还是茫然无知的。因此，在一九三五年我应开明书店的邀约，编一本所谓《红楼梦》洁本的时候，我在前面写了所谓"导言"就完全抄引了胡适的谬论。我不讳言，那时候，我做了胡适思想的俘虏；我尤其不敢大言不惭地说，今天，我的思想中就完全没有胡适思想的残余了！不敢说就没有资产阶级思想了。……我想：我们一定要有勇气来反躬自省，从今后，一定要老老实实好好学习，一定要用马克思列宁主义这个思想武器来肃清我们大脑皮质上那些有毒素的旅馆商标，而不是在这些旅馆商标上加贴了马克思列宁主义的标语。我们必须改掉那种自欺欺人的作风。我们要反躬自省，老实学习，这才不辜负党中央对我们敲起警钟的婆心苦口！①

"青年宫会议"最后通过了《关于〈文艺报〉的决议》。决议说："一九五四年十月二十八日的《人民日报》对《文艺报》在《红楼梦》研究的讨论中所采取的错误态度，进行了严厉的批评。中国文学艺术界联合

---

① 1954年12月8日茅盾在中国文学艺术界联合会主席团、中国作家协会主席团扩大联席会议上的发言：《良好的开端》。《文艺报》1954年第23号。茅盾在1963年曾写《关于曹雪芹》一文，阐释了曹雪芹的生平家世，创作经过；文章从艺术结构、人物描写、文学语言三个方面，高度评价了《红楼梦》的艺术成就；其结论为：《红楼梦》中贾宝玉的一生，象征了当时新兴市民阶层的软弱性和它的历史命运。

会主席团和中国作家协会主席团从十月三十一日起联合召开了几次扩大会议,检查了《文艺报》的工作。在会议上,文艺界的许多同志进一步揭发了《文艺报》在思想上和作风上的许多错误。这些错误主要是:对于文艺上的资产阶级错误思想的容忍和投降;对于马克思主义新生力量的轻视和压制;在文艺批评上的粗暴、武断和压制自由讨论的恶劣作风。这些错误的性质是严重的,是违背了马克思主义的立场和党的文艺方针。"

"俞平伯所著的《红楼梦研究》和他近年来所发表的一些关于《红楼梦》的文章,是宣传胡适派资产阶级唯心论观点的错误著作。这些著作对我国古典文学作了严重的歪曲,在群众中间散布了毒素。对于这些著作,《文艺报》不仅没有加以批评,反而在该刊一九五三年第九期上发表了推荐《红楼梦研究》的文章;而在这前后,《文艺报》编辑部对于白盾、李希凡、蓝翎等用马克思主义观点批评俞平伯错误论点的文章,则拒绝刊登或不加理睬。直到李希凡、蓝翎等的文章在《文史哲》杂志上发表后,由于读者的建议,才在该刊转载。转载时,编者又加上贬抑这个批评的重大意义的错误按语。这些事实,说明了《文艺报》在《红楼梦》问题上所犯的错误决不是偶然的。《文艺报》编辑们忘记了《文艺报》是一个宣传马克思主义文艺思想的刊物,它有责任去同一切反马克思主义的错误的文艺思想进行斗争,相反地,却甘心拜倒在资产阶级思想前面,甘心去颂扬和袒护反马克思主义的文艺思想。这是不可容忍的。"

人们内心对这场批判的真实想法又如何呢?为了说明问题,我们可先听韦君宜的自白,韦君宜时任中国青年杂志社总编辑:

> 李希凡和蓝翎批评俞平伯的文章,我看见了。按我当时的"马列主义水平"来说,我不但是完全赞成的,而且也是完全讲得

出、写得出来,那是极其平常的马列主义初学者对于一个老"红学家"的看法嘛!我相信一般青年党员都全那么看,贾宝玉当然代表个性解放的思想,林黛玉当然与他志同道合,薛宝钗自然属于抨击对象。这何消说得!冯雪峰决不可能连这一点起码常识也不懂。他在登出李、蓝二位的文章时,肯定了他们方向基本正确,说过一句他们"论点显然还欠周密",无非像是自己家里的娃娃在外边骂了别的老年人,自己为了面子关系(统战关系)总要出来说自己的孩子两句。俞平伯的说法,那种琐碎的考证,完全不符我们当时的"马列主义"习惯,本是不言而喻的。可是,他的文章却颇给我们这些长期浸淫于自造的"马列主义"大潮中的人们一点新奇之感,至少可以娱耳目悦心性吧,害处也不会大。——说真格的,谁不会用那点简单的马列主义"批判"他?我也会!我所想不到的是因为这篇批判文章,竟掀起了那样一场全国性的大运动,把俞平伯说成是不可侵犯的学术权威!有谁这样承认过?说冯雪峰是完全拜倒在俞平伯脚下。(梦想不到!冯雪峰是作协副主席,党内文艺元老。俞平伯何许人?不是解放初期人人知道的改造对象吗?)甚至还要冯雪峰写了自称有"犯罪感"的检讨。随后上边又定调子,说李希凡、蓝翎写这篇文章是无比勇敢的英雄行为,别人谁也看不到,谁也写不出。这些,我当时就感到,真不符合事实啊!但是原因是想不出来的。我只觉得李、蓝两位真是运气好。他们二位只是把这人人都能看到、人人都写得出的问题写了一下。别人之所以不写,有的是觉得俞平伯反正是资产阶级人物,不值得跟他讲马列主义。有的人是觉得俞的著作只是解放前留下来的几个小册子,如宝玉爱喝汤之类,并非在解放后向共产党大张旗鼓地挑战,何必那样对待人家?他两位年轻,不考虑这些因素,写篇文章一碰,一下子就成了名。真碰巧,运气好!①

当时在中宣部任职的龚育之回忆说:

　　1954年批评俞平伯《红楼梦研究》,批判胡适学术思想,批判胡风文艺思想,我们当时自然都从周扬《我们必须战斗》这些文章中寻求指导。

　　《红楼梦》我是读过的,喜爱的。俞平伯、胡适关于《红楼梦》的研究著作,说实话,像我这样算是爱好文艺的青年,过去也没有读过。倒是这场批判,引起我们津津有味地来读这些书。中宣部的青年们也开会学习和批判,记得有一位同志发言,批俞平伯关于"寿怡红群芳开夜宴"座次的考证之烦琐和无益。许立群那时是中宣部理论处的负责人,从青年团中央来的,参加了我们青年的会,却频频摇头。大家问他的看法,他说:伟大的现实主义作家,描写生活是非常细致和准确的,一次宴会,谁坐在什么位置,作者心中有安排,不会信笔乱写,后人能从书中的描写推算出作者心中安排的座次,可以说明现实主义创作方法的成功。许立群的异议和高见,给我们很深的印象和启发,让我们知道看问题不能那么幼稚和简单。应该说,这些考证和研究中的确有一些有益的东西,不能一概否定的。(我就感到,宝玉病后,喝鸡汤,太烫了,是"众人来吹",还是"袭人来吹"? 俞平伯力辩通行版本中"众人来吹"之误,讲得是有充分道理的。可惜至今还没有看到哪个版本按这个考证把这个错字改正过来。)②

---

① 韦君宜:《思痛录》,北京十月文艺出版社1998年版,第25、26页。
② 龚育之:《几番风雨忆周扬》,《百年潮》1997年3期。

第四节　俞平伯公开检讨

自从展开了对红楼梦研究中的资产阶级唯心主义思想批判后,俞平伯所在的文学研究所从 1954 年 11 月 25 日至 12 月 27 日,共召开 6 次批判大会。中国文联和中国作协主席团从 10 月 31 日至次年 2 月 8 日,共召开 8 次批判会。几个月间各种层次的批判会、座谈会达 110 次之多。① 俞平伯的同事北大教授游国恩说:"太凶了,好厉害!"知识界陷入人人自危的不安状态,中国社科院文学研究所研究员曹道衡当年是光明日报《文学遗产》编委会秘书,他形容那时涌到编辑部的批判稿件如挡不住的潮水:"稿子两三天就是一堆,不敢不看,还得仔细看,紧张得很。文章的观点基本一样,同意俞平伯的文章几乎没有。"② 俞平伯思想抵触很大,不去参加北大文学研究所和作家协会主持的红楼梦问题讨论会,闭门谢客,连电话也不接。他说:"自己不幸做了典型","被人打击","几十年的辛苦尽付东流","周汝昌对他的批评是以百步笑五十步",③"我豁出去了"。④ 九三学社中央主席许德珩是俞平伯北大的同班同学,比俞平伯大十岁。他觉得俞平伯在平静生活中没遇到暴风骤雨,怕他思想不通,怕他的对立情绪招来更激烈地围攻,派九三学社中央宣传部副部长孙承佩、副秘书长李毅来俞家劝说,开会帮助时也希望俞平伯"不要顶撞,要逆来顺受"。⑤

据中央统战部的一份材料上说:"九三学社在党的领导下了解这

---

① 于继增:《〈红楼梦〉研究风波实录》,《文史精华》2005 年 8 期。
② 陈徒手:《人有病天知否》,人民文学出版社 2000 年版,第 3 页。
③ 《座谈民主党派工作的发言大纲》,江苏省档案馆藏档,全宗号 3034,长期,案卷号 59。
④ 陈徒手:《人有病天知否》,人民文学出版社 2000 年版,第 3 页。
⑤ 同上书,第 4 页。

些情况,组织一部分与俞平伯素来熟识的人和少数进步骨干(如魏建功等)经常轮流去看他,以热情关怀,朋友谈心的方式对俞平伯进行帮助。"①他们指出:"俞在政治上接受党的领导、赞成新中国的道路,党不会认为俞和胡适一样;用举事实说明了党并未对俞学术上成就完全否定(举出何其芳没有批评就不能前进一文中肯定了俞平伯的研究成果);也指出了运动是对事不对人(举出冯雪峰同志在文艺报编辑工作中犯了错误,同样受到批判的事);也指出对不符合事实的批评,将来可以声明、更正。由于这些人地位相等,又是多年老友,彼此了解,因此容易谈得拢,听得进去。俞平伯经过上述帮助,态度开始有转变,愿意先在九三学社中作检讨,经过大家帮助后再到北大和作家协会主持的讨论会上去作检讨,九三学社又指定了专人帮助俞作准备,邀请了一些大知识分子参加俞的检讨会,现身说法指出胡适思想的毒害,并肯定他的成就,鼓励他继续前进,会后俞表示帮助很大,并接受了提出的一些意见。最后俞终于又出席了北大和作家协会主办的讨论会,并作了自我批判。"②由此可见,民主党派在运动中的角色体现为:反映情况,交待政策,解除顾虑,端正态度,在中共领导下起一个方面的助手作用。

李维汉时为中央统战部长,他回忆说:"一九五四年以来开展的对资产阶级唯心主义思想批判运动,对推动广大知识分子的思想改造起了一定的作用。但在运动中也产生了简单粗暴的现象,把'坚持资产阶级错误观点的代表人物',视为'思想敌人',混淆了政治问题与学术性质问题的界限,造成一些知识分子惶恐不安的疑惧情绪。民主党派一方面积极地向党组织反映情况,同时对其成员讲明政策,帮助他们

---

① 《座谈民主党派工作的发言大纲》,江苏省档案馆藏档,全宗号3034,长期,案卷号59。
② 同上。

解除顾虑,端正态度,正确对待。对《红楼梦》研究中的唯心主义思想开展批判后,俞平伯受到直接冲击。当时他思想抵触很大,顾虑把自己与胡适相提并论,担心政治上完全被否定,学术地位从此丧失。对此,九三学社组织了一批俞平伯的多年老友对他热情帮助,肯定他政治上接受党的领导,说明运动只是批判他错误的学术思想,而不是要在政治上打倒他,也不会全盘否定他学术研究的成果。经过多次谈心帮助,使俞平伯逐步减少顾虑、转变态度,作了自我批评。由于民主党派成员地位相当,经历相似,感情相投,彼此了解,使思想工作容易做到深入细致,取得较好的效果。"①

1955年1月俞平伯完成关于《红楼梦》研究的书面检讨,在此期间,他得到了九三学社北京市分社沙滩支社三次支委会的帮助。一次讨论了他的检讨提纲;一次讨论了他的检讨底稿;最后一次对他检讨中的几个基本观点提出了具体修改意见。2月5日俞平伯接受叶圣陶的帮助,向他汇报书面检讨修改的情况。经周扬阅后,俞平伯的检讨书终于定稿,他在检讨书里按照运动的基调和别人对他的批判一一承认,并且表示自己的态度:"我的心情是兴奋的"。这场《红楼梦》研究批判运动也以俞平伯这篇经过反复修改的自我检讨而宣告结束。检讨书的全文如下:

坚决与反动的胡适思想划清界限
——关于有关个人《红楼梦》研究的初步检讨
俞平伯

近四个月来,各方面通过《红楼梦》研究的批判,热烈地展开了反资产阶级唯心论的斗争。我认为这是必要的、及时的。因为

---

① 李维汉:《回忆与思考》,中共党史资料出版社1986年版,第807页。

这不仅是我们学术界、文艺界一件大事；作为刈除并粉碎敌对阶级的错误思想的滋蔓及其影响，这是完全切合于过渡时期向社会主义迈进的历史要求的。对《红楼梦》研究工作的批判，不能局限地意味着这只是对某一特定文学名著的理解的分歧，而应该明确地认识到：这是社会主义思想体系对非社会主义思想体系的斗争。这个有着重大意义的思想斗争必须胜利，也必然会得到胜利的。我们必须在广阔的学术界、文艺界建立并扩大马克思列宁主义的思想阵地。

这次的批评是从我的《红楼梦》研究而引起的：对我说来自不能不感到痛苦，因为我曾是错误思想的传播者，我应该对过去的坏影响负责。另一方面，由于错误得到渐次廓清的机会，个人的自我改造得到另一次新的发轫，我应当客观地检查在研究《红楼梦》思想上的种种错误。我有责任严格地做出公开的自我批评。正像郭沫若先生在文联主席团扩大会议上的发言所说："我们是不能容恕自己的错误的。容恕自己的错误，那等于宽纵了敌人。"为了坚决不宽纵敌人——包括潜藏在自己思想意识中的敌人，我们对待自己的错误，不允许包庇或躲闪，必须彻底地通过自己的认识，予以不断的揭发。但我限于马克思列宁主义理论水平很低，对自己错误认识的发掘自然是会很不够的，我愿意虚心地接受同志们继续的指正。以下所谈只就我自己现有的认识而言。

我进行《红楼梦》的所谓"研究"工作，前后断续地经过三十年，主要的错误在于沿用了资产阶级唯心论的思想方法。这种思想方法的表现形式是多端的，无论是属于大胆的假设也好，猜谜式的梦呓也好，烦琐的所谓考据也好，所谓趣味性的演绎也好……基本上只是主观主义在作祟。这样才不可避免地引出种种迷惑的看法，种种不正确的结论，以自误而误人。我出身封建家庭,带有封建统治阶级的思想和感情,于五四前后又沾染了资产阶级的思想;因而在学术方面、文艺方面并没有从客观的现实出发,而只由个人的兴趣去考虑。我个人的兴趣,其实质乃是半封建半殖民地的、封建遗留与资产阶级相结合的阶级趣味。这样发展下去,以致我的一切有关著作不仅跟劳动人民的需要背道而驰,而且,在不觉中把读者引导到脱离政治斗争的迷雾中去。我的研究方法在客观上是替旧中国的统治阶级服务的,所以错误是严重的。如对《红楼梦》这部文学经典巨著的看法,我只是片面地提出一些烦琐的证据,主观地作出一些枝节的结论,迂回曲折地运用陈旧的美学观点作所谓文艺批评,歪曲并抹煞了这部名著的社会内容,便是明显的事例。这都跟社会主义现实主义文艺理论完全相反。我想就我过去的研究工作,分为前后两个段落来谈,这样比较清楚。这两个段落之间有一贯的联系,后段是继续着前段发展的。

第一段的作品是《红楼梦辨》和《红楼梦研究》。《红楼梦研究》是《红楼梦辨》的修订本,修订得并不多,把一九二三年的文章到一九五〇年再来重印,而且保留了两篇错误最多的文章。这两本书共同的主要内容是"考证",采用胡适的作者自传说加以发挥,抽掉了《红楼梦》应有的社会的和政治的思想意义,而以我主观的看法,如情场忏悔、怨而不怒等等来替代它。我不但不曾积极地发掘《红楼梦》内涵丰富的反封建的意义,相反的却明显地歪曲了这意义。这是《红楼梦研究》一书的主要错误。

我虽早年批评过索隐派的"红学",而这些"红学"并不因此而不在我思想里发生影响。当《红楼梦辨》出版不久,我就怀疑胡适的作者自传说了,因为在《红楼梦》里有许多讲不通的所在。但却不能建立新的看法。《红楼梦研究》基本上仍袭用这自传说,并没有什么有意义的修改。另一方面我的研究的方向更转到隐僻琐细的部分去了。

　　第二段的作品是《红楼梦简论》、《读红楼梦随笔》和一九五四年春夏间在各处的讲演稿。自传说的成分虽渐次减少了，却另外加上许多新的说法，所谓"真假"、"反正"、"微言大义"（应该说是微词曲笔）。这实际上是索引派的精神，考证派的面貌，我也从早年的无褒贬的说法一变而为主张褒贬了。但旧的错误没改好，又发生了新的歪曲，这叫做"换汤不换药"。我继续用主观的唯心论的方法企图证明《红楼梦》是一部现实主义的作品，这真像古语所谓"缘木求鱼"、"钻冰取火"了。

　　从《红楼梦研究》到《红楼梦简论》虽有所改变，却不曾向好的方面去，有些地方也许更坏了一些，正如李希凡、蓝翎所说："只从局部的态度而不从完整的形象去分析，只从作者的世界观去衡量他对本阶级的态度，而不是从其世界观与创作方法的矛盾去分析《红楼梦》客观的人民性。"这综括的批评是恰当的。《简论》的毛病还远不止此：如论点的不确，用语的不当等等。甚至我对作者世界观一隅的理解也是很成问题的。这文章既用《简论》为题，写得又这样晚，应该把握一下《红楼梦》的全貌；事实上却并不那样。我不从历史的、社会的具体条件来分析《红楼梦》，不曾通过艺术的形象来衡量《红楼梦》，又不曾认识到作者在作品里所表现的积极因素可以战胜作者当时主观的消极因素，而现实主义的创作方法可以突破作者的世界观和他阶级的局限。我把本书大关节目紧要之处、明显之处、动人之处都弃而不谈，却枝节地谈《红楼梦》的传统性，恍惚地来谈《红楼梦》的独创性，最后归到"真假反正"上去，而把《红楼梦》的三种成分（现实、批判、理想）在这基本观念下平列地统一起来的（李希凡、蓝翎误认为这基本观念就是所谓

"色空观念",这也是我文章写得不清楚的缘故)。带有影喻性的"甄士隐"、"贾雨村"等名字,我竟藉他们穿凿附会地把它认做《红楼梦》的总钥匙或基本的观念,可谓颠倒之极了。我自谓早年批评过索隐派,从上述的例子不就足以说明索隐派在我文章中的借尸还魂吗?

说到这里,可以提到脂砚斋评。《脂评》当不失为研究《红楼梦》的材料之一,作为试探作者的主观意图(自然这是次要的)也还值得参考。但正因为我的观点本末倒置,局限于对作者主观意图的探求上,而不能从最根本的最主要的方面——作者的、作品的客观思想及其效果去考虑,这样便被《脂评》迷住了,反而更加重了旧的毛病。例如在《简论》里引《脂评》:"盖作者实因鹡鸰之悲,棠棣之威,故撰此闺阁庭帏之传",称为"红楼梦的作意不过如此",迷信《脂评》即此可见一斑。我掌握了这些材料,因而产生好奇炫耀的心理,不仅在《简论》中,在《红楼梦随笔》琐细的校勘中,更加显著地流露出来了。又因我过信《脂评》,就打算流通它,以备公众的参考,去年春间曾辑过《脂评》。这工作做得是否合宜原是另一问题,但有人说我将古典文学珍贵资料垄断居奇,却是没有的事。

以上所说我的研究前后两段,其间有一贯的倾向。后段有些结论或跟胡适的不同,观点方法还是那一套。我在学术思想上并没有跟胡适划清界限。胡适本来是拿《脂评》当作宝贝来迷惑青年读者的。我的过信《脂评》无形中又做了胡适的俘虏,传播了他的"自传说"。说到我的封建趣味非但不妨碍资产阶级唯心论,两个杂糅在一起,反而帮助它发展了。至于结论的或彼或此,并不能因而推论我和胡适有什么不同,正可以用来说明实验主义的研究方法绝对不可能认识客观的真理,只能得到一些主观的解释。

所谓"大胆假设,小心求证",事实上只是替自己先肯定了一个主观的假设,然后多方地企图去说服它。"小心"二字是自欺欺人的话,"大胆"倒是实供。证据变成了奴役,呼之使来,呵之即去,岂能不服从主观的假设?"小心求证"事实上是任随自己惬意地"选择证据"。作为身受实验主义毒害的典型者之一,我愿意陈述。除开最主要的最近发表的一系列文章中所揭发的实验主义的反动头子胡适的政治阴谋以外,实验主义在旧中国所以能得以流行,是和剥削阶级的不劳而获的反动观点相结合的。以论《红楼梦》的色空观念为例。我首先肯定《红楼梦》的色空观点相当的重,于是在全书里随意"选择"了一些证据,这跟胡适的"拿出证据来"的说法轻轻地一拍即合。用这例子也可以看出我跟胡适的观点方法基本上是一脉相承的。

我研究《红楼梦》,最严重的错误,自其基本性质来说,便是不能掌握历史唯物主义的观点方法全面地分析作品,相反地以资产阶级唯心论的观点方法来追求作者的企图。毛主席《延安文艺座谈会上的讲话》里说:"检验一个作家的主观愿望即其动机是否正确,是否善良,不是看他的宣言,而是看他的行为(主要是作品)在社会大众中产生的效果。社会实践及其效果是检验主观愿望或动机的标准。"这是指示得非常明确的,而我对《红楼梦》的看法恰好跟它相反。毛主席这篇文章解放后我也看过多次,却不能应用到实际的研究工作上去。这可以看出我严重脱离实际的落后倾向。

下面分就作品和作者两方面来作说明。我根据个人的趣味,最先着眼于《红楼梦》,即注意它的枝节现象,而不从其主要的方面,即它多方面地深刻地批判了当时的必然走向灭亡的封建社会这一思想内容去估计这部伟大的作品。《红楼梦》是一部批判性的现实主义的名著,主要倾向性是很明确的。自然它不能没有它历史的局限性;而我所看到的每是它局限性所在的片面。它的局限的部分又是比较深微隐曲的,我因此轻率地采取了主观的揣想。

从片面的看法来分析,有三重的错误:(一)从片面看,而不从整体看,本是错误的;(二)只看到它的局限性加以主观揣想,当然也是错误的;(三)强调自己落后的片面的看法以影响读者,更是错误的。所看到的片面既同时又是本书深隐的部分,就不得不去追求细节。这个倾向和索隐派相通,上边已经说过。就如钻牛角尖,穿凿附会,也是索隐派的老毛病。这些毛病在我较后的文章、讲演发展得更厉害了。我每喜欢借用春秋的说法所谓"微言大义"来看《红楼梦》,这不过是我个人的偏见和封建趣味罢了。此外,另有校勘的问题也非常零碎,这儿不多说。

除上述片面的观察,琐细的寻求,这些形式主义的毛病,再加上我非常主观的解释。——主观主义和形式主义本是分不开的。我不但只看到了局限性的片面,而且强调了这片面;我不但追求细节,而且加上个人的想法作为解释,牵引出所谓"微言大义"之类的话头来,其实不过如此。

另外,我还有一个错误,这就是不注重小说中的人物形象的分析。即偶有讲到,不免穿凿,不能得到小说是通过形象来表现社会现实的这个正当的看法。以使二钗论,我强调"悲金悼玉"、"千红一窟"、"万艳同杯"等等,认为作者一视同仁,加以惋惜。特别是宝钗、黛玉两种性格,两种典型,我却主张"并秀",甚至引用了脂评"合一"之说。我认为她俩才貌均等,在本书是对称的写法;却忽略了她俩性格的本质上的差别,特别是在反封建统治的意义上有主要的不同,在本书是对比的写法。我为自己封建的

"趣味"所迷惑了。本书对她俩当然有褒贬的,我不能抹煞,却说得很轻微;这也是不对的。这样造成了对书中人物形象分析一系列的歪曲。

对于作者的企图我是努力去追求的,这当然徒劳无益。我脱离客观的现实,不从历史的社会的条件来研究作者和作品,仅从作品里孤立地追求他的企图,已经不对了。且如上文所说,我看到的作品正是它的局限性的片面,自然更不正确。再严格地检查,我也并不曾认真处处从作品去说明作者,有时不免用自己主观的想法代替了它。这才是典型的唯心观点。我自命为了解作者真意的一个人,但究竟我有没有了解他的真意呢?我所谓原作的庐山真面,到底是不是庐山真面呢?唯心的研究方法是得不到正确的结论的。

作者之意正不必如我所说。我过分强调了作者主观的意图和他的世界观。我不曾说明他的历史的和阶级的局限性可为并已为他的现实主义的创作所突破。很明显的,书中人宝玉的想法,不必等于作者曹雪芹的想法。我虽在《简论》里已说到,不过并不曾分得清楚。我始终没有恰当地改正自传之说,时常会发生混淆,仍用上说的色空观念为例:第一,《红楼梦》虽是有色空观念的,但它的主要内容并不是这个;第二,我不该简单地强调色空观念,而应该从特定的历史条件说明它;第三,《红楼梦》有色空观念多少,也不等于曹雪芹有同样的多。如曹雪芹真相信万法归空,那就不会再有《红楼梦》了。再看明显的事实,贾宝玉虽说做了和尚,但曹雪芹并没有做和尚呵。曹贾之不能混为一谈,本不成问题;因自传之说作祟,我追求作者之意有时会混到书中主人公贾宝玉身上去。这样不严肃的态度,用力虽多,其结果自然是白费。

第五章 文化的整合：《红楼梦》研究问题座谈会

既然这样主观地、形式地看问题，自然过于求深，歪曲了作者之意，有时不免跑到文字以外去。如上述《简论》里引《脂评》明作者之意。《随笔》里引《脂评》"芹为泪尽而逝"，以为曹雪芹可比林黛玉。脂砚斋至今不知何人，还不能定为作者，以《脂评》来直接代替《红楼梦》，岂不是以他人之意替代作者之意么？所以即就追求作者的意图来说，也是不严肃的。

从本书作品和作者两方面，我既有上述许多种许多层次的错误，自然会造成我的迷糊的感觉，强调了我的《红楼梦》不可知论。何其芳同志说我："使他越研究便越觉糊涂的不过是他自己头脑里的胡适派资产阶级唯心论的学术思想和研究方法"。我把这不可知放在《红楼梦》上，而不知道正是我自己主观上的错误引起来的。方向既然不对，自然越走离目的地越远了。这不可知论影响到我对《红楼梦》的估价上。这也分两点来说。第一，就作品本身的估价说，我感觉到《红楼梦》是一部中国最伟大的小说，我也相信、我也说过它是一部现实主义的名著，但同时我又认为它为不可知，至少现在还不尽可知。我虽在主观上夸张地赞美了它，事实上却正好贬低了它的人民性，不能给它正确的估价。《红楼梦》或者真是一部奇书——奇与不奇的说法原不妥当，即使这样说，它之所以为奇跟我的想法完全不同。它能够在二百年前通过故事的描写、典型人物的表现，唱出这个封建社会走向败坏的挽歌：这才是《红楼梦》之所以伟大，真正的"奇"处。我却只用"沈博绝丽"这些虚无缥缈的评点陈言来形容它，自然一点不得要领，又使人不能了解的。终于不免降低了《红楼梦》在中国文学史和世界文学史上的地位。第二，就作品的效用估价来说，我一向认它为"诲淫"、"教奢"，这正是封建的看法，和过去封建的家长们不让弟子阅读《红楼梦》毫无二致。所以我主张《红楼梦》的色情部分以及其他繁华、富丽、堂皇的描写,都必须反看,引了本书"风月宝鉴"云云,作为证据,大大的夸张了它。我忘却了假如读者的立场观点改变了,则《红楼梦》正面描写的封建制度种种情况会自然地唤起读者的愤怒和正确的了解,又何需在字里行间转弯抹角寻出它的"微言大义",然后再去反看呢。岂不是把大道改成弯路,而这弯路又是本来"不通"的。我受了封建家庭教育的影响,才这样主观地把"微言大义"拉扯到《红楼梦》上去;又认为如风月繁华不这样反看,则《红楼梦》的客观效果也并不怎样好。这个估价是不正确的。

我不但错认了《红楼梦》的客观效果,即对我自己研究《红楼梦》的作品所发生的效果也非常麻痹。试问我的研究能引导青年们往哪里去呢?第一,往繁琐的考证里去;第二,向资产阶级以至于封建统治的趣味里去;第三,往五花八门的迷魂阵里去。这样就会容易造成一些旧式的所谓"红学家",这如何对得起青年呢!多少年来,我的《红楼梦》研究实已帮助胡适引导青年们去脱离现实了。

这些错误的根源当然应从立场观点方法去找。我虽在政治上认识了由新民主主义到社会主义的总路线,而在学术上并没有建立马克思列宁主义的观点。我对文艺理论学习得很差。对于一般文学研究,论作品的思想性,每不能从历史的、社会的因素去估计;论作品的艺术性,又不能用正确的美学观点去衡量。这些缺点都表现在《红楼梦》的研究里。我不仅不曾彻底批判胡适,不仅继续走了胡适研究《红楼梦》的道路,而且扩展了它,在社会上替胡适的反动思想散布毒素。这个错误是十分严重的。

对我来说还有一点也很严重的,就是我的不自觉性。我的认识是逐步的。我最初几乎不认识这错误,那时我把我的主观认识

第五章 文化的整合：《红楼梦》研究问题座谈会

当做符合客观的真实的，自己方以为面对真理实事求是。后来得到批评，经过思想检查，才认为这是学术脱离政治的错误，过去的研究，说法确很不对，但个别的结论或者还有些正确的。在这个阶段里我认识了错误，却认为还不怎么严重。到最近我才认识到这错误的严重性。决不可能脱离了正当的立场观点方法，还会有面对真理实事求是的看法。我每每形式地看问题，主观地想解决，在不自觉之中已把马克思列宁主义和客观的真实分开来看了。这是原则性的错误。我要不否定过去，就不能建设将来；我留恋过去，也必定妨碍了将来。

我初步检查过去的研究有这么多的毛病，我又从各方面知道我的研究作品发生很大的危害性：这都是我过去没有想到的。我必须加强马克思主义文艺理论的学习，而具体地应用到古典文学的作品上去，将来才能够做好这样的研究工作。

以我现有的文艺理论水平和认识，我这篇写得枝枝节节的检讨性的文章，可能在许多方面仍然继续了过去的错误。正确的认识并非单凭主观的热情所能取得。我将在同志们不断的帮助下，加强我的思想认识，我要虚心地、实事求是地端正我的研究态度。我坚决地要和胡适的及一切反动的敌对思想划清界限。

我珍重这次学习的机会，我拥护这次对《红楼梦》的研究所引起的反对资产阶级唯心论的斗争。我必须明确地表示我的态度——我的心情是兴奋的。

一九五五年二月①

以俞平伯的公开检讨为标志，这场新中国成立初期对《红楼梦》研

---

① 俞平伯：《坚决与反动的胡适思想划清界限——关于有关个人《红楼梦》研究的初步检讨》，《文艺报》1955年第5号；《九三社讯》1955年第4号。

究的批判暂时告一段落,检讨中的关键词所出现的频次如下所示:

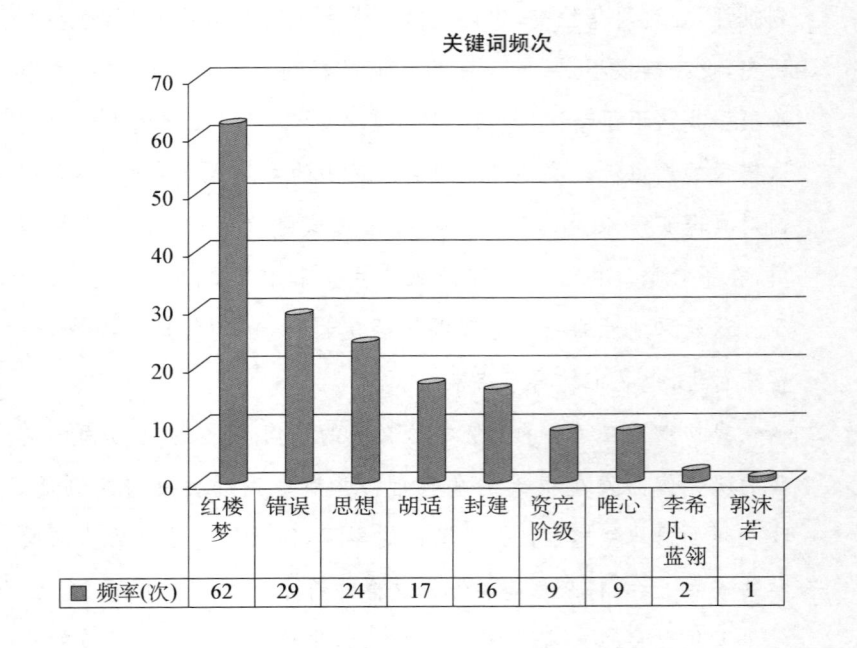

关键词频次

	红楼梦	错误	思想	胡适	封建	资产阶级	唯心	李希凡、蓝翎	郭沫若
频率(次)	62	29	24	17	16	9	9	2	1

　　从俞平伯检讨的高频词,亦可发现随后政治与文化变迁的轨迹。1955年初,中共中央发出《关于在干部和知识分子中组织宣传唯物主义思想批判资产阶级唯心主义思想的演讲工作的通知》,通知指出,对俞平伯《红楼梦研究》的错误思想的批判已告一段落,对胡适思想的批判已经初步展开,对胡风及其一派的文艺思想的批判亦将展开。这些思想斗争有极其重要的意义,这是通过对我国知识分子所熟悉的资产阶级唯心主义思想的批判来具体地宣传马克思主义唯物主义思想。

　　在"万炮齐轰"的强大思想压力之下,俞平伯只有通过对自己红学研究的否定,对胡适思想的否定以求解脱。《红楼梦》研究的批判表明:思想改造从一般意义的政治层面转向知识分子的学术研究领域,即使冷僻的古典文学也概莫能外。① 随后，阶级斗争的理论和实践进一步在文化界发展，1955年其利刃指向了"胡风反革命集团"。由1955年对胡适、胡风的批判发展到对整个文化思想领域"资产阶级唯心论"的全面清算。② "左"倾的狂热如火上加油，愈燃愈烈，剑拔弩张，两年后开始了"反右"，直至不可避免地导致"文革"灾难的降临。这其中有一种内在的逻辑联系蛰伏于其中，始于文化批判，终为政治运动。这彰显出文化权力对思想话语的整合意向。历史的悖论在于由于毛泽东在《关于红楼梦研究问题的信》中的一句话："俞平伯这一类资产阶级知识分子，当然是应当对他们采取团结态度的，但应当批判他们的毒害青年的错误思想，不应当对他们投降"。相对于其后的斗争而言，对俞平伯及其《红楼梦》研究的批判毕竟还是有所节制与理性的。

此后，新红学影响逐渐式微，新红学的创始人胡适成为政治与学术批判的靶子。"阶级斗争论"为要旨的政治红学开始取得红学研究的正统地位，但这一地位的获取并非有赖于开放自由的学术争论。对于《红楼梦》研究而言，"是外加的，是根据政治的需要而

---

① 波士顿大学历史系教授默尔·戈德曼认为：《红楼梦》研究批判的目的在于利用《红楼梦》向人们灌输马克思主义的历史观点；两名青年批判者所代表的党训练的学生们的思想战斗精神，对于中国共产党来说，其价值比俞平伯所代表的学术和学院的训练成果要大。麦克法夸尔、费正清编：《剑桥中华人民共和国史 1949—1965 年》，中国社会科学出版社 1990 年版，第 250 页。

② 1955 年 3 月 1 日中共中央发出《关于宣传唯物主义思想批判资产阶级唯心主义思想的指示》："为了实现党的总路线，在三个五年计划、十五年左右（1953 年算起）的时期内实现我国的社会主义建设和社会主义改造，达到消灭城乡资本主义的成分，在六万万人口的伟大国家中建成社会主义社会，必须在知识分子中和广大人民中宣传辩证唯物主义和历史唯物主义思想，批判资产阶级唯心主义思想，并在这个思想战线上取得胜利。没有这个思想战线上的胜利，社会主义建设和社会主义改造的任务就将受到严重阻碍。"（《新华月报》1955 年第 1 号）该指示充分肯定了将批判运动扩展到各个领域的做法，强调要在各个学术领域中对资产阶级唯心主义思想的代表人物进行批判，鼓励和提倡批判学术"权威"。对认为是坚持资产阶级错误观点的"代表人物"，视为"思想上的敌人"展开斗争。

产生的。它不是被红学发展的内在逻辑(inner logic)所逼出来的结论。"①

第五节　微弱抗争

一、陈寅恪说：人人都骂俞平伯，我不同意

陈寅恪，字鹤寿，江西修水人，闻名海内外的当代文化大师，被誉为"教授之中的教授"、"20世纪中国最为重要的史学家"。其祖父陈宝箴，被曾国藩称为"海内奇士也"，父亲陈三立致力于诗文，名闻一时。陈寅恪先后留学于德国柏林大学、瑞士苏黎世大学、法国巴黎高等政治学校、美国哈佛大学。陈寅恪36岁时与梁启超、王国维应聘为清华学校研究院导师，并称"清华三巨头"。② 他一生主治中国中古民族文化史和唐史，博通多种语言文字，以外文资料与中土旧籍相参，多所发明。他对宗教史、魏晋南北朝史、蒙古史、敦煌学以及梵文、突厥文、西夏文等古文字和佛教经典，均有独到精湛之研究。凡所涉及，皆成绝唱。学贯中西的吴宓曾言："始宓于民国八年，在美国哈佛得识寅恪。当时既惊其博学，而服其卓识，驰书国内诸友，谓合中西新旧各种学问而统论之，吾必以寅恪为全中国最博学之人。今时越十五六载，行历三洲，广交当世之士，吾仍坚持此言，且喜众人之同于吾言。寅恪虽系吾友，而实为吾师。"1948年底国民政府实施"抢运学人"计划，蒋介石、傅斯年曾多次电召、甚至专机接陈寅恪赴台，均被其坚拒不往。陈寅恪在第七次交代底稿里说："当广州尚未解放时，中央研究院历史语言

---

① 余英时：《中国思想传统的现代诠释》，江苏人民出版社2003年版，第244页。
② 梁启超在向清华校长曹云祥推荐陈寅恪时，曹因陈寅恪"既不是博士，又没有著作"而迟疑。梁启超怒曰："我梁某也没有博士学位，著作算是等身了，但总共还不如陈先生寥寥数百字有价值！"

研究所所长傅斯年多次来电催往台湾。我坚决不去。至于香港,是英帝国主义殖民地。殖民地的生活是我平生所鄙视的。所以我也不去香港。愿留在国内。"①

新中国成立后,1950年陈寅恪任中山大学教授。1953年周恩来委托郭沫若、李四光致函陈寅恪请出任哲学社会科学部历史研究所第二所所长,并委托陈寅恪当年在清华时的助教汪篯携函专程到广州接他赴京任职。1953年11月21日晚,汪篯将郭沫若、李四光的信转交给陈寅恪。22日晨,陈寅恪即作答复,由夫人唐筼执笔书写,提出了任中古史研究所所长的三个条件:"一、允许研究所不宗奉马列主义,并不学习政治;二、请毛公或刘公给一允许证明书,以作挡箭牌。"②12月1日上午陈寅恪与汪篯作了正式长谈,他给中国科学院的答复全文如下:

对科学院的答复

我的思想,我的主张完全见于我所写的王国维纪念碑中。王国维死后,学生刘节等请我撰文纪念。当时正值国民党统一时,立碑时间有年月可查。在当时,清华校长是罗家伦,他是二陈(CC)派去的,众所周知。我当时是清华研究院导师,认为王国维是近世学术界最主要的人物,故撰文来昭示天下后世研究学问的人。特别是研究史学的人。我认为研究学术,最主要的是要具有自由的意志和独立的精神。所以我说:"士之读书治学,盖将以脱心志于俗谛之桎梏。""俗谛"在当时即指三民主义而言。必须脱掉"俗谛之桎梏",真理才能发扬,受"俗谛之桎梏",没有自由思

---

① 蒋天枢:《陈寅恪先生编年事辑》,上海古籍出版社1981年版,第137页。
② 陆键东:《陈寅恪的最后20年》,生活·读书·新知三联书店1995年版,第102页。

想,没有独立精神,即不能发扬真理,即不能研究学术。学说有无错误,这是可以商量的,我对于王国维即是如此。王国维的学说中,也有错的,如关于蒙古史上的一些问题,我认为就可以商量。我的学说也有错误,也可以商量,个人之间的争吵,不必芥蒂。我、你都应该如此。我写挽王国维诗,中间骂了梁任公,给梁任公看,梁启超只笑了一笑,不以为芥蒂。我对胡适也骂过。但对于独立精神,自由思想,我认为是最重要的,所以我说:"唯此独立之精神,自由之思想,历千万祀与天壤而同久,共三光而永光。"我认为王国维之死,不关与罗振玉之恩怨,不关满清之灭亡,其一死乃以见其独立自由之意志。独立精神和自由意志是必须争的,且须以生死力争。正如词文所示,"思想不自由,毋宁死耳。斯古今仁圣所同殉之精义,夫岂庸鄙之敢望。"一切都是小事,唯此是大事。碑文中所持之宗旨,至今并未改易。

我决不反对现在政权,在宣统三年时就在瑞士读过资本论原文。但是我认为不能先存马列主义的见解,再研究学术。我要请的人,要带的徒弟都要有自由思想,独立精神。不是这样,即不是我的学生。你以前的看法是否和我相同我不知道,但现在不同了,你已不是我的学生了。所以周一良也好,王永兴也好,从我之说即是我的学生,否则即不是。将来我要带徒弟,也是如此。

因此,我提出第一条:"允许中古史研究所不宗奉马列主义,并不学习政治。"其意就在不要有桎梏,不要先有马列主义的见解,再研究学术,也不要学政治。不止我一人要如此,我要全部的人都如此。我从来不谈政治,与政治绝无连涉,和任何党派没有关系。怎样调查,也只是这样。

因此,我又提出第二条,"请毛公或刘公给一允许证书,以作挡箭牌"。其意是毛公是政治上的最高当局,刘少奇是党的最高负责人,我认为最高当局也应和我有同样看法,应从我之说,否则,就谈不到学术研究。

至如实际情形,则一动不如一静,我提出的条件,科学院接受也不好,不接受也不好。两难。我在广州很安静,做我的研究工作,无此两难。去北京则有此两难。动也有困难。我自己身体不好,患高血压,太太又病,心脏扩大,昨天还吐血。

你要把我的意见不多也不少地带到科学院。碑文你带去给郭沫若看。郭沫若在日本曾看到我的(挽)王国维诗。碑是否还在,我不知道。如果做得不好,可以打掉,请郭沫若来做,也许更好。郭沫若是甲骨文专家,是"四堂"之一,也许更懂得王国维的学说。那么我就做韩愈,郭沫若就做段文昌,如果有人再做诗,他就做李商隐也很好。我(写)的碑文已流传出去,不会湮没。①

陈寅恪何以不愿去中科院任职,他认为"而今举国皆沉醉,何处千秋翰墨林"。②1954年11月,中山大学举行大型的对《红楼梦研究》进行讨论的座谈会,中文与历史两系的教授除陈寅恪外,全部出席。对于这场席卷学界使得所有从民国社会过来的知识分子受到极大震动的政治运动,陈寅恪说:"人人都骂俞平伯,我不同意。过去你们都看过他的文章,并没有发言,今天你们都做了共产党的应声虫,正所谓'一犬吠影,十犬吠声'"。不久,这句话被中山大学

---

① 陈寅恪口述,汪篯记录,副本存中山大学档案馆。《陈寅恪集·讲义及杂稿》,生活·读书·新知三联书店2002年版,第463、464、465页。
② 《陈寅恪诗集》,生活·读书·新知三联书店2001年版,第81页。

校方诠释为"讽刺积极参加运动的那些人是共产党的应声虫。"①

1954年底陈寅恪作《无题》诗一首,对《红楼梦》研究的批判表明了自己的看法。全诗如下:

> 世人欲杀一轩渠,弄墨然脂作计疏。
> 猲子吠声情可悯,狙公赋芋意何居。
> (《太真外传》有康国猲子之记载,即今外人所谓"北京狗",吾国人则呼之为"哈巴狗"。元微之《梦游春》诗"娇娃睡犹怒"与《春晓》绝句之"狌儿撼起钟声动"皆指此物,《梦游春》之"娃"乃"狌"子之误,浅人所妄改者也。)
> 早宗小雅能谈梦,未觅名山便着书。
> 回首卅年题尾在,处身夷惠泣枯鱼。
> (昔年跋春在翁有感诗云:"处身于不夷不惠之间")

《后汉书·蓟子训传》载:"儿识父母,轩渠笑悦,欲往就之。"②轩渠欲就父母怀抱的小儿情态,陈寅恪认为颇似俞平伯对新政权的亲近向往之情。俞平伯对1949年以后新生的共和国是极为认同的,而且焕发了极大的学术研究与创作的热情。1950年元旦,俞平伯作了一首并不准备用来发表的旧体词《浪淘沙令》,其喜迎新中国第一个新年的欢快心情,跃然纸上:

> 开国古幽燕,佳景空前。红灯绛帜影翩跹。

---

① 陆键东:《陈寅恪的最后20年》,生活·读书·新知三联书店1995年版,第134页。

② 《后汉书·蓟子训传》:"尝抱郑家婴儿,故失手坠地而死,其父母惊号怨痛,不可忍闻。而子训唯谢儿识父母,轩渠笑悦,欲往就之,母不觉揽取,乃实儿也。"

第五章 文化的整合：《红楼梦》研究问题座谈会

> 亿兆人民同仰看，圆月新年。
>
> 回首井冈山，革命艰难。海东残寇尚冥顽。
>
> 大陆春生欧亚共，清雪新年。①

这一首仅用来自娱的作品，足证俞平伯以全身心投入新中国的怀抱，乃至整个社会主义阵营的大家庭。但他在受批判中，却被冠以"买办思想和封建士大夫阶级意识的混合物"，②"胡适派资产阶级唯心论在《红楼梦》研究方面的一个代表者。俞平伯的考证和评价《红楼梦》，也是有引导读者逃避革命的政治目的"，③"不仅没有摆脱资产阶级唯心论的影响，而且还有浓厚的封建思想的残余"等等政治大帽子。④ 陈寅恪认为这是"世人欲杀一轩渠"。"猧子吠声情可悯，狙公赋芧意何居。"这两句意蕴弘深，其中对"猧子"附加的自注，长达70多字。这条自注反复说"狗"，既是"北京狗"又是"哈巴狗"，耐人寻味，意为不少官方的"哈巴狗"（即诗中"猧子"）向俞平伯狂吠，可见诗人的厌恶之情。"狙公赋芧"典出《庄子·齐物论》："狙公赋芧曰：朝三暮四，众狙皆怒。曰：然则朝四暮三。众狙皆悦。""狙公"，养猴人。"赋芧"，给橡子充饥矣。陈寅恪借用这句古典述今事，意在表明文化政策的变来变去、忽放忽收。"早宗小雅能谈梦，未觅名山便着书。"俞平伯早在三十三年前（1921年）以"小雅怨悱而不乱"的温柔敦厚之旨研究《红楼梦》，可惜他没有像《汉书·司马迁传》说的"仆诚已着此书，藏之名山，传之其人，通都大邑"那样，未考虑形势是否合适，就匆匆把自己的旧作修改抛出去。"回首卅年题尾在，处身夷惠泣枯鱼。"枯鱼，即干鱼，喻身

---

① 俞平伯：《俞平伯诗全编》，浙江文艺出版社1992年版，第592页。
② 李希凡、蓝翎：《俞平伯研究〈红楼梦〉的主要错误观点是什么？》，《湖北文艺》1955年3期。
③ 周扬：《我们必须战斗》，《人民日报》1954年12月10日。
④ 郭沫若：《三点建议》，《人民日报》1954年12月9日。

处穷途。古乐府《枯鱼过河泣》云:"枯鱼过河泣,何时悔复及。"《庄子·外物》:"吾得斗升之水然活耳,君乃言此,曾不如索我于枯鱼之肆。"二句表明了陈寅恪对俞平伯遭遇的同情与无奈。寅恪诗中的最后两句小注:昔年跋春在翁有感诗云:"处身于不夷不惠之间"。"春在翁"指俞樾,俞平伯之曾祖父,号曲园。曾国藩因俞樾诗中有"花落春仍在"之句,曾为之题名为"春在堂"。二十余年前陈寅恪曾在《俞曲园先生病中呓语跋》一文中谓:"尝与(平伯)言:'勿徒今日处身于不宜不惠之间,托命于非驴非马之国,其所遭遇,在此诗第二第陆首之间,至第七首所言,则邈不可期,未能留命以相待,亦故诵之玩之,譬诸遥望海上神仙,虽不可即,但知来日尚有此一境者,未始不可以少纾忧生之念,然而其用心苦矣'"。①陈寅恪1925年回国后,对于北洋军阀及其后的国民党统治,是有看法的,尝与俞平伯言:"吾徒今日处身于不夷不惠之间,托命于非驴非马之国。"陈先生认为当时的中华民国既不如"承平"、"全盛"的光宣之年,又不像他留学十多年的欧美之邦,故而名之为"非驴非马"。"处身于不夷不惠之间"的自注,曲折地点明陈、俞两人关系的渊源及诗的微旨,凄婉地表述了对俞平伯"泣枯鱼"之哀。②。纵观此诗,陈寅恪对俞氏的同情,对时局的忧虑被典故与隐喻所包裹着,展现了其心境的苦涩与无奈。

  1957年陈寅恪此心结终于有机会宣泄,对着来访的北国友人,连连询问:"俞平伯还好吗?他在苏州的房子还在吗?他还是住在那个老地方吗?现在他还写字不写字?他那个房子是不是他一家子住?"当得到肯定答复后,陈寅恪听了很觉安慰,连说:"那就好了!那就好

---

  ① 陈寅恪:《寒柳堂集》,生活·读书·新知三联书店2015年版,第164页。
  ② 枯鱼:干鱼,喻为身处穷途。汉乐府《枯鱼过河泣》:"枯鱼过河泣,何时悔复及?作书与鲂鱮,相教慎出入。"《庄子·外物》:"吾得斗升之水然活耳,君乃言此,曾不如索我于枯鱼之肆。"

了！"①1958 年，陈寅恪被作为"中山大学最大的一面白旗"受到批判，他上书中山大学校长："一，坚决不再开课；二，马上办理退休手续，搬出学校"。次年，他对劝他重新开课，带研究生的人说："只要毛主席和周总理保证不再批判，我才开课。"②不久，中宣部副部长周扬来访谈及教育问题，周扬说："我与陈寅恪谈过话，历史家，有点怪，国民党把他当国宝，曾用飞机接他走。记忆力惊人，书熟悉得不得了，随便讲哪知道哪地方。英法梵文都好……一九五九年我去拜访他，他问，周先生，新华社你管不管，我说有点关系。他说一九五八年几月几日，新华社广播了新闻，大学生教学比老师还好，只隔了半年，为什么又说学生向老师学习，何前后矛盾如此。我被突然袭击了一下，我说新事物要实验，总要实验几次，革命，社会主义也是个实验。买双鞋，要实验那么几次。他不大满意，说实验是可以，但是尺寸不要差得太远，但差一点是可能的"。③ 1964 年陈寅恪在《赠蒋秉南序》中曾自白："默念平生，固未尝侮食自矜，曲学阿世，似可告慰友朋"，这也是陈寅恪一生真实的写照。亦如鲁迅先生所言："真的知识阶级是不顾利害的，如想到种种利害，就是假的，冒充的知识阶级。"④

二、何其芳说：俞平伯政治上是好人

另一位对俞平伯关怀备至的则是何其芳。何其芳（1912—1977），笔名禾止、荻荻、秋若等。四川万县人。诗人、散文家、文学评论家。早年在家读私塾，15 岁以前，他接受了严格的传统教育被要求从头到尾背诵四书、《诗经》和《楚辞》等。1929 年秋何其芳考入上海中国公学

---

① 梁诚瑞：《访陈寅恪教授》，《光明日报》1957 年 5 月 10 日。
② 陆键东：《陈寅恪的最后贰拾年》，生活·读书·新知三联书店 1995 年版，第 248、269 页。
③ 蒋天枢：《陈寅恪先生编年事辑》，上海古籍出版社 1981 年版，第 156 页。
④ 鲁迅：《关于知识阶级》，《集外集拾遗补编》，人民文学出版社 2006 年版，第 224 页。

预科,开始了创作和发表诗歌。1930 年秋进清华大学外文系学习。1931 年又入北京大学哲学系读书。他在大量阅读外国文学作品的同时,也进入了诗歌创作的第一个高潮期。他早期的诗歌感情真挚,语言精美,感受纤敏,手法别致,是其"只为了抒写自己,抒写自己的幻想、感觉、情感"文艺观的具体实践。1933 年他又转向散文创作,题为《画梦录》的散文集,于 1936 年出版后,曾获《大公报》文学奖。这些展现了沉浸于自我、爱情、艺术和美的世界之中的作者心灵的散文,当时为作者赢得了很大声誉,被认为是"一种独立的艺术制作",作者也被誉为"文章能手"。1937 年"七七事变"爆发后,何其芳回到故乡四川,先后在万县省立师范和成都联合中学教书,并和友人卞之琳、朱光潜、方敬等创办《工作》等刊物,宣传抗日,针砭时弊。1938 年 8 月他与沙汀、卞之琳等一起奔赴延安,担任鲁迅艺术文学院文学系教员和系主任。其间,还曾到抗战前线生活、工作了半年之久。在延安,他一边教书,一边写下了大量反映一个加入革命队伍的小布尔乔亚知识分子的心灵转变历程的诗篇,他的诗风逐步转向质朴、明朗。这些诗结集为《夜歌》,这也是他自己内心的写照,一个曾在梦中寻路的知识者思想情感产生根本转变的诗性证明。① 据俞平伯回忆:"初与其芳先生相识,是一九五二年的事。那年筹建文学研究所,其芳任副所长,我自北大中文系调至该所。据他自己讲,三十年代初,曾在清华大学听过我的课。尽管以后他一直用'俞先生'的敬称,但说他是我的学生,却不敢当。与其芳几十年的交往,他既是我的领导,又是我从事研究工作的知己。他给我的帮助很多,是我非常感谢的。"

---

① 美国学者许芥昱认为何其芳"有效地把最好的知识和他那一代作家结合起来。早期的传统教育使他感染了丰富的中国文学传统;在北京大学学习哲学和西方文学使他磨砺了感觉能力;军阀的腐败和穷人的悲哀使他在延安拥抱了马克思主义"。Kai-yu Hsu, *The Chinese Literary Scene: A Writer's Visit to the People's Republic*, Vintage Books, 1975. p. 168.

"我到文学所的第一件事,便是校点《红楼梦八十回本》。郑振铎与何其芳供给我许多宝贵的资料,所里并派王佩璋女士协助。一九五八年"八十回校本"出版时,其芳助我写前言。一九六三年我开始编辑《唐宋词选释》,拟写前言,斟酌选目,亦有其芳的协力。选本中苏轼、李清照的作品较多,也有其芳的意见。这是我从事研究工作的两件事,均因得他相助,而得完成。"

"'文化大革命'期间,他并未因担任所长而免灾难;反之,所受的苦难更甚。一九七〇年,其芳与我同在河南息县东岳集干校。当时我在菜园班,他在猪圈喂猪。① 记得我还到过那里,帮他驱赶那些不听话的猪。其芳在'文化大革命'中的所谓'罪状'很多,重用我自然也是其中之一。以内行的身分,从事领导工作,尊重知识,选拔人才,方使文学所在一九五三年以来的基础上,有了很大的发展。"②

其实,1954 年社会各界对俞平伯《红楼梦》研究的批判风起云涌之时,但是文学研究所内部批俞的调子并不高。何其芳作为单位负责人,虽无力改变大环境,但给予俞平伯力所能及的保护。何其芳在会上说,我们还没成他(俞)的俘虏,投降还说不上;攻击批评批判俞先生的人艺术鉴赏力不及俞平伯。《红楼梦》后四十回,高鹗没能续写好,换俞平伯来续,准能续好。③ 何其芳的《没有批评,就不能前进》基本是一篇以理服人的学术讨论文字,尽管在立论上不无时势的影响。行文

---

① 何其芳在河南息县干校劳动时,被编在养猪班,切猪食、担饲料、扫猪圈。他在给夫人牟决鸣的信中云:
"我喂猪的任务加重了。新近买了一个老母猪,带八个猪娃。我一共喂十二个猪"(1970 年 3 月 20 日);
"我现在喂二十条猪。记得买一头母猪带八个猪娃,共喂十二头猪后,在信上告诉过你。后来又买了八个小猪娃(未买母猪)。但我一人管了几天后,实在太紧张"(1970 年 3 月 31 日)。何其芳说自己已经进入了"猪喜我亦喜,猪忧我亦忧"的境界。参见:《卧虎藏龙的学部五七干校》,《作家文摘》2015 年 1 月 2 日。
② 《俞平伯全集》(第 2 卷),花山文艺出版社 1997 年版,第 795、796 页。
③ 王平凡口述:《文学所往事》,金陵出版社 2013 年版,第 103 页。

之中,他坚持用了"批评"两字而不肯轻用"批判"这个泛政治化的字眼,他显然对这种急风暴雨式的政治批判手段持有保留态度。他对俞平伯的"钗黛合一"论也并非完全否定:"薛宝钗正是一个坚决地维护封建地主阶级正统派思想的人物;虽说从另一个方面来说,她在婚姻的角逐中好像获得了胜利,然而并未得到真正的爱情和幸福,因而在这个意义上也可以说她是一个封建制度之下的牺牲品。从后者着眼,就可以理解,'悲金悼玉'的《红楼梦》,正是悲悼了以薛宝钗和林黛玉为代表的书中的许多不幸的少女"。①何其芳注意到了曹雪芹对女性的态度,"把女人当人"来描写,他认为这是《红楼梦》的唯一可贵之处,也是超出以前所有文学作品之处。这时的他,已渐渐地从革命的思想文艺大军中退落了出来,不久便成为下一场更严峻的政治文化大批判中的斗争对象。②

---

① 何其芳:《没有批评,就不能前进》,《人民日报》1954 年 11 月 20 日。
② 李希凡和蓝翎是 1954 年大讨论的提出者,认为《红楼梦》反映社会阶级斗争,提出贾宝玉是新人形象,是新兴阶级力量的代表。《红楼梦》代表 18 世纪上半叶中国未成熟的资本主义关系的市民文学的作品,它反映了新兴市民社会力量的要求。这成为 1954 年后内地红学界的主流观点。但"市民说"也遭到红学界少部分人的反对,其中持异议最力者是何其芳。何其芳在 1956 年写的《论红楼梦》的长文中,论述了小说的思想和艺术,他用很大篇幅去诘难以李希凡和蓝翎为代表的强调新的经济因素的作用的观点。为此他考察了黄宗羲,顾炎武、王夫之、唐甄、颜元、戴震等清初思想家,认为这些学者的思想具有浓厚的封建性,根本不能代表当时新兴的市民阶层。他批评说:"用市民说来解释清初的思想家和《红楼梦》,其实也是一种教条主义的表现。这是搬运关于欧洲的历史的某些结论来解释中国的思想史和文学史。"他还说,这样来解释《红楼梦》,实际上是"老的牵强附会再加上新的教条主义"。何其芳提出"共名"说:任何一个人都不是抽象的阶级性和政治倾向的化身;那些成功的典型人物,不仅概括了一定阶级的人物的特征以至某些不同阶级的人物的某些共同的东西。何其芳说:"同中国的和世界的许多著名的典型一样,贾宝玉这个名字一直流行在生活中,成为了一个共名。""少年男女和青年男女的互相吸引,互相爱悦,这却不是一个时代一个阶级的现象。因此,虽然他的时代和阶级都已经过去了,贾宝玉这个共名却仍然可能在生活中存在着。"这是他致力于象征意蕴的探求而获得的结论。1959 年蒋和森写了《红楼梦论稿》,在书中他对《红楼梦》的阐述是通过审美观照,去感受小说的象征意蕴,并用抒情散文的笔调表达出来,引导读者一道去领略审美的情趣,在当时能自觉地去探索《红楼梦》艺术的表现因素和象征意蕴的为数不多的学者中,何其芳、蒋和森是突出(转下页)

第五章 文化的整合：《红楼梦》研究问题座谈会

正因为在何其芳等人的刻意保护下，俞平伯在受到批判的氛围下，仍能继续自己的学术研究。1958年，他完成了《红楼梦》八十回校本的工作；1960年出版了《脂砚斋红楼梦辑评》修订本；与此同时，俞平伯和夫人用绳头小楷，一字不苟地抄写了八十回的《红楼梦》。1963年，在《文学评论》上发表《〈红楼梦〉中关于"十二钗"的描写》这一红学研究中的力作。

文学研究所总支书记王平凡曾回忆，1956年评职称，所里与北大、清华、中国科学院专家教授平衡，内部一致同意给俞先生定为一级研究员。何其芳、毛星和我三人研究后，让我找俞先生谈话。俞先生听后，平淡地表示，我想，我是应该的。何其芳在向上面提出定级的两条理由，一是俞平伯有真才实学，二是有社会影响。陆定一、胡乔木、周扬、陈伯达对此表示同意，周总理也知道了。这两条意见使俞先生心里的一些疑问解决了，在某种程度上也是对他学问的肯定。因为定了职称，就可以到好医院看病，看电影能坐在前排，进出城有车。倘若在其他单位不一定敢给俞先生这样的人评为一级研究员的。②

1957年5月26日，中宣部部长陆定一应中国科学院院长和中国

（接上页）的两位。李希凡对何其芳的批评没有立即作答，但对何其芳发表的《论阿Q》和《关于诗歌形式问题的争论》两文，却提出了质疑，前者在1956年，后者在1959年。因此，李希凡与何其芳的论争不止在红学一个领域。1964年，何其芳在为《文学艺术的春天》一书所写的序言中，就阿Q的典型问题和诗歌形式问题，系统反驳李希凡的质疑，用了一万多字的篇幅。1965年，李希凡在《新建设》杂志发表进一步诘难的文章，两个人的笔墨官司愈演愈烈。1973年，《红楼梦评论集》印行第三版，争论主要集中在贾宝玉和林黛玉的典型意义及《红楼梦》的思想倾向上，李希凡认为何其芳的分析是离开阶级观点，向人性论靠拢。由于当时的环境和气氛，何其芳已被打倒，处于不能答辩的境地，正常的学术讨论已无可能。本来《红楼梦》的思想倾向和明清之际的思想潮流是什么关系，贾宝玉的身上有无新的思想的萌芽，纯属于具体的学术问题，研究者完全可以而且应该坚持自己的独立看法；但遗憾的是，李、何论争未能在学术层面上深入探讨。参阅李希凡、蓝翎：《红楼梦评论集》，人民文学出版社1973年版，第334页。

② 时任文学所总支书记王平凡1999年6月14日口述。见陈徒手：《人有病天知否》，第5页。

文联主席郭沫若之请向首都科学文艺界代表作《百花齐放、百家争鸣》的报告。事先报告的征求意见稿送到了何其芳手里。他提起笔,加了这样一段话:"俞平伯先生,他政治上是好人,只是犯了在文艺工作中学术思想的错误。对他在学术思想上的错误加以批判是必要的,当时确有一些批判俞平伯先生的文章是写得好的。但是有一些文章则写得差一些,缺乏充分的说服力量,语调也过分激烈了一些。至于有人说他把古籍垄断起来,则是并无根据的说法。这种情况,我要在这里解释清楚。"①在讨论《百花齐放、百家争鸣》报告,提到批判俞平伯时,何其芳显得很激动,发言急促得有些口吃。他说:"说我们作了俘虏,②我们没有作俘虏,也没有投降,各人有自己的学术观点。说俞平伯垄断古籍,③我作为文学所所长,保证没有这样的事。"④

三、顾颉刚说:真话说不得矣

1951年12月2日,上海大公报馆举行了"胡适思想批判座谈会"。顾颉刚在当天日记里写道:"今日会上,和胡适有直接关系者只我一人。此会当是北京方面命开者,而我则为其提名,不容不到,故连日有电话来催迫。"这是顾颉刚第一次在公开场合批评胡适,他说"胡适是政治上的敌人,也是思想上的敌人"。在发言稿里,他本来讲到胡适以前的进步作用,但在会前与友人商量时方知不能在会上提及,顾颉刚

---

① 黎之:《回忆与思考》,《新文学史料》1994年4期。
② 指毛泽东《关于〈红楼梦〉研究问题的信》中说"'大人物'往往不注意,并往往加以拦阻,他们同资产阶级作家在唯心论方面讲统一战线,甘心作资产阶级的俘虏"。
③ 当时流行着一个传言:江青向俞平伯借珍本古籍,遭到俞的拒绝。但具体确凿的有两件事实:1954年《云南日报》在批评《红楼梦》研究中的错误时,曾发文批评俞平伯垄断古典文学的珍贵资料。参见:欧小牧《从"孤本秘笈"谈起》,《云南日报》1954年12月25日;发还"文革"期间抄走的俞平伯藏书中确有不少珍本加盖了"江青藏书"的印章。
④ 黎之:《回忆与思考》,《新文学史料》1994年4期。

在日记中记道:"盖至于今日而真话说不得矣"。① 1952 年春,全国掀起了大规模的知识分子思想改造运动。

1954 年批判俞平伯《红楼梦》研究运动,顾颉刚甚不以为然。11月 12 日,他在参加中科院历史所小组学习,讨论俞平伯《红楼梦研究》之后,在当天日记中写道:"自李希凡、蓝翎评俞平伯'红楼梦研究'后,发动轩然大波,群指俞氏为胡适派资产阶级的唯心论思想,抹杀红楼梦之人民性及现实主义。此事与予有大关系,故今日学习时备言之。实在说来,胡适固为资产阶级思想,平伯则犹然封建主义思想也。"顾颉刚意为批判胡适派资产阶级唯心论,俞平伯还不够格,不应当批到俞平伯。对以后的学习讨论,顾颉刚在 1954 年 11 月 15 日的日记中写了:"不欲往"。11 月 27 日在日记里写到:"欲予批评俞平伯,予却之"。② 12 月全国政协会议召开,顾颉刚在发言中却不得不说:"这一回文化界批判俞平伯的《红楼梦研究》。联系到胡适的学术思想,大家提出最真实的证据和最正确的意见,我才明白认识他的(指胡适)所谓研究方法乃是腐朽的资产阶级唯心论的方法,他的一切学术工作乃是替封建势力和美帝国主义服务、转移青年目标、进行反革命活动的手段。……胡适的政治面貌,我所认识的大概如此。我虽是纯粹研究学术的人,多少受了革命潮流的激荡,不能和他同流合污。再说他的学术思想,我在三十年前究竟得到了些什么？老实说来,除了他的资产阶级的唯心论观点,再没有什么,现在既有了马克思列宁主义的真理像太阳一般地照耀,这些反科学反真理的东西还值得一顾吗？……只要看《红楼梦考证》,在他的《胡适文存》里或者是他自以为最好的一篇文章了,然而他的研究始终停滞于著者身世和

---

① 顾潮:《历劫终教志不灰——我的父亲顾颉刚》,华东师范大学出版社 1997 年版,第 246、247 页。

② 同上书,第 264、265 页。

版本先后的问题上,一点也看不出这部古典文学杰作中反抗封建社会的思想本质和现实主义的创作方法来,就是一个极明白的例子。"①

顾颉刚的女儿顾潮回忆,父亲曾指着俞平伯《红楼梦辨》对她说:"都怪我害了他,要不是我以前研究《红楼梦》引起了他的兴趣,他不一定会写这本书。"当时顾潮虽只是小学生,却已体会到父亲心中深深地内疚与沉重。② 此后一段时期,顾颉刚的心情一直郁闷,他在给友人的信中说:"这样穷、忙、病三位一体的生活,我实在过不下去,但既在组织,又怎可脱离!因此,只得咬紧了牙齿苦撑下去。"③

早年的顾颉刚是以想象之丰富、大胆之假设而在古史研究领域创下基业并名噪学界。暮年时期的顾颉刚,则将主要精力放在对古籍的译注和点校上。从 1954 年开始,顾颉刚先后主持了《资治通鉴》、《二十四史》等古籍的点校工作。1980 年,87 岁的一代史学大师离开了人世。

1981 年俞平伯为悼念顾颉刚而作的五首诗中,有一首即映照了 1954 年批俞运动中顾颉刚对俞平伯的殷殷关切与俞平伯受批判后的孤苦心境:

悲守穷庐业已荒,悴梨新柿各经霜。
灯前有客跫然生,慰我萧寥情意长。④

(一九五四年甲午秋夕,承见访于北京齐化门故居。沫情殷,论文往迹不复道矣。)

---

① 顾颉刚委员的发言,《人民日报》1954 年 12 月 25 日。
② 顾潮:《历劫终教志不灰——我的父亲顾颉刚》,第 265 页。
③ 顾颉刚致陈懋恒、赵泉澄信(1955 年 8 月 23 日)。见顾潮:《历劫终教志不灰——我的父亲顾颉刚》,华东师范大学出版社 1997 年版,第 271 页。
④ 《俞平伯全集》(第 1 卷),花山文艺出版社 1997 年版,第 601 页。

四、王伯祥：珍重寒天日暮心

王伯祥，名钟麟，字伯祥，号容斋。江苏苏州人，著名文史学家。1950年王伯祥应郑振铎之邀，调到北京大学文学研究所工作，与俞平伯共事二十余年。1954年俞平伯因《红楼梦》研究而遭受批判，其心灵的悲观可想而知。深知平伯为人的王伯祥，独自登门去宽慰俞平伯，约他同游北海公园看菊花，并步至银锭桥，在名店"北京烤肉季"请俞平伯小酌。据王伯祥之子王湜华回忆：

> 1954年俞老受到众所周知的不公平的批判，检讨从九三学社北京市分社沙滩支社小组会上做起，一次接一次，逐级上升，甚至全国性的一次大运动，其精神上所受之压力是可想而知的。这又是解放初期继批判电影《武训传》等之后，火力最猛的一次批判运动，当时俞老个人当然就被孤立起来，门可罗雀。这也属常情，尤其此后经历过历次运动的人正多，能体会其中况味的人亦不少。就在此时，是我父亲第一个登门去看望他，并约他一同出门散散心，逛的是幽静的什刹海，并在烤肉季楼上小酌。①

俞平伯归后赋诗两首题为《赠王伯祥兄》：

> 容庵吾兄惠顾荒斋，遂偕游海子看菊，步至银锭桥，兼承市楼招饮，燔炙犹毡酪遗风，归后偶占俚句，即录似吟教。甲午立冬后一日，弟平生识于京华。
>
> 　　　　交游零落似晨星，过客残晖又凤城。
> 　　　　借得临河楼小住，悠然尊酒慰平生。

---

① 王湜华：《谊长逾半纪，情重若弟兄》，《新文学史料》1990年4期。

> 门巷萧萧落叶深,跫然客至快披襟。
> 凡情何似愁云暖,珍重寒天日暮心。①

诗中"交游零落似晨星"、"门巷萧萧落叶深"表述了俞平伯当年的处境十分孤寂。王湜华回忆说:"批得厉害时,俞老情绪低落,压抑得厉害。"②一位现当代著名文学家、诗人、全国人大代表,一连挨批了三个月。批判俞平伯《红楼梦》研究之前各地记者、读者、崇拜者来访俞平伯络绎不绝,而今可谓"门前冷落鞍马稀"。这亦难怪,谁不想划清界限呢?"悠然尊酒慰平生","凡情何似愁云暖,珍重寒天日暮心。"可看出王伯祥的到访,带给俞平伯的欣慰与感动。这幅字写在一张黄色带木刻水印紫红梅花边框的俞家旧藏的笺纸上,底色套印的是浅绿色的木刻山水,极为别致。俞平伯的下款仅用"平生"二字,小序下用的是朱白合璧"俞平伯"三字印,末尾打下了方许静庵刻的"知吾平生"四字白文印。这样的落款与用印,俞平伯只有在极为知己的挚友间才这样用,亦可见其当时心境之不佳。③

第六节　隔岸观火:胡适的看法

1954年国人对俞平伯《红楼梦》研究批判之时,胡适正远在大洋彼岸的美国。对于《红楼梦》研究批判运动的实质,他是心知肚明的。因而,他也一直密切注视着这场运动的进程,为俞平伯等人的命运而担忧,这从他致友人的书信里可见一斑:

---

① 俞平伯:《赠王伯祥兄》,《俞平伯诗全编》,浙江文艺出版社1992年版,第489页。
② 陈徒手:《旧时月色下的俞平伯》,《读书》1999年10期。
③ 王湜华:《谊长逾半纪,情重若弟兄》,《新文学史料》1990年4期。

第五章 文化的整合:《红楼梦》研究问题座谈会

(一)

君怡兄:

上个月承你寄我剪报五件,都是关于俞平伯的《红楼梦研究》的。我当时看了还不觉得这些讨论有什么可怕的,——我以为这不过是借我的一个学生做"清算胡适"的工具罢了。

十二月七日 N. Y. Times 登出香港电,说平伯已被宣告 "guilty" of propagating Dr. Hu Shih's bourgeois idealism in his commentaries on the novel Dream of the Red Chamber,又说:"The verdict had been reached after 8 meetings by the All-China Writers and Artists Association and the Chinese Writers' League."

这个消息使我重读你寄来的文件,才感觉特别的兴趣,才使我更明白这"清算俞平伯事件"的意义。我要特别谢谢你剪寄这些文件的厚意。此中的"周汝昌"一篇,特别使我注意。

周汝昌是我的"红学"方面的一个最后起、最有成就的徒弟。他的《红楼梦新证》已三版,香港可买到,你若没见此书,我盼你寻一部来看看,这是一部很值得看的书。(周君此书有几处骂胡适,所以他可幸免。俞平伯的书,把"胡适之先生"字样都删去了,有时改称"某君"。他不忍骂我,所以他该受清算了!其实我的朋友骂我,我从不介意。如周君此书,我大索香港市场,买得四册,留两册赠与台大与史语所。)

匆匆道谢,并贺
贤伉俪新年大吉祥。   弟   胡适

以后如有此类材料,仍乞赐寄,至感!

四三,十二,十七(六十三岁生日)

(二)

君怡兄：

前函发出了两天，又收到你寄来的剪报八件，十分感谢。

你怎么在百忙中还能注意到这些共产党统治下的思想斗争文件！我看你用红铅笔画出的许多地方忍不住笑说，"君怡看了这些文字，他生气比我还大！"

《星岛日报》说，这是"中共再度清算胡适"，大概不错。十一月五日的《人民日报》上王若水文中最后一段说："胡适……的：'学术思想'，他的实验主义哲学却还影响着学术界。他的幽灵还附在俞平伯和其他一部分文化界人士的身上。"我读了毛骨悚然！这几个字可以陷害多少人，可以清算多少人！

你在曼谷如找不到周汝昌的《红楼梦新证》，可向香港、东京找。我盼望你能看看这部六三二页的书。我买了几部，留了一部给台大。八月中台大教授吴相湘先生写信来说，他看了此书，"深感中共清算'胡适思想'的工作真是白费了"。老兄看了此书，一定也会点头微笑说，"适之的幽灵果然还附在一些人的身上！"

(三)

君怡兄：

收到你寄的剪报两批之后，曾有两信道谢。但都是寄 United Nations ECAFE，不知都得达否？

年底收到十二月十七日的手书，多谢多谢。

俞平伯之被清算，诚如尊函所论，"实际对象"是我，——所谓"胡适的幽灵"！此间有一家报纸说，中共已组织了一个清除胡适思想委员会，有郭沫若等人主持，但未见详情。倘蒙吾兄继续剪寄十一月中旬以后的此案资料，不胜感激！此事确使我为许多朋友、学生担忧，因为"胡适的幽灵"确不止附在俞平伯一个人身上，也不单留在《红楼梦》研究或"古典文学"研究的范围里。这"幽灵"是扫不清的，除不净的。所苦的是一些活着的人们要因我受罪受苦！除夕无事，又不能安睡，起床取新译的 Chaucer's Canterbury Tales 读到天明才得小睡。新年两天还没有出门，今天草此短信，敬贺新年，并致感谢。

适之　一九五五，一，三①

由此可见，胡适对大陆进行《红楼梦》研究批判的思索，可概括为三个方面：其一，借胡适的学生——俞平伯，做清算胡适的工具。由于俞平伯的学术研究直接承继胡适，批俞正是批胡的绝佳突破口，对事势之所至，胡适是洞若观火的。其二，他注意到周汝昌的《红楼梦新证》，该书是以胡适考证学的方法写成的。其三，他认为"胡适的幽灵"是扫不清的，"所苦的是一些活着的人们要因我受罪受苦"。因此，他十分牵挂俞平伯、顾颉刚等人。1957 年 7 月 23 日的夜半，当他看到俞平伯早年的作品《红楼梦辨》时，不禁感慨万千："林语堂先生从哥大图书馆借出一本俞平伯的《红楼梦辨》原版，是民国十二年（一九二三年）四月出版的，纸张已破烂到不可手触的状态了，所以哥大图书馆已不许出借，语堂托了馆里职员代他借得。"

---

① 《胡适全集》（第 25 卷），安徽教育出版社 2003 年版，第 617、618、619、621 页。

"三十多年没看见这本书了,今天见了颇感觉兴趣。有一些记录,在当年不觉得有何特别意义,在三十多年后就很有历史意味了。……"

"平伯此书的最精彩的部分都可以说是从本子的校勘上得来的结果。"

胡适在文末写道:"记念颉刚、平伯两个《红楼梦》同志。适之"。①

1950年代清理胡适思想,作为这次运动的一个总结性成果是生活·读书·新知三联书店出版的洋洋三百万字——《胡适思想批判》(共八辑)。批判文章写道:"看,照妖镜里是什么东西?一只狗,套着美国项圈的走狗";②"胡适今天虽然逃亡到他主子的巢穴里,但仍然如一支恶犬一样发出丧尽廉耻的狂吠";③"胡适在文化上是骗子兼恶棍,在政治上是流氓兼奴才";④"战犯胡适及其一派,乃是帝国主义及其走狗北洋军阀和国民党新军阀的御用学者、反共政客……胡适派这班'学者'就装扮成为'民主主义者'、'自由主义者'出现在中国的政治舞台上";⑤"胡适贩卖杜威的实验主义,把这种反动的、唯心主义的货色贩运进中国哲学、文学、史学等各门科学里来,积极散布了戕害中国人民的毒素。胡适是美帝国主义所豢养的文化买办。他的活动的终极目的是为美帝国主义服务,多少都带有买办性。就连他提倡整理'国故',吸引青年们去搞'国学',搞考据,也不例外";⑥"胡适的思想是同国民党反动政治紧紧地结合在一起的"。⑦ 执意留在大陆的胡适的小

---

① 《胡适全集》(第12卷),安徽教育出版社2003年版,第441、445页。
② 《胡适思想批判》(第1辑),生活·读书·新知三联书店1955年版,第46页。
③ 《胡适思想批判》(第2辑),生活·读书·新知三联书店1955年版,第320页。
④ 同上书,第335页。
⑤ 《胡适思想批判》(第6辑),生活·读书·新知三联书店1955年版,第138页。
⑥ 同上书,第198页。
⑦ 《展开对胡适派资产阶级唯心论思想的批判》,江苏省档案馆藏档:C35.2—107.

儿子胡思杜，①1957年9月21日因被打成"右派"而自杀。

相映成趣的是，海峡对岸的国民党亦发起清算胡适"思想毒素"的运动。1956年12月，由蒋经国主持的"国防部总政治部"以"周国光"的名义发布了题为《向毒素思想总攻击》的特字第99号"特种指示"，随后又印行了长达61页的更为详尽的同名小册子，其矛头直指胡适。胡适等人选择了国民党，但他的民主与宽容的政治思想却不为国民党所容纳，被指为"匪谍"，"名为自由主义，实际却是共匪的帮凶"，"替共匪摇旗呐喊"等等。1960年"雷震案"发生后，《自由中国》被迫停刊，雷震被军事法庭判处有期徒刑10年。胡适曾言："大失望！大失望！"雷震冤案是对胡适最沉重的一击，由此大病一场。晚年胡适处于"左右挨打"的悲剧命运。在各方夹攻之下，他已心力交瘁。1960年7月10日胡适在西雅图举行的"中美文化合作会议"上发表讲演，在历述中国文化演进的基础上认为："人道主义及理性主义的中国传统，并未被毁灭，且在所有情形下不能被毁灭！"②

---

① 1949年胡适和夫人江冬秀离开北平时，胡适的小儿子胡思杜执意留在大陆。胡适夫妇给思杜留下许多金银首饰和细软，说是让思杜结婚时用。1950年胡思杜在香港《大公报》发文《对我的父亲——胡适的批判》，宣布与父亲脱离关系。他说："今天，我受了革命的教育，我再不怕那座历史上的'大山'，敢于认识它，也敢于推倒它，也敢于以历史唯物主义的天秤来衡量他对人民的作用。从阶级分析上，我明确了他是反动阶级的忠臣，人民的敌人。在政治上他是没有什么进步性的。一九三〇年做北大文学院长以后，更积极地参加巩固加强匪帮的工作，成为反动政权的忠实走狗。这次出走，并在美国进行第三党活动，替美国国务院掌管维持中国留学生的款项（企图培养大批民主个人主义者、忠实于美帝的信徒）。这一系列的反人民的罪恶和他的有限的（动机在于在中国开辟资本主义道路的）反封建的进步作用相比，后者是太卑微不足道的"（香港《大公报》1950年9月22日）。胡思杜在华北革命大学毕业后，将父母留下的一皮箱金银细软皆上交组织，并积极要求加入共产党组织，未获批准。他被分配到唐山铁道学院马列部教历史。据胡适的学生罗尔纲回忆：胡思杜童年时喊打倒帝国主义，尊敬鲁迅，在美国留学遭美国驱逐，不肯随父母离开祖国。罗尔纲：《师门五年技·胡适琐记》，生活·读书·新知三联书店1998年版，第319页。

② 罗尔纲：《师门五年技·胡适琐记》，生活·读书·新知三联书店1998年版，第146页。

1962年2月24日,胡适在主持"中央研究院"第5届院士会议上,突发心脏病去世,安葬于台北南港。出殡之时,倾城空巷、十里沿途,自发送葬者30多万人,沿途居民家家燃香户户路祭。人们整理胡适遗物时发现,这位中国"资产阶级知识分子的代表",除了书籍、手稿外,余款只有153美元。遗嘱内容为:请求火葬;将遗留在北京的102箱书籍、文件捐赠北京大学;留存在纽约寓所的手稿、书籍、文件捐赠台湾大学。在众多的挽胡适联中,有一幅道出了胡适一生的尴尬——彼也不容,此也不容:

孟真死于闹,今公死于諜,行在纵多才,何堪如此?
"共党"既骂之,"国人"又骂之,容身无片土,天乎痛哉![1]

纵观胡适的一生,一方面,他经常批评当权者,促其改革,这难免令当权者不悦;另一方面,统治当局面临严重挑战,甚至危机之时,他又极力维护这个政权。他认为容忍(tolerance)比自由还更重要,社会上没有容忍,就不会有自由,为此又受到激进人们的嘲讽。这,或许是风云际会、纷繁多变的20世纪中国自由主义者尴尬、困境命运之所在。

---

[1] 陈漱渝:《飘零的落叶——胡适的晚年》,《胡适评说八十年》,中国华侨出版社2003年版,第166页。

第六章 政治的文化:《红楼梦》研究批判

> 忘记过去的人注定会重蹈覆辙。
> ——乔治·桑塔亚

1966年2月2日至20日,江青以受林彪"委托"的名义,在上海邀集解放军的六个人,①就部队文艺工作问题进行座谈,之后写了《江青同志召集的部队文艺工作座谈会议纪要》(以下简称《纪要》)。毛泽东对纪要作了修改:在标题上加了"林彪同志委托"6个字,标题为"林彪同志委托江青同志召集的部队文艺工作座谈会议纪要";将稿子第一部分"江青同志在上海召集刘志坚……"改为"江青同志根据林彪同志的委托在上海召集……"②而后由林彪以中央军委的名义报送中共中央审批。4月10日中共中央将该文件下发全国。《纪要》说:建国以来文艺界"被一条与毛泽东思想相对立的反党反社会主义的黑线专了我们的政。这条黑线就是资产阶级的文艺思想,现代修正主义的文艺思想和所谓三十年代的文艺的结合"。《纪要》声称:"要坚决进行一场文化战线上的社会主义大革命,彻底搞掉这条黑线"。《纪

---

① 解放军总政治部主管宣传、文化工作的刘志坚、总政文化部长谢镗忠、副部长陈亚丁、总政宣传部长李曼村、秘书刘景涛、编辑黎明共六人。
② 张化、苏采青主编:《回首"文革"》,中共党史出版社2000年版,第335页。

要》批判了"黑八论",①提出要创立样板戏,重新组织文艺队伍的任务。《纪要》与批判《海瑞罢官》反映了毛泽东对文艺领域阶级斗争的严重估计,②同时,也表明了他发动一场"文化大革命"的决心,标志着"文革"序幕开启。

"文革"开始后,在"破四旧"的口号下,《红楼梦》一度被视为"禁书"。③ 从1966年到1973年,据笔者统计未有一篇红学论文。但是从1973年开始,由《红旗》杂志出面发动,很快在全国范围内形成了评《红楼梦》运动(简称评红运动),组织了各种评论《红楼梦》的写作组。1973年全国重要报刊发表评红文章100篇左右。1974年,评红与"批林批孔"运动相结合,形成了评《红楼梦》运动的高潮,仅当年就发表评红文章360余篇。

---

① "黑八论"是:"写真实"论,"现实主义广阔的道路"论,"现实主义的深化"论,反"题材决定"论,"中间人物"论,反"火药味"论,"时代精神汇合"论,"离经叛道"论。

② 此前毛泽东作了关于文学艺术的两个重要批示:"各种艺术形式——戏剧、曲艺、音乐、美术、舞蹈、电影、诗和文学等等,问题不少,人数很多,社会主义改造在许多部门中,至今收效甚微。许多部门至今还是'死人'统治着。不能低估电影、新诗、民歌、美术、小说的成绩,但其中的问题也不少。至于戏剧等部门,问题就更大了。社会经济基础已经改变了,为这个基础服务的上层建筑之一的艺术部门,至今还是大问题。这需要从调查研究着手,认真地抓起来。""许多共产党人热心提倡封建主义和资本主义的艺术,却不热心提倡社会主义的艺术,岂非咄咄怪事。"(1963年12月12日)"这些协会和他们所掌握的刊物的大多数(据说有少数几个好的),十五年来,基本上(不是一切人)不执行党的政策,做官当老爷,不去接近工农兵,不去反映社会主义的革命和建设,最近几年,竟然跌到了修正主义的边缘。如不认真改造,势必在将来的某一天,要变成像匈牙利裴多菲俱乐部那样的团体。"(1964年6月27日)据此似可看出,毛泽东将文艺问题作为发动"文革"突破口之原因所在。

③ 红学家冯其庸家里的《红楼梦》被红卫兵抄走,说它是黄书。冯其庸没办法,只得托好友从图书馆借了《红楼梦》,每天晚上等家里人都睡着了偷偷地抄几个小时。他按照《红楼梦》庚辰本的原行原页,用朱墨两色抄成,一共16本。前后抄了近一年的时间,1970年的一个雨夜他的手抄本《红楼梦》完成。冯其庸曾赋诗咏志:"《红楼》抄罢雨丝丝,正是春归花落时。千古文章多血泪,伤心最此断肠辞。"冯其庸口述访谈,《大家》(第3期),商务印书馆2005年版,第61页。

第六章 政治的文化:《红楼梦》研究批判

第一节 "评红"运动兴起的原因

"九·一三"事件后,周恩来主持中央日常工作期间,在毛泽东支持下,为纠正"文化大革命"中的"左"倾错误,进行了大量的工作,使各方面的工作一时出现了转机。1972年10月14日,《人民日报》根据周恩来于八九月间两次批判极左思潮的讲话精神组织发表了三篇批判极左思潮和无政府主义的文章,指出林彪是煽动极左思潮的祸首。但是,江青、张春桥、姚文元攻击《人民日报》的文章是"毒草",他们在上海召集所谓工人座谈会,借上海工人的名义,攻击《人民日报》的文章。同时,在人民日报社内大批"修正主义"和"右倾回潮"。

1973年12月12日,毛泽东在中央政治局会议上提出:"政治局要议政。军委要议军,不仅要议军,还要议政。军委不议军,政治局不议政,以后改了吧。你们不改,我就要开会,到这里来。"①他还说:"准备打仗!内战外战都来!我还可以打几仗。""一打来就可以分清,谁是真正愿意打的,谁是勾结外国人,希望自己做皇帝的。"②就在这次会上他提出了八大军区司令员对调问题。21日毛泽东在接见中央军委会议的全体人员时,又重提中国出修正主义问题,郑重地说:"如果中国出了修正主义,大家要注意啊!"他认为当时存在着否定"文化大革命",产生修正主义的现实危险。

接着毛泽东指着在座的许世友说:"许世友同志,你现在也看《红楼梦》了吗?"

---

① 毛泽东在中共中央政治局会议上的讲话记录,1973年12月12日。逄先知、金冲及主编:《毛泽东传》,中央文献出版社2003年版,第1672页。
② 陈文斌等:《中国共产党执政五十年(1949—1999)》,中共党史出版社1999年版,第423页。

许世友答:"看了,自从上次主席批评我,就全部都看了一遍。"

毛泽东说:"要看五遍才有发言权呢。"

许世友答:"那没有看那么多,我还刚看一遍呢。一定坚持看下去。"

毛泽东说:"他那是把真事隐去,用假语村言写出来,所以有两个人,一名叫甄士隐,一名叫贾雨村,真事不能讲,就是政治斗争,吊膀子这些是掩盖它的。第四回里边有一张'护官符',那上面说:'贾不假,白玉为堂金作马;阿房宫,三百里,住不下金陵一个史;东海缺少白玉床,龙王来请金陵王;丰年好大雪(薛),珍珠如土金如铁。'中国古代小说写得好的是这一部,最好的一部。创造了好多文学语言呢。你就只讲打仗。"

许世友答:"主席讲的这个话,确实打中要害。"

毛泽东说:"你这个人以后搞点文学吧。'随陆无武,绛灌无文。'汉书里边有汉高祖和陆贾的传,那里边说的:'常恨随陆无武,绛灌无文'。"

许世友答:"应该搞点文。"

毛泽东问:"你能够看《红楼梦》,看得懂吗?"

许世友答:"大体可以。"

毛泽东说:"要看五遍。"

许世友答:"坚持看五遍。"

毛泽东说:"《水浒》不反皇帝,专门反对贪官。后来接受了招安。绛是说周勃,周勃厚重少文。你这个人也是厚重少文。如果中国出了修正主义,大家要注意啊!"

许世友答:"把它消灭!不怕,那有什么关系!"

毛泽东最后说:"不怕啊!你就作周勃嘛。你去读《红楼梦》吧!"①

---

① 毛泽东同参加中央军委会议人员谈话记录,1973 年 12 月 21 日。逄先知、金冲及主编:《毛泽东传》,第 1676 页;《毛泽东文艺论集》,中央文献出版社 2002 年版,第 209、210 页。

第六章 政治的文化:《红楼梦》研究批判

许世友领悟道:"毛主席是要我们保卫他老人家领导我党我军创建的人民共和国,防止修正主义篡党篡权。"①

许世友一生戎武,是少数几个毛泽东可以交心的高级将领。② 这番对话,道出了毛泽东内心的一种真情,以及对当时社会的某种忧虑。

许世友是军武出身,毛泽东叫他读书,而且还读《红楼梦》这样的书也实在难为他了。他的秘书建议到南京大学找一个研究《红楼梦》的人,把百万字的《红楼梦》缩写成五万字的《红楼梦》。于是由南京军区政治部派人到南京大学革命委员会,南大革委会把这个政治任务交给中文系,并且一要保密,二要限期完成。中文系找到了青年教师吴新雷。因为吴新雷研究生毕业后教中国文学史,分段分到宋元明清,讲到清代文学当然要涉及《红楼梦》。吴新雷说:"不过那个《红楼梦》是老生常谈,但比起别人不讲的,我总要好一点。我接到这个任务也非常有压力,他们的要求很明确,一百多万字改写成五万字,每一句话都要有来历,不能搞出一个假的《红楼梦》,每一句话都要从《红楼梦》里来,都要是《红楼梦》的原文。弄了三个多月我才勉强弄出来。"③

1973 年 11 期《红旗》杂志刊登了孙文光的文章《坚持用阶级观点研究〈红楼梦〉》揭开了评红运动的序幕。孙文光说:

---

① 许世友:《毛主席永远活在我们的心中》,《红旗》1978 年第 9 期。
② 从以下几件事也可以得到佐证:"文革"前夕 1965 年,毛泽东在杭州把许世友从南京叫去,对许世友说:"要警惕出修正主义,特别是要警惕在中央出修正主义。"他问许世友:"中央出了修正主义,怎么办?"许世友答:"如果中央出了修正主义,我就带兵北伐,保卫毛主席! 保卫党中央!"毛泽东笑着说:"那就来不及啦!"1970 年 8 月庐山会议,毛泽东召见许世友时,留了眼泪,把手放在许世友的手上,十分恳切地说:"你摸摸,我手是凉的,我只能当导演,不能当演员,你回去做做工作,不要选我做国家主席。"1971 年毛泽东南巡时,特地把许世友从南京叫到南昌,对许世友交底说:"庐山这件事,还没有完,还没有解决。回到北京以后,还要再找他们(指林彪等人)谈,他们不找我,我去找他们。"许世友:《毛主席永远活在我们的心中》,《红旗》1978 年第 9 期;《许世友回忆录》,解放军出版社 1986 年版,第 32 页。
③ 笔者对吴新雷教授的电话访谈,2006 年 7 月。

一九五四年十月,伟大领袖毛主席在《关于红楼梦研究问题的信》中,对《红楼梦》研究和意识形态领域里的斗争作了极其重要的指示。毛主席深刻地、尖锐地批判了刘少奇、陆定一、周扬之流"同资产阶级作家在唯心论方面讲统一战线,甘心作资产阶级的俘虏"的罪行,号召开展反对胡适派资产阶级唯心论的斗争。这场斗争拨开了笼罩在《红楼梦》上的重重迷雾,指明了《红楼梦》研究工作的方向。

《红楼梦》从问世到现在,已经有两个多世纪了。在研究《红楼梦》问题上的斗争,也几乎同时进行了两百多年。从旧红学派、新红学派到"男女恋爱主题"的反动滥调,都无一例外地贯串着地主资产阶级人性论,掩盖了《红楼梦》的真面目。今天,我们必须遵照毛主席关于批判继承的指示,坚持马克思主义的阶级论,批判地主资产阶级人性论,正确评价《红楼梦》,让广大青年和读者从这部形象化的封建社会百科全书中得到有益的历史知识,从而有助于参加当前的现实斗争。①

以这篇文章为起点,此后评红运动在全国大张旗鼓地展开起来。"评红"是1973年、1974年中国政治文化生活的重要主题之一,在"文革"时期出现了"百学俱废,红学独兴"的局面。

第二节　政治社会化:运动的展开

政治社会化(political socialization)是对政治态度和社会习性的学习,其运作方式体现为通过看、听、模仿家庭、朋友以及人们所尊敬

---

① 孙文光:《坚持用阶级观点研究〈红楼梦〉》,《红旗》1973年11期。

的人的政治态度和价值,以学校、传媒、政府等为平台,训练个人,支持政治系统。① 1973年、1974年的两年间,评《红楼梦》成了全国数亿人参加的政治运动。不仅各级文教组织,而且军队、工厂、农村都成立了各类评红小组,并且要求人人"紧跟",挥笔上阵,订出写作计划。评红文章的内容皆拔高《红楼梦》的社会意义,影射现实,将毛泽东阐述的关于《红楼梦》的观点绝对化:《红楼梦》是"阶级斗争的形象史"、"封建社会的百科全书"、"一部阶级斗争历史的教科书"、"一部形象化的封建社会的历史"、"封建社会末期的一部政治史、阶级斗争史"。以广西壮族自治区蒙山县师范学校为例,学校所有班组要定期出版评红专栏。就学校两个班的统计:1974年上半年就出版了12期评红专栏,写了1000多篇评红文章,内容大多照抄报纸,《红楼梦》是"政治小说","几十条人命","总纲"说,从乌进孝的交租单上算剥削账等等。为了"联系斗争实际",有的抄一段报纸,生拉硬扯地写上一段自己的村史或家史。不仅生产队评红组的成员大多没有读过《红楼梦》,甚至连师范生、中小学生不清楚曹雪芹为何许人也。当时有不少的评红文章跟相声《关公战秦琼》一样荒唐。②

评红权威文章多由北京、上海两地的写作组完成,定下基调。20世纪70年代,写作组在中国大陆的政治文化中有着举足轻重的地位,成为政治风向的航标灯,当时有这样的说法:"小报抄大报,大报抄梁效"。影响最大的是以梁效为笔名的北大、清华两校大批判组和以方岩梁、石一歌等为笔名的上海市委写作组,两个写作组南北呼应。其文章往往在党报党刊最显要的位置发表,具有优先发表的权力。其次的有以洪广思为笔名的北京市委写作组,以吴红为笔名的《解放军报》

---

① 迈克尔·罗斯金等:《政治科学》,华夏出版社2001年版,第141—146页。
② 罗源:《关于"文革"中"评红热"问题讨论的来稿综述》,《文学评论》1981年6期。

写作组，以初澜、江天为笔名的文化部写作组，以池恒为笔名的《红旗》杂志写作组，以唐晓文为笔名的中央党校写作组。能加入写作组，成员的命运亦随之改变。以北京大学历史系教授周一良为例，"文革"开始后，他被抄家、批斗、关押、殴打、侮辱，冠以"反动学术权威"、"走资本主义道路当权派"、"反共老手"、"美国特务"、"老保翻天急先锋"五顶帽子。当他由历史系调入梁效写作组后，不但落实了各项政策，很快成为党的十大代表，主席团成员。毛泽东逝世时，周一良名列治丧委员会成员。

一、梁效

北京大学、清华大学大批判组成立于1973年，它名义上属北大、清华，实际上是中央亲自指挥、直接控制的写作班子，它享有在两报一刊（《人民日报》、《解放军报》、《红旗》）优先发文的权力。1974年中共中央以一号文件的形式发出了该组整理的《林彪与孔孟之道》，由此启动了席卷全国的批林批孔运动。该组也就成为当时最引人注目的写作班子。据当事人范达人回忆：

> 这一组织最初定名为"北京大学、清华大学大批判组"，后来用了许多笔名，如梁效、柏青、高路、景华、安杰、秦怀文、施钧、郭平、金戈、万山红、祝小章、梁小章等，其中最主要的一个笔名是"梁效"。为什么取"梁效"这一笔名呢？记得在此之前年初，我们发表了一系列批判林彪、孔孟之道的文章，大部分都用"北京大学、清华大学大批判组"的名义。当时姚文元提出能不能用笔名。他说如果报刊上经常出现"北京大学、清华大学大批判组"的署名文章，有点不大好。姚将其意见通过《红旗》编辑告诉了李家宽，李向迟群、谢静宜作了汇报。迟、谢同意用些笔名并说这样可以使人感到有很多人参加大批判，而不仅是两校。于是，后来一些

第六章　政治的文化：《红楼梦》研究批判

分量不太重的文章便用笔名。用什么笔名呢？在一次会上迟群提出了这个问题，我当时建议用"梁效"，因为一则北大、清华是两个学校，"梁效"与两校谐音，再则用"梁效"两字从语音听亦不错，表示良好效果的意思。梁又是百家姓的一姓。当时迟群对我的建议未置可否，李家宽等人倒同意用这一笔名。后来，"梁效"竟成了我们的主要笔名，"北京大学、清华大学大批判组"这一名称逐渐被淡忘。①

据梁效写作班子的成员北京大学历史系教授周一良回忆：

梁效设支部书记一人，由迟群、谢静宜手下的八三四一部队的干部担任；副书记二人，北大清华各出一名。三十几名成员中，两校之外，还有少数人民大学的教师。除老教授晚间回家外，都集中住宿，每天三段时间都须到班。梁效纪律森严，不得随便请假，不得向外面（包括自己家人）透露工作内容。集中驻地在北大朗润园的北招待所，门禁森严，给外人以神秘之感。梁效主要任务是写作，由中青年同志担任，为"四人帮"制造反动舆论。写作意图由迟、谢两人下达，或由《红旗》、《人民日报》等报刊的编辑口头传达，有时甚至写成书面提纲交给各写作小组。几个写作组之外，有个研究组，后改名注释组，几名老教授在内。江青听毛主席谈话，遇到她不知的人物或不懂的典故，立即通过迟、谢两人命令这个组查阅报告，起了供顾问咨询的作用。……江青曾几次来驻地与梁效成员见面，她去天津、小靳庄和山西大寨，也令梁效和梁效成员以外的某些教授随行。江青谈话浅薄无知，而喜欢自吹自

---

① 丁东：《"文革"写作组兴衰录》，《文史博览》2005 年 19 期。

擂,炫耀卖弄。她给我的印象并不佳,但她口口声声主席如何,因而给人感觉她是主席的代言人。我认为批林批孔也好,评法批儒也好,都是毛主席的部署,她只是执行者而已。①

1974年6月15日,江青等人在与梁效等写作班子成员谈话中说:"现在的文章很少提到现代的儒,除了林彪、陈伯达以外。现在有没有儒?有很大的儒,……不然,不会搞这样大的运动。"不久,梁效一个头头在迟群等人召集的会议上说:"注意,大儒不是指刘少奇,也不是林彪、陈伯达。"②6月28日的《人民日报》整版刊登了梁效的《封建末世的孔老二——〈红楼梦〉里的贾政》,文章含沙射影地把矛头指向周恩来:

> 贾政是贾、史、王、薛封建四大家族的思想政治代表。在贾府,他是唯一由皇帝亲点、不只有衔而且有权的现职官员。
>
> 这个孔老二的信徒,毫无真才实学,脑子里塞的尽是些孔孟之道的秕糠。他言必称子曰,动辄引诗书,对孔老二崇拜得五体投地,真是孔步亦步,孔趋亦趋。他教子读经,说什么"只是先把《四书》一齐讲明背熟,是最要紧的",其他"一概不用虚应故事"。在贾政看来,这部朱熹集注的《四书》,是中国最重要的政治教科书,正统思想的最好范本,应该背得烂熟,务必身体力行。……
>
> 贾政不但是个官迷,而且很懂得一套做官的权术和诀窍。他和别人谈起贾雨村,对贾雨村的升官之道表示钦佩:"几年间,门子也会钻了,由知府推升转了御史,不过几年,升了吏部侍郎,兵

---

① 周一良:《毕竟是书生》,北京十月文艺出版社1998年版,第71、72、73页。
② 陈文斌等:《中国共产党执政五十年(1949—1999)》,中共党史出版社1999年版,第423页。

第六章 政治的文化:《红楼梦》研究批判

部尚书。"可见,他对官场中如何如何钻营的一套是多么谙熟。其实,贾政自己的钻营本事,不比贾雨村差些。不正是经他的"吹嘘",贾雨村才得以起用复职了吗?他本人官运亨通,屡得上司的青睐以致最高统治者皇帝的褒奖和宠信,正是他善于投机钻营、谄媚逢迎的明证。为人"古朴忠厚"的贾政,实际和孔老二一样,是个"深通世故"、"滑得可观"的家伙。……

我们无产阶级和革命人民,倒可以利用贾政这个形象,作为反面教员。通过对他的分析批判,提高识别林彪一类骗子的能力,进一步搞好批林批孔。①

项庄舞剑,意在沛公。文章借古讽今,批林批孔批周公。用孔子、贾政来影射周恩来:"他是唯一由皇帝亲点,不只有衔而且有权的现职官员",是个"深通世故"、"滑得可观"的家伙。他"凭着从孔老二那里传下来的一套儒家骗术,招摇撞骗,欺世盗名,骗得了许多好名声,什么'端方正直'、'古朴忠厚'、'礼贤下士'等等,俨然是一个超等的'正人君子'"。显然,这里刻画的已不是贾政的镜像了。此时的周恩来已身患癌症,对这场运动的矛头所向,他是心知肚明的。病情每况愈下的周恩来在 305 医院与身边的工作人员合影时说到:"我这是最后一次同你们合影,希望你们以后不要在我的脸上打叉叉!"②

1974 年 10 月 16 日是毛泽东《关于红楼梦研究问题的信》发表 20 周年,梁效在当天的《人民日报》头版发文:

---

① 梁效:《封建末世的孔老二——〈红楼梦〉里的贾政》,《人民日报》1974 年 6 月 28 日。
② 张佐良:《周恩来的最后十年——一位保健医生的回忆》,上海人民出版社 1997 年版,第 361 页。

二十年前，伟大领袖毛主席写了光辉的历史文件《关于红楼梦研究问题的信》，它在我国社会主义革命和社会主义建设时期，对于无产阶级批判资产阶级的斗争，起着伟大的指导作用，具有深远的历史意义。

今天，我们结合二十年来思想文化战线上的斗争经验，重新学习这一历史文件，进一步深入领会它的光辉思想，这将有力地推动当前批林批孔的斗争。……

二十年来围绕《红楼梦》问题的斗争，乃是马克思主义与修正主义、无产阶级与资产阶级之间的斗争。这种斗争，今后还将长期进行下去。……

要遵循"古为今用"的原则，使《红楼梦》研究为当前的现实斗争服务，为批林批孔、反修防修服务。我们应该抓住《红楼梦》这个典型，解剖麻雀，从而进一步推动整个古典文学研究沿着毛主席的无产阶级革命路线胜利前进！①

二、石一歌、方岩梁

石一歌、方岩梁皆为上海市委写作组的笔名。石一歌意为上海市革委写作组《鲁迅传》编写组的 11 个青年人；方岩梁是放眼量的谐音，取自毛泽东诗"风物长宜放眼量"。当时，上海市委对于写作组的方针为"以战斗任务带动战斗队伍"，"战斗任务"则是由毛泽东、党中央、市委定的。例如发动对"毒草"电影《早春二月》、《北国江南》的批判，就是由中宣部根据毛泽东的批示下达通知的。中央没有提及的影片，不得擅自批判。中央没有批准的作者的姓名，也不得在批判文章中提到。领袖提出《红楼梦》是写阶级斗争的书，写作组便写："《红楼梦》不

---

① 参阅《人民日报》1974 年 10 月 16 日第 1 版。

是爱情小说，而是社会政治小说"。石一歌在《〈红楼梦不是爱情小说——略论〈红楼梦〉的主题》中说：

> 《红楼梦》的中心情节，是描写以贾府为主的四大家族由兴到衰，走向没落和崩溃的过程。第四回"护官符"上讲的贾、史、王、薛这四大家族，是大贵族、大官僚、大地主、大皇商集团，他们"连络有亲，一损俱损，一荣俱荣"，从政治、经济、军事等方面，构成封建专制的基础。他们上通封建帝王，中结地方官吏，下压贫苦人民，气焰熏天，不可一世，在某种意义上可以看作整个封建制度的缩影。……
>
> 《红楼梦》不是爱情小说，而是社会政治小说。我们要把它当成封建社会的历史来读，而不能当成"生活教科书"来读，更不能当成"恋爱经"来读。列宁曾经说过，托尔斯泰的作品里有"可以作为启发先进阶级提供宝贵材料的批判成份"。这对《红楼梦》也是适用的。用无产阶级观点去读《红楼梦》，有助于我们进一步认识剥削阶级的本质，如果把它当成爱情小说来读，就会走到邪路上去——这是不能完全归咎于《红楼梦》的。①

张春桥、姚文元直接指挥控制上海市委的写作班子。一般说来，"战斗任务"确立后，写作组运作的程序如下：

> 第一步是编资料。"毒草"影片批判前，先通过上海电影局向北京文化部把这几部影片的剧本要来，内部排印成册。然后再印原著，摘编有关这些作品和影片的评论文章，如印了夏衍改编的

---

① 石一歌：《〈红楼梦不是爱情小说——略论〈红楼梦〉的主题》，《学习与批判》1973年4期。

《林家铺子》的电影剧本,还要印出茅盾的原著,加以对照,看看影片的编导对原著作了哪些增删,同时还要把过去报刊上关于影片《林家铺子》的评论文章中的论点,加以分类摘编,供批判用。

批判30年代"国防文学"的口号时,首先要找到当时赞成"国防文学"口号的文章和赞成"民族革命战争的大众文学"口号的文章,汇编成册,还把刘少奇为这场争论所作的总结文章也编了进去。

为批判周扬的需要,写作班子把周扬过去各种历史时期所写的文章,包括在延安所写的文章,以及刊登在延安《解放日报》的几篇作品,全部找到编印成册,以此作为批判用的"弹药"。文学组曾在汇编资料的基础上写成《周扬在延安的反党铁证》一文,大量引述原文加以批判。

在为姚文元撰写《评"三家村"》一文做准备时,写作班子历史组、文学组、哲学组全面动员,选编了大量的资料,包括吴晗、邓拓、廖沫沙写的《"三家村"忆记》及《燕山夜话》,分类摘录这些文章中有"问题"的观点,编印成册。

以上这些资料,全部交给中共上海市委印刷厂及文汇、解放两个报社,印成大字本,标明"内部资料"、"供批判用"等字样,上报给市委领导,同时在写作班子各组内部使用,并留出一部分由两个报社提供给市委写作班子以外的社会各界特约作者撰写批判文章。

第二步是拟出批判文章选题。选题有的是由市委写作班子各组自拟,有的是和文汇、解放报社合拟。每一"战役"都有一个选题计划,除了重点文章以外,还有其他的配合文章。如姚文元的《评"三家村"》一文发表以后,历史组就和文汇报理论部共同拟出选题《"三家村"黑洞是怎样开张的?》、《反共知识分子的狂妄叫器》、《"三家村"黑店如何恶毒攻击我们伟大的党?》等等。其中又分重点文章和配合文章,重点文章往往由市委写作班子撰写,配合文章除写作班子承担一部分外,再由报社约社会各界的人士写作。这些社会作者也都是和报社经常有联系的"左派"人士,分布在各高等院校、文艺协会、哲学社会科学联合会、上海社会科学院各所及市委党校等单位,大都是年轻作者。选题拟定以后,就要给作者提供条件,像批判"毒草"电影时,除了提前给作者专场放映"毒草"影片以外,徐景贤还专程去北京,到中国电影资料馆借阅资料,调看夏衍、田汉等人30年代创作的影片《狂流》、《三个摩登女性》等,以便让作者在批判"三十年代文艺黑线"时深挖这些"祖师爷"们的老根。

第三步是召开座谈会。批判文章选题由市委领导批准以后,由报社出面,邀请市委写作班子人员和社会作者参加,讨论选题分工。如批判影片《早春二月》,解放、文汇两报和《大众电影》需各发一篇打头阵的重要文章,分别由徐景贤、胡锡涛和电影局调来的几个人撰写,配合选题就由与会各界作者分担。重点文章经报社排出小样,先是由石西民审查,石西民调走后就由继任的领导张春桥、杨西光审定。他们写下审查意见后,由写作班子执笔人员反复修改,再由报社派人来取,有的稿件不断改排修改稿,直至排出最后清样,送市委领导终审决定何日刊登,这样才打响了某次"战役"的第一枪。由于频繁地发稿、排印、改稿,两个报社的交通员有时一天要到写作班子来回好几次。他们为了赶速度,开着轻便两用车(类似现在的助动车)送稿样。当时两用车在社会上还是稀罕物,报社交通员在等待取稿时,写作班子的几个青年作者轮流骑上车,在院子里学,一段时间下来,几个人都学会了驾驶,可见当时报社和写作班子来往之密切。①

方岩梁在《红旗》杂志上撰文以《红楼梦》中的贾府为参照来分析美、苏两国的难处:

> 贾府是一面镜子。贾府的"难处",反映出一切反动没落阶级的"难处",也可以用以照出苏修、美帝两个超级大国的"难处"。《红楼梦》中的探春小姐,在贾府管过一阵子事以后,讲过一段话:"我说:倒不如小户人家,虽然寒素些,倒是天天娘儿们欢天喜地,大家欢乐。我们这样人家,人都看着我们不知千金万金、何等快乐,殊不知这里说不出来的烦难,更利害!"今日苏、美两个超级大国各有一本难念的经,正处在危机四伏的狼狈境地,种种"说不出的烦难",比昔日的贾府"更利害"!这两个超级大国都背着一个"大"包袱,越背越重,日子一天比一天难过,已经滑到了崩溃的边缘。看纸老虎的现在,就可以知道纸老虎的未来。不管苏修、美帝如何挣扎,如何自吹自擂,毕竟是"昏惨惨,黄泉路尽",它们灭亡的命运是决计改变不了的。

> "大有大的难处",装腔作势的王熙凤对这一点是说对了。二百多年前的曹雪芹当然想不到,我们无产阶级还可以借用他"十年辛苦不寻常"铸成的《红楼梦》这面镜子,照出一切反动没落阶级虚弱的本质和覆灭的命运。也正是由于这一点,我们感谢曹雪芹。我们只有用马克思主义的观点认真阅读和研究这部政治历史小说,才能从中吸取有益于无产阶级专政的历史经验。②

---

① 罗玲珊:《上海市委写作班子的来龙去脉》,《百年潮》2005 年 12 期。
② 方岩梁:《"大有大的难处"——从〈红楼梦〉看反动没落阶级的虚弱本质》,《红旗》1974 年第 4 期。

第六章　政治的文化：《红楼梦》研究批判

评红时期重要的"红学"文章、作品主要有：北京市委写作组洪广思的《〈红楼梦〉是一部写阶级斗争的书》、①《意识形态里的一场阶级斗争——学习〈关于红楼梦研究问题的信〉》、《叛逆者与牺牲者——评林黛玉形象的思想意义》、《阶级斗争的形象史——评〈红楼梦〉》（人民文学出版社 1974 年版）；解放军报写作组吴红的《还要努力作战——学习毛主席〈关于红楼梦研究问题的信〉》；②文化部写作组江天的《反革命两面派的自我暴露——剖析林彪在〈红楼梦〉第一百七回中的一段批语》、《用马克思主义占领上层建筑各个领域——学习〈关于红楼梦研究问题的信〉》。

红学家冯其庸时为中国人民大学语言文学系教师，被调进北京市委"洪广思"写作班子。据冯其庸回忆："1973 年到 1974 年，社会上掀起了一股评《红》热潮，我由北京市委调去参加评《红楼梦》的写作组，当时一起调去约有六七个人。确定了全书的章节后，就由大家分头撰写，我写的是全书的'序言'、'曹雪芹的世界观和他的创作'、'二百年来围绕着《红楼梦》的斗争'这三章，后来这三章收入我的《梦边集》。现在回头看二十多年前写的这些东西，自觉可以覆瓿。一是当时还是'文革'后期，评《红》都是以毛泽东主席对《红楼梦》的一些批示作为依据的，市委组织这个写作班子，其目的也就是要以毛主席的指示为根据来评论《红楼梦》，所以不可能真正深入地研究《红楼梦》，只能停留在表面理解上；二是我自己对《红楼梦》的理解还有待于深入。"③

冯其庸说："上面会指定你写文章，你也不能不写。但是我有一个原则：凡是指定我写的文章，我都不写自己的名字，只有写学术文章，我才用自己的名字。我让北京市委调去写稿子，集体用的笔名就是

---

① 因当时写作组住在北京香山宏广寺，故名洪广思。
② 吴红意为无产阶级的红色江山。
③ 冯其庸：《敝帚集——冯其庸论红楼梦》，文化艺术出版社 2005 年版，第 2、3 页。

'洪广思'这个名字,因为我们当时就住在香山宏广寺。而且文章的主要思想是要根据上面的意思来写的,并不完全是自己的思想。"①可见,写作组写什么、文章的主要内容皆是由上面来决定的。

总体而言,此时《红楼梦》研究的宗旨在于批林批孔、反修防修,根本宗旨在于为现实政治斗争服务。② 评红的文章皆从"阶级斗争"这一特定视角出发去寻觅论据、影射现实,由此形成了"革命红学"。它是建立于"一元文化"的惯性之中,这种惯性来源于对公共空间和私人生活的全面掌控。从某种意义上说,评红运动是政治在全面渗透和控制社会生活各领域的过程中对文化变革所提出的内在要求。"红学"之"学"的成份丧失殆尽矣。评红运动与评法批儒是紧密相关的。

第三节 日常生活中的文化权力

1966年6月1日《人民日报》发表了《横扫一切牛鬼蛇神》的社论。次日,又发表了《触及人们灵魂的大革命》的社论,号召"坚决向那些反党反社会主义的资产阶级代表人物、资产阶级学术权威,展开坚决的毫不留情的斗争。"

米歇尔·福柯将权力界定为:"日常生活中持久的压迫"。③ 从日常生活的细节之中可以发现文化权力运行的逻辑与轨迹。

1966年8月下旬,大批红卫兵闯入了俞平伯往日的住宅"老君堂76

---

① 冯其庸口述访谈,《大家》,商务印书馆2005年版,第69页。

② 1974年5月26日至6月2日,乔冠华陪同英国首相、保守党领袖爱德华·希思访问西安、昆明。途中,希思问乔冠华:你们的广播中、报纸上不断宣传评论《红楼梦》,是怎么回事?时值全国正在批林批孔,毛泽东1973年10月曾说:"《红楼梦》是写政治斗争的。这是一部顶好的社会政治小说"。乔冠华说:"通过对《红楼梦》的评论,可以教育干部牢记为人民服务的宗旨,永远不要高高在上,欺压百姓;也可以教育群众珍惜当家作主的社会地位,继续艰苦奋斗,建设社会主义。目的就是反对和防止修正主义,也就是防止资本主义复辟。"《党史博采》2005年12期。

③ 福柯的这个观点是文化研究发展过程中非常重要的概念。参见马克·吉布森:《文化与权力:文化研究史》,北京大学出版社2012年版,第40页。

号",在喊着"俞平伯出来"、"打倒牛鬼蛇神"的口号下,把俞平伯夫妇围在院子中间,俞平伯夫人许宝驯女士的头发被剪得七零八乱。红卫兵要他们交待罪行,他们只得不停地说:"我有罪!"当时,年近80的俞平伯母亲许之仙尚健在,抄家者不仅毁掉了老人留存的一口寿材,还把收在箱子里的寿衣翻出,强迫老人穿在身上,勒令俞平伯夫妇跪在母亲的面前,做出伤心嚎哭的样子。两年后,老人去世。红卫兵用麻袋抄走了俞家三代积存的藏书,一把火焚烧了俞氏收藏的有关《红楼梦》的全部资料、笔记以及俞平伯自订收录的1916年至1950年代全部旧体诗作的《古槐书屋诗》八卷手稿。1954年《红楼梦研究》批判后,俞平伯并未停止《红楼梦》的研究工作,相继出版发表了《红楼梦80回校本》、《甲戌本红楼梦序》、《关于十二钗的描写》,他曾言:"一九五四年批判我的'红楼梦研究',我不想多说了。我只要说的,是我并没有终止《红楼梦》的研究工作。""文革"的降临,彻底终止了他的一切有关《红楼梦》的学术研究。"文革"后,他说到:"老实讲,我还有很多想法,例如我一直想搞的'红楼梦一百问',还有过去所谈的也有许多不妥之处,应予纠正。但手头没有资料了,还搞什么!""'文化大革命'中,我受了更大的打击。除以前批判的内容外,还着重批判了我的《关于十二钗的描写》,说我有意和毛主席唱对台戏。那时的大字报从文学所的大院直贴到东单。很多人不了解,甚至以为《红楼梦》是一本坏书,而这本书是我的。"①

由于俞平伯的大名赫赫然载于"最高指示","文革"期间他被戴上一顶"资产阶级反动学术权威"的高帽、游街批斗。红卫兵命他去捏煤球。俞平伯手里团捏着,眼睛却望着天空,似乎在冥想什么,半天也捏不了一只。他发现手中的煤由于太松散,便时不时地朝煤中吐上几口唾沫,最后吐得口干舌燥的,还是没捏成几只。看俞平伯捏煤球,成了

---

① 木示:《俞平伯的晚年生活》,《新文学史料》1990年第4期。

在场"牛鬼蛇神"日常生活中的一大乐事。

当参加学部批斗会时,文、史、哲各所戴高帽者均聚在台上依照被定的罪状自行报名。他们按"革命群众"的吼叫声自报:"我是三反分子某某","我是黑帮分子某某","我是反动学术权威某某","我是走资本主义道路的当权派某某","我是阶级异己分子某某","我是坏分子某某"。轮到顾颉刚时,他出人意料地说:"我是历史所一级研究员顾颉刚",其学者之尊严体现于此。轮到俞平伯时,革命小将审问他说:"《红楼梦》是不是你写的?你怎样用《红楼梦》研究来对抗毛主席?"先生耳背,没有回答这个如此"幽默"的问题,被认为是消极抵抗。革命小将们遂将其反复折磨,逼他承认自己是"反动学术权威"。俞先生反复强调说:"我不是权威,我不够。"说得非常诚恳,这种顽固的书生气最终让他匍匐在地。据同在文学所,吃饭与俞平伯同桌的朱寨回忆:

> 我们其他人的劳动,都是在"三楼"外,扫院子,拖走廊,刷洗厕所……只让他一个人留在楼上。并不是照顾他年迈,实在因为他不会劳动。刚被揪出的那天,也曾让他跟其他人一样去扫院子。他拿着扫帚不知怎样使用,像追赶小鸡一样,拿着扫帚追赶那些飞飘的树叶纸片。不论监管人员怎样训斥,怎样示范,都不管用。因此,只让他单独留在楼上,擦抹那些桌椅。他做起来倒是非常认真。他微颠着碎步,拿着抹布,在那些桌椅间蹀躞不停。必待其他人都回楼来喝水休息的时候,他也才回到自己位置坐下。他擦抹桌椅并不挨着次序,都是这抹一下,那擦一把,像在画布上涂彩抹改。抹布也很少洗。经他反复抹过的桌面,反而留下一道道污痕。他自己并未发现,别人自然也不在意。
>
> 他在跟其他人一起休息喝水的时候,总要打开他的小饭盒吃点什么,边吃边把掉在桌面上的食渣,用手指蘸着放进嘴里。每

次加餐不过猫食那么一点,水杯比酒盅大不了多少。他吃得像小孩吃甜食那么珍惜而香甜。①

"文革"初期,街头巷尾皆是红卫兵、造反派和街道的人,居民的言行受到监控。俞平伯想吃点嫩豌豆,又怕被邻居发现。老两口想了个办法,晚上蒙着被单剥豌豆,夜里把豌豆壳用手搓成碎末儿,掺和在炉灰里,第二天倒了出来。结果还是被检查垃圾的人发现,又挨了批斗,骂这个反动学术权威仍继续过着资产阶级的"腐朽"生活。②

1967年5月26日《人民日报》发表了毛泽东1954年10月16日写的《关于红楼梦研究问题的信》。这是俞平伯挨批10余年后,第一次读到这封信,始知1950年代挨批之原委。

1968年12月31日俞平伯作为被改造对象,与作家荒芜(原名李乃仁)同睡在一个大桌子上,夜寒被薄,荒芜将自己的一条被借与平伯。俞平伯在诗中曾写到:

> 昔偕同学侣,共榻旅英兰。瞬息五十年,双鬓俄斑斑。李君邂逅欢,寒卧同岁阑。
>
> 嗟余不自儆,晚节何艰难。感君推解惠,挟纩似春还。何时一尊酒,涤此尘垢颜。

此诗在当时环境下,看后即毁去。③ 全诗寓意深远,"文革"时期,公共舆论高唱革命形势一片大好的背后,俞平伯在1968年的除夕夜

---

① 朱寨:《俞平老的"书生气"》,《随笔》1991年第6期。
② 余世存:《非常道》,社会科学文献出版社2005年版,第224页。
③ 该诗"文革"后经俞平伯回忆得以留存。孙玉蓉:《俞平伯年谱》,天津人民出版社2001年版,第351页。

向好友袒露了自己的心迹："晚节何艰难"，"何时一尊酒，涤此尘垢颜"。这在当时皆为不合时宜的思想，故而诗句在看后即被毁去。

1969年11月俞平伯赴河南农村"五七干校"。他在日记里曾记有："十一月五日上午发言，表示赴五七干校之决心。下午宣布全所移河南信阳罗山，办五七干校学习班，下午回家。六日到所，帮助写书籍（带走的）目录，归家较晚，已近十时"；"十一日第一批人员先行。"①钱锺书与俞平伯同在学部文学所，杨绛在《干校六记》曾提到当时下放的情景：

> 文学所和另一所最先下放。用部队的辞儿，不称"所"而称"连"。两连动身的日子，学部敲锣打鼓，我们都放了学去欢送。下放人员整队而出；红旗开处，俞平老和俞师母领队当先。年逾七旬的老人，还像学龄儿童那样排着队伍，远赴干校上学。我看着心中不忍，抽身先退；一路回去，发现许多人缺乏欢送的热情，也纷纷回去上班。大家脸上都漠无表情。②

学部干校先是到河南的罗山县，因罗山无地可耕，干校无事可干，一个多月，干校又搬到息县的东岳公社。在两个月时间里，俞平伯搬了4次家。俞平伯的外孙韦奈曾回忆起外祖母生前的谈话："每到一处，我们所有的东西都要打开，但还没等住定又要收拾起来。你外公最不会干这些事。虽说有人帮忙，也只是搬一搬，打点收拾还得靠自己。"③

在一份干校题为《继续革命，在光辉的五七大道上乘胜前进！》的

---

① 《俞平伯全集》（第10卷），花山文艺出版社1997年版，第377页。
② 杨绛：《从丙午到"流亡"》，中国青年出版社2000年版，第64页。
③ 韦奈：《我的外祖父俞平伯》，上海书店出版社1993年版，第46页。

总结中写道:"一九六九年十一月在河南息县东岳公社筹建学部五七干校,到今年(一九七〇年,作者注)八月下旬,学员先后分四批到达干校,共一千八百五十八人(不包括家属和知识青年)。……到了息县,干校的校址只是八千亩平川,其余一无所有……"在干校的"批判对象"之列有:"诸如俞平伯宣扬胡适派资产阶级唯心论的《红楼梦研究》,罗尔纲鼓吹叛徒哲学的《忠王李秀成苦肉缓兵计考》,孙冶方宣扬'利润挂帅'的反革命经济理论,在全国流毒甚广,危害极大。"[①]俞平伯在干校的生活,我们从这一期间他给其子俞润民的书信及其诗稿,可见一斑:

> 廿五日发信后,即在中学集合,步行往东岳集。路很远,有十五里,(从丁洼至罗山十二里)却都是平路,没有冈陵。路亦径直,往西一直走就到了。九时行,至十一时一刻方到。在那里吃点中饭。初办食堂,比丁洼的更为简陋。下午听贫下中农的报告。时间不长,至三时许即散会。是日上午天阴,午后一直有小雨。我未带雨具,幸借得一伞,冒风雨而归。道路泥泞,十分难走,幸有同志数人沿途招呼,才勉勉强强于六时余抵寓,其时天已昏黑,棉鞋、棉裤、棉大衣无一不湿,泥污不堪。次日汝母收拾了一个上午尚未完毕。我身体倒还可好,即此就算不易了。……这封信到正值新年。即问你们都好。(1969 年 12 月 27 日)

> 我此来困难很多,而生活艰难不与焉。即以住居而论,两地既相隔甚远,我住在哪里都不合适。如住在东岳,就不用跑路了,但那里的干部都在积极劳动,我袖手旁观既不对,但劳动又插不上手去;况且那边又未必有闲屋。住在包信,有些老弱,则不觉突

---

① 李辉:《低首在没奈何的光景中》,《万象》2004 年 6 期。

出总比较好,却又有与"中心"远隔的毛病,我自只能听领导上的吩咐,暂时住着。这里生活我倒无所谓,且比较喜欢。(1970年元旦)

我们住室四面通风,西面的门缝甚大,且墙亦缺损,东面墙虽然糊上却仍透风,纸有时被小孩(后窗在校,临旷野)戳破,北面的墙靠屋顶处亦破了一块,故屋顶亦漏光(我们怕雨雪渗漏,据学校的人说并不会漏,因坏在墙,非屋顶也。但如大雨,我想也会漏的。好在我们在此亦住不长的),南面则与孙家通连。因此天冷,虽有炉火,其冷如故;也不易中煤气,更无需糊裱也。(1970年1月23日)①

雨中行路一趔趄,昏暮思归眯所趋。自是人情乡里好,殷勤护我到茅庐。

《雨中行路》

又出茅檐问可晴,不堪健步拔泥行。白头相对多憔悴,负了塘边柳色青。

(《清明后三日雨中叠前韵》)

炉灰飘坠又飘扬,清早黄昏要扫床。诸矢气熏材火味,者般陋室叫"延芳"。

螺蛳壳里且盘桓,墙罅西风透骨寒。出水双鱼相照活,者般陋室叫"犹欢"。《陋室》(二首)②

诗句的字里行间流露出干校的生活的真实写照,炉灰的茅屋,透骨的寒风,泥泞的雨路,景象宛然。虽身处逆境,平伯以坦然之心临之。

---

① 《俞平伯全集》(第10卷),花山文艺出版社1997年版,第7、8、10页。
② 《俞平伯诗全篇》,浙江文艺出版社1992年版,第499页。

在干校的日子里,俞平伯负责搓麻绳,看厕所,参加干校的劳动。幸有夫人许宝驯陪同,帮助他做饭、搓麻绳。他在给俞润民的信中说:"你母虽不须上工,在家却很累。即'炉火'就够麻烦的。高粱秆、豆秆,一烘即过,只能烧一两样,烧一壶开水。""生平最可纪念的,是昔从东岳冒雨晚归包信小学,汝母在家凝盼,时一九六九年十二月廿五日也。虽有诗亦不佳,不能写我感怀之百一也。"①

俞平伯在《此日》诗序谈到干校生活:"自京来豫,瞬息一年,四迁其居。然以积笤负累之身,犹或宁居无恙,同心鸳耦昕夕相依,人生实难,岂易得哉。"

"畴昔东华(居箭杆胡同)亲迎成礼,于顷五十馀年矣。此半个世纪中,变革动荡,虽陵谷沧桑犹为泛喻。家中两亲三姊俱谢世尘,回顾悄立。设非君耐心坚力支柱危颠,真不知此身何所,每一念之,愧悔之情百端交集,岂惟今昔荣悴之感耶。"②

俞平伯夫人许宝驯女士晚年取号"耐圃",对此俞平伯释解道:

"圃",古称从事园艺工作的人,她喜爱园艺,尽管后因年龄和生活环境所限,她并没有做什么,但她是热爱劳动的。仅讲"圃"字还不够,更重要的是"耐",她身体不好,也没有什么能力,但她却有毅力,有韧性。没有她那种耐力和她的支持,我很难说能经受得住"文化大革命"的冲击。其时在那时,我受的罪比她多,但正因为有了她,我才能坚持住。③

俞平伯下放河南"五七"干校时,时年 67 岁,许宝驯 73 岁。这位

---

① 《俞平伯全集》(第 10 卷),花山文艺出版社 1997 年版,第 15、105 页。
② 《俞平伯诗全篇》,浙江文艺出版社 1992 年版,第 501 页。
③ 韦奈:《我的外祖父俞平伯》,上海书店出版社 1993 年版,第 82、83 页。

年逾古稀的老太太是完全可以不离开北京的,也可到天津与儿子同住,但俞平伯却离不开她。她陪着俞平伯来到河南,总是尽自己的所能为俞平伯遮风挡雨。她以全部身心和毕生精力,陪伴、支持着俞平伯,给他以安慰和鼓励,分担着他的痛苦与忧伤。政治谋略固然高深莫测,却难解简单的两情相悦。爱情的质朴和专一,能够穿越层层政治迷雾,渡过一道道人生的急流险滩。①

1971年1月,在周恩来总理的关怀下,俞平伯、何其芳、吴世昌等十一位知名学者,离开了干校。1月18日回到北京。俞平伯在当天的日记中写到:"下午四时半到北京(误点二小时许),有六弟、韦奈、谢象春携女建青、珣处阿姨来接,晤学部宣传队解放军王同志,乘小车到建外永安南里招待所,住10号楼504号。六弟、韦奈同车来,命奈至'新侨'购烤鱼、炸猪排、蛋糕等食之。居然平安返京矣。"②回京后的生活相对于干校明显轻松得了许多,虽然每天仍须参加学习小组,每日上班,学习毛泽东的五篇哲学著作,时不时地交检查,但不再住在四面透风的危房里,不再走泥泞的道路,也无需从事繁重的体力劳动、学绩麻。1973年11月人民文学出版社编辑出版了《红楼梦研究参考资料选辑》第二辑,此书为俞平伯的《红楼梦》研究论文集,收录其集外论文和随笔16题53篇。③ 1973年12月24日他在复毛国瑶的信中,就近传发现曹氏家谱和日本发现一百衲本《红楼梦》事,说:"以《红楼》已成显学,自不免有人附会编造,辨别真伪匪夷。我对于此事久已抛荒,亦

---

① 历次政治运动中死人的事,很多是由于家庭成员划清界限,后院起火。
② 《俞平伯全集》(第10卷),花山文艺出版社1997年版,第381页。
③ 此书内收俞平伯红学论文16篇,题为:《修正〈红楼梦辨〉的一个楔子》、《〈红楼梦辨〉的修正》、《林黛玉喜散不喜聚论》、《脂砚斋评〈石头记〉残本跋》、《〈红楼梦讨论集〉序》、《〈红楼真梦传奇〉序》、《〈红楼梦〉的著作年代》、《西城门外天齐庙》、《〈红楼梦〉简说》、《读〈红楼梦〉随笔》(38篇)、《我们怎样读〈红楼梦〉?》、《〈红楼梦〉的思想性与艺术性》、《曹雪芹的卒年》、《〈红楼梦〉简论》、《〈红楼梦〉评价》、《辑录脂砚斋〈红楼梦〉评注的经过》。

无此精力也。"谈及评红运动自己的情况时,说到:"近来搞运动,学部仍由军宣队领导。我仍于星期一三五上午到文学所。"1975 年 2 月他在致吴小如的信中谈到了红学问题:"真事隐去,原为《石头记》之开宗明义,惟所隐何事,事在何世,议者纠纷,遂成红学。愚亦未有灼见,立说总须矜慎。"①"文革"的风雨让他变得更加谨言慎语,对一切似也淡然处之。造反派给他戴三角帽,敲锣他走第一个;在《人民日报》批判文章的背后,他在家中用毛笔抄了不少曲谱。

1975 年 9 月 30 日,他受到周恩来的邀请,出席国庆招待会。由于过度地亢奋和激动,在这次宴会后不久,俞平伯突然中风,右半身偏瘫。1976 年 1 月,周恩来去世。噩耗传出,俞平伯心戚难忍,曾以颤抖的笔触写下《悼念周恩来总理》:

诸葛周郎集一身,罗家演史又翻新。
鞠躬尽瘁舆评确,若饮醇醪昔语真。
今日阿谁孚众望,为霖作楫继前人。②

韦奈回忆起外公俞平伯的晚年处境时说到:"七十年代初《人民日报》发表毛主席那封谈《红楼梦》的信,外公外婆格外紧张,担心是否要升温。我安慰他们说,信里还讲团结了。'文革'的阴影始终压着他,'文革'后情绪没有恢复过来,不爱讲学问,不爱见人,对后半生影响很大。"③

---

① 《俞平伯全集》(第 9 卷),花山文艺出版社 1997 年版,第 108 页。
② 俞平伯:《悼念周恩来总理》,《俞平伯诗全篇》,浙江文艺出版社 1992 年版,第 513 页。
③ 陈徒手:《人有病天知否》,第 11 页。

第七章　市民的文化:《红楼梦》研究的多元回归

> 让预言的号角奏鸣！哦，风啊，如果冬天来了，春天还会远吗？
>
> ——雪莱

第一节　早春——红楼梦噩梦不再

一、思想的启蒙与解放

阴霾的日子终将会过去，随着 1976 年 10 月"文化大革命"的结束，受压抑的知识人意识开始渐渐苏醒。在胡耀邦的大力支持下，1978 年 5 月 11 日《光明日报》发表评论员文章《实践是检验真理的唯一标准》，文章指出："自吹自擂证明不了真理，大规模的宣传证明不了真理，强权证明不了真理。……实践、生活的观点是认识论的首要的和基本的观点。实践、生活之树是长青的。"关于真理标准问题的讨论，推倒了"两个凡是"，掀起了思想文化领域的启蒙，社会的政治文化开始转型,由狂热趋向反思,由臣属型趋向参与型。① 这逐步冲破了长期以来思想钳制的束缚,造神运动破灭了,促进了全国性的思想解放运动。1978年中共十一届三中全会提出了"解放思想"和"实事求是"的思想路线,全面的拨乱反正,整个中国社会开始大地回春。自1978年至1987年"十三大"前,中共中央平反知识分子冤假错案达680多万件。②

1979年10月胡耀邦就文化艺术工作强调"百花齐放,百家争鸣"的方针。他在中共执政历史上首次提出应该尊重创作自由的主张,把民主、自由视为全人类的精神遗产,写进执政党的正式文件。③ 他认为:"党非但不应该干预文艺创作和学术研究,反而应该尊重知识分子及其精神劳动的独特性,保证创作自由和学术自由";"意识形态的问题,一定要经过商量、讨论,逐步求得一致,加以解决,不能采取随便下指示的办法"。④

1980年代前后学术界对"文革"时期的评红运动进行反思。向忻认为:"评红运动并非是一场群众性的学术研究或文艺讨论,而是一场

---

① 美国政治学家阿尔蒙德将政治文化界定为"一国居民中当时盛行的态度、信仰、价值观和技能。"政治文化体现着一个民族关于政治生活的心理学,兼指政治与文化两个互别而又相关的活动领域。政治文化包括三种类型:参与型(participant)、臣属型(subject)、地区型(parochial)。哈佛大学教授托马斯·帕森特将政治文化界定为"某个特定的人民有关政府和政治的一些独特的、根深蒂固的信念"。参见加布里埃尔·阿尔蒙德、西德尼·维巴:《公民文化》,商务印书馆2014年版,第12—20页;托马斯·帕特森:《美国政治文化》,东方出版社2007年版,第6页。

② 中央组织部知识分子工作办公室编:《知识分子工作手册》,党建读物出版社2003年版,第93页。

③ 1986年9月28日,中共十二届六中全会通过的《关于社会主义精神文明建设指导方针的决议》中说:"高度民主是社会主义的伟大目标之一,也是社会主义精神文明在国家和社会生活中的重要体现。在人类历史上,在新兴资产阶级和劳动人民反对封建专制制度的斗争中,形成民主和自由、平等、博爱的观念,是人类精神的一次大解放。……我国社会主义发展中的主要历史教训,一是没有集中力量发展经济,二是没有切实建设民主政治。"

④ 何家栋、王思睿:《胡耀邦的民主思想》,《二十一世纪》2005年第12月号。

以整人，以散播极左思想，以加强控制知识分子中的一些对'四人帮'极左路线不满的人的思想为目的的政治运动。……评红运动是在现代迷信与造神运动中煽动起来的"；①丁振海在文艺界的权威期刊《文学评论》撰文说："用搞群众运动的方式对待《红楼梦》研究也并不是什么可取的经验。红学作为一种科学研究，是一种自由自觉的个体性的精神生产和复杂、细致的理论思维活动。'即使只是在一个单独的历史实例上发展唯物主义的观点，也是一项要求多年冷静钻研的科学工作'。而文革中的所谓群众性的大轰大嗡的评红运动，从科学研究的自身要求看，也是不符合精神生产的特点和规律的。建国三十年来，靠'群众运动'的方式给我们的学术文化事业造成了很大的失误，实在是应该深深引以为训的。"

"如果确实把毛泽东同志的意见'作为《红楼梦》研究中的一说'，而不是作为'最高指示'和'绝对命令'，那当然是完全可以的，对于红学的发展是会有益处的。但令人遗憾的是，事实恰恰不是这样。'文革'期间通过'四人帮'控制的舆论工具传播出来的所谓评红'谈话'，在当时不仅成了判定学术是非的'最高指示'，而且成了划分敌我界限的根本依据。我们知道，著名红学家何其芳同志仅仅因为在五十年代发表的关于《红楼梦》的见解不同于六十年代和七十年代的'最高指示'，就被打成'修正主义红学派'的代表人物，不仅在长达十年之久的时间内被剥夺了关于《红楼梦》的发言权，甚至连撰文进行检查的机会都没有，致使他的身心备受摧残，赍志而殁。""在'文化大革命'的'评红热'中，滋长了一种很不好的风气。这就是现代信仰主义的盛行和科学创造精神的泯灭。"②这些见解逐步成为学术界的共识。

---

① 向忻：《红楼梦研究的一场浩劫》，《河北师院学报》1981年第1期。
② 丁振海：《也谈"文革"中的"评红热"》，《文学评论》1981年第1期。

二、红学多元化与公共空间的生长

1979年5月20日《红楼梦学刊》创办,刊物以茅盾和王昆仑为顾问,王朝闻和冯其庸任主编,由顾颉刚等三十多位专家学者组成《红楼梦学刊》的编辑委员。发刊词曾言:"提倡创造性的科学研究,提倡实事求是的民主学风,提倡不同学派观点相互争鸣。要解放思想,敢于打破禁区,反对唯心主义和形而上学。凡属经过认真研究,言之成理,持之有故的论著,不管其学术观点如何,本刊都予刊载"。① 这和1978年以来思想解放的潮流交相呼应。

1979年5月召开的红楼梦学刊编委会成立的盛况,今天的人们似仍记忆犹新:"那是一次老中青'红学'研究者群贤毕集的盛会。老一代有'五四'时期就已成名的茅盾、顾颉刚、俞平伯、叶圣陶诸先生,有'红学爱好者'政界领导王昆仑先生,有三四十年代即已蜚声文坛的林默涵、吴组缃、端木蕻良、贺敬之等先生,还有以古典小说与'红学'研究名世的吴世昌、吴恩裕、王利器、周汝昌、张毕来等先生。而当年的冯其庸、廖仲安、李希凡、蓝翎、陈毓罴、邓绍基、刘世德等还是红学研究的'中年人',蔡义江、刘梦溪、孙逊、朱彤、张锦池、周雷、胡文彬、吕启祥、林冠夫等则是较年轻的力量。"②学刊编委会力邀俞平伯任顾问,俞平伯因年高婉辞。但他参加了学刊编委会的成立大会。在俞平伯与叶圣陶的通信中,曾谈到参加会议的情景:

圣兄赐鉴:

廿日会殊适,不做编委尤惬意,一如兄言。是团结之会前所未有者,而此"学"甚难得成绩,胜利未易言也。吃饭时,我坐在李、蓝

---

① 《发刊词》,《红楼梦学刊》1979年第1辑。
② 张云:《红楼梦学刊创刊20周年庆祝会暨学术研讨会综述》,《红楼梦学刊》1999年第3辑。

之间盖有意安排,亦颇融洽。蓝翎并请我写字,亦漫诺之。……

弟平　拜启　六,廿四①

　　俞平伯和李希凡、蓝翎等人坐在一起,观点并非相同的老中青红学家济济一堂,也预示着中国的《红楼梦》研究开始迈向了一个崭新的学术化阶段。当年曾任编辑的周雷回忆说:"那次盛会中午会餐,请俞平伯、李希凡、蓝翎三人共席。李、蓝坐在俞老左右两边,新华社拍摄下了那历史的一瞬间。香港《文汇报》驻京记者把这一互相敬酒的团结新气象大登特登,告之天下。两个'小人物'和一个'大人物',在《红楼梦学刊》的成立大会上握手言欢,标志着中国的政治气候和学术环境真的好了。那意义、那影响在当时的思想文化领域无疑是一声'春雷'。"②

　　孙逊教授回忆当时的情景时说:"为学刊的创刊,新华社发了一个很长的统发消息,全国各地的报刊都登了。其参加人员阵容之盛、规格之高,在当时学术界引起强烈的反响。记得当时我们高校教师之间都是喜形于色,奔走相告,因为我们预感到随着'四人帮'文化专制主义的结束,一个学术文化的春天就要来到。《红楼梦学刊》的创刊,正是在经历了漫长的严冬之后,所飞来的第一只春燕,所盛开的第一枝迎春花!"③

　　张锦池教授回忆说:"新时期红学(三中全会后)究竟以什么为标志?我思考的结果是:以《红楼梦学刊》和《红楼梦研究集刊》的创刊作为新的起点,作为标志。《集刊》在做出很大成绩之后,因出版方面

---

　　① 叶至善等编:《暮年上娱——叶圣陶、俞平伯通信集》,花山文艺出版社2002年版,第330页。
　　② 张云:《红楼梦学刊创刊20周年庆祝会暨学术研讨会综述》,《红楼梦学刊》1999年第3辑。
　　③ 同上。

第七章 市民的文化:《红楼梦》研究的多元回归

的原因,停刊了。《学刊》坚持了下来,并取得辉煌的成就,是很不容易的。《学刊》内容丰富,有家世研究、文本研究、版本研究、比较文学研究等,观点方面各抒己见。只要言之成理、持之有故,学刊一律欢迎。"①

编委会成立时,顾颉刚出席并任编委。他在日记中写道:《红楼梦》研究"六十年中形成之各派,至今日乃可团结,可在《学刊》各各表示己意,不复厚彼而薄此,亦一可纪念之事也"。② 俞平伯、顾颉刚58年前红学通信中所倡导"办一研究《红楼梦》"刊物的宏愿变成了现实。③ 两年后,《红楼梦学刊》发表了1921年俞平伯、顾颉刚讨论《红楼梦》的全部书信。俞平伯在悼念顾颉刚的诗中曰:

昔年共论《红楼梦》,南北鳞鸿互唱酬。
今日还教成故事,零星残墨荷甄留。

(一九二一年与兄商讨《石头记》,后编入《红楼梦辨》中,乃吾二人之共同成绩。当时函札往还颇多,于今一字俱无,兄处独存其稿,闻《红楼梦学刊》将存录之,亦鸿雪缘也)④

1980年7月,中国红楼梦学会成立。它是以曹雪芹与《红楼梦》为研究对象的群众性的学术团体,附设在中国艺术研究院红楼梦研究所。该会宗旨以"团结和组织全国红学工作者,积极开展学术研究和国内外业务交流活动,为推动我国《红楼梦》研究事业的发展而努力。"

---

① 张云:《红楼梦学刊创刊20周年庆祝会暨学术研讨会综述》,《红楼梦学刊》1999年第3辑。
② 顾潮:《历劫终教志不灰——我的父亲顾颉刚》,华东师范大学出版社1997年版,第329页。
③ 《俞平伯和顾颉刚讨论〈红楼梦〉的通信》,《红楼梦学刊》1981年3期。
④ 《俞平伯全集》(第1卷),花山文艺出版社1997年版,第600页。

会章特别指出:"根据党的'百花齐放,百家争鸣'的方针,组织会员开展学术讨论,活跃学术思想,提倡实事求是、谦虚谨慎的学风。定期举办全国性的《红楼梦》学术讨论会。利用各种方式,加强同台湾省、港澳地区红学家们联谊,促进中外红学界的交流。参与筹办国际性的《红楼梦》研究会。"第一届大会选举吴组缃为会长,冯其庸、李希凡、张毕来、陈毓罴为副会长,冯其庸兼任秘书长。聘请茅盾、王昆仑为名誉会长,俞平伯、顾颉刚、吴世昌、周汝昌、杨宪益、王朝闻、启功为顾问。嗣后,在济南(1981年)、上海(1982年)、南京(1983年)、贵阳(1985年)等地相继召开全国性的红楼梦学术研讨会。1980年代红学领域出现了三次影响较大的争论:关于《红楼梦》作者的争论,即曹雪芹的著作权问题;关于红学三十年评价的争论;关于什么是红学的争论。学者们谨守学术领域,各抒己见,形成热烈讨论与交锋。阶级斗争论的"革命红学"影响式微。

1980年代以来,随着学术思想的多元化,学术刊物的创办,学会的成立,学术队伍的壮大,海内外红学交流的增加,从各个方面将《红楼梦》研究推向了新的平台。在重视资料的发掘、编纂和考订工作基础之上,观念与方法问题成为红学界关注的焦点,各种新观念与新方法的引进,使红学领域呈现出"百花齐放、百家争鸣"的局面,《红楼梦》的研究领域不断扩大。研究《红楼梦》艺术世界的现实层面、思想层面、文学层面、政治层面、哲学层面,将《红楼梦》从置于清代的小历史氛围中去考察扩大到将其放在中华文化系统以至世界文化氛围里予以周密考察定位,从多方面、多维度来研究《红楼梦》。《红楼梦》文本的意义正从各个角度、各个方面、各个层次逐步得到揭示。由于新发现了某些材料和对已知材料认识的加深,考证派红学又再呈生机。小说批评派红学和考证派红学彼此间注意取长补短,两者间相辅相成而以文本研究为中心,个中吸取索隐派红学的某些合理的内核,①这股潮流正处在方兴未艾之中。这一时期红学研究的重要人物有俞平伯、李希凡、周汝昌、舒芜、冯其庸、吴世昌、蔡义江、张庆善、胡文彬、梁归智、杜景华、刘梦溪、林冠夫、王蒙、邓云乡等;海外著名红学家有浦安迪、余英时、周策纵、唐德刚、康来新、赵冈、高阳、潘重规、宋淇、梅节、伊藤漱平等。这一时期《红楼梦》研究的代表性著作有:冯其庸的《论庚辰本》、《论红楼梦思想》;李希凡的《红楼梦的艺术世界》、《沉沙集》;周汝昌的《红楼夺目红》、《红楼十二层》;刘梦溪的《红楼梦新论》、《红楼梦与百年中国》;蔡义江的《红楼梦是怎样写成的》;杜景华的《红楼梦艺术管探》;梁归智的《石头记探佚》;胡文彬的《〈红楼梦〉与中国文化论稿》;林冠夫的《红楼梦纵横谈》;王蒙的《红楼启示录》;高阳的《红楼一家言》、《曹雪芹别传》;周策纵的《红楼梦案》,等等。

　　1987年36集电视连续剧《红楼梦》首次在中央电视台播出时,吸引了无数观众的目光,当时曾有"家家看红楼"的轰动效应,甚至全国的刑事犯罪率都明显下降,②这充分展示出以影视看红楼的前所未有的传播效果与轰动效应。1990年代以来随着市场经济大潮的兴起,网络的普及,与专业的红学研究相对应,社会上出现了一个日益增长的"草根红学",其基本特征为非专业化,大众化,娱乐化,注重趣味性。③87版电视连续剧《红楼梦》的编剧周雷等人曾言:"通过各种渠道稔知《红楼梦》故事的广大人民群众,由于各自的知识结构、生活阅历以及道德观念的不同,在接受新的改编作品的时候,总有自己的一个'内省参照系'。譬如:'这样不像《红楼梦》,那样才像《红楼梦》';'林黛玉应

---

① 张锦池:《〈红楼梦〉研究百年回眸》,《文艺理论研究》2003年第6期。
② 李公明:《红潮2005》,《凤凰周刊》2006年第2期。
③ 刘心武曾言他的《红楼梦揭秘》至少有一个优点,那就是"有趣",将《红楼梦》解读得犹如一部绘声绘色的"清宫秘史"。

该是这样的,而不该是那样的';等等。有人说'人人都是红学家',正是从这个意义上发出的感慨"。① 哈贝马斯认为"公开讨论原则"使市民"能够保障个体内心世界的文学表现有着一席之地"。② 改革开放以来,从"人人都是红学家"所映现的多元红学恰恰说明了这一点。

2004年刘心武在央视百家讲坛,揭秘《红楼梦》,他从金陵十二钗中的秦可卿着手,观照《红楼梦》的全局,详细考证了书中各人物的生活原型,以求复原《红楼梦》诞生时的时代风貌,引起了社会的广泛关注与争论。"秦学"成为街谈巷议的热门话题,刘心武自称为"平民红学研究者"。他既非红学研究机构的专家,也不是大学里讲授红学的教授,但正是他作为"平民"的发言以感性与亲和力赢得了民众的呼应。"平民红学"与"专家红学"的争论亦在一种热烈而有序的氛围中展开。

时至今日,红学愈来愈成为社会公众共享的公共领域(public sphere)。在哈贝马斯的历史分析中,他主张"公共领域"和18世纪所兴起的"阅读的大众"有很大的关联性。特别是英国的咖啡馆、法国的沙龙、德国的文学论坛等形式,在公共空间形成舆论。在报纸等媒体方面通过大众的阅读、小说的叙述,特别是家庭小说对于伦理和美好生活的探讨,构成了中产阶层的"公共领域",它在政治领域之外,发展出对于公共事务的关怀、参与。在这样的背景下,形成了理性而又批判的话语(rational critical discourse)。人们可以作为一个群体来行动,因此,这种行动具有这样的保障,即他们可以自主地表达。③ 这也从一个侧面反映了随着思想启蒙与放松管制,公共空间的渐行出现与成长,其交往结构如下图所示:

---

① 周雷等:《红楼梦——根据曹雪芹原意新续》,中国电影出版社1987年版,第14、15页。
② 哈贝马斯:《公共领域的结构转型》,学林出版社1999年版,第58页。
③ 同上书,第32—60页。

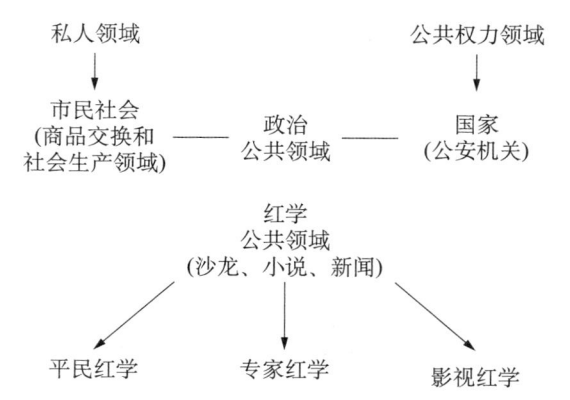

```
私人领域                    公共权力领域
   ↓                           ↓
市民社会                        国家
(商品交换和 —— 政治 ——       (公安机关)
社会生产领域)   公共领域

           红学
         公共领域
       (沙龙、小说、新闻)
       ↙      ↓      ↘
   平民红学  专家红学  影视红学
```

资料来源:参见哈贝马斯:《公共领域的结构转型》,学林出版社1999年版,第35页

事实上,自1980年代以来作为公共空间的红学就其主体性的经验逐步达成共识,即回归于《红楼梦》文本与文艺思想的探析,这其中不同视角的讨论与分析亦体现了文化研究的要义。因此,《红楼梦》研究或争论作为公共领域的基本特征在于,一种交往结构,在交往行动中所产生的公共空间,体现的是高度复杂的社会网络,其形塑与发展的关键在于充满竞争与权利保障的市民社会予以维护。① 这实际上有赖于国家权力在民主法治的框架内有效运行,从而孕育理性包容与多元的市民文化。

第二节 俞平伯的平反与身后

一、一场 32 年公案的焕然冰释

1981年记者采访俞平伯对1954年《红楼梦研究》批判的看法,俞平伯说:"毛主席批评了我,文艺界批判了我。我的问题谁都知道。事情就是这样。""说我是红学权威,这实在有点名不符实,我无论如何也

---

① 哈贝马斯:《在事实与规范之间》,生活·读书·新知三联书店2014年版,第445、454页。

想不到，就是这么一本小小的书，在三十年以后，竟然会引起如此一场轩然大波。而我自己，处于这场风暴的漩涡，也被推上了所谓红学权威的宝座"。①

多年来，他一直避免去碰撞这段不堪回首的往事。据与外祖父俞平伯共同生活40年的韦柰回忆："在日常生活中，我们之间的谈话，都是等他高兴时把我叫到卧室谈上几句，或是他走到客厅，大家听他议论一番。我们之间的谈话，没有什么一定的主题，但总括起来是谈诗词、写作多，谈《红楼梦》少；谈天下事多，谈家事往事少。有很长很长一段时间，他几乎是绝口不谈《红楼》，显然这是有意回避。所以他若不提《红楼梦》，我们是没有那个胆量去碰钉子的。……人们常在他的名字前冠之以'红学家'，但他却从未承认过自己是'红学家'，只说：'我仅是读过《红楼梦》而已，且当年提及"红学"，只是一种笑谈，哪想后来竟认真起来！'""那场批判来势凶猛，使'一心只读圣贤书'的他，有点儿'丈二和尚摸不着头脑'。且当时，他并不知有毛泽东那封《关于〈红楼梦〉研究的一封信》。直到'文革'后期，该信见诸报端，他才明白了那场批判有着怎样一个背景。……外祖母经过那次运动，始终是心有余悸，多次劝他戒谈《红楼梦》，甚至当家人聚谈，外祖父兴致来了大讲《红楼梦》的时候，外祖母也总是要唠叨：'你就少说几句吧！'"②俞平伯倦说《红楼梦》至1986年，状况始得以改观。

1986年1月20日下午，中国社会科学院隆重庆贺俞平伯先生从事学术活动65周年。政协全国副主席、中国社会科学院院长胡绳、副院长钱锺书、中国语言文字工作委员会主任刘导生、民主党派负责人潘菽、孙承佩、章元善出席了会议。文学研究所及在京的著名学者吴世昌、余冠英、冯至、王力、蔡仪、吴组缃、王瑶、吕叔湘、钟敬文、启功、

---

① 孙玉蓉编：《俞平伯研究资料》，天津人民出版社1986年版，第84、87页。
② 韦柰：《我的外祖父俞平伯》，上海书店出版社1993年版，第5—8页。

周振甫、周汝昌、林庚、戈宝权、朱寨、吴小如、贾芝、舒芜等以及有关单位负责人丁伟志、吴介民、谢永旺、孟伟哉等100多人参加了庆贺活动。胡绳说：

> 俞平伯先生是一位有学术贡献的爱国者。他早年积极参加五四新文化运动，是白话新体诗最早的作者之一，也是有独特风格的散文家。他对中国古典文学的研究，包括对小说、戏曲、诗词的研究，都有许多有价值的、为学术界重视的成果。俞平伯先生在全国解放前夕，积极参加进步的民主运动，从此，对党是一贯亲近和拥护的。他在全国解放前的二十八年和新中国成立那一年起的三十七年中，在任何环境里孜孜不倦地从事对人民有益的学术活动和文艺活动，这种精神是值得钦佩的。早在二十年代初，俞平伯先生已开始对《红楼梦》进行研究，在这个领域里的研究具有开拓性的意义。对于他研究的方法和观点，其他研究者提出不同的意见或批评本来是正常的事情。但是一九五四年下半年因《红楼梦》研究而对他进行政治性的围攻是不正确的。这种做法不符合党对学术艺术所应采取的双百方针。《红楼梦》有多大程度的传记性的成分，怎样估价高鹗续写的后四十回，怎样对《红楼梦》作艺术评价，这些都是学术领域内的问题。这类问题只能由学术界自由讨论。我国宪法对这种自由是严格保护的。我们党坚持四项原则。按照四项原则中的人民民主专政原则，党对这类属于人民民主范围内的学术问题不需要，也不应该作出任何"裁决"。一九五四年的那种做法既在精神上伤害了俞平伯先生，也不利于学术和艺术的发展。接受这一类历史教训，我们要在学术界认真实行双百方针，提倡在正常的气氛下进行各种学术问题的自由讨论和辩论，团结一切爱国的、努力从事有益于人民的创造

性工作的学术工作者,共同前进,共同追求真理。在纪念俞平伯先生从事学术活动六十五周年的时候,我想,说一下这个问题是必要的。

俞平伯先生从一九五三年起在中国科学院文学研究所工作,也就是现在的中国社会科学院文学研究所工作。他是我们全院同志所尊重的一位老学者。我相信我院和我国的文学研究工作者都会很好地吸收利用和发展俞平伯先生的一切有价值的研究成果。

敬祝俞平伯先生健康长寿,并且在学术研究上作出更多的贡献。①

作为俞平伯的直接领导、文学研究所所长刘再复在讲话中除了高度评价俞平伯在古典诗词、戏曲研究方面的建树,特别强调了他对《红楼梦》内蕴探索、审美批评和考证、辑佚方面所作出的成绩:

1. 俞先生的研究着重从《红楼梦》这部作品的本身出发,以实事求是的方法和深刻的艺术辨析,探索了《红楼梦》的内蕴。这种研究,打破了"五四"以前《红楼梦》研究中"索隐派"的猜谜式的方法,把我国最伟大的古典现实主义小说还原为文学现象来加以探讨,把作品同作者的身世、思想、生活联系起来考察,使《红楼梦》的研究比前人更加合理,从而走向科学的轨道。

2. 俞平伯先生在自己的研究中,切实地把《红楼梦》这部代表我国古代文学最高成就的作品,放在审美的观照层次上,对它的美学价值,艺术成就,特别是对它的人物形象系列,作了许多细

---

① 胡绳:《在庆贺俞平伯先生从事学术活动六十五周年会上的讲话》,《文学评论》1986年第2期。

致入微的阐述,从而大大地深化了《红楼梦》的微观研究。

3. 俞先生对曹雪芹的《红楼梦》原稿的考证和佚稿钩沉做了大量工作。他把有关版本的历史、流变、特征的研究和《红楼梦》思想内容的研究结合起来,从而促进了对《红楼梦》创作过程的了解和曹雪芹创作方法的研究。俞先生又通过艰辛的劳动辨析曹雪芹原稿和高鹗续书在思想上和艺术上的差异。科学地分析了高鹗续书的得失,这种考证和辨析工作,充分地体现了俞平伯先生严谨的治学精神和不畏艰辛的劳动态度。①

刘再复说:"我们今天充分地肯定俞平伯先生的文化实绩和表达我们的感情,也是为了科学的前进。任何研究成果都不可能是尽善尽美的,也不可能穷尽真理。俞平伯先生在《红楼梦》研究中的卓著贡献,作为我国红学研究史上一个发展阶段的代表性成果,提供了前人所没有的东西。但随着人们学术视野的拓展,后来者总是会对聪慧的先行者感到某种程度的不满足,总是力求把科学推向前进。这本来是正常的,合理的,可惜,一种不太正常的文化气氛曾经影响红学研究领域。因此,我们一方面未能充分评价俞平伯先生的学术贡献和充分地肯定他在红学研究史上的特殊地位;另一方面又把某些有待继续探讨的问题,实际上以行政命令的方式轻率地下了政治结论,以至展开了围攻式的政治批判。这种批判违背了双百方针。对于这一类的历史教训,我们的党在十一届三中全会以来已经引以为戒,并以实事求是的精神弥补过去的失误。我们今天召开这个大会,也是我们党的正确政策的逻辑结果。"②

至此,一场长达 32 年的"公案"方才了结。但俞平伯的夫人已无

---

① 刘再复:《献给俞平伯先生的祝词》,《红楼梦研究》1986 年 2 期。
② 同上。

缘看到这一天的来临,她已在4年前去世了。垂垂老矣的俞平伯甚至已无力在会上宣读以《旧时月色》为题的发言,只得委托外孙韦奈代读。在俞平伯所写的发言中,提出了他对《红楼梦》研究的三点见解:

> 首先,《红楼梦》可从历史、政治、社会各个角度来看,但它本身属于文艺的范畴,毕竟是小说;论它的思想性,又有关哲学。这应是主要的,而过去似乎说得较少。
>
> 其次,今之红学五花八门,算亟盛矣,自可增进读者对本书之理解,却亦有相妨之处,以其过多,每不易辨别是非。应当怎样读《红楼梦》呢?只读白文,未免孤陋寡闻;博览群书,又恐迷失路途。
>
> 另一点,数十年来对《红楼梦》与曹雪芹多有褒无贬,推崇备至,中外同声,且估价愈来愈高,像这般一边倒的赞美,并无助于正确的理解。①

接着,俞平伯评析了《红楼梦》中的"好了歌":

> 一九七八年有人要我为他作"好了歌解注"(原只有一部分),写后有些感想。这是"甄士隐梦幻识通灵"的正文。一般看法认为歌中情事一定与后回伏笔相应,就好像第五回中"十二钗册子和曲文"一样。我早年作《红楼梦辨》时也是这样说的。后来发现脂砚斋的批语,引了许多名字来解释,我认为不确切,也不相信他的说法。如果细读这"解注",就会发现有的好像与后回相应,有的却不相应。它的用意很广,或许已超出了小说中的情节,这是

---

① 俞平伯:《旧时月色》,《文学评论》1986年2期。

第七章　市民的文化：《红楼梦》研究的多元回归

不能与十二钗册子和曲文相提并论的。此外，我最近重读了胡适所传的脂砚斋评石头记残本，很是失望。早在一九三一年，我就对此书价值有些怀疑（见《燕郊集》）。仅从"好了歌解注"中的脂批看，多半是些空谈，各说各的。此批所列诸多人名，杂乱无章。如：黛、晴是有名早夭。所谓"不许人间见白头"者，而在"如何两鬓又成霜"一句旁，脂批却指"黛玉、晴雯一干人"，这怎么会对呢？颠倒若是，其他可知。我以前曾有诗，说"脂砚芹溪难并论"。虽有抑扬，但还是说得很委婉的。

话题扯远了，还是从脂批回到"《好了歌》解注"上来。请先明大意。左思说："俯仰生荣华，咄嗟复凋枯"；陶潜说："衰荣无定在，彼此更共之"；诗意与《好了歌》相近，都是说盛衰无常，祸福相倚。但"《好了歌》解注"似更侧重于由衰而盛，这是要注意的。如"解注"开始就说："陋室空堂，当年笏满床；衰草枯杨，曾为歌舞场。"这是由盛而衰的一般说法。但下接"蛛丝儿结满雕梁，绿纱今又糊在蓬窗上"，却又颠倒地说，便是一衰一盛，循环反复；又是衰者自衰，盛者自盛。正像吴梅村诗所说："何处笙歌临大道，谁家陵墓对斜晖"。试推测一下后来的事，不知此马落谁家了。

中间一大段，自"脂浓粉香"起，至"破袄紫蟒"止，究竟指什么，与《红楼梦》本书的关系似乎不大明白。"昨日黄土陇头送白骨，今宵红灯帐底卧鸳鸯"，脂批是"熙凤一干人"，而于上句"黄土陇头"却无说明，上下句不相对称。"训有方"、"择膏粱"两句，说男盗女娼，也很难定为是某人某事；"昨怜破袄寒，今嫌紫蟒长"，讲一夕之间贫儿暴富，并不必与后事相应。由此可见一斑。

《好了歌》与《红楼梦》的不相当，不是由于偶然的。

一、广狭不同。《红楼梦》既是小说，它所反映的面是有限的，总不外乎一姓或几家的人物故事。《好了歌》则不同，它的范围很广,上下古今、东西南北,无所不可。《红楼梦》故事自然包孕其中,它不过是太仓中的一粟而已。妙在以虚神笼罩全书,如一一指实了,就反而呆了。

二、重点不同。《红楼梦》讲的是贾氏由盛而衰,末世的回光返照,衰而不复盛。所谓"食尽鸟投林","树倒胡孙散"。(脂批"贾兰贾茵一干人"以象征复兴,另是一义,有如后四十回续书。)然而"解注"的意思却不是那样,它的重点也正在衰而复盛上,却并不与《红楼梦》本书相抵触,因得旺气者另一家也。所以道人拍手笑道:"解得切!解得切!"士隐便笑一声"走罢!"

杜甫诗云:"天上浮云如白衣,须臾忽变为苍狗。"展眼兴亡,一明一灭,正在明清交替之间,文意甚明。下引"歌注"原文。加以解释,如下:

乱哄哄你方唱罢我登场(意译为:送旧迎新),反认他乡是故乡(认贼作父)。甚荒唐,到头来都是为他人作嫁衣裳("采得百花成蜜后,为谁辛苦为谁甜")。

如上面的话,并不见得精彩,却是另外一本帐,是很明白的。不仅世态炎凉,而且翻云覆雨,数语已尽之。前面所说"歌注"与后文不必相应者,指书中的细节,其言相应者,是说书中的大意,二者不同。原书在开头就分为"故曰甄士隐云","故曰贾雨村云"两段;但谈"灵通"很短,而"怀闺秀"极长,很不平衡。这本是《红楼梦》发展的倾向。

还有一点,或是题外的话。前面原是双提僧、道的,后来为什么只剩了一个道人,却把那甄士隐给拐跑了呢?这"单提"之笔,分出宾主,极可注意。这开头第一回书,就是一个综合体、糊涂帐,将许多神话传说混在一起,甚至自相矛盾。原说甄士隐是随道人走的,而空空道人却剃了头,一变为情僧,既像《红楼梦》,又

第七章　市民的文化:《红楼梦》研究的多元回归

像《西游记》,都把道士变为和尚,岂不奇怪!又如大荒顽石与绛珠仙草、神瑛侍者的纠缠,观空情恋,是二是一,始终不明。若各自分疏,岂不清爽;如拉杂摧烧之,何等痛快,无奈又不能!于是索隐诸公闻风兴起,老师宿儒为之咋舌,这又该分别对待,不可以一概而论的。

俞平伯在发言的最后禁不住感叹道:"往事如尘,回头一看,真有点像'旧时月色'了。"①

1986年6月,美国威斯康辛大学东方语言系和历史系终身教授、著名红学家周策纵先生发起组织了第二届国际《红楼梦》研讨会。② 此次研讨会由美国威斯康辛大学与哈尔滨师范大学联合在哈尔滨举办,这是第一次在我国召开的国际红学盛会。来自美国、日本、法国、加拿大、新加坡、澳大利亚、泰国、中国大陆和中国香港地区的红学家、红学研究者120多人出席了这次会议,提交大会的论文有110篇。

周策纵在闭幕会上以《尊重异己和独立思考》为题作了意味深长的发言:"二十五年以前,也就是一个世纪的四分之一以前,胡适之先生在台湾发表提倡'自由与容忍'的言论,引起各方注意。我当时提出了一个补充的意见,就是大家一方面要'容忍'别人不同意见和作法,也就应该有坚持己见和'抗议'的勇气和精神,二者可以相辅相成。我们要能抗议,也要能容忍别人的抗议。作为一个知识分子和学者,必须认定这是我们的责任,也是我们的权利。从前法国启蒙运动时代的

---

① 俞平伯:《旧时月色》,《文学评论》1986年2期。
② 首届国际《红楼梦》研讨会亦由周策纵先生发起,1980年6月中旬在美国威斯康辛大学举办。这是《红楼梦》问世200余年来国际学人第一次聚首论《红楼梦》的会议。与会的中国、日本、加拿大、英国、美国的红学研究者和爱好者共80余人。他们对曹雪芹的家世、生平和《红楼梦》的思想内容、社会意义、文学价值和版本源流等一系列问题进行了讨论。这次研讨会引起了世界各国红学研究者和爱好者的极大关注。大会力邀俞平伯赴美参加,周策纵教授来信意甚恳切,俞平伯因衰病未去。

思想家伏尔泰说过一句意义深长的话,他说:'我完全不同意你所说的,但我要拼命支持你说它的权利。'我以为我们中国人,尤其是学术界和作家们,特别是研究《红楼梦》的专家和学者们,应该认识和坚持这种精神与作风。我也记得五年以前,我和巴金先生有过一次三个小时的长篇对话,这篇对话后来在香港的《明报》分十天发表过。……在这篇对话里,巴金先生提出了好些宝贵的意见,其中有两件是,他认为我们中国人目前需要做到的,一是独立思考,另一件是大家要说真话。这正是我们一批朋友和海外华人知识分子多年来所共同提倡的。……我们只有从多种角度,用多种方法和观点去不断探索,才能得到真相。"①由此可见,讲真话、独立思考、学术多元的文化氛围是社会走出蒙昧与专制的不二法门,在此基础上对中国传统文化与西方文化兼收并蓄的思想市场,方能为实现中华民族的伟大复兴提供充足的思想支援。②

二、一瞑不复秋

1986年11月,在著名作家、时为香港三联书店副总编辑潘耀明(彦火)先生的促成下,俞平伯赴香港讲学。他在香港的讲演掀起了香港的红学热潮,给香港各界留下了深刻的印象,这也是他晚年生活的高潮。俞平伯香港讲学的主要内容是经过他修改的1978年所作《索隐派与自传说闲评》,并附《评〈好了歌〉》。他以缜密的思维总结性地比较分析了《红楼梦》研究两大流派索隐与自传说之得与失:

---

① 周策纵:《红楼梦案——周策纵论红楼梦》,文化艺术出版社2005年版,第376、377页。

② 探究中华民族的伟大复兴之路,可以从汉唐盛世的"文景之治"与"贞观之治"的治理思想入手,其治理的共性之处在于以道家思想立国,实行无为而治、轻徭薄赋与休养生息的公共政策,政府提供社会的安全保障,崇尚自然安静促进社会空间的生长,从而实现国泰民安。(唐)吴兢:《贞观政要集校》,中华书局2009年版,第96、251页。

第七章 市民的文化:《红楼梦》研究的多元回归

红楼梦研究,有如大海,浩瀚无边。对它的研究,历来有索隐、自传说两派,这两派的分歧很大,在他们各自的研究领域内又是互有得失,谁是谁非,很难一言定论,我们不妨来分析一下。

索隐派、自传说的产生,绝非偶然,它们各自的根底都在开明宗义的第一回"甄士隐梦幻识通灵,贾雨村风尘怀闺秀"之中。"梦幻识通灵"虚,"风尘怀闺秀"实,索隐派务虚,自传说务实,两派对立,像两座对峙的山峰,分流的河水。但是,如果看不到两者之间的联系及共通之处,将无助于对《红楼梦》全书的理解。下面先把两派分别比较一下。

一、研究方向相反

索隐派的研究方向是逆入,自传说则是顺流。什么叫"逆入"?在第一回中,作者自己说是"将真事隐去",要把"隐"去的"索"出来,这是逆入。说自传说的研究方向是顺流,是因为正文中有:(欲将往事)"编述一集以告天下人"的文字,于是在往事上作文章,牵涉到曹氏家族,这是顺流。……

二、所用方法不同

索隐派的研究方法是逆入,自传说则是顺流。……

三、对作者问题看法之异

作者问题,关系到《红楼梦》一书的来历。这也是索隐、自传两派历来争论之点。……

从上述三点看两派得失,显然有着共通之处和共同的疑惑。追踪他们共同的疑惑,源远流长,历时二百年,这绝非出自偶然,是与明、清改朝换代的历史有关。……

当然,我们不能否定《红楼梦》有着极为复杂的背景和多元的性质,从不同的角度看,而会有差别。但是无论如何它毕竟是一部小说,这一点并不会因为观看角度不同而变化、动摇。①

一代红学家在他晚年得出这样一个结论:《红楼梦》"毕竟是一部小说"。绚烂之极而趋于平实。他不主张过分阐释《红楼梦》,这和他晚年对《红楼梦》研究的思考是相一致的:"人人皆知红学出于《红楼梦》,然红学实是反《红楼梦》的,红学愈昌,红楼愈隐";"一切红学都是反《红楼梦》的。即讲的愈多,《红楼梦》愈显其坏,其结果变成'断烂朝报',一如前人之评春秋经"。② 俞平伯的讲学在香港中华文化促进中心举行,成为香港各大报的重要新闻:

> 治学者可以平实,可以哗众,俞平伯人如其字,平实而已。(香港《明报》1986 年 11 月 3 日)
>
> 我对"红学"全无研究,对他的仰慕,不因他是研究《红楼梦》的权威,而是他治学、处世的雍容大度。(香港《晶报》1986 年 11 月 24 日)
>
> 笔者除对他敬重,还对俞平伯多添一份亲切感;会场门外,各人也被俞的魄力,及研究学问的精神和热心而感动。(香港《申报》1986 年 11 月 25 日)
>
> 我对《红楼梦》的学问一窍不通,虽然该书先后看过两遍。这次出席演讲会,不是对红学有什么研究,而是去看俞平伯。俞平伯今年 86 岁了。那天他演讲时,思路仍很清晰,情绪也显得很好,我们感到高兴。但他说不作《红楼梦》的讲演已经三十多年了。今年才做过一次,这次在港算是第二次,听到这里,我又感到

---

① 俞平伯:《索隐与自传说闲评》,《俞平伯的后半生》,花山文艺出版社 2001 年版,第 257—260 页。
② 《俞平伯全集》(第 6 卷),花山文艺出版社 1997 年版,第 412、417 页。

心酸。俞老研究红学,思想一点也不僵化。晚年他也有一些新的观点,非常可取。他说不应把《红楼梦》光当作政治小说,应该多从文学上去研究它。又说由于政治原因,把《红楼梦》一书捧得太高,也不恰当。俞老过去对《红楼梦》的研究曾是自传说的拥护者,也钻过牛角尖,今天他对此有新反省,这种态度也是很难得的。(香港《文汇报》1986 年 12 月 1 日)

俞平伯居港 7 天,他在日记中曾记有:"香港夜景之明,留下深刻印象。各种服务周到,此种事虽小,亦很重要,可由小见大。"① 返回北京后,他的生活又复于平静下去,曾作诗曰:"颉刚老去朱公死,更有何人道短长。梦里香江留昨醉,芙蓉秋色一平章。"② 1990 年初,90 岁的俞平伯写下偈语:"一瞑不复秋,黄昏齐至京。身后事当在亚运会后,妄涂。"这,意味着他将不再看到秋天,身后事在 1990 年北京亚运会之后。在亚运会闭幕后的第 3 天,俞平伯的病情突然恶化,1990 年 10 月 15 日,俞平伯去世,他犹如一叶孤帆远离了喧嚣的尘世。

据韦奈回忆:俞平伯在晚年,很少谈《红楼梦》,视红学讳莫如深,不想在病中,却念念不忘地牵挂着它。病重期间,他一反常态,像是中了魔,常常坐在书桌旁翻看《红楼梦》。这是压抑了多年的一次总发泄,一次反弹。俞平伯对长女说:"要重新写后四十回。我不能写了,由你们完成,不写完它,我不能死!"这说明俞平伯仍延续其《红楼梦研究》的思想,后四十回"既已不合作者之意"。③ 临终前夕俞平伯曾以颤抖的笔触,一纸写:"胡适、俞平伯是腰斩红楼梦的,有罪。程伟元、高

---

① 韦奈:《我的外祖父俞平伯》,第 22 页。
② 此为俞平伯最后一首遗诗,诗中提到知交顾颉刚、朱自清。他早年与顾颉刚讨论《红楼梦》,与朱自清曾同游南京,写下了散文名篇《桨声灯影里的秦淮河》,成为一段文坛佳话。香江指香港;芙蓉指他正在校勘的《芙蓉诔》。
③ 俞平伯:《红楼梦研究》,复旦大学出版社 2004 年版,第 18 页。

鹗是保全红楼梦的,有功。大是大非!"另一纸写:"千秋功罪,难于辞达。"①此时俞平伯的大脑已处于不完全清醒状态,但这前后的矛盾之处则说明了直至生命的最后他仍挣扎在"昨天"的阴影里,在潜意识中又回到当年批判的恐惧状态,并未完全从昔日的"噩梦"中摆脱出来。

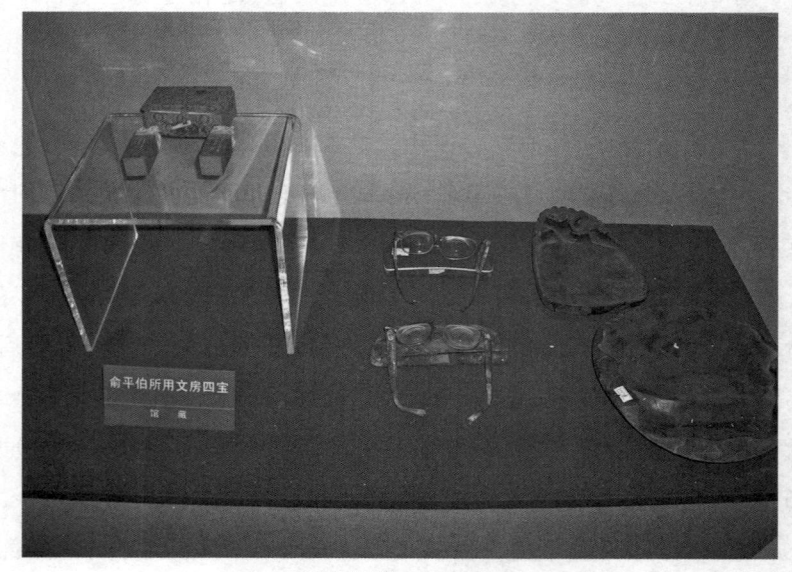

俞平伯的文房四宝

第三节 众多当事人,一把辛酸泪

《红楼梦》开篇曰:曹雪芹于悼红轩中批阅十载、增删五次、纂成目录,分出章回,并题一绝云:

满纸荒唐言,一把辛酸泪。都云作者痴,谁解其中味。②

---

① 韦奈:《俞平伯的晚年生活》,《新文学史料》1990年第4期。
② 《红楼梦》,岳麓书社2001年版,第3页。

第七章　市民的文化:《红楼梦》研究的多元回归

回眸过往,置身于《红楼梦》研究批判之中的一幅幅人物命运跌宕起伏的画卷,映现在世人的眼前。哲学家怀特海(Whitehead)认为:"从人类生命的角度看,命运的不可逃避只能通过一些实际上涉及不幸福的偶然事件来说明。因为,只有通过这些偶然事件,戏剧才能表现出逃避命运是何等徒劳无益。"①从当事人的命运,可见一斑。

一、两个小人物的"红"与"黑"

1950 年代对《红楼梦》研究批判缘起于李希凡与蓝翎的两篇红学批评文章。这以后,好运降临到两个小人物的头上,他们均被调进了人民日报社文艺部任编辑,蓝翎时为文艺部最年轻的编辑。李希凡当时在中国人民大学教师研究班哲学班就读研究生,他本人想去文学研究所工作。邓拓向毛泽东反映李希凡对工作调动的想法,毛泽东说,那不是战斗岗位,调到人民日报社。② 蓝翎当时在北师大工农速成中学任教,他想进文学研究机构或文艺单位,邓拓听后说,到报社文艺组(文艺部前身)来吧,文学研究所不是打仗的地方。1954 年李希凡当选全国第二届政协最年轻的委员,受到毛泽东、刘少奇、周恩来的亲切接见。1955 年出席第一届全国社会主义建设青年积极分子大会,并获奖章,同年 6 月作为新闻界代表出访波兰和苏联等国,参加世界青年联欢节。蓝翎作为全国政协会议的特邀代表,受到了毛泽东、刘少奇等领导人的接见。他们成了"大红人",北京图书馆、中央团校等许多单位纷纷请他们作《红楼梦》研究的报告。中国人民大学被公认为最有才华的女学生程海果,因崇拜李希凡与蓝翎,改名为"林希翎",并也开始研究《红楼梦》。

共青团中央机关报《中国青年报》专发了社论,赞扬李希凡与蓝

---

① 原文为:"This inevitableness of destiny can only be illustrated in terms of human life by incidents which in fact involve unhappiness. For it is only by them that the futility of escape can be made evident in the drama."A. N. Whitehead. *Science and the Modern World* (Mentor, New York, 1948), p. 17.

② 李希凡:《苦乐人生的轨迹》,南京师范大学出版社 2011 年版,第 214、215 页。

翎。文章说:"李希凡和蓝翎,一个二十三岁的青年和一个二十六岁的青年,经过一年多的刻苦钻研,而向《红楼梦》研究中唯心主义主观主义权威发起的大胆挑战,对我们广大青年也是莫大的鼓舞。这件事情又一次地证明我们青年是能够以自己的才能,向祖国建设事业总的宝藏作出一点贡献的;证明我们党对青年的才能是非常爱护和重视的。"①团中央机关刊物《中国青年》杂志 1954 年第 22 期发表《青年应该自觉成为新生力量的代表者》社论,号召全国青年向李希凡、蓝翎学习。1957 年 1 月作家出版社出版了李希凡、蓝翎的红学论文集《红楼梦评论集》。上级领导在给李希凡与蓝翎的名誉与地位时,也出现稍稍倾斜,相比较而言,给予李希凡的鲜花掌声更多些,地位也较高。②究其原因在于李希凡出身于破产的小知识分子家庭,家境贫寒,父亲失业后因病去世;蓝翎的父亲曾涉国民党的还乡团,③依据当时重视出身背景的干部路线与组织制度,故而李希凡更受到重视些。

蓝翎负责《人民日报》杂文栏目的编辑工作,该栏不断地发表了一些知名人士的杂文,其中有茅盾(笔名玄珠)的《谈独立思考》、巴金(笔名余一)的《"独立思考"》、叶圣陶(笔名秉承)的《老爷说的准没错》等等,这些杂文大受读者的欢迎,也给蓝翎以很大启发。他一面继续组织作者撰写杂文,同时自己也动手写了起来。他万万没有想到的是由于自己写的一篇未发表的杂文引来了大祸。

1956 年 10 月 10 日的《辽宁日报》,以重要篇幅发表了《小兰之死》的报导,揭露辽宁绢纺厂 19 岁的青年女工被迫害致死的事件。《人民日报》转载了这篇报导,在社会上引起了强烈反响。文艺部主任袁水

---

① 《中国青年报》社论:《注意新鲜事物,培植新生力量——〈红楼梦〉研究思想批判中给我们的启示和教训》,《中国青年报》1954 年 11 月 4 日。
② 这也导致李希凡与蓝翎两人由合作急转直下至貌合神离,分道扬镳。
③ 李希凡口述,2006 年 5 月 3 日笔者对李希凡的访谈。

拍看后也很激动,认为是一起严重事件,副刊上要有所配合,于是蓝翎在副刊头条发表了女作家涵子的稿子《为小兰呼冤》。文章发表后,反应非常热烈。读者纷纷来信来稿,声援作家的呼吁,对小兰深表同情,要求严惩迫害她的人。蓝翎前后收到信稿约500件,他对小兰的不幸遭遇深感沉痛与愤怒,为此他写下了《面对着血迹的沉思》。孰料此文被人揭发为:"蓝翎的一篇未发表的杂文稿,是以鲁迅的笔法把新社会描绘得漆黑一团。""反右"运动中,蓝翎因为该文被打成右派。当时,报社走廊贴满大字报声讨蓝翎,要他"低头认罪,彻底交代,否则死路一条"。① 在批判大会上,李希凡被点名要求上台表态,他上台说:"蓝翎忘恩负义!"②1958年1月6日,《人民日报》以《不准右派分子混入党的宣传队伍》为题,发文说:

"右派分子杨建中(蓝翎的真名)就在他写的一篇没有发表出来的题为'面对着血迹的沉思'的文章里,把新社会歪曲地描绘成到处'血迹累累'、漆黑一团。"

"这些右派分子经过几个月来群众性的说理、批判和斗争,已经陷于完全孤立。从清查出的右派分子来看,他们反党反社会主义是有根深蒂固的阶级根源和思想根源的。"

中央宣传部对蓝翎处理意见的报告为:

杨建中(蓝翎)

共青团员,男,26岁,山东单县人,家庭出身破落地主。人民

---

① 蓝翎:《四十年间半部书》,《龙卷风》,上海远东出版社1995年版,第126页。
② 这方面,蓝翎与李希凡的回忆有出入。蓝翎回忆说:李希凡从小组会到大会,都一口咬定我是"混进共青团的阶级异己分子",是"忘恩负义"。李希凡回忆说:"忘恩负义"我是说过的,至于"混进共青团的阶级异己分子"是蓝翎把在共青团受到的批判,移花接木到我的身上。蓝翎:《四十年间半部书》;李希凡:《岂好辩哉,予不得已也——关于〈四十年间半部书〉一文的辩正》,《思想的时代》,吉林文史出版社2000年版,第374页。

日报文学艺术部编辑。一般右派分子。

一、历史上主要问题：

1947年曾参加过国民党的青年远征军，1949年曾参加过一贯道。

二、主要的右派言行：

1. 诬蔑新社会"迫害"死不少人，提出杀人者要偿命，鼓动人们起来革命。

2. 反对党对文艺的领导，提出要自然产生文艺界的"盟主"。

3. 说"报刊编辑部是活埋和葬送青年的地方"。

三、斗争后的态度：

承认是反党反社会主义的右派分子。目前情绪较正常，日常工作比过去积极和踏实些。

四、处理意见：

开除团籍。撤销现任职务。监督劳动。①

1958年11月蓝翎下放至唐山柏各庄农场（现为唐海县所在地）三分场接受劳动改造。

1964年江青曾两次找到李希凡要他写海瑞罢官的文章，李希凡没有理会。据李希凡说："1964年8月的一天，林默涵同志（当时的中宣部副部长兼文化部副部长）打电话给我，说江青要找我谈话，叫我在报社等候，中南海会有车来接。在此以前，我也不认识江青。这次谈话的主要内容是，她对当时文艺界的意见；并以毛主席的名义，批评我在文艺界精神麻木，缺乏敏感。谈到《海瑞罢官》的问题时，批评我与吴晗同志关于历史剧问题的论争是'书呆子气'，说《海瑞罢官》是为'三自一包'鸣锣开道等等。对江青讲的很多问题我听不懂，也不理解《海

---

① 《中央宣传部关于著名的文学、艺术、新闻、出版界右派分子的处理意见向中央的报告》，江苏省档案馆藏档，全宗号3011，长期，案卷号326。

瑞罢官》与'三自一包'究竟有什么关系？特别是听了她对文艺界一些领导人的'意见'，更觉得糊涂。我认为，这是他们领导之间的事，不该和我谈。她说的我接受不了，后来我就参加'四清'去了。1965年我回到工作岗位后，姚文元的《评新编历史剧〈海瑞罢官〉》发表了。江青曾向当时的人民日报总编辑吴冷西同志谈到，她找我谈话时，我精神状态不好。"①

陈丕显也曾回忆起江青对他谈到："1964年下半年，她在北京找李希凡写批判《海瑞罢官》的文章，李希凡表示不能接受，于是她才来到上海。柯庆施对此事很支持，希望我也能支持她，并要我对任何人都保密，特别是不能让北京市委的人知道。……张春桥把姚文元写的《评新编历史剧〈海瑞罢官〉》交我带给在北京的江青。"②

"文革"初期，李希凡在人民日报社被冠以"破坏全国文化大革命的罪魁祸首"、"反革命修正主义的黑苗子"、"反动学术权威"、"漏网右派"等名义首先被人民日报社造反派组织"遵义战斗团"送进"牛棚"接受改造。造反派说李希凡反毛泽东思想。前前后后他被批判了17次，写了30多万字的检讨，在批斗中苦熬。③ 他也只得参加另一派造反派组织"井冈山战斗团"，写信给江青，承认自己没有承担写批判《海瑞罢官》文章的"罪责"，争取"改过自新"的机会。④

1978年蓝翎得到平反又重新返回《人民日报》社工作。《人民日报》社于1978年12月所发的《关于杨建中同志被划分为右派分子的问题复查情况和改正报告》里说：杨建中的文章"是根据《人民日报》

---

① 李希凡口述，2006年5月3日笔者对李希凡的访谈。
② 陈丕显：《陈丕显回忆录——在"一月风暴"的中心》，上海人民出版社2005年版，第29页。
③ 李希凡口述，2006年5月3日笔者对李希凡的访谈。
④ 李希凡：《岂好辩哉，予不得已也——关于〈四十年间半部书〉一文的辩正》，第378页。

发表的《小兰之死》等材料写成的,是针对当时辽宁绢纺厂护士兰培初被逼自杀等具体事件而发的议论,并没有把犯有官僚主义错误的干部和整个党等同起来,也没有把此事与社会主义制度联系起来。文章的中心意思是要求严惩杀人者。"谈及由他们为始作俑者所引发的1950年代的《红楼梦》研究批判时,蓝翎曾言:起初"我们写文章的态度只是为了表明个人对《红楼梦》及有关问题的一些见解,对事不对人,即使言辞上有不够谦虚或失敬之处,也是'少年气盛'缺乏修养的表现。那么,在此以后,就是自觉地以战斗者的政治姿态出现,仿佛真理就在自己一边,当仁不让,片言必争。而且不少文章都是奉命而作,或经有关负责人大量修改,有一定的背景,自然也增加了文章的政治分量,使人感到有来头,非个人意见。"①

李希凡说:"思想问题和学术问题是属于精神世界的很复杂的问题,采取大批判运动的办法来解决,容易流于简单和片面化,学术上的不同意见难以展开争论,学术上的问题也难以深入地讨论下去。俞先生是好人,这场运动对俞平伯有伤害,给他心理上造成的压力很大。后来运动升级,批判也升温了,有些文章也就不实事求是了,包括我们后来的一些文章,也有对俞先生不尊重的称谓和说法。痛定思痛,这些都应当深刻总结。"②

二、周扬的忏悔

从电影《武训传》的批判、俞平伯《红楼梦研究》批判、批判胡风文艺观、批判丁(玲)、陈(企霞)"反党小集团"、文艺界的"反右"运动,直至对新编历史剧《海瑞罢官》的批判,周扬既是运动的直接领导者也是忠实的执行者。③ 他义正词严、一贯正确的身影总在时隐时现之中。

---

① 蓝翎:《四十年间半部书》,《龙卷风》,上海远东出版社1995年版,第38页。
② 李希凡口述,2006年5月3日笔者对李希凡的访谈。
③ 蓝翎曾回忆:1954年毛主席作了关于《红楼梦研究》批判的指示后,周扬把我和李希凡找到文化部谈话。大意是说:不要满足,不要骄傲,至少掌握一种外语。文章写得粗糙不要紧,我年轻时也写过。

如果说批胡风、批丁玲，尚有历史的恩怨寓于其中，周扬正好借机报复，以巩固自己在文艺界的领导地位，①那么批三条汉子已让他有兔死狐悲之感了。②他曾说：如果1957年我不打那么多右派的话，那我第一个就是右派。据张光年回忆："1965年，毛主席把周扬找去，表面上态度和缓，实际上厉害。他就相信康生、江青的材料，认为'四条汉子'专横把持文艺界，要公开批判其中的另外三个：夏衍、田汉、阳翰笙。毛泽东对他说：'你和这些人有千丝万缕的联系，下不了手吧？'后来根本不相信周扬，就假手林彪、康生、江青的部队文艺座谈会。"③

"每次运动开始时，毛主席都是先批评他，他检查自己右倾。我们也跟着承认自己右倾。批胡风期间，他跟我谈过，要我写文章批，但也说过：胡风还是懂创作的。他还说：'胡风批评庸俗社会学，我看我们还是有的。胡风有些批评是对的，思想体系是不对的。'"④他对胡风也并未完全否定，也未将其划入反革命的营垒，等到毛泽东改写的按语《关于胡风反党集团的一些材料》："从舒芜文章所揭露的材料，读者可以看出，胡风和他所领导的反党反人民的文艺集团是怎样老早就敌对、仇视和痛恨中国共产党和非党的进步作家……"发表在1955年5月13日《人民日报》的编者按上，此时情况就开始急转直下了。毛泽

---

① 据郭小川在1967年写的一份交待材料，可为佐证："周扬有文艺界的实权是从1954年或1955年初开始的。当时周扬手上只有作协。当初只有作协归中宣部，其他协会归文化部管。周扬要从作协打开缺口，掌握文艺界。1955年底，康濯写了一个揭发丁玲的材料，说丁自由主义，攻击周扬。原来没有准备搞丁陈的。刘白羽来作协后鬼得很，野心勃勃，对丁陈斗争是刘搞的。他一来作协就感到作协有一派势力，要搞作协。必须把丁玲这一派打下去。因为反对周扬的人很多，打丁玲是杀鸡给猴看，把作协的阵地抓到手上来。"《检讨书——诗人郭小川在政治运动中的另类文字》，工人出版社2001年版，第91页。
② 周扬、田汉、夏衍、阳翰笙四位左联领导人被称作"四条汉子"。
③ 李辉：《与张光年读周扬》，《往事苍老》，花城出版社1998年版，第277、278页。
④ 王蒙、袁鹰主编：《忆周扬》，内蒙古人民出版社1998年版，第9、10页。

东对周扬说:"什么二稿三稿,胡风都成了反革命了!"①

夏衍曾说:"十七年中,如果不是周扬同志领导文艺界工作,而是什么李扬、王扬……恐怕挨整的人会更多";"党'左'了,他就'左'了"。② 1960年代初期,党对知识分子政策有所缓和,周扬在座谈会上说:

> 每个人都要受到批判,青年的也是如此。……学术问题不同于政治批判,……俞平伯在《红楼梦》问题上受到批判,可还是人民代表。人民代表是不多的。以后学术问题采取辩论。不过开始不搞厉害些,印象不深。学术方面也要讲责任心,……要有学术良心,艺术良心。书谁编的由谁负责,如果别人向你扣帽子,我来负责,我来掌(疑作"撑")腰,你负学术责任,我负政治责任。(在语文组座谈会上的讲话,1961年6月30日)

> 很多是在追求一种比较有人性的真人。而在这些人物周围的其他人都很虚伪,比较起来,他们还是真些。贾宝玉比起贾政来,还是贾宝玉真些;贾宝玉有点早期的资产阶级民主思想,这人比较真挚……从李卓吾到汤显祖的《牡丹亭》,到《红楼梦》,发展了这种民主思想,体现在贾宝玉身上,贾宝玉比较有童心的。(在全国故事片创作会议上的发言,1961年6月)

> 俞平伯算什么?这个问题相当复杂,很值得研究,因为涉及如何对待他们的政策问题。是说他们是资产阶级知识分子更加符合实际,还是相反?是把他们当作资产阶级知识分子更为有利,还是相反?陶铸同志没讲他们是资产阶级的,还说我们同知识分子是患难之交,人们都很感动。(在理论批评座谈会上的发

---

① 晓风、晓山、晓谷:《我的父亲胡风》,春风文艺出版社2001年版,第92页。
② 夏衍口述访谈(1991年10月),李辉:《往事苍老》,花城出版社1998年版,第237页。

言,1962 年 3 月 15 日)

《红楼梦》……赞扬自由思想,自由主义。贾宝玉是自由主义思想的代表,他也是"人道主义者"。(在《欧洲文学史》座谈会上的讲话,1962 年 9 月 18 日)

周扬与政治息息相关,他忠诚党的事业,也崇拜和敬仰伟大的领袖。党对知识分子政策发生变化,他也随之而变。

1963 年 9 月 24 日毛泽东亲自主持召开了党的八届十中全会,在会上再一次强调了关于社会主义时期的阶级、阶级矛盾和阶级斗争的理论。他向全党和全国民众发出了"千万不要忘记阶级斗争"的号召。1963 年中央开始正式批判"苏联修正主义"及其代表赫鲁晓夫,其中批判的靶子则是赫鲁晓夫提出的"全民国家"、"全民党"的概念和"一切为了人、一切为了人的幸福"的口号。这时,周扬的温和路线随之转向,他也大谈阶级斗争,大批"人性论"。1963 年 10 月周扬在中科院哲学社会科学学部委员会扩大会议上讲话,视"资产阶级人性论"为批判的重点。1966 年姚文元在《红旗》杂志发文《评反革命两面派周扬》,周扬被作为中宣部仅次于"大阎王"陆定一的"二阎王","文艺黑线的祖师爷"而遭到残酷批斗,右耳被打残。

"文革"结束后,周扬出任中国社会科学院副院长兼研究生院院长。复出后的周扬是悲怆的,常常双目含泪,对整人之错误以及对"左倾"狂潮的推波助澜,多次当众致歉,一种思想的良知觉醒了。他提出"科学无禁区",呼吁"体制改革"。于光远在"文革"前曾任中宣部科学处处长,是陆定一、周扬在中宣部的老部下。据于光远回忆起周扬:

有一次在安儿胡同,我对他谈起陆定一"文革"后在北京医院对我说的一句话:"我们中宣部十几年中,无非是整完这个人之后接着再整另一个人。"陆定一对中宣部的工作能作这样一个反思,使我对陆产生很高的敬意。周扬听了我的话苦笑了一下说:"可不是么!事情就是这样。"陆定一讲话向来概括性强,周扬不会说陆定一说出的那种高度概括的语言。"文化大革命"后,周扬对自己在中宣部(或者更早以前的那些年份)做过的事,也常作反省。在许多场合他还向许多文艺工作者道歉。那时我听说在周扬作这种反省时,有人还认为周扬不应该那么做,因为许多整人的事并不是周扬自己决定的,而是中央决定的,周扬无权去检讨。但是周扬还是反省、还是道歉了。对于在我们党内统治了许多年的"左"的指导思想的错误,经过"文革",陆定一有了很大的觉悟,① 周扬也有了很大的觉悟,而有一些人却不觉悟。②

1980年夏天,文学界在全国政协礼堂的侧会议厅开了一个会。会上有一位英国留学生要求见周扬同志,这位留学生说,自从30年代以

---

① 晚年陆定一曾与人民日报社高级记者纪希晨谈起"文革"的经历与反思:"1967年10月9日这天,我被捕了。连续三天,有九个人审讯我。动了刑,没有结果。就给我上手铐,刺进皮肉,很痛。接着又拷打,又上刑。他们根本不问我,也不问彭、罗、陆、杨的关系,硬给我加上叛徒、特务、阶级异己分子的帽子,逼我招供。我受不了酷刑,人都快要死了,就按他们要求的'招供'!从此,我就胡说八道。说什么假话,他们都爱听。他们爱听什么,我就说什么假话。不说怎么办?死不了,就得说假话。党内有些人就爱听假话。口子一开,堵不住了。我就按他们要的,写了假口供。接着,他们就把我送进监狱。我的编号是68164号,即1968年1号要犯,64号。从1968年到1978年,我住了11年监狱。还关了两年看守所,共13年。1978年12月2日,才放我出来。在监狱,受虐待,我生了气。想不通,生闷气,肚子里生起硬块,眼底开始出血。……在监狱期间,只过节日时才给我放放风。关于二月提纲(1966年),毛主席最早要我当文革组长。我不干,就叫彭真当文革组长。主席在武汉、康生、彭真约我一块去,我们汇报了。康生鬼得很。他说,他不知道二月提纲,是背着他干的,是彭真一个人的意见,就把彭真打倒。其实,讨论'提纲',他完全同意,他没说一句不同意的话。文革发生的原因……最根本的原因,是因为我们党不成熟……明知办不到的事,硬要去办……毛泽东主张调查研究,懂得国情,懂得实际。搞革命,一要马列知识,二要实际经验。"纪希晨:《陆定一谈文革经历》,《炎黄春秋》2005年7期。

② 王蒙、袁鹰主编:《忆周扬》,内蒙古人民出版社1998年版,第173页。

来,中国文学界就形成两派,一派挨整,一派整人。周扬同志对各个时期的复杂的历史背景做了一些说明,但是,他没有为自己辩解,没有提到后来自己也曾被整的情况。留学生问:"那么今后还会发生整人的事吗?"周扬同志答:"那不会了。"但是,紧接着,他补充说:"起码我是不会再那样做了。"停了片刻,他再次若有所思地说:"我要在力所能及的范围内尽量不那样做。"①

周扬从事革命文艺工作的经验,使他确信:一个正确的思想与理论,将有助于改变民族、文艺与几代人的命运。1983年3月他在中央党校讲演《关于马克思主义几个理论问题的探讨》,代表他晚年思想境界的最高认识。他说:

> 在实践问题上同样存在着值得我们总结经验引为教训的问题。一个问题是毛泽东同志在后来过分强调人的主观能动性,以致把上层建筑对基础的反作用加以夸大,这就在大跃进时期造成了主观主义的泛滥。另一方面,毛泽东同志又把理论为实践服务了解为单纯地为政治服务或阶级斗争服务,忽视了理论的相对独立性。这给我们的理论界带来一些消极影响,形成一种急功近利的学风。②

他对新中国成立以来文艺批判和理论批判的重大问题,作出了总结与反思,对"人道主义"和"异化"问题作出了富有创见的论述。他说:"承认社会主义的人道主义和反对异化,是一件事情的两个方面",他列举了社会主义社会中的种种异化现象:

---

① 王蒙、袁鹰主编:《忆周扬》,内蒙古人民出版社1998年版,第539页。
② 周扬:《关于马克思主义几个理论问题的探讨》,《人民日报》1983年3月16日。

在经济建设中,由于我们没有经验,没有认识到社会主义建设这个必然王国,过去就干了不少蠢事,到头来是我们自食其果,这就是经济领域的异化。由于民主和法制的不健全,人民的公仆有时会滥用人民赋予的权力,转过来做人民的主人,这就是政治领域的异化,或者叫权力的异化。至于思想领域的异化,最典型的就是个人崇拜。①

他认为:"即使是在社会主义条件下,或由于某些制度不完善,或由于旧意识影响,在某些局部情况下,糟蹋人才,埋贤没能,侵犯人格尊严的情况,并不是不会发生的。人的尊严、人的价值,理应受到重视。"②周扬也因为这篇演说招来大祸,在清除精神污染运动中被迫在《人民日报》作检讨。③ 周扬曾抑制不住内心的愤懑,闪着泪花,激动地说:"我这一辈子跟着党,追求革命,千辛万苦,千回百折,怎么会反对坚持四项基本原则呢?我只是根据过去的历史教训,应该注意不要轻易地把一些不同意见说成是反对四项基本原则。我不可能反对四项基本原则嘛。"④

1983年12月周扬在为《邓拓文集》写序时,有这样一段话:

一个作家发现自己在思想认识上同党的观点有某些距离,这是一件痛苦的事。任何一个热爱祖国,拥护社会主义的作家,在根本政治立场上理应力求和党中央保持一致。但在特殊情况下,

---

① 周扬:《关于马克思主义几个理论问题的探讨》,《人民日报》1983年3月16日。
② 同上。
③ 胡乔木曾在致周扬的信中云:"谁让你逃出剑匣,谁让你割伤我的好友的手指?血从他手上流出,也从我心头流出"。参见《胡乔木书信集》,人民出版社2002年版,第541页。
④ 石仲泉、王君琦:《对学术论争的一点浅见》,《学术界》2003年第5期。

或者由于党的政策和工作上发生了偏差,或者是作家本身存在着错误的、不健康的观点和情绪,出现两者之间不一致或不协调都是可能的。在这种情况下,一个党员作家首先应当相信群众,相信党,以严肃认真,积极负责的态度向党陈述自己的意见,决不可隐瞒和掩盖自己的观点,更不能把自己摆在党之上,以为自己比党还高明。另一方面,作家也应当在党的正确方针和政策的引导下改变自己的不正确的认识,使党的正确主张为自己所接受,所融会贯通,从而在思想政治上达到同党中央的认识一致。这是我国近几年各项事业蓬勃发展从正面证实了的一项重要经验,也是怀念死于"四人帮"文字狱的邓拓同志时不能忘却的历史教训。①

字里行间浸润着晚年周扬那种矛盾复杂而痛苦的心态,他借怀念邓拓的一生,来抒写自己内心的独白。他始终未能走出1983年的沉重一击,就在次年,周扬病倒了。他面无表情,目光呆滞,语言梗塞,与当年那个谈笑风生、神采飞扬的周扬判若两人,成了植物人,直至1989年7月病逝。

三、舒芜的悔悟

因对胡风"反戈一击"而出名的舒芜首先在文艺界权威刊物《文艺报》上发文批驳俞平伯的《红楼梦》研究,一时赫赫然。但两年后,即1956年的10月他因在《人民日报》上发表了杂文《说"难免"》点到了肃反运动中借口"错误难免"而不负责任地乱斗乱批的现象。反右开始后,舒芜被作为"舒张顾李右派小集团"的头子天天挨批斗,②反复交待

---

① 周扬:《〈邓拓文集〉序言》,《人民日报》1983年12月22日。
② 另外三人分别为:张友鸾、顾学颉、李易。

检讨,写文章甚至不得署名或只能随便署一个别人的名字。"文革"时亦被下放至湖北咸宁五七干校劳动,直至 1979 年舒芜才得以摘掉戴了 22 年的"右派"帽子。

回顾自己心路历程与所作所为,舒芜曾言:"解放后三十年,我走了一条'改造路':先是以改造者的身份,去改造别人;后来是在'次革命'的地位上自我改造,以求成为'最革命';结果是被置于反革命的地位,接收另一性质的改造。反正谁有马克思主义,谁就有权改造别人。而改造的标准,真理的标准,都是实践,集中到最高的实践,即共和国的政治、无产阶级政党的政策与策略。我本来是由衷地这样相信,后来是愿意这样相信,后来是大力说服自己这样相信。所谓'胡风集团',包括我自己在内,忽然成了'反革命集团',我思想上无法接受,然而不敢怀疑。怀疑心情刚有一点曲折流露的《说'难免'》,立刻就被高明所洞察,抓出来给以打击,这就严厉地警告了我:对这个定案不容许有一点怀疑。由我的《关于胡风的宗派主义》,一改再改三改而成了《关于胡风反革命集团的一些材料》,虽非我始料所及,但是它导致了那样一大冤狱,那么多人受到迫害,妻离子散,家破人亡,乃至失智发狂,各式惨死,其中包括了我青年时期几乎全部的好友,特别是一贯挈我掖我教我望我的胡风,我对他们的苦难,有我应负的一份沉重的责任。"

"我解放前自以为掌握了的马克思主义,当时就为权威所否认;解放后我用毛泽东思想来衡量自己,也达到'那的确不是马克思主义'的结论,与权威者达成共识。解放后,我自以为学到了的毛泽东思想,却又一步一步把我学成了'右派',学成了'反革命集团起义人员',真是'读书越多越反动'。回头一看,原来我根本没有学到任何马克思主义,曾经自以为信马克思主义并信其与'五四'精神一致者只是自作多情。马克思主义究竟是怎样的,我其实毫无所知。三十年过去了,可

第七章 市民的文化:《红楼梦》研究的多元回归

以做点事的时间不会再有三十年。检点下来,我原来的几个思想基点之中,只有尊'五四',尤尊鲁迅,反儒学,尤反理学,反法西斯,尤反封建法西斯这几点,大致还能保存;其中有的例如'个性解放'思想虽被我宣布抛弃了,有些淡化了,生锈了,但大致还能寻回来,磨濯干净。我只能就在这几个思想基点上,尽量做点事。"

"我恢复了用'舒芜'这个笔名发表文字的权利以来,所写的文字,全是围绕着尊'五四',尤尊鲁迅,反儒学,尤反理学,反法西斯,尤反封建法西斯这几个中心的。除了单篇的短论之外,较成系统的,是《红楼梦》研究和周作人研究。《红楼梦》,我认为它在中国古典文学中最具有'人的发现'和'女性的发现'的精神,是儒学统治之下最体现反儒学尤反理学的叛逆传统的作品,尽管其中也说些儒学的话。……过去我爱把问题抽象化,以求索其中的马克思主义的意义,结果全失败了;现在我力避抽象化,只就具体问题,谈我的具体看法,不再附会我从未懂过的马克思主义"。①

舒芜以其亲身经历,对政治运动的过程与实质心有所悟地说到:"解放以来的历次政治运动如何如何,现在我们都这样说,这其实是简称,全称应该是历次群众性政治运动,'群众性'是一个不应该忘记的特点。就是说,首先它都是有领导有组织的,这一点无需说明了;其次,它不仅是三五个领导人在那里运动,也不仅是十来二十个积极分子在领导人的指挥之下运动,而是所在单位的全体群众一起在运动着,一起被领导人和积极分子运动(正式称为'发动')起来在运动着。于是,有积极分子带头,有中间分子跟上,有一般分子齐声呐喊,停下正业来,连日连夜地开会,揭发,批判,再揭发,再批判……落后分子最后也不得不检讨划不清界限,站不稳立场,等等。……各式各样的群

---

① 舒芜:《〈回归"五四"〉后序》,《新文学史料》1997 年 2 期。

众,在各式各样的'发动'之下,有着怎样强烈的、痛苦的、震撼的、扭曲的反应,人性里一切卑下的、邪恶的、狂暴的、鄙劣的东西怎样被培育、被诱发、被反激、被挑逗出来"。[①]

[①] 舒芜:《舒芜杂文自选集》,百花文艺出版社1996年版,第132、133页。

结语：国家、社会与文化

> 人们有时可以支配他们自己的命运。要是我们受制于人，亲爱的勃鲁托斯，那错处并不在我们的命运，而在我们自己。
> ——莎士比亚

> 以世法读《红楼梦》，则不知《红楼梦》；
> 以《红楼梦》观世法，则知世法。
> ——俞平伯

《红楼梦》篇首作者自云：因曾经历过一番梦幻之后，故将真事隐去，而借"通灵"之说撰此《石头记》一书也，故曰"甄士隐"云云。……至若离合悲欢，兴衰际遇，则又追踪蹑迹，不敢稍加穿凿，徒为供人之目，而反失其真传者。①《红楼梦》起源于作者对人物行止见识及其命运变幻的记忆空间。社会学家米尔斯（Mills）认为命运（fate）并非一个普遍的事实：并不内在于历史本质或人性之中。命运是历史上一定类型社会结构的体现。有意识的人类机构在创造历史的过程中，能够达到的范围和获得的机会，都是独一无二的。掌握这些手段的精英们（elite）

---

① 《脂砚斋重评石头记》，人民文学出版社1975年版，第3、7页。

创造着历史。① 米尔斯揭示了命运是结构的某种显现。因此,命运意味着冥冥之中难以抗拒的内在力量或者运行机制,和文化紧密相连。

作为一种"实然"的话语叙述,《红楼梦》研究的当代命运犹如棱镜展现了历史的多重面相,本书的结论试图揭示出国家、社会与文化的互动结构,在空间、组织与理念的基础上探究文化发展的"应然"趋势,即现代国家治理的文化特质。

一、国家、社会与文化的互动结构

晚清时节,自秦以来的中国传统政治走向了衰败的终点,在传统的弱国家—弱社会背景下,以蔡元培为代表的旧红学"吊明之亡,揭清之失",②顺应了日渐兴起的民族主义浪潮。社会兴起、民国肇始。在弱国家—强社会的背景下民主与科学的影响渐行扩大,以胡适为代表的新红学主张"用科学的方法,作精确的考证",专注于《红楼梦》的著者、时代、版本,试图创设"科学方法的红楼梦研究"。③

1949 年后随着国家权力的不断集中,1950 年代举国上下对俞平伯《红楼梦》研究的批判以及随后对胡适思想的政治批判,对胡风文艺思想的声讨实为共和国史上具有划时代意义的大事。在批判过程中凸现的一元化意识,行政与司法相结合的处置方式,显示出国家行政权力到文化权力不断集中的内在趋势,"革命红学"反映了全能主义政治(totalism)贯穿于其中。④ 随后中国社会文化与经济机制的僵化以

---

① 赖特·米尔斯:《社会学的想像力》,生活·读书·新知三联书店 2001 年版,第 197、198 页。
② 蔡元培:《石头记索隐》,《蔡元培全集》,中华书局 1984 年版,第 74—76 页。
③ 胡适:《红楼梦考证》(改定稿),《胡适文集》(第 2 卷),北京大学出版社 1998 年版,第 465 页。
④ 全能主义意为政治权力可以侵入社会的各个领域和个人生活的诸多方面,原则上它不受法律、思想、道德(包括宗教)的限制。[美]邹谠:《二十世纪中国政治——从宏观历史与微观行动角度看》,牛津大学出版社 2000 年版,第 223 页。

致"文化大革命"的爆发,亦不是一朝一夕之事。它是在强国家—弱社会的机制(mechanisms)中开始逐步孕育成熟,聚沙成塔,以此入手似可厘清新中国成立以来政治运动的发展轨迹与大时代中的人物命运。

1978年以后的拨乱反正,在《红楼梦》研究方面则开始挣脱政治化的枷锁,从文学鉴赏、历史考证、艺术世界甚至女性主义等多重面相来探讨。从政治化的红学逐步复位到在"回归文本"的前提下,将文本研究、文献研究、文化研究相互融通。问渠哪得清如许,唯有源头活水来。此种局面的出现,首先是渊源于1978年以来的思想解放,国家向社会的持续分权,多元红学的出现反映了强国家—强社会的格局渐趋形成。由此可见,国家、社会与文化三要素间的互动形塑了《红楼梦》研究当代命运的多重镜像。如下图所示:

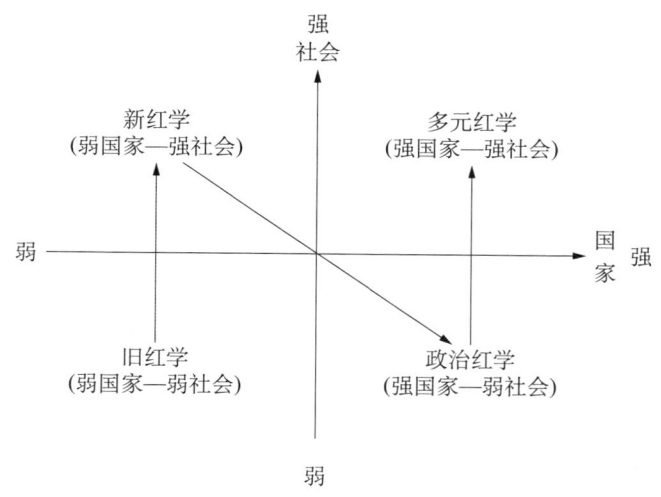

国家、社会与文化的互动结构

(象限图:纵轴为"强社会"到"弱",横轴为"弱"到"强国家";左上:新红学(弱国家—强社会);右上:多元红学(强国家—强社会);左下:旧红学(弱国家—弱社会);右下:政治红学(强国家—弱社会))

因此,文化权力对于社会变迁具有引导性以及潜移默化地支配性作用,构成了形塑国家与社会关系的关键性变量。

二、文化领导权与公共空间

丹尼尔·贝尔(Daniel Bell)认为:"文化是一种借助内聚力来维护

本体身分(identity)的连续过程。"①文化成为我们的文明中最具活力的成分,其能量甚至超过了技术本身。② 文化暗示着隐蔽的权力关系与价值体系。布迪厄认为文学场域与权力场域的形态具有紧密相似,即同构性。葛兰西(Antonio Gramsci)认为下层阶级要获得领导权(hegemony),除了经济与政治上的努力,更重要的是获得文化领导权(cultural hegemony),其意味着在某个单一群体影响下形成一种为当代民众广为接受的主宰性的世界观(worldview),深刻缝织在日常生活的纹理之中。民众视其为一般的事实(normal reality)亦或常识(common sense)。革命不仅强调政治、经济权力的移位,而且存在于生动活泼的经验与意识形态之中,只有借着创造出另外一种领导权:一种崭新、优势的实践与意识,革命才可以达成。③ 而在此过程中,组织化或有机化的知识分子(organic intellectuals)起着重要作用。④ 他们通过获得政治支持,而掌握文化权力,通过这一阶层,政治权威将思想自上而下地贯彻到公共空间。一批新的政治与文化精英阶层则应运而生了。

1949年以后曾在国统区写作影响较大的一批政治态度中性的自由作家、学者,开始受到冷落,他们也失去了自由写作的心境。作家沈从文改行研究文物,诗人陈梦家搞考古,张恨水、朱光潜、陈寅恪、顾颉

---

① 丹尼尔·贝尔:《资本主义文化矛盾》,赵一凡等译,生活·读书·新知三联书店1989年版,第81页。
② 同上书,第79页。
③ 雷蒙·威廉斯:《关键词:文化与社会的词汇》,生活·读书·新知三联书店2005年版,第202页。
④ 葛兰西于1926年至1937年间被墨索里尼下狱囚禁,他在铁窗生涯期间写下的那些札记里,把在社会中履行知识分子作用的人分为两类:传统的(traditional)和有机的(organic)。前者是指社会中游离于体制外的那些文人、学者和艺术家,从传统上说那些游离于体制外的文人学者被公众视为真正的知识分子。后者系作为经济政治体制内有机组成部分的那些知识分子,他们为该体制在政治和意识形态(ideology)上的整合与霸权而存在、汇聚、发生作用。

刚、钱端升等渐由中心退居边缘。最活跃的是延安文化人,他们年富力强,多处于组织管理的领导位置上。他们主要有两部分人组成,一是去延安的原左翼作家,二是由鲁艺(鲁迅艺术文学院)、抗大等延安学校自己培养的作家。这两部分人包括周扬、丁玲、何其芳、康濯、张庚、严文井、贺敬之、贺绿汀、郭小川、刘白羽等。与沈从文、俞平伯等人不同,他们的身份是党内知识分子,其精神谱系(genealogy)源于革命的文艺,他们是积极参与社会变革的弄潮儿,置身于权力话语的风尖浪急中。但即使是这些人,迟至"文革"中也遭到严厉整肃。这体现了政治上的反智论与知识分子在公共空间的边缘化。① 费孝通曾将中国社会的空间结构界定为"差序格局",即类似把一块石头投入水面上"所发生的一圈圈推出去的波纹",从而形成了中国社会的尊卑、贵贱、亲疏、上下、远近的网络结构,这也构成了中国政治运行的基本秩序,即同心圆式的结构。同时,这也说明了由最高领导人所倡导的改革往往可以取得较大成功,反之则往往功败垂成。

始于1978年的改革开放,国家最高领导人对文艺知识的生产有了新的认知,作为改革开放"总设计师"的邓小平认为:"文艺这种复杂的精神劳动,非常需要文艺家发挥个人的创造精神。写什么和怎样写,只能由文艺家在艺术实践中去探索和逐步求得解决。在这方面,

---

① 余英时:《中国知识分子的边缘化》,《二十一世纪》1991年第6期。季羡林曾回忆通过不断的政治运动,觉得自己的学问与知识是"非常可耻的",常觉得"自己有罪,知识分子真是不干净","当时最羡慕、最崇拜的是三种人:老干部、解放军和工人阶级"。参见季羡林:《牛棚杂忆》,中共中央党校出版社1998年版,第214、247—249页。文化与政治之间波谲云诡的关系,是人们所普遍关心的话题。鲁迅曾认为政治要维持现状,自然和不安于现状的文艺处在不同的方向,文艺是政治家中的眼中钉。巴金曾言:"我常说做一个中国作家是我的骄傲。可是想起那些'斗争',那些'运动',我对自己的表演(即使是不得已而为之吧),也感到恶心,感到羞耻。……历史不能让人随意编造"。巴金:《无题集》,人民文学出版社1994年版,176、177页。

不要横加干涉","要日益丰富多彩,敢于创新";①这有助于通过增量改革逐步构建具备现代性的知识人及其在公共空间的合法性地位,从而形塑经济、社会与文学艺术不断发展的活力之源。

三、从《红楼梦》看传统帝国的兴衰

从时空上看,《红楼梦》是中国传统帝国兴衰起伏的真实写照。入乎其内、出乎其外。贾府的由盛而衰,从表层看是外部的抄家,但从深层看则蕴含着深刻的隐喻,在于组织自身的腐朽,是人为的灾难,也难以逃脱命运的羁绊。从一个贵族大家庭的盛衰兴亡、悲欢离合、世态炎凉,可以深入体验帝国荣枯消长的"周期率"。② 白先勇认为《红楼梦》是中国文化发展到 18 世纪的结晶与总结,它写尽乾隆的盛世,也暗伏了乾隆之后中国文化的"忽喇喇似大厦倾,昏惨惨似灯将尽",19世纪后整个走下坡,接近崩溃的边缘。③

作为精英阶层,四大家族之间皆联络有亲,一损皆损,一荣皆荣,扶持遮饰,俱有照应。各个家族又与社会的统治阶层紧密联系,贾家的元春是皇帝的妃子,贾家的"老太君"贾母是金陵世家史侯的"小姐",贾政的妻子王夫人是九省统制王子腾的妹妹,荣国府的实际当家人,贾琏的妻子王熙凤是王子腾的侄女,薛宝钗的妈妈薛姨妈和王夫人是同母所生的亲姐妹。

"贾不假,白玉为堂金作马。阿房宫,三百里,住不下金陵一个史。

---

① 邓小平:《在中国文学艺术工作者第四次代表大会上的祝词》,《邓小平文选》(第 2 卷),人民出版社 1994 年版,第 211、213 页。

② 1945 年黄炎培在访问延安时曾向毛泽东问道:我生六十多年,耳闻的不说,所亲眼看到的,真所谓"其兴也勃焉,其亡也忽焉",一人,一家,一团体,一地方,乃至一国,不少都没有能跳出这周期率的支配力。如何找出一条新路,跳出"其兴也勃焉","其亡也忽焉"的历史周期率? 黄炎培:《八十年来》,文史资料出版社 1982 年版,第 148—149 页。

③ 白先勇:《白先勇细说红楼梦》,广西师范大学出版社 2017 年版,第 1007 页。

东海缺少白玉床,龙王来请金陵王。丰年好大雪,珍珠如土金如铁。"四大家族的辉煌,显现了清帝国"康乾盛世"昔日的繁华景象,但这只是"瞬息的繁华"。《红楼梦》的正戏拉开之时,已是帝国的衰微败落之象。"珍珠如土金如铁"的薛家已有财无势,金陵王家已是有势无财,史家则无势无财。只有贾氏的荣、宁二府还维持着局面。若从帝国治理的视角来看,《红楼梦》第二回是全书的关键,作者借古董商人冷子兴之口对荣、宁二府作了"演说":

"如今生齿日繁,事务日盛,主仆上下,安富尊荣者尽多,运筹谋画者无一,其日用排场费用,又不能将就省俭,如今外面的架子虽未甚倒,内囊却也尽上来了。这还是小事。更有一件大事:谁知这样钟鸣鼎食之家,翰墨诗书之族,如今的儿孙,竟一代不如一代了。"

"安富尊荣者尽多,运筹谋画者无一","儿孙一代不如一代"。这是作者寓意深刻的点睛之笔,帝国衰败的根本缘由也正在于此:"公共性"人才的衰微与匮乏,在管理方面已发生了严重危机。① 《红楼梦》揭示了帝国代际更迭的领导谱系:

第一代是贾演、贾源,跟从皇帝南征北战,立下汗马功劳,获封宁国公、荣国公的爵位,"九死一生挣下这份家业"。贾府祠堂匾额两旁的对联是第一代人艰辛奋斗的真实写照:"肝脑涂地,兆性赖保育之恩;功名贯天,百代仰蒸尝之盛。"

第二代是贾代化、贾代善,尚能守住家业。贾代善娶金陵世勋保

---

① 康德认为"公共性"是唯一能够保障政治与道德同一性的原则,既是法律秩序原则,又是启蒙方法。启蒙必须以"公共性"为中介,即任何一个个人要从几乎成为自己天性的不成熟状态之中奋斗出来,都是很艰难的;……然而公众要启蒙自己,却是很可能的;只要允许他们自由,这还确实几乎是无可避免的。不成熟状态就是不经别人的引导,就对运用自己的理智无能为力。当其原因不在于缺乏理智,而在于不经别人的引导就缺乏勇气与决心去加以运用时,那么,这种不成熟状态就是自己所加之于自己的了。参阅哈贝马斯:《公共领域的结构转型》,学林出版社 1999 年版,第 121、122 页。

龄侯尚书令史家小姐为妻,即贾母。

　　第三代是"平庸"的一代。宁国公贾代化死后,次子贾敬袭封爵位,却是一味好道,只爱烧丹炼汞,余者一概不在心上。后来干脆把官爵让给了儿子贾珍,不管家事,任凭儿辈胡作非为。不久因服丹而死。荣国公贾代善有二子:长子贾赦,袭封爵位;次子贾政,即贾宝玉之父。贾赦无所作为,是个浪荡色鬼,威逼贾母丫鬟鸳鸯为妾,为霸占几把古扇而逼死石呆子,最后因包揽官司而被免爵抄家,发往边关。贾政道貌岸然,平庸无能,不谙世务,缺少治家承业的真才实干。

　　第四代则以管理宁府的贾珍和管理荣府的贾琏为代表。纨绔习气重,成事不足,败事有余。穷奢极欲,无所不为,实为贾氏组织的"败家子"。被鲁迅先生称作"贾府的屈原"的焦大看得很清楚:"那里承望到如今生下这些牲畜来,每日家偷鸡戏狗,爬灰的爬灰,养小叔子的养小叔子!"然而说了真话的焦大所得的报酬是被塞了马粪关进柴房。鲁迅说:"看《红楼梦》,觉得贾府上是言论颇不自由的地方。焦大以奴才的身份,仗着酒醉,从主子骂起,直到别的一切奴才,说只有两个石狮子干净。结果怎样呢?结果是主子深恶,奴才痛嫉,给他塞了一嘴马粪。其实,焦大的骂,并非要打倒贾府,倒是要贾府好,不过说主奴如此,贾府就要弄不下去罢了。"西人谚语曾云:"没有强大的反对派,就没有组织的长治久安"(No organization can be long secure without a formidable opposition)。①

　　《红楼梦》里的女性大多比男性有才干,开篇即有:"忽念及当日所

---

① 就经济发展与文明程度而言,新加坡似是例外,在李光耀的威权(authoritarianism)治理下新加坡从落后的殖民地跻身于世界经济强国。笔者以为新加坡的成功取决于其特殊的地理位置,李光耀及其行政精英的国际化背景,作为城市国家(city-state)资源贫乏,领导者所具有的深刻危机感,众多例外的聚合体推动新加坡经济与区域发展。对此,邓小平亦有认识,李光耀回忆,邓小平曾叹息:"如果我只有上海一个城市,我也许能够快速地把它改变(一如你拥有新加坡)。但是我治理的是整个中国"。汤姆·普雷特:《李光耀对话录》,现代出版社2011年版,第65页。

有之女子,一一细考较去,觉其行止见识,皆出于我之上。何我堂堂须眉,诚不若彼群钗哉?敷演出一段故事来,亦可使闺阁昭传"。① 事实上,王熙凤等人确有治理之才,为了支撑贾氏组织行将崩溃的大厦,亦曾苦苦挣扎,但其才能仍旧体现在"私人领域"而非"公共领域",故而无补于大局。例如,王熙凤的口才与威势显露在损人利己、聚敛钱财方面,为了3000两银子,竟逼死两条人命。王夫人表面宽厚仁慈,实际上昏聩残忍。邢夫人无子,只知奉承丈夫以自保,贪婪吝啬而又愚蠢。至于贾母,虽是贾府的最高权威,但心思全在享乐中,对家族后辈的恶行,听之任之,并常常加以保护。探春曾自白道:"我但凡是个男人,可以出得去,我必早走了,立一番事业,那时自有我一番道理。"

组织的臃肿庞大与生活的极度排场、奢华所导致的"生之者寡,食之者众",使帝国经济陷于枯竭,入不敷出,"内囊却也尽上来了"。秦可卿死后,贾珍拍手道:"如何料理,不过尽我所有罢了!"贾珍托凤姐办丧事时说:"只求别为我省钱,要好看为上"(第十三回)。秦可卿出丧,停灵七七四十九日,请了一百单八众禅僧在大厅超度诸魂,九十九位全真道士打四十九日解冤洗孽醮。出殡那天,"浩浩荡荡,压地银山一般从北而至"(第十四回)。其宏大排场由此可见。元妃归省,修建大观园的巨额花费,使身为贵妃的元春叹道:"太奢华过费了"(第十八回)。管家奶奶王熙凤说:"家里出去的多,进来的少","外头看着虽是烈烈轰轰的","不过是个旧日的空架子"(第六回)。②

《红楼梦》总共描写了448个人物。在众多人物中,处于组织统治阶层的不过几十人。在这统治阶层的内部,各派系之间争权夺利、勾心斗角,这种矛盾斗争错综复杂。在贾赦和贾琏父子之间、赵姨娘和

---

① 曹雪芹、高鹗:《红楼梦》,人民文学出版社1982年版,第1页。
② 曹雪芹、高鹗:《红楼梦》,人民文学出版社1982年版,第104、105、102页。

探春母女之间、邢夫人和凤姐婆媳之间、王夫人和赵姨娘妻妾之间,广泛存在着永无休止的难以调和的矛盾。探春说道:"咱们倒是一家亲骨肉呢,一个个像乌鸡眼似地,恨不得你吃了我,我吃了你。"斗争围绕的中心,则是贾氏组织的执政权与宗族继承权。贾氏组织的执政权实际上掌握在深得贾母欢心的王氏姑侄手中,这引起了赵姨娘、邢夫人等人的嫉恨。第二十五回里赵姨娘勾结马道婆陷害王熙凤和贾宝玉,则是为了获得贾氏组织的继承权。第七十四回抄检大观园,就是邢夫人为了给王夫人和凤姐难堪,利用绣春囊事件,掀起一场轩然大波。诚如探春所说:"这样大族人家,若从外头杀来,一时是杀不死的。这可是古人说的'百足之虫,死而不僵',必须先从家里自杀自灭齐,才能一败涂地呢!"超前的奢靡与不断的堕落形成一股强大的破坏力,敲响了贾氏组织的丧钟。社会学家帕雷托曾言,历史是贵族的坟墓。

　　由此可见,按照雪芹的本意,贾氏组织即使不经抄家,也渐渐地贫穷破落下去,抄家的外祸与内乱的复合性则进一步加剧了组织的衰败,最终应验了"树倒猢狲散,飞鸟各投林"的组织结局:

　　"为官的,家业凋零;富贵的,金银散尽;有恩的,死里逃生;无情的,分明报应;欠命的,命已还;欠泪的,泪已尽。冤冤相报实非轻,分离聚合皆前定。欲知命短问前生,老来富贵也真侥幸。看破的,遁入空门,痴迷的,枉送了性命。好一似食尽鸟投林,落了片白茫茫大地真干净!"①

　　曹雪芹用十年功夫来写《红楼梦》,所谓:"字字看来都是血,十年

---

① 《飞鸟各投林》每句皆关照一人,十二句揭示了十二钗的命运格局:为官的家业凋零——湘云;富贵的金银散尽——宝钗;有恩的死里逃生——巧姐;无情的分明报应——妙玉;欠命的命已还——迎春;欠泪的,泪已尽——黛玉;冤冤相报实非轻——秦可卿;分离聚合皆前定——探春;欲知命短问前生——元春;老来富贵也真侥幸——李纨;看破的遁入空门——惜春;痴迷的枉送了性命——凤姐。俞平伯:《红楼梦研究》,复旦大学出版社2004年版,第162、163页。

辛苦不寻常。"作为雪芹的隐喻宝玉只有通过出家即"遁入空门"方可脱离人生的困境。事实上，四大家族的变迁恰恰映现了自秦朝以来 2000 多年来帝国兴亡的"周期率"。人生天地之间，若白驹之过隙，忽然而已，与此相联系的则是国家的命运。国家兴衰成败由组织的领导力（leadership）及其机制设计所决定，跳出传统帝国衰亡的窠臼在于实现传统文化的现代性转换，构建现代民主法治国家，从传统帝国的封闭专制走向现代国家的公共治理。这亦反映了中国现代化进程的演进逻辑：从技术层面到组织管理再发展至精神、心灵与价值领域，从而形塑现代性生长的文化动力。

四、现代国家治理的文化特质

《红楼梦》研究的当代命运映照的是 20 世纪中国文化从传统迈向现代性的变迁历程。这始于王国维运用西方哲学探究中国古典小说，蔡元培与胡适的红学论争。从领袖的一封信转化为组织化的思想斗争，从对红学大师俞平伯《红楼梦》研究的批判发展为对党内"贵族老爷"冯雪峰及《文艺报》的批判，紧接着在整个思想界开始对胡适思想的全面批判，并且逐步由思想批判上升为政治批判和政治斗争，直至阶级斗争论红学一统天下。1957 年揭发冯雪峰"右派"言论中有一条，讲他"对批判《文艺报》不满，说那是'城门失火，殃及鱼池'"。① 从对一个人、一本书的斗争扩展为对一批人、一层人的斗争；从学术界的思想批判运动发展为对社会精英与普罗大众的广泛教化。以群众运动与阶级斗争的方式处理现实与历史问题，也许是革命战争时期行之有效的组织方式，但进入和平发展与经济建设时期，随着时空条件的转换需要的是法治秩序、协商与容忍。可以在马上得天下，但未必可以在马上治天下。这也彰显出现代公共管理所蕴含的特质是民主精神与

---

① 史索、万家骥：《在政治大批判漩涡中的冯雪峰》，《新文学史料》1992 年第 2 期。

法治理性,此亦成为中国文化迈向现代性的核心要旨。①

公共领域不仅需要法治国家机制的保障,它也倚赖于文化传统和社会化模式的合拍,倚赖于习惯自由的民众的政治文化。② 历史虽然已经过去,但却不会完全消逝,它总以潜在的形式存在于我们周围。费孝通先生认为,社会科学应该在指导文化变迁中起重要的作用。中国越来越迫切地需要这种知识,因为这个国家再也承担不起因失误而损耗任何财富和能量。③ 行动者的观念在制度中所发挥的作用,要比其在技术变迁中所发挥的作用更为显著,因为意识形态信仰(ideological beliefs)影响着决定选择的主观模型建构。④ 现代社会涵盖诸多相互矛盾和冲突的因素,健康的现代社会并不是简单的非此即彼式的让某一种因素或价值压倒其他因素与价值,而是要尽量形成各种因素和价值相互平衡与制约(check and balance)的格局。回顾20世纪的中国与世界,当文化处于开放、多元与宽容之时,各派文化力量通过相互影响、相互渗透、相互制衡、相互竞争,从而形成有机性的制度联系与良性互动的生态格局;当文化从开放性走向封闭性,多元性走向单一性时,宽容趋向排他时,⑤由于缺乏异质力量的制约与妥协,

---

① Rationalism 意味着理性是知识和真理的主要来源,不以权威与神灵的感应是信仰和行动的源泉(the exercise of reason, rather than the acceptance of empiricism, authority, or spiritual revelation, provides the only valid basis for action or belief and that reason is the prime source of knowledge and of spiritual truth)。

② 哈贝马斯:《公共领域的结构转型》,学林出版社1999年版,第29页。

③ 原文为:Social science therefore should play an important role in directing cultural change. The need of such knowledge has become more and more urgent in China because the country cannot afford to waste any more of her wealth and energy in making mistakes. 费孝通:《江村经济》,外语教学与研究出版社2010年版,第6、7页。

④ Douglass C. North. *Institutions, Institutional Change and Economic Performance*. Cambridge University Press, 1990. p. 103.

⑤ 乔治·凡·登·伯赫发现了民主与宽容之间的关联性:"民主的精髓存在于它的宽容之中,存在于它对每一人个性的尊重之中,而非多数原则之中"。杜威·佛克马、佛朗斯·格里曾豪特:《欧洲视野中的荷兰文化》,广西师范大学出版社2007年版,第98页。

失去了平衡的张力与法治理性的流程,胜利的一方在获胜之时也开始向自身负面的转化。因此现代国家的文化权力在于构建民主、法治、多元一体的文化发展之路。

培根曾言,真理是时间的女儿,不是权威的女儿。一个国家与社会的繁荣与否,文化是其重大的决定性因素。① 《红楼梦》研究的当代命运涉及一个时代、一个社会、甚至一个民族在不同时段所形成的主流价值、政治信仰和态度观念,亦即政治文化。政治文化与政治制度之间形成了相互作用与强化的有机关系,制度建构在文化之上,制度的健康发展取决于健康文化的形成,因为"文化为体制之母"。② 人类历史上并非存在天然优良之民族,制度来源于文化。一国的制度可以在形式上借鉴甚至模仿别国,唯有精神熏陶与文化建设方可让制度落到实处,文化与制度具有双向的互动性。因此,中国若能自觉地将西方现代文化与自身传统文化溶为一炉,实现对传统文化的创造性转换,这种有意识且有节制进行的恰当融合取得成功,其结果则可能为人类文明的发展提供全新的文化起点。③

现代文化的构建具有多重面相:宽容、自由、民主、法治、理性,这其中的基础在于道德的勇气(Moral Courage),体现出文化的软实力。④ 道德的勇气可以理解为道德的想像力与自我约束的力量。为善

---

① 斯特斯·林赛:《文化,心理模式和国家繁荣》,塞缪尔·亨廷顿等:《文化的重要作用》,新华出版社 2010 年版,第 343 页。

② 劳伦斯·哈里森:《文化为什么重要》,塞缪尔·亨廷顿等:《文化的重要作用》,新华出版社 2010 年版,第 37 页。

③ 参阅阿诺德·汤因比:《历史研究》,第九部《文明在空间中的接触》,上海人民出版社 2000 年版。

④ 这里依然体现了以开放的心灵实现中西文化的融合:"道德勇气"来自于《孟子》的"善养吾浩然之气","其为气也,至大至刚,以直养而无害,则塞于天地之间";软实力是指使别人得到你想要的结果,取用同化而非强制的方式。参见:《孟子》,中华书局 2010 年版,第 49 页; Joseph S. Nye. *Soft Power*: *The Means to Success in World Politics*. New York: PublicAffairs 2004: p.5. 原文为:This soft power—getting others to want the outcomes that you want—co-opts people rather than coerces them。

时即使没有功利的奖赏,内心充盈喜悦;为恶时即使没有严厉的惩戒,内心仍予以抵制。亚当·斯密认为此种道德的自我管理是极为重要的心灵美德。这里所讲的法治更多地体现在法治的理念与精神特质。①

由此可见,现代国家治理需以文化为基础,现代文化的基本结构在于公民的道德良知与法治理性的精神气质得以深入人心,从而逐步内化为社会集体行动的共识与信仰系统,规范个人与组织的行为方式。此若形成,必为人类新文明打下最为坚实的精神内核、历史观念与交往理性,是具有世界意义的地方性知识,从而为构建现代性的国家与社会提供文化特质,我们亦可以将此视为现代中国的文艺复兴。

---

① 西塞罗主张正当的法律在于理性的自然法,真正的法是符合自然的正当的理性;它是普遍有效、永恒不变的。罗马的法和雅典的法没有什么不同;现在的法和未来的法也没有什么不同。一个永恒不变的法在所有国家和一切时代都是行之有效的。托马斯·杰斐逊认为,使一个共和国永葆青春的是人民的精神。这方面的蜕化是个恶疽,很快就侵蚀到它的法律和宪法的核心中去。因此,法律制度与精神文化两者之间存在着内在的互动性(interaction)。参见布鲁克·诺埃尔·穆尔等:《思想的力量》,上海社会科学院出版社2009年版,第345页;托马斯·杰弗逊:《弗吉尼亚笔记》,商务印书馆2014年版,第118页。

参考文献

一、档案文件集

中央档案馆编:《中共中央文件选集》,第1—15册,中共中央党校出版社,1989—1992年。

江苏省档案馆馆藏资料。

浙江德清俞平伯博物馆馆藏资料。

二、年谱、文集、资料汇编

《建国以来重要文献选编》,中央文献出版社1992年版。

《建国以来毛泽东文稿》,第1—13册,中央文献出版社1997—1998年版。

《毛泽东哲学批注集》,中央文献出版社1988年版。

《毛泽东读文史古籍批语集》,中央文献出版社1993年版。

《胡乔木回忆毛泽东》,人民出版社1994年版。

《胡乔木谈中共党史》,人民出版社1999年版。

《胡适全集》,安徽教育出版社2003年版。

《红楼梦问题讨论集》,第1—4集,作家出版社1955年版。

《红楼梦研究参考资料选辑》,第1—4辑,人民文学出版社1973—1978

年版。

《俞平伯全集》,花山文艺出版社1997年版。

《俞平伯日记选》,上海书店出版社1993年版。

《俞平伯学术论著自选集》,北京师范学院出版社1992年版。

《俞平伯点评红楼梦》,团结出版社2004年版。

《俞平伯学术精华选》,北京师范学院出版社1988年版。

《冯雪峰选集》,人民文学出版社2003年版。

《顾颉刚集》,中国社会科学出版社2001年版。

《周扬集》,中国社会科学出版社2000年版。

《周扬文集》,人民文学出版社1990年版。

《中共党史重大事件述实》,人民出版社1994年版。

北京大学中文系等主编:《文学运动史料选》,上海教育出版社1979年版。

国防大学编:《中共党史教学参考资料》(1949—1985),1986年版。

顾潮:《顾颉刚年谱》,中国社会科学出版社1993年版。

韩少功等主编:《民间档案》,云南人民出版社2003年版。

韩丽梅:《袁水拍研究资料》,中国国际广播出版社2003年版。

李希凡、蓝翎:《红楼梦评论集》,人民文学出版社1973年版。

李希凡主编:《中国文艺年鉴》,文化艺术出版社1987年版。

孙玉蓉:《俞平伯年谱》,天津人民出版社2001年版。

孙玉蓉:《俞平伯研究资料》,天津人民出版社1986年版。

宋广波:《胡适红学年谱》,黑龙江教育出版社2003年版。

郑良树等:《顾颉刚学术年谱简编》,中国友谊出版公司1987年版。

一粟编:《红楼梦资料汇编》,中华书局1963年版。

叶至善等:《暮年上娱:俞平伯叶圣陶通信集》,花山文艺出版社2002年版。

吕启祥等:《红楼梦研究稀见资料汇编》,人民文学出版社 2001 年版。

中国作家协会上海分会编:《胡适思想批判资料集刊》,新文艺出版社 1955 年版。

中共中央党史研究室:《中国共产党历史大事记》,人民出版社 1991 年版。

三、中文著作

白先勇:《白先勇细说红楼梦》,广西师范大学出版社 2017 年版。

薄一波:《若干重大决策与事件的回顾》,中共中央党校出版社 1993 年版。

曹雪芹:《脂砚斋重评石头记》(庚辰本),人民文学出版社 1975 年影印本。

曹雪芹:《脂砚斋重评石头记》(甲戌本),人民文学出版社 1975 年影印本。

陈清泉、宋广渭:《陆定一传》,中共党史出版社 1999 年版。

陈永发:《中国共产革命七十年》,联经出版事业公司 2001 年版。

陈平原:《中国现代学术之建立》,北京大学出版社 1998 年版。

陈徒手:《人有病天知否》,人民文学出版社 2000 年版。

陈早春等:《冯雪峰评传》,人民文学出版社 2003 年版。

陈维昭:《红学与二十世纪学术思想》,人民文学出版社 2000 年版。

陈维昭:《红学通史》,上海人民出版社 2005 年版。

蒋和森:《红楼梦论稿》,人民文学出版社 1981 年版。

蔡少卿:《再现过去:社会历史的理论视野》,浙江人民出版社 1988 年版。

戴煌:《胡耀邦与平反冤假错案》,中国文联出版公司 1998 年版。

戴燕:《文学史的权力》,北京大学出版社 2002 年版。

戴知贤:《文坛三公案》,河南人民出版社1994年版。

戴知贤:《毛泽东文化思想研究》,中国人民大学出版社1992年版。

丁东:《反思郭沫若》,作家出版社1999年版。

丁东、谢泳等:《思想操练》,广东人民出版社2004年版。

邸瑞平:《红楼漫话》,江西教育出版社1999年版。

冯其庸:《梦边集》,陕西人民出版社1982年版。

傅国涌:《1949年:中国知识分子的私人纪录》,长江文艺出版社2005年版。

顾骧:《晚年周扬》,文汇出版社2003年版。

黄宗智:《中国研究的范式问题探讨》,社会科学文献出版社2003年版。

洪子诚:《问题与方法》,生活·读书·新知三联书店2002年版。

韩进廉:《红学史稿》,河北人民出版社1982年版。

龚育之等:《毛泽东的读书生活》,生活·读书·新知三联书店1996年版。

金冲及主编:《毛泽东传:1893—1949》,中央文献出版社1996年版。

逄先知、金冲及主编:《毛泽东传(1949—1976)》,中央文献出版社2003年版。

季羡林:《牛棚杂忆》,中共中央党校出版社1998年版。

贺麟:《文化与人生》,商务印书馆1988年版。

哈佛燕京学社、生活·读书·新知三联书店主编:《公共理性与现代学术》,生活·读书·新知三联书店2000年版。

鲁迅:《中国小说史略》,上海古籍出版社1998年版。

罗尔纲:《师门五年记》,生活·读书·新知三联书店1998年版。

刘梦溪:《红学三十年论文选编》,百花文艺出版社1983年版。

刘梦溪:《红楼梦新论》,中国社会科学出版社1982年版。

刘创楚等：《中国社会从不变到巨变》，中文大学出版社 2001 年版。

李锐：《直言：李锐六十年的忧与思》，今日中国出版社 1998 年版。

李锐：《毛泽东早年读书生活》，辽宁人民出版社 1992 年版。

李锐：《李锐反"左"文选》，中央编译出版社 1998 年版。

李锐：《李锐往事杂忆》，江苏人民出版社 1997 年版。

李锐：《怀念十篇》，人民出版社 1983 年版。

李欧梵：《现代性的追求》，生活·读书·新知三联书店 2000 年版。

李希凡：《曹雪芹和他的红楼梦》，北京人民出版社 1975 年版。

李希凡：《文学评论选》，湖南人民出版社 1984 年版。

李希凡：《一个伟大寻求者的心声》，上海文艺出版社 1982 年版。

李希凡：《红楼梦艺术世界》，文化艺术出版社 1987 年版。

李泽厚：《中国现代思想史论》，安徽文艺出版社 1994 年版。

李泽厚：《世纪新梦》，安徽文艺出版社 1998 年版。

李泽厚：《历史本体论》，生活·读书·新知三联书店 2002 年版。

李辉：《往事苍老》，花城出版社 1998 年版。

李辉：《文坛悲歌》，花城出版社 1998 年版。

李良玉：《思想启蒙与文化重建》，吉林人民出版社 2001 年版。

李良玉：《变动时代的记录》，吉林人民出版社 2003 年版。

蓝翎：《走出误区》，新华出版社 1999 年版。

蓝翎：《了了录》，四川人民出版社 1983 年版。

蓝翎：《静默观想》，群众出版社 1993 年版。

蓝翎：《断续集》，花城出版社 1980 年版。

蓝翎：《龙卷风》，上海远东出版社 1995 年版。

黎之：《文坛风云录》，河南人民出版社 1999 年版。

秦晖：《问题与主义》，长春出版社 1999 年版。

钱理群：《钱理群文选——拒绝遗忘》，汕头大学出版社 1999 年版。

宋云彬：《红尘冷眼》，山西人民出版社 2002 年版。

孙玉蓉：《古槐树下的俞平伯》，四川文艺出版社 1997 年版。

孙玉明：《红学：1954》，北京图书出版社 2003 年版。

唐德刚：《史学与文学》，华东师范大学出版社 1999 年版。

唐德刚：《史学与红学》，广西师范大学出版社 2006 年版。

韦君宜：《思痛录》，北京十月文艺出版社 1999 年版。

韦奈：《我的外祖父俞平伯》，上海书店出版社 1993 年版。

吴冷西：《忆毛主席》，新华出版社 1995 年版。

朱元石：《共和国要事口述史》，湖南人民出版社 1999 年版。

许世友：《许世友回忆录》，解放军出版社 1986 年版。

张晓唯：《蔡元培与胡适（1917—1937）》，中国人民大学出版社 2003 年版。

余英时：《中国思想传统的现代诠释》，江苏人民出版社 2003 年版。

于光远等：《周扬：风雨沧桑的一生》，档案出版社 1998 年版。

于凤政：《改造》，河南人民出版社 2001 年版。

俞平伯：《红楼梦研究》，复旦大学出版社 2004 年版。

叶卫平：《西方"毛泽东学"研究》，福建人民出版社 1992 年版。

许冠三：《新史学九十年》，岳麓书社 2003 年版。

吴长华：《冯雪峰评传》，上海书店出版社 1995 年版。

王国维：《红楼梦评论》，上海古籍出版社 2011 年版。

王蒙：《红楼启示录》，生活·读书·新知三联书店 1991 年版。

王蒙等：《忆周扬》，内蒙古人民出版社 1998 年版

王湜华：《俞平伯的后半生》，花山文艺出版社 2001 年版。

王学典等：《顾颉刚和他的弟子们》，山东画报出版社 2000 年版。

王瑶主编：《中国文学研究现代化进程》，北京大学出版社 1996 年。

王昆仑：《红楼梦人物论》，生活·读书·新知三联书店 1983 年版。

王乐理：《政治文化导论》，中国人民大学出版社 2000 年版。

季羡林：《怀旧集》，北京大学出版社 1996 年版。

周汝昌：《天·地·人·我》，北京十月文艺出版社 2001 年版。

周汝昌：《我与胡适先生》，漓江出版社 2005 年版。

周汝昌：《红楼梦新证》，棠棣出版社 1953 年版。

周汝昌：《红楼艺术》，人民文学出版社 1995 年版。

周汝昌：《红楼夺目红》，作家出版社 2003 年版。

周汝昌等：《红楼鞭影：中国当代红楼梦研究》，北京师范大学出版社 2003 年版。

周汝昌：《红楼梦与中华文化》，华艺出版社 1998 年版。

周策纵：《弃园文萃》，上海文艺出版社 1997 年版。

周质平：《胡适与中国现代思潮》，南京大学出版社 2002 年版。

张晓唯：《蔡元培与胡适（1917—1937）》，中国人民大学出版社 2003 年版。

杨光汉：《红楼梦：一次历史的轮回》，云南大学出版社 1990 年版。

邹谠：《二十世纪中国政治》，牛津大学出版社 1994 年版。

张旭东：《全球化与文化政治》，北京大学出版社 2014 年版。

四、西方著作

R. 麦克法夸儿、费正清主编：《剑桥中华人民共和国史》（1949—1965），谢亮生等译，中国社会科学出版社 1990 年版。

R. 麦克法夸儿、费正清主编：《剑桥中华人民共和国史》（1966—1982），金光耀等译，上海人民出版社 1992 年版。

卡尔·波普尔：《开放社会及其敌人》（第一卷），陆衡等译，中国社会科学出版社 1999 年版。

卡尔·波普尔：《开放社会及其敌人》（第二卷），郑一明等译，中国社会科学出版社 1999 年版。

吉尔伯特·罗兹曼：《中国的现代化》，"比较现代化"课题组译，江苏人民出版社 2003 年版。

黑格尔：《历史哲学》，王造时译，上海书店出版社 1999 年版。

列文森：《儒教中国及其现代命运》，中国社会科学出版社 2000 年版。

柯文：《在中国发现历史——中国中心观在美国的兴起》，中华书局 1989 年版。

莫斯科维奇：《群氓的时代》，许列明等译，江苏人民出版社 2003 年版。

伊格尔斯：《二十世纪的历史学》，何兆武译，辽宁教育出版社 2003 年版。

詹姆斯·汤森：《中国政治》，顾速等译，江苏人民出版社 1996 年版。

萨伊德：《知识分子论》，单德兴译，生活·读书·新知三联书店 2002 年版。

韦伯：《学术与政治》，冯克利译，生活·读书·新知三联书店 1998 年版。

特里尔：《毛泽东传》，刘路新等译，河北人民出版社 1989 年版。

威尔逊：《毛泽东》，中共中央文献研究室译，中央文献出版社 2000 年版。

加布里埃尔·A. 阿尔蒙德，西德尼·维巴：《公民文化》，商务印书馆 2014 年版。

加布里埃尔·A. 阿尔蒙德，西德尼·维巴：《重访公民文化》，东方出版社 2014 年版。

Grieder, Jerome. *Hu Shih and the Chinese Renaissance：Liberalism in the Chinese Revolution*，1917－1937. Cambridge：Harvard University Press, 1970.

John King Fairbank. *The Great Chinese Revolution：1800－1985*.

New York：Harper & Row 1987.

Ranbir Vohra. *China's path to modernization*. Prentice-Hall 1987.

Dali L. Yang. *Calamity and Reform in China*. Stanford University Press 1996.

Jeffrey Kopstein and Mark Lichbach. *Comparative Politics*. Cambridge University Press 2000.

Joseph S. Nye. *Soft Power：The Means to Success in World Politics*. New York：PublicAffairs 2004.

五、论文类

木示：《俞平伯的晚年生活》，《新文学史料》1990年第4期。

柏青：《封建末世的历史画卷——谈〈红楼梦〉》，《北京日报》1974年9月28日。

陈维昭：《余英时红学观点的意义及其负面影响》，《红楼梦学刊》2004年第3期。

陈涌：《毛泽东与文艺》，《文学评论》1992年第3期。

何其芳：《论〈红楼梦〉》，《文学研究集刊》1957年第5期。

何满子：《如何评价周扬》，《社会科学论坛》2000年第8期。

洪广思等：《〈红楼梦〉是一部写阶级斗争的书》，《北京日报》1973年11月2日。

胡文彬：《〈红楼梦〉研究三十年》，《学习与探索》1980年第2期。

胡明：《"红学"四十年》，《文学评论》1989年第1期。

淮茗：《毛泽东对红学的影响》，《粤海风》2003年第4期。

禾子：《略谈〈红楼梦〉》，《文艺报》1954年第20号。

老舍：《红楼梦并不是梦》，《人民文学》1954年12月号。

李欧梵、季进：《现代性的中国面孔》，《文艺理论研究》2003年6期。

李希凡、蓝翎：《关于〈红楼梦简论〉及其他》，《文艺报》1954 年第 18 号。

李希凡、蓝翎：《评〈红楼梦研究〉》，《光明日报》1954 年 10 月 10 日。

李易：《评俞平伯先生对〈红楼梦〉后四十回的一些看法》，《光明日报》1954 年 11 月 21 日。

李良玉：《20 世纪中国思想的转型》，《史学月刊》2005 年第 2 期。

李良玉：《回忆录及其对于史学研究的价值》，《社会科学研究》2004 年第 1 期。

刘梦溪：《拥挤的红学世界——红学论争与红学公案》，《文艺争鸣》1989 年第 4 期。

刘世德、邓绍基：《〈红楼梦〉的主题》，《文学评论》1963 年第 6 期。

刘世德：《质变：从"旧红学"到"新红学"》，《文学评论》1986 年第 2 期。

梁效：《批判资产阶级不停——学习〈关于红楼梦研究问题的信〉》，《人民日报》1974 年 10 月 16 日。

梁归智：《周汝昌与红学研究》，《中国图书评论》2002 年第 3 期。

罗杰·迈尔逊：《领导力、法律和地方管理：理解所有政治制度的基础》，《浙江大学学报》2012 年 1 期。

启功：《读〈红楼梦〉札记》，《北京师大学报》，1963 年第 3 期。

舒芜：《坚决开展对古典文学研究中资产阶级思想的斗争》，《文艺报》1954 年第 20 号。

孙文光：《坚持用阶级的观点研究〈红楼梦〉》，《红旗》1973 年第 11 期.

史索等：《在政治大批判漩涡中的冯雪峰》，《新文学史料》1992 年第 2 期。

石昌渝：《俞平伯和新红学》，《文学评论》2000 年第 2 期。

石昌渝：《政治介入学术的悲剧——对一九五四年批判俞平伯〈红楼梦研究〉的思考》，《文学遗产》1989 年第 3 期。

单世联:《知在红楼第几层——对红学史的一个检讨》,《红楼梦研究》1990年第1期。

徐庆全:《楼适夷与周扬关于冯雪峰的通信》,《百年潮》2000年第1期。

徐庆全等:《关于周扬和夫人苏灵扬的对话》,《纵横》1999年第11期。

王瑶:《从俞平伯先生对〈红楼梦〉的研究谈到考据》,《文艺报》1954年第21号。

周汝昌:《还"红学"以学——近百年红学史之回顾》,《北京大学学报》(哲学社会科学版)1995年第4期。

周汝昌:《什么是红学》,《河北师范大学学报》1982年第3期。

周建渝:《"红学"的困境与出路》,《文学评论》1989年第1期。

潘重规:《红学六十年》,《幼狮文艺》1974年第40卷第1期。

俞平伯:《〈红楼梦〉简论》,《新建设》1954年第3期。

俞平伯:《〈红楼梦〉的思想性与艺术性》,《东北文学》1954年第2期。

俞平伯:《〈红楼梦〉简说》,《大公报》1953年12月19日。

俞平伯:《旧时月色》,《文学评论》1986年第2期。

张锦池:《〈红楼梦〉研究百年回眸》,《文艺理论研究》2003年第6期。

郑子瑜:《俞平伯的最后一篇遗作》,《新文学史料》1998年第3期。

竺乾威:《从新公共管理到整体性治理》,《中国行政管理》2008年第10期。

六、报纸、期刊

《文艺报》

《新建设》

《人民日报》

《光明日报》

《传记文学》(台北传记文学出版社)
《红楼梦学刊》(中国艺术研究院)
《新文学史料》(人民文学出版社)
《二十一世纪》(香港中文大学中国文化研究所)
《中共党史研究》(中共中央党史研究室)
《中国现代史》(中国人民大学书报资料中心)
《百年潮》(中共党史学会)
《炎黄春秋》(中华炎黄文化研究会)
《新华文摘》(人民出版社)
《当代中国史研究》(当代中国史研究所)

后　记

本书初版很快售罄,笔者曾收到不少读者来信谈及此书,希望再版;同时,这些年来笔者对此选题的思索亦不断加深。这两方面的因素促使我进一步修订此书,与初版相比此次修改内容达到三分之一。

权力是社会有效运行的不可或缺之因素,本书力图以文化史的纬度揭示社会变迁中的文化权力、研究权力与文化生产之间的关联性。权力体现了政策制定与实施的能力。文化本身难以界定优与劣,只是不同而已。由于文化内嵌(embedded)于个体与组织的行为之中,文化理性体现在"和而不同",这有助于促进现代性国家的构建与社会的繁荣,即善治。以往对善治的研究,较多地聚焦于技术与制度层面,从文化层面的探究较为匮乏。

本书的研究以《红楼梦》研究的当代命运为文本,展现文化权力的生成与演进,深入思考现代性社会的价值构建。笔者以为文化权力研究需要以历史的视角关照真实的世界,通过还原与分析"过程—事件"的来龙去脉、前因后果及其所蕴涵的内在思想揭示知识的生产,思考促进国家与社会良性互动的文化权力之构建。在研究方法上力图将历史叙事、文本分析与深度访谈相融合。是耶？非耶？只有留待读者鉴察之。

本书的写作需要感谢南京大学李良玉教授、石斌教授、南京师范大学谢世诚教授以及《书屋》副主编刘文华先生的支持,也要特别感谢上海三联书店张大伟先生一直以来的鼎力相助。当然,本书的文责作者自负。最后,谨以此书献给我亲爱的父母与家人。

陈辉谨识于芝加哥大学海德园
2019 年 1 月 9 日

图书在版编目(CIP)数据

文化权力与社会变迁:《红楼梦》研究的当代命运/陈辉著.
—上海:上海三联书店,2019.10
ISBN 978-7-5426-6281-1

Ⅰ.①文… Ⅱ.①陈… Ⅲ.①《红楼梦》研究 Ⅳ.①I207.411

中国版本图书馆 CIP 数据核字(2018)第 103970 号

文化权力与社会变迁:《红楼梦》研究的当代命运(修订版)

著　　者/陈　辉

责任编辑/张大伟
装帧设计/徐　徐
监　　制/姚　军
责任校对/朱　强

出版发行/上海三联书店
　　　　　(200030)中国上海市漕溪北路 331 号 A 座 6 楼
邮购电话/021-22895540
印　　刷/上海展强印刷有限公司

版　　次/2019 年 10 月第 1 版
印　　次/2019 年 10 月第 1 次印刷
开　　本/640×960　1/16
字　　数/310 千字
印　　张/24.5
书　　号/ISBN 978-7-5426-6281-1/I·1388
定　　价/68.00 元

敬启读者,如发现本书有印装质量问题,请与印刷厂联系 021-66366565